Kirsten Weinhold
Sühneseele

Die Autorin

 Kirsten Weinhold, 1960, promovierte Wirt-
schaftswissenschaftlerin und Kommunika-
tionsberaterin, lebt mit ihrem Mann und
Labrador Cosmo in einem beschaulichen
Dorf in der Soester Börde. Als sie das erste
Mal, mit vierzehn, britischen Boden betritt,
erobert England ihr Herz im Sturm. Ihre
besondere Liebe gilt dem Süden Englands mit
seinen pittoresken Städtchen, imposanten
Klippen, mystischen Orten und liebenswerten Menschen.

SÜHNESEELE ist ihr zweiter Charles-Pantel-Krimi.

Weitere Informationen:
Facebook   Kirsten Weinhold
Instagram   labbicosmo

KIRSTEN WEINHOLD

SÜHNE SEELE

Ein Charles-Pantel-Krimi

Originalausgabe
Dieser Titel ist ebenfalls als E-Book erschienen.

Weitere Titel der Autorin

RACHESEELE Ein Charles-Pantel-Krimi (2021)
VREDA UND DIE KÖNIGIN Ein Urban-Fantasy-Roman (2021)

Bibliografische Informationen der Deutschen Nationalbibliothek:
Die Deutsche Nationalbibliothek verzeichnet diese Publikation in der
Deutschen National-bibliografie; detaillierte bibliografische Daten sind im
Internet über http://dnb.dnb.de abruf-bar.

© 2021 Kirsten Weinhold
Foto der Autorin: Svend Krumnacker, Erlangen
Covermotive:
Photo by Michał Mancewicz on Unsplash
Image by Free-Photos from Pixabay
Image by Olle August from Pixabay

Umschlaggestaltung, Satz, Herstellung und Verlag:
BoD – Books on Demand, Norderstedt

ISBN: 978-3-7543-6852-7

Inhalt

Für Mama

Die höchste und tiefste Liebe ist die Mutterliebe.
Ludwig Feuerbach, 1804-1872, Philosoph

Diensträge der britischen Polizei (aufsteigend):

Constable PC / DC
Sergeant PS / DS (Kurzform: Sarge)
Inspector PI / DI
Police Chief Inspector PCI / DCI (Kurzform: Chief)
Superintendent PSI / DSI (Kurzform: Super)

Je nachdem, ob es sich um Schutzpolizei oder Kriminalpolizei handelt, wird nach Police (P) oder Detectiv (D) unterschieden. Eine verallgemeinernde Bezeichnung für Beamte der Schutzpolizei ist Officer.

Mord: Die Tötung eines Menschen durch einen anderen. Es gibt vier Arten von
Mord: Verbrecherischen, entschuldbaren, gerechtfertigten und rühmlichen,
doch dem Ermordeten ist es egal, welcher Art er zum Opfer fiel – die
Klassifizierung ist nur zum Nutzen der Juristen da.
Ambrose Gwinnett Bierce, 1842-1914, Journalist und Satiriker

Prolog

13. August 2011
21:45 Falmouth/ Royal Blue Cliff Yacht Club

»So, das ist die letzte Runde für heute.« Alicia Creek stellte zwei Pints Stout, ein Lager und eine Weißweinschorle auf dem geölten Teakholztisch ab.

»Licia, willst du uns arme, alte Männer tatsächlich verdursten lassen?« Jimmy griff nach dem Lager und schaute Alicia mit seinem berühmten Dackelblick an, wobei seine eisblauen Augen mehr auf das Dekolleté als auf das Gesicht der hübschen Bedienung gerichtet waren.

»Genau Schätzchen!« Spicy, blond gelockt, braun gebrannt und mit einer schweren Goldkette um den Hals, streichelte der jungen Frau sanft über den Unterarm. »Hab' Mitleid mit uns betagten Jungs.«

Alicia wischte seine Hand mit einer kurzen Bewegung weg, und ihre blaugrünen Augen funkelten zornig. »Antatschen ist bei mir nicht, das weißt du ganz genau, Spicy. Im Übrigen …«, sie hielt nun das Tablett wie ein Schutzschild vor ihren Körper und schüttelte ihre dunklen, langen Locken mit einer Kopfbewegung nach hinten, »… meinetwegen könnt ihr trinken, bis ihr von den Stühlen fallt, aber Dad will für heute Schluss machen. War ja auch ein anstrengender Tag.«

Alicias Vater war der Kastellan des exquisiten Royal Blue Cliff Yacht Clubs. An diesem Tag hatte die Club-Regatta stattgefunden und alles, was in und um das Blue Cliff House geschah, hatte in seiner alleinigen Verantwortung gestanden; von der Bewirtung bis zum Hausmanagement.

»Wir wollen doch gar nichts Außergewöhnliches.« Boyo, klein, drahtig und der Witzbold der Clique nahm einen tiefen Schluck von seinem Stout und strich sich mit der Hand den Schaum von den Lippen. »Nur hier sitzen, diese herrliche Nacht genießen und ab und an ein frisches Bierchen.«

»Das müsst ihr mit Dad diskutieren«, wehrte Alicia ab. »Aber wenn man seit fünf Uhr morgens auf den Beinen ist, muss es auch mal gut sein.«

»Kommt Jungs, lasst Alicia in Ruhe.« Timid, groß, schlaksig, Brillenträger und mitleiderregend schüchtern, trank von seiner Schorle und stellte das Glas vorsichtig zurück auf den Tisch. Alicia hatte nie ganz die Freundschaft zwischen ihm und den drei anderen verstanden.

»Hey, Spielverderber«, erwiderte Jimmy lachend. »Der Abend ist doch noch jung! Außerdem, was willst du zu Hause? Wartet ja eh keine auf dich.«

Alicia merkte, dass sie zornig wurde. Immer mussten die andern auf Timid herumhacken.

»Nicht jeder hat Lust dazu, einen Abend mit trinken zu verbringen!«, warf sie ungehalten ein. »Und, was meinen Dad, und damit auch Mum und mich betrifft: Wir können nicht wie ihr, bloß weil wir uns gestresst fühlen, mal eben auf eine Yacht hüpfen und auf dem Meer chillen.«

Die vier Männer schauten sie entgeistert an. Alicia spürte, dass sie zu weit gegangen war.

10

»Schätzchen!« Spicy schnalzte tadelnd mit seiner Zunge. »Sozialneid steht dir gar nicht gut zu Gesicht!« Er zeigt mit einer großzügigen Handbewegung in die Runde. »Es ist nicht unsere Schuld, dass wir uns das hier alles leisten können, im Gegensatz zu anderen, die nicht das Geld dafür haben. Aber wir vergessen die ganze Sache unter einer Voraussetzung: Wir machen jetzt das Boot klar, und du bist gleich unten am Steg und fährst mit uns ein Stündchen raus. Vielleicht verstehst du dann, warum wir so gern auf dem Wasser sind. Und das hat nichts damit zu tun, dass wir Geld besitzen!«

Er trank sein Pint in einem Zug leer und knallte das Glas auf den Tisch. »Jimmy, du sagst Creek Bescheid, dass wir mit seiner Tochter kurz rausfahren und besorg noch ein paar Flaschen Bier. Und du, Schätzchen, ziehst dir was Warmes über. Wir wollen ja nicht, dass du dich auf dem Boot verkühlst. Und denk an rutschfeste Schuhe.« Er beäugte Alicias hochhackige, grellgelbe Sandalen. »Mit so etwas kommst du mir nicht an Bord. Zerkratzt mir noch das teure Teak.«

Jimmy stand grinsend auf und verschwand Richtung Clubhaus, während die junge Frau zögernd von einem zum anderen schaute.

»Was ist? Komm in die Puschen, Kleine!« Boyo leerte ebenfalls sein Glas, erhob sich und packte Timid an der Schulter. »Und du, Meister, kommst ebenfalls mit!«

14. August 2011
16:45 Falmouth/ Royal Blue Cliff Yacht Club

Alexander Fulton, fünfzehnjähriger Sohn des Commodore des Yachtclubs, Jonathan Fulton, hatte sich im Bootshaus versteckt. Seinen Rücken an die Holzwand gelehnt, die Beine angezogen und von seinen Armen fest umschlungen, starrte er unbewegt die verrostete Schraube an einem Bootsständer an. Tränen liefen ihm über die Wangen und hin und wieder konnte man einen leisen Schluchzer vernehmen.

Der Junge war zutiefst von dem, was seit dem Morgen unter den Clubmitgliedern die Runde machte, verstört. Alicia wurde vermisst, und es gab kaum Hoffnung, sie lebend zu finden. Gestern noch hatte sie sich zu ihm gesetzt, ihm eine kalte Cola spendiert und sich mit ihm unterhalten. Sie war das schönste Mädchen, das Alexander je gesehen hatte, und gestern hatte er sich endlich getraut, ihr das auch zu sagen. Alicia hatte ihn angelächelt und mit ihrer Hand durch seine dunklen Locken gewuschelt.

»Weißt du, Alex«, sagte sie sehr ernst, »wenn du ein wenig älter wärst, könnte ich mich glatt in dich verlieben.«

»Wie viel älter?«, fragte er hoffnungsvoll.

»Na, so ungefähr zehn Jahre.«

»So viel?«

Sie schmunzelte und ihre blaugrünen Augen leuchteten auf. »Ich bin mir sicher, dass du bald das zweitschönste Mädchen finden wirst, das auch vom Alter her besser zu dir passt.«

»Das glaube ich nicht!«, rief er verzweifelt.

»Ich glaube es aber. Vertraue mir!« Dann war sie aufgestanden und im Clubhaus verschwunden.

»Und jetzt ist sie tot!«, wimmerte er leise.

»Was war das?«

Alex hörte eine tiefe Männerstimme hinter sich, jenseits der Wand, an der er lehnte.

»Verdammt, lenk jetzt nicht ab, Spicy. Hier ist niemand!«, antwortete eine zweite Stimme ungehalten. »Ich habe zwar vorhin für dich gelogen, aber ich bin der festen Überzeugung, dass das falsch war. Wir müssen der Polizei die Wahrheit erzählen.«

»Und ich dachte immer, Timid wäre das Weichei in unserer Gruppe.« Spicys Stimme troff vor Ironie. »Wenn du meinst, Jimmy! Aber bedenke auch, dass du mit drinhängst. Unterlassene Hilfeleistung ist schließlich kein Kavaliersdelikt. Und vielleicht sage ich dann aus, dass du mir geholfen hast. Dafür gehst du einige Jahre in den Knast.«

Es entstand eine Pause, in der Alex kaum zu atmen wagte.

»Dann solltest du ebenfalls darüber nachdenken, was das für deine gesellschaftliche Stellung bedeuten könnte. Oder glaubst du, dass noch irgendjemand zu einem Arzt gehen wird, der bei einem Tötungsdelikt untätig zugesehen hat?«, begann Spicy erneut zu sticheln.

In Alex' Kopf rasten die Gedanken. Alicia war ermordet worden!

»Na, Jimmy, was ist? Hat es dir die Sprache verschlagen?«

»Leck dich, du Drecksau!«

Dann hörte der Junge schnelle Schritte, die sich entfernten. Angespannt lauschte er. Er durfte jetzt keinen Fehler machen. Der andere Kerl musste immer noch neben der Wand des Bootshauses stehen. Also blieb ihm im Moment nichts anderes übrig, als still in seinem Versteck auszuharren, bis der Typ ebenfalls verschwand. Er schaute auf die Uhr und entschied, eine Viertelstunde zu warten und dann direkt zur Polizei zu gehen. Vor Aufregung wurden seine Hände feucht und Schweiß rann ihm den Rücken hinunter. *Diese Schweine werden dafür bezahlen!* dachte er voll Zorn. Er sah erneut auf die Uhr. Die Zeiger bewegten sich quälend langsam über das Zifferblatt. Der Jung spitzte die Ohren, aber kein Geräusch drang durch die Holzwand. Vielleicht hatte er in seiner Empörung und Wut ja die Schritte des zweiten Kerls überhört. Gerade als er sich vorsichtig aufgerichtet hatte, erschien der Schatten eines Mannes im Türrahmen des Bootshauses.

15. August 2011

THE FALMOUTH PACKET

Tragischer Segelunfall vor St. Antonys Head

Falmouth In der Nacht zum 14. August endete, eine Seemeile vor St. Antonys Head, ein Segeltörn auf tragische Weise. Alicia

C. (25), Angestellte des Royal Blue Cliff Yacht Clubs, wurde vom Großbaum der Segelyacht Pretty Swallow am Kopf getroffen und über Bord geschleudert. Trotz umgehend eingeleiteter Rettungs-maßnahmen der segelerfahrenen Crew konnte die junge Frau nicht aufgefunden werden. Auch die nächtliche Suche durch das Rettungsschiff Confidence sowie der Coast Guard blieb erfolg-los. Phil Lupton, Einsatzleiter der Coast Guard, sprach gegenüber THE PACKET die Vermutung aus, dass die tückischen Strömun-gen, die in dem Bereich herrschen, Alicia C. auf das offene Meer hinausgezogen haben. Unser Mitgefühl gilt den Angehörigen der Vermissten.

Golf ist in Wirklichkeit ein verdorbener Spaziergang.
Mark Twain, 1835 – 1910, Schriftsteller

Erste Sühne
Golfplatz Truro

11. August 2020
14:15 Marazion/Fore Street

Ivy stand mit einem dampfenden Becher Kaffee in den Händen auf dem schmalen Balkon ihrer kleinen Wohnung. Mit einem Hauch Wehmut schaute sie hinüber zum St. Michael's Mount. Auf dem schmalen Damm, der die Gezeiteninsel bei Ebbe mit Marazion verband und früher als Pilgerpfad gedient hatte, herrschte reges Treiben. Um diese Jahreszeit kamen jeden Tag Hunderte von Touristen, um die Insel zu erkunden und das Schloss und die Priorats Kapelle aus dem zwölften Jahrhundert zu besuchen. Wie oft war sie selbst früh morgens oder am späten Abend, je nachdem, wie die Tide es zuließ, den uralten, granitgepflasterten Weg gelaufen, um den Kopf freizubekommen. Würde sie in Truro wohl auch einen Platz finden, an dem sie sich von ihrer Arbeit erholen könnte?

Truro! Sie war immer noch nicht sicher, ob ihre Entscheidung, sich in Truro für die Kriminalbeamtenlaufbahn weiter zu qualifizieren, richtig war. Natürlich reizte sie die neue Aufgabe, und sie war froh, das Polizeirevier in Penzance verlassen zu können. Hatte der dortige Revierleiter, Peter Smith, sich vor gut zwei Monaten als Serienkiller entpuppt und sie fast umgebracht. Doch Truro würde für sie auch die enge Zusammenarbeit mit dem damaligen Ermittlungsleiter Detektiv Chief Inspektor Charles Pantel bedeuten. Als sie damals, nach der Operation ihrer Schusswunde, aus der Narkose erwacht war, hatte Charles an ihrem Bett gestanden und ihr ganz selbstverständlich das Du angeboten. Eine vertrauensvolle Geste, die nur noch ihrem zukünftigen Kollegen Detective Sergeant Henry Bloombottem zuteilgeworden war. Sie fragte sich nicht zum ersten Mal, wohin das führen würde. Sie wusste, dass ihr zukünftiger Vorgesetzter sich zu ihr hingezogen fühlte, und ihr ging es im Grunde genommen nicht anders.

Das Geräusch zerspringenden Porzellans ließ sie aufschrecken. Hastig, zu hastig drehte sie sich zur Balkontür. Sie spürte ein unangenehmes Stechen in ihrer Schulter. Zwar war die Schusswunde, die ihr Smith verpasst hatte und sie für acht Wochen außer Gefecht setzte, gut verheilt, trotzdem machte sich die Verletzung bei schnellen Bewegungen immer noch bemerkbar. Sie trat in die kleine Wohnung und sah einen reuevoll dreinblickenden Möbelpacker, der die zwei Hälften einer Bodenvase in den Händen hielt.

»Tut mir leid, Ma'am, ich hatte sie einfach nicht gesehen.«

»Kein Problem!« Ivy ging lächelnd auf ihn zu und nahm ihm die Scherben ab. »Die habe ich sowieso nicht besonders gemocht.«

»Ähm, danke, Ma'am. Unsere Versicherung wird den Schaden übernehmen, und dann können Sie sich ja etwas kaufen, das Ihnen mehr Spaß macht.« Nun lächelte auch er. »Wir sind gleich so weit. Nur noch die drei Kartons und wir können los.«

»Prima. Die Adresse und den Schlüssel haben Sie ja. Ich werde nur noch die letzten Sachen in der Küche aufräumen und mit der Vermieterin sprechen. Dann komme ich nach.«

»Ach, Ivy, wie schade, dass du weggehst.« Penelope Granger, die die achtzig schon lange überschritten hatte, hob die Hand und strich Ivy sanft über die Wange. »Wir beide hatten doch so viel Spaß miteinander, hm?«

»Penny, mir tut es auch leid, aber manchmal geht es halt nicht anders. Das ist so eine tolle Wohnung, dass du sicherlich bald jemand Neuen finden wirst.«

»Aber eine Polizistin im Haus zu haben ist schon sehr beruhigend.« Auf den faltigen, in einem dunklen Rosa geschminkten Lippen erschien ein schelmisches Lächeln. »Und das, was du immer erzählen konntest, war besser als jeder Krimi im Fernsehen.«

»Dann musst du dir jemanden mit einem ebenso spannenden Beruf suchen.«

»Ich versteh ja, dass es dich nach Truro zieht. Da ist ja dieser nette Inspector!« Wieder erschien das schelmische Lächeln, und die alte Dame zwinkerte ihr zu. »Und, wenn er sich noch die Haare schneiden würde – eine echte Sahneschnitte!«

Ivy merkte, dass ihr die Röte in die Wangen stieg. »Der ist doch viel zu alt für mich!«, winkte sie ab, doch Penny konnte sie damit nicht überzeugen. Diese nickte wissend und tätschelte erneut ihre Wange.

»Mein Liebes, wenn du so alt sein wirst, wie ich es bin, wirst du ebenfalls Verliebte auf drei Meilen Entfernung erkennen.«

13. August 2020
7:20 Truro/Polizeistation

Ivy fuhr auf den Parkplatz der Polizeistation an der Castle Rise. Rasch zog sie ihre Lippen nach und überprüfte ihre blonden Locken im Rückspiegel. Sie war nervös; unsicher, was sie gleich erwarten würde. Langsam öffnete sie die Tür ihres altersschwachen Golfs und stieg aus. Heute Morgen, als sie sich nicht wie gewohnt in ihrer Uniform, sondern in Rock und Bluse vor den Spiegel gestellt hatte, kam sie sich verkleidet vor. Die Polizistenmontur hatte ihr Sicherheit gegeben und sie sofort als Officer ausgewiesen. Ein

Umstand, der ihrer angeborenen Schüchternheit zugutegekommen war. Doch in Zukunft müsste sie sich proaktiv als Polizistin zu erkennen geben.

Ivy verriegelte ihren Wagen und drehte sich zögernd zu dem Gebäude um, in dem sie nun einige Jahre arbeiten würde. Was sie erblickte war ein langweiliger, rot verklinkerter Zweckbau mit zweiflügligen, verspiegelten Fenstern und einer schmucklosen, weißen Eingangstür, in deren Glas sie sich selbst erkennen konnte. Lediglich fünf gelbblaue Dienstfahrzeuge und ein Dutzend ziviler Wagen ließen vermuten, dass es hinter den eintönigen Mauern irgendeine Form von Leben gab.

Zaghaft machte sie den ersten Schritt, als im oberen Stock ein Fensterflügel geöffnet wurde und ein fröhlich lachender Henry Bloombottem erschien.

»Mädel, schön dass du da bist.« Der Detective Sergeant winkte ihr aufmunternd zu. »Komm rein! Ich hole dich unten ab!«

Erleichtert darüber, sich nicht allein dem zwangsläufigen Interesse ihrer zukünftigen Kollegen stellen zu müssen, straffte sich Ivy, zog ihren neuen, dunkelblauen Trenchcoat glatt und machte sich auf den Weg zur Tür. Kennengelernt hatte sie Henry in Penzance bei den Ermittlungen zu den Serienmorden im Sommer. Sie mochte seine Verlässlichkeit, seine Menschenkenntnis und seine unerschütterliche gute Laune. Noch bevor sie die wenigen Stufen, die hinauf zum Eingang führten, erreicht hatte, wurde die Tür von innen aufgerissen und ein glänzend aufgelegter Henry erschien im Türstock. Seine kräftige Gestalt steckte in einer rehfarbenen Cordhose mit passender Weste und einem karierten Tweet-Jackett, bei dem sich Lila, Grün und Rot um die Vorherrschaft stritten. Ivy grinste ihn an. Zum einen wegen der abenteuerlichen Kleidungsstücke, zum anderen, weil sie sich ehrlich freute, ihren älteren Kollegen zu sehen.

»Komm Mädel, lass dich anschauen.« Er fasste Ivy bei den Schultern und betrachtete sie eingehend. »Gut siehst du aus! Und so schick! Genau wie die Polizistinnen in den Fernsehkrimis.«

»Danke, Henry.« Ivy merkte, dass Röte ihre Wangen überzog. »Und wie geht es dir?«

»Im Moment hervorragend! Keine Leichen oder Serienmörder. Nur ein paar Einbrecher! Aber komm erst einmal rein.« Weit hielt er ihr den Türflügel auf, und Ivy betrat die Sicherheitsschleuse. Hinter schusssicherem Glas saß der diensthabende Officer. Es war ein noch sehr junger Constable mit blondem Igelschnitt und einem Ziegenbärtchen am Kinn. Eindringlich musterten seine dunkelbraunen Augen die neue Kollegin. Dann erschien ein strahlendes Lächeln auf seinem Gesicht, und er zwinkerte ihr zu. *Was für ein frecher Kerl!* schoss es Ivy durch den Kopf. Doch sein Lächeln war so charmant, dass sie einfach zurücklächeln musste.

»Hey, Casanova, lass Ivy in Ruhe, wenn du es nicht mit mir zu tun bekommen willst«, blaffte der Sergeant ihn an. Dann wandte er sich Ivy zu. »Das ist PC Rob Sutton. Im Nebenberuf Weiberheld. Nimm dich in Acht vor ihm! Und du mach endlich die Tür auf!«, raunzte er den grinsenden Constable an.

»Sofort Sarge!«, antwortete der junge Mann eifrig und bediente den Türöffner.

Die beiden Detectives betraten das Innere des Gebäudes und standen unmittelbar in einem Großraumbüro. Ivy sah zwölf Schreibtische, zwei davon nicht besetzt. Erstaunt stellt sie fest, dass sich ausschließlich männliche Polizeibeamte in dem Raum aufhielten.

Henry, der ein sehr feines Gespür für die Regung eines Menschen besaß, raunte ihr ins Ohr: »Kein weiblicher Officer hält es bei uns länger als ein halbes Jahr aus. Das liegt aber nicht an den Jungs, sondern …«

Weiter kam er nicht mit seiner Erklärung, weil eine energisch dreinschauende Frau in Uniform und im Rang eines Police Inspectors durch eine Tür ganz am Ende des Raums getreten war. Unverhohlen musterten ihren eisblauen Augen die Neuankömmlinge. Ivy fühlte sich wie ein Insekt unter dem Mikroskop.

»Henry, wen haben Sie denn Nettes mitgebracht?« Als sie gemächlich, mit den Händen in den Hosentaschen, auf die beiden Beamten zukam, blickte Ivy ihr fasziniert entgegen. Groß, durchtrainiert, das schwarze Haar zu einem perfekten Chignon gesteckt, kam sie, trotz der Uniform und den klobigen Dienstschuhen, wie ein Mannequin auf dem Laufsteg auf sie zu. Lächelnd streckte sie Ivy die Hand entgegen.

»Schön, endlich weibliche Verstärkung in diesem Männerhaufen zu bekommen. DC Ivy Clarks, wenn ich mich nicht täusche?«

»Ja, Ma'am!«

»Na, na, nicht so förmlich, Ivy. Ich bin Loretta – PI Loretta Dee. Für Sie Loretta. Wir Mädels«, bei diesem Wort warf sie einen vernichtenden Blick in Richtung des Sergeants, »müssen doch zusammenhalten. Nicht?«

Ivy war unsicher, ob die andere tatsächlich eine Antwort darauf erwartete. Aber irgendetwas musste sie sagen.

»Wir sind die einzigen Frauen hier im Revier?«

»Wenn wir einmal von Edith Grove, unserer Putzfee, absehen – ja.« Sie schaute zu den übrigen Kollegen im Raum, die gebannt die Szene verfolgten. Dann beugte sie sich ein wenig vor und mit einem bühnenreifen Flüstern, sodass jeder in dem Büro sie verstehen konnte, fügte sie hinzu: »Bei dieser Truppe hält es ja keine vernünftige Frau lange aus.«

»Das würde ja heißen, dass sie und ich unvernünftig sind«, rutschte es Ivy heraus. Von irgendwo hörte sie ein unterdrücktes Kichern.

Das Lächeln auf Lorettas rot geschminkten Lippen erstarb. »Schau an! Ein Constable mit deduktiven Fähigkeiten. Hatten wir hier so auch noch nicht.«

»Ähm, Loretta«, Bloombottem räusperte sich. »Wir müssen hoch. Der Chief wartet schon auf Constable Clarks!«

»Na, dann will ich euch nicht länger aufhalten. Wir sehen uns, Ivy.« PI Dee machte auf dem Absatz kehrt und schlenderte zurück zu der Tür, aus der sie gekommen war.

Henry fasste Ivy am Arm und zog sie Richtung Treppe. »In ihrer Ahnenreihe muss es Hexen geben, Mädel. Sei bloß vorsichtig!«, raunte er ihr zu.

»Ich habe mich tatsächlich ein wenig wie Schneewittchen und die böse Stiefmutter gefühlt«, erwiderte Ivy mit einem schiefen Grinsen. »Sie ist der Grund, warum es hier keine Frau aushält, stimmt's?«

»Bingo!« Henry reckte den Daumen in die Luft. »Du bist verdammt clever, weißt du das?«

DCI Charles Pantel hört Sergeant Bloombottem draußen rufen. Er stand von seinem Schreibtisch auf und ging an das Fenster. Neben einem alten, blauen Golf sah er Ivy, den Blick nach oben gerichtet.

Wie schön, dass sie endlich da ist, dachte er zufrieden und beobachtete, wie sie erst zögernd, dann immer schneller auf den Eingang zustrebte.

In den getönten Fensterscheiben entdeckte er sein eigenes Spiegelbild. *Hättest ja auch noch zum Friseur gehen können,* tadelte er sich im Stillen. Seine schwarzen, glatten Haare mit dem Mittelscheitel, die ihm fast auf die Schultern reichten, gaben ihm ein abenteuerliches Aussehen. *Und du bist ja wieder ganz in schwarz gekleidet,* fiel es ihm jetzt erst auf. Er schüttelte verdrossen den Kopf. Er wollte Ivy doch nicht wieder verschrecken. Schmunzelnd dachte er an die erste Begegnung mit der jungen Frau zurück. Sie trafen im Flur des Reviers in Penzance aufeinander. Er war wütend über das eigenmächtige Handeln des dortigen Revierleiters. Entsprechend grimmig hatte er Ivy angesprochen. Seine verblüffende Ähnlichkeit mit einem Film-Bösewicht hatte dann dazu geführt, dass sie förmlich vor ihm geflüchtet war. Und später hatte er festgestellt, wie viel detektivisches Talent in dem hübschen Kopf mit den blonden Locken steckte und sie abgeworben. Nun würde sie für die nächsten Jahre das Team der Kriminalpolizei hier in Truro verstärken. Er freute sich auf die Zusammenarbeit.

Ivy und Bloombottem betraten den Flur im ersten Stock. Es roch ein wenig muffig; nach abgestandenem Kaffee und altem Papier.

»Und das ist nun das Reich der Kripo!« Bloombottem zeigte nach links den Flur hinunter. »Die letzte Tür ist unser Besprechungsraum. Dann kommt das Verhörzimmer. Und geradeaus wirst du mit DC Ajith Gupta, unserem Computer-Profi, zusammensitzen.« Er wies nun nach rechts. »Ganz hinten sitzt der Chief, gegenüber ist die Kaffeeküche. Dann kommt mein Büro, das ich mir mit Tajo Melmac, einem waschechten Jamaikaner teile.«

»Sitzt Brown mit seinen Leuten ebenfalls hier?«

»Nein, die komplette Forensik wurden vor vier Wochen in einen hypermodernen Neubau nach Camborn ausgelagert. Das liegt so ungefähr in der Mitte unseres Einsatzbezirks. Schnellere Anfahrt zu den Tatorten, du weißt schon.« Er fuhr sich mit der Hand durch seine roten Locken. »Lediglich Doc Gainheart hat hier sein Büro, aber er ist fast nie da. Schwirrt ständig in irgendwelchen Pathologieabteilungen der Krankenhäuser herum.«

»Ja, ich weiß!« Ivy grinste. »Den erreicht man nur übers Smartphone. In Penzance haben die Kollegen darüber gefrotzelt und vermutet, dass er in Wirklichkeit irgendwo gemütlich in der Sonne oder bei einer schönen Maid sitzt.«

»Gainheart!?« Henry grinste nun ebenfalls. »Seine Maid ist höchstens sein Skalpell und die Sonne eine Operationsleuchte. Aber komm, der Chief wartet sicher schon auf dich.«

Sie gingen den Flur entlang, bis sie die Tür des Chief Inspectors erreichten. Doch bevor Henry anklopfte, beugte er sich nah zu Ivy und senkte die Stimme. »Gleich nicht erschrecken! Er trägt wieder schwarz und die Haare sind auch zu lang.«

»Ist er wieder im Severus-Snape-Modus?«

»Seit ungefähr einer Woche.«

»Warum?«

Henry zuckte mit den Schultern. »Weiß ich auch nicht. Vielleicht Gewohnheit. Deswegen ist es gut, dass du da bist.«

»Aber was habe ich denn …« Weiter kam Ivy nicht, denn die

Tür wurde von innen geöffnet und der Leiter der Kriminalpolizei Truro stand vor ihr; groß, schlank, ganz in Schwarz und mit viel zu langen Haaren.

Er zuckte ein wenig zurück. »Was macht ihr denn direkt vor meiner Tür?«

»Wollten gerade klopfen, Chief.« Bloombottem wies gut gelaunt hinter sich. »Ich habe dir jemanden mitgebracht. Hat aber ein wenig gedauert. Loretta hat uns unten abgefangen.«

»Na, dann hast du ja schon die wichtigste Person in diesem Revier kennengelernt!« Charles zwinkerte Ivy zu und reichte ihr die Hand. »Herzlich willkommen in Truro, DC Clarks!«

Sein Händedruck war warm und fest. Ivy merkte ärgerlich, dass schon wieder Röte ihre Wangen überzog und ihr Herz heftig schlug. Allerdings war sie sich nicht sicher, ob diese Reaktionen auf das Treffen mit ihrem neuen Chef oder dem Menschen Charles Pantel zurückzuführen waren.

»Danke Charles! Ich freue mich auch, endlich hier zu sein.«

»Dann komm herein in die gute Stube. Ich möchte dir noch das eine oder andere erklären, und in einer halben Stunde stelle ich dich dann offiziell den Kollegen vor.«

»Ähm, Chief!« Henry trat einen Schritt zurück. »Ich mache dann mal mit dem Einbruch bei Sainsbury's weiter.«

»Mach das, Henry!«

Ivy betrat das Büro. Ihr erster Blick fiel durch die großen Fenster direkt auf den Crown Court von Truro. Hinter den dicken, weißen Mauern, die im Sonnenschein grell von der Umgebung hervorstachen, wurde den ganz schweren Jungs der Prozess gemacht. Einer davon war DS Smith, Ivys damaliger Revierleiter gewesen.

Pantel hatte Ivys Blick gesehen und trat an das Fenster. »Smith hat hier während der Ermittlungen eingesessen. Jetzt ist er bis zum Prozess Gast Ihrer Majestät in Dartmoor.«

»Hast du mit ihm noch einmal gesprochen?«

»Nein, als Opfer war ich aus den Ermittlungen raus. Aber zum Prozess werde ich aussagen müssen. Du sicherlich ebenfalls.«

»Glaubst du, dass er schuldfähig ist?«

»Das Erstgutachten sagt ja, aber Smiths Anwalt hat ein neues Gutachten angefordert.«

Detective Sergeant Peter Smith hatte im Sommer sechs Menschen ermordet. Er war äußerst kaltblütig und brutal vorgegangen. Charles Pantel hatte er gleichfalls auf seiner Liste gehabt, weil dieser den Posten in Truro bekam, auf den Smith sich ebenfalls beworben hatte. Ivy und Bloombottem konnten Pantel im letzten Moment retten.

»Aber wir wollen uns den Tag nicht mit schlimmen Erinnerungen verderben!« Charles wies auf den Besucherstuhl. »Setz dich, Ivy. Wir haben noch ein paar Dinge zu besprechen.«

Die junge Frau zog ihren Mantel aus und stellte ihre Tasche neben den Besucherstuhl. Dann setzte sie sich Charles gegenüber und ließ ihre Augen interessiert durch das Büro schweifen. Außer einem silbernen Bilderrahmen auf dem Schreibtisch, der nach Ivys Vermutung das Foto von Sophie, Charles früh verstorbenen Frau, zeigte und einem Brieföffner in Form des Schwertes Excalibur konnte sie keinerlei persönliche Dinge entdecken.

»Du wirst zunächst mit Henry zusammenarbeiten. Im Moment ermittelt er in einer Einbruchsserie, die große Einzelhandelsgeschäfte betrifft.«

»Ja, ich habe davon in der Zeitung gelesen.«

»Gut. Er wird dir alles, was für dich wichtig ist, erklären und beibringen. Auch Dinge, die die Arbeit hier in Truro ganz allgemein betreffen. Sieh ihn als eine Art Mentor. Du weißt, er genießt mein absolutes Vertrauen.«

»Ich arbeite sehr gern mit ihm zusammen.« Sie lächelte Charles an.

»Das Büro teilst du dir mit Ajith Gupta, ein Virtuose an der Computertastatur. Allerdings im zwischenmenschlichen Bereich …«, Pantel überlegte kurz, wie er die Persönlichkeit des

Sohnes eines indischen Gewürzhändlers beschreiben konnte, »…
ziemlich zurückhaltend.«

»Kein Problem. Das bekomme ich hin.«

»Das haben sich Henry und ich auch gedacht.« Ein Lächeln
huschte über sein Gesicht. »Wir werden gleich nach unten gehen
und ich werde dich den übrigen Kollegen vorstellen. Es gibt da ein,
zwei, die ein wenig gewöhnungsbedürftig, aber nicht bedrohlich
sind.«

»Im Gegensatz zu Loretta Dee?« Ivy entspannte sich langsam
und lehnte sich bequem in ihrem Stuhl zurück.

»Ganz genau! Du hast sie ja schon kennengelernt.«

»Allerdings. Und mir war auch sofort klar, warum es hier keine
weiblichen Beamten gibt. Leider habe ich PI Dee ein wenig vor
den Kopf gestoßen.«

»Du hast was?« Charles musterte sein Gegenüber verblüfft.

»Mir ist da etwas rausgerutscht und sie folgerte, dass ich sie
für unvernünftig halte«, erklärte Ivy mit einem schiefen Grinsen.

»Dann weißt du ja jetzt, wo der Feind zu finden ist. Sei vorsichtig! Ihre Ränkespiele sind allseits bekannt und gefürchtet. Solltest
du Schwierigkeiten mit ihr haben, wende dich sofort an mich.«

»Danke, Charles.«

»Ja, dann wollen wir dich mal offiziell in die Truppe einfüh-
ren. Ach ja, bei formellen Anlässen bleiben wir beim Sie. Wenn
Kollegen anwesend sind, können wir uns duzen, aber als Anrede
benutzt du am besten ›Chief‹. Ich möchte nämlich kein Gerede
oder dumme Bemerkungen aus dem Kollegenkreis. Du weißt ja,
dass einer meiner Grundsätze lautet: Kollegen immer siezen und
mit Dienstrang oder Nachnamen ansprechen.« Charles erhob
sich. Im gleichen Moment ertönte ein lautes Klopfen und die Tür
wurde aufgestoßen.

»Chief, es gibt eine Leiche!«, stieß Bloombottem hervor. »Die
Managerin des Truro Golfclubs, eine Mrs Sandra Bellrich, hat
angerufen. Bei dem Toten handelt es sich um den Finanzmakler
Luke Harrogate.«

»Ist DI Brown schon informiert?«

»Ja, Chief. Doc Gainheart ist ebenfalls auf dem Weg. Zur Tatortsicherung habe ich Bonny und Clyde hingeschickt.«

»Wen?«, fragte Ivy verdutzt, während sie ihre Sachen zusammensammelte.

»PC Peter Bonnel und PC Clyde Dexler. Spezialisten bei der Sicherung von Tatorten«, erwiderte Henry grinsend.

»Sag DC Gubta, dass er schon mal diesen Harrogate durchleuchten soll. Danach machen wir drei uns auf den Weg zum Club.«

08:35 Truro/Golfclub

Als die drei Kriminalbeamten den Parkplatz der Golfclubs erreichten, sahen sie Doc Gainheart an der geöffneten Kofferraumklappe seines silbernen Astras stehen. Er zwängte sich gerade in seinen Schutzanzug, ein für den Betrachter recht amüsantes Unterfangen. Da der Pathologe von kleiner, untersetzter Statur war, spannten bei ihm die polizeieigenen Einwegoveralls gefährlich über dem Bauch. In den Ärmeln und Hosenbeinen hingegen verschwanden seine Hände und Füße gänzlich.

»Vielleicht sollte der Doc sich welche von den Dingern maßschneidern lassen«, feixte Bloombottem grinsend.

»Dass du so etwas ja nicht in Gegenwart des Docs von dir gibst«, tadelte Charles den Sergeant, konnte sich ein Schmunzeln jedoch nicht verkneifen. Er parkte den Dienstwagen neben dem Astra und stieg aus.

»Guten Morgen, Doc Gainheart!«, grüßte er freundlich den Mann, der gerade seinen linken Ärmel hochrollte. »Nun geht es wieder los. Wir hatten ja lange keine Leiche mehr.«

»Ja«, antwortete Gainheart einsilbig, während er sich nun mit dem rechten Ärmel abmühte. »Habe gehört, dass Brown jemanden aufgetrieben hat, der diese Anzüge auch in Spezialgrößen anfertigt.« Der Pathologe bückte sich und widmete sich seinem linken Hosenbein, während Charles, Ivy und ein immer noch grinsender Henry ihm stumm dabei zusahen. Schließlich richtete er sich auf und blickte seine Zuschauer an.

»Grinsen Sie nicht, Bloombottem. Sie bekommen XL vorn ja auch nicht richtig zu.« Dann flog ein Lächeln über sein Gesicht, als er Ivy bemerkte. »Clarks, wie schön sie gesund und munter wiederzusehen!« Er streckte ihr die Hand entgegen und bedachte sie mit einem herzlichen Händedruck. »Und gleich zu Dienstbeginn ein Toter!«

»Guten Tag, Sir«, erwiderte Ivy munter. »Ich hoffe nur, dass das nicht in dem Tempo weitergeht. Von Toten hatten wir die letzte Zeit genug.«

»Stimmt. Noch eine Mordserie brauchen wir tatsächlich nicht. Aber erst einmal wollen wir schauen, ob wir es mit Mord zu tun haben.« Dann wandte er sich an Pantel. »Und, Chief Inspector, wollen Sie mich begleiten?«

»Wenn es Ihnen nichts ausmacht, gern. Ich werde mich auch zurückhalten«, antwortete Charles grinsend. Hatte es anfangs einige Schwierigkeiten gegeben, da er stets als erster am Tatort war und danach Gainheart und Brown mit seinen Erkenntnissen überrumpelte.

»Dann hüpfen Sie mal in Ihren Overall. Wissen Sie, wo der Tote liegt?«

»Nein. Aber auf der Terrasse sitzt jemand, den wir sicherlich fragen können.«

Während die Beamten nacheinander die Außenterrasse des Golfclubs betraten, erhob sich von einem der Tische eine Frau in einem dunkelblauen Kleid. Ihr blondes Haar war zu einer kunstvollen Hochfrisur aufgesteckt und an den Ohrläppchen funkelten kleine Brillanten. Ein leises Lächeln lag auf ihren dezent geschminkten Lippen, doch in ihren himmelblauen Augen schimmerte Kummer.

»DCI Charles Pantel, Ma'am.« Charles reichte ihr die Hand.

»Sandra Bellrich. Ich bin die Clubmanagerin. Ich freue mich, dass Sie so schnell gekommen sind. Ihre beiden Kollegen sind bereits im Gelände.« Sie hielt Charles einen Schlüssel entgegen. »Sie nehmen am besten das Cart.« Sie zeigte auf eines von fünf elektrischen Golfmobilen, die unterhalb der Terrasse abgestellt waren. »Bis zu der Stelle, an der Luke gefunden wurde, ist es von hier eine knappe Meile.«

Charles nahm dankend den Schlüssel entgegen. »Wohin müssen wir genau?«

»Loch zwölf. Sie fahren von hier bis drüben zu der großen Eiche, biegen dort nach rechts und dann immer geradeaus.«

»Herzlichen Dank, Mrs Bellrich. Die Spurensicherung müsste ebenfalls gleich eintreffen.«

»Kein Problem. Es stehen genug Carts für Ihre Kollegen bereit, und ich werde auf alle Fälle hier sein.«

»Das ist sehr nett von Ihnen. Ist es für Sie in Ordnung, wenn Ihnen DS Clarks und DC Bloombottem einig Fragen zu Luke Harrogate stellen?«

»Aber natürlich, gern.« Sie nickte den beiden Detectives freundlich zu.

Nachdem Charles und Doc Gainheart die Terrasse wieder verlassen hatten, wandte sich die Frau an Ivy und Henry. »Wir setzen uns am besten hierhin. Dann habe ich in den Parkplatz besser im Blick, falls jemand kommen sollte. Kann ich Ihnen etwas zu trinken anbieten? Kaffee, Tee, Wasser?«

»Tee mit Zucker, bitte.« Henry zog sich einen Stuhl heran und setzte sich.

»Und ich hätte gern einen Kaffee mit Milch.«

»Gern, ich bin gleich wieder bei Ihnen.«

»Sag mal, spielst du Golf?«, flüsterte Ivy.

»Nee, ist mir zu viel Schickimicki« brummelte der Sergeant zurück. »Sie dir doch bloß diese Bellrich an. Gestylt, als würde Sie ein DAX-Unternehmen leiten.«

»Ich finde sie sehr apart«, erwiderte Ivy und setzte sich neben ihren Kollegen. »Aber ich denke, dass da zwischen ihr und Harrogate etwas gelaufen ist.«

Verblüfft schaute Henry seine junge Kollegin an. »Wie kommst du denn darauf?«

»Weil ihre Augen gerötet sind und kaum Tusche an den Wimpern am Unterlid ist.« Als Ivy Henrys ratloses Gesicht sah, kicherte sie leise. »Sie hat geweint, aber keine Zeit mehr gehabt, ihre Wimpern neu zu tuschen. Aber warum sollte sie weinen, wenn ein Clubmitglied stirbt. Außerdem sprach sie von Luke und nicht Mr Harrogate.«

»Okay. Ist dir sonst noch etwas aufgefallen?«

»Ich vermute, dass sie schwanger ist!«

»Also wirklich, wie willst du das denn wissen? Die ist doch gertenschlank.«

»Niemand trinkt freiwillig Multivitaminsaft.« Ivy wies mit dem Kopf schaudernd auf ein halb ausgetrunkenes Glas. »Und schon gar nicht, wenn eine Leiche gefunden wurde! Außer es handelt sich um eine schwangere…« Schritte aus dem Inneren des Clubhauses ließen sie verstummen.

Sandra Bellrich erschien mit einem Tablett in der Terrassentür. Professionell stellte sie die gewünschten Getränke und einen Teller mit Schokoladencookies vor den Detectives ab. Ivy beobachtete aus den Augenwinkeln, dass Henry zunächst interessiert den Bauch der Frau musterte und dann schmachtend auf den Gebäckteller starrte. »Das ist doch nicht nötig gewesen«, bemerkte er höflich, während er nach einem der Kekse griff.

»Oh doch«, antworte Mrs Bellrich schmunzelnd und nahm sich ebenfalls ein Cookie. »Wenn es mal schlecht läuft, gibt es nichts Besseres als Schokoladenkekse.«

Henry wischte sich rasch Krümel von seinem Mund und nahm einen Schluck Tee. Dann räusperte er sich.

»Mrs Bellrich!«

»Ms Bellrich«, korrigierte ihn die Frau.

»Ms Bellrich. Sie haben die Polizei informiert. Haben Sie Mr Harrogate gefunden?«

»Nein, Gott sei Dank! Unser Greenkeeper, Mat McGrey, kam kurz vor acht total aufgelöst zu mir und berichtete, dass er Luke tot aufgefunden habe.« Tränen traten in ihre Augen, und sie benötigte einen Moment, bis sie weitersprechen konnte. »Ich habe dann sofort den Notruf gewählt und danach das Clubgelände sperren lassen.«

»Wer befand sich noch alles auf dem Gelände, bis auf Sie und Mr McGrey?«

»Timmy Good, unser Mädchen für alles. Wir hatten vorhin gemeinsam die heutige To-Do-Liste besprochen. Und Dr. King, ein Clubmitglied. Er war auf dem dritten Fairway und ich habe ihn gebeten, wieder nach Hause zu fahren.«

»Wir müssen nachher mit Mr Good und Mr McGrey sprechen. Und wenn Sie uns die Kontaktdaten von Dr. King geben könnten.«

Sandra Bellrich nickte.

»Nun zu Luke Harrogate.« Henry räusperte sich erneut. »Was können Sie uns von ihm erzählen?«

»Luke spielt seit sechs Jahren bei uns. Mit sieben stand er das erste Mal auf einem Golfplatz. Heute ist er …«, die Frau stockte. »Er war ein begnadeter Turnierspieler. Wir haben im Clubhaus kaum noch Platz für seine Trophäen.« Ms Bellrich lehnte sich erschöpft zurück und faltete die Hände über ihrem schlanken Bauch.

»Was wissen Sie über ihn privat?«

»Er ist achtundvierzig, lebt von seiner Frau getrennt und hat keine Kinder.«

Interessiert beobachtete Ivy, dass die Frau sich mit der linken Hand sanft über den Bauch strich, bevor sie mit ihrer Aufzählung fortfuhr.

»Er wohnt in Penryn und betreibt dort ein Maklerbüro für Finanzen und Investments. Allerdings nicht so erfolgreich, wie man es sich wünschen würde.«

»Wie kommen Sie zu dieser Annahme?«, hakte Bloombottem nach.

»Nun, er bat mich vor sechs Monaten um Stundung seiner Mitgliedsbeiträge. Doch bis heute hat er seine Außenstände noch nicht bezahlt.«

»Und Sie lassen ihn trotzdem auf dem Gelände spielen?« Henry war über dieses Geschäftsgebaren ehrlich erstaunt.

»Nun, das ist nicht so einfach, Sergeant. Zum einen würde dieser Club seinen besten Spieler verlieren. Zum anderen hatte Luke eine Menge Freunde, die hinter ihm stehen.«

»Und Sie gehörten ebenfalls zu diesen Freunden!« Ivy hatte ganz bewusst den Satz als Feststellung und nicht als Frage formuliert. Aus den Augenwinkeln bemerkte sie, dass Bloombottem sie verdutzt ansah. Doch viel interessanter fand sie die Reaktion von Sandra Bellrich. Diese starrte Ivy an; so wie es Menschen tun, die ihren Gesprächspartner eindeutig unterschätzt hatten.

»Woher wissen Sie das?«, fragte die Frau matt.

»Ihre Augen sind gerötet und ihr Make-up hat ein wenig gelitten«, antwortete Ivy sanft. »Und, ich habe mich gefragt, warum Sie wegen eines Clubmitgliedes geweint haben könnten.«

Sandra Bellrich senkte den Blick. Ivy spürte, wie die Frau vor ihr mit sich kämpfte. Dann setzte sich Sandra gerade auf und schaute der jungen Beamtin direkt in die Augen.

»Ich hatte mit Luke seit einem halben Jahr ein Verhältnis. Wir haben es geheim gehalten. In meiner Position wäre ein Techtelmechtel mit ihm bei den anderen Mitgliedern sicherlich nicht gut angekommen.«

»Aber irgendwann hätten Sie es nicht mehr verbergen können, oder?«, fuhr Ivy ruhig fort und schaute dabei demonstrativ auf Sandras Leib.

»Ich wusste gar nicht, dass die Polizei Hellseher beschäftigt«, versuchte die Frau zu scherzen. Dann schluchzte sie laut auf und verbarg ihr Gesicht in den Händen.

Bloombottem stieß Ivy an. Sein Gesichtsausdruck sagte ihr, dass er im Moment vollkommen den Faden verloren hatte. Stumm formulierte sie mit den Lippen: Sie ist von Harrogate schwanger. Henrys Augen wurden so kugelrund, dass Ivy sich beherrschten musste, nicht laut loszulachen. Dann reckte er einen Daumen in die Höhe und erwiderte stumm: Gut gemacht, Mädel!

Eineinhalb Stunden zuvor / Loch 12

Luke Harrogate stellte seinen Caddy am Abschlag von Loch zwölf ab. Dann marschierte er energisch über das Fairway zum Green. Er nahm die Fahne aus dem Loch und legte sie außerhalb des kurz geschorenen Rasenstücks nieder. Sein Blick schweifte über den Bereich. Feinster englischer Rasen; anerkennend nickte er und musste zugeben, dass Mat MacGrey, der neue Greenkeeper, einen ausgezeichneten Job machte. Er würde Mat nachher für seine hervorragende Arbeit loben, nahm er sich vor. Selten hat er auf so gepflegten Grasflächen gespielt. Langsam schlenderte er zurück in Richtung Abschlag, die Augen immer noch kontrollierend auf den Rasen gerichtet. Als er den Weg zur Hälfte abgeschritten hatte, hört er ein leises Wimmern. Er blieb stehen und lauschte. Da war es wieder, doch er konnte nicht sagen, ob es von einem Menschen oder einem Tier stammte. Vorsichtig betrat er das Rough. Das hohe Gras ging ihm fast bis zu den Knien. Fehlt nur noch, dass sich so ein Katzenvieh hier herumtreibt und alles zukackt, dachte er ärgerlich. Er hielt erneut inne. Das Geräusch schien aus der Nähe der kleinen Felsformation, die etwa fünf Meter vor ihm aus dem hohen Bewuchs herausragte, zu kommen. Leise ging er darauf zu und schreckte zurück. Vor ihm auf dem Boden lag eine zusammengekrümmte Gestalt. Was macht denn eine Muslima hier? Luke hatte sofort erkannt, dass es sich bei der schwarzen Kleidung, die die Person trug, um eine Abaya und ein Hidschab handelte, war er doch vor einigen Jahren mit einer Marokkanerin liiert gewesen.

Die Frau lag auf der Seite, die Beine angezogen und die linke Hand auf den Bauch gepresst. Luke betrachtete sie skeptisch. »Hallo, kann ich Ihnen helfen?«

Die Angesprochen, deren Schleier ihr Gesicht bis auf die obere Partie verhüllte, schlug ihre blaugrünen Augen auf. Verstört sah sie Luke an.

»Verstehen Sie mich? Brauchen Sie Hilfe?«, versuchte er es erneut und trat einen Schritt näher an sie heran. »Soll ich eine Ambulanz bestellen?«

Die Frau schüttelte leicht den Kopf, ohne ihn aus den Augen zu lassen.

»Oder soll ich Ihnen vielleicht helfen aufzustehen?«

Nun nickte die Frau schwach und bot ihm ihre linke Hand, damit er sie hochziehen sollte. Verwundert stellte er fest, dass sie dunkle Handschuhe trug. Trotzdem griff er beherzt zu und zog sie auf die Beine. Die Frau umklammerte seine Hand, wandte sich plötzlich ab, um im nächsten Moment zurückzuschnellen. Gleichzeitig holte sie mit ihrem rechten Arm Schwung. Etwas Helles flog auf Luke zu. Er wollte sich ducken, doch das Geschoss hatte ihn bereits an der Stirn seitlich der Schläfe getroffen. Ein unbeschreiblicher Schmerz schoss durch seinen Kopf. Er riss sich von der Frau los und schlug die Hände vor das Gesicht. Schlagartig wurde ihm klar, dass er in Lebensgefahr schwebte. *Nur nicht ohnmächtig werden, Junge!* schrie alles in ihm. Verzweifelt wollte er sich umdrehen und fliehen, aber der Schlag hatte ihm so zugesetzt, dass er strauchelte und nach hinten fiel. Das letzte, was er in seinem Leben hören sollte, war ein widerliches Knacken in seinem Kopf.

Die verhüllte Gestalt blicke enttäuscht auf den leblosen Körper hinunter. Luke Harrogate war tot; den leeren Blick gen Himmel gerichtet, den Kopf in einer immer größer werdenden Blutlache liegend. Gern hätte die Frau ihm noch gesagt, warum er sterben muss. Leider hatten diese merkwürdigen Steine im hohen Gras sein Schicksal besiegelt, bevor sie das Messer, das in der Tasche der Abaya versteckt war, benutzen konnte. Schulterzuckend raffte sie ihren langen, schwarzen Mantel, überquerte das Fairway und verschwand zwischen den Bäumen.

09:15 Golfplatz/Loch 12

Als Pantel und der Pathologe den Abschlag von Loch zwölf erreichten, sahen sie schon von Weitem das gelbblaue Absperrband in der milden Brise flattern. Davor stand ein Polizist in Uniform; breitbeinig und die Hände auf dem Rücken verschränkt.

Charles gab Gas, musste dann aber abrupt abbremsen, da er fast einen Sandbunker übersehen hätte.

»Mensch, Chief!«, rief Gainheart erschrocken aus. »Wollen Sie uns umbringen?«

»Gott bewahre!«, antwortete Charles. »Aber wer kann schon ahnen, dass sich hier solch tückische Fallen befinden!«

»Jeder der Golf spielt!«

»Ich spiele aber kein Golf!« Vorsichtig setzte er den Caddy zurück. »Spielen Sie?«

»Sehe ich etwa so aus? Ich tauge höchstens zum Medizinball.« Gainheart lachte glucksend auf. »Übrigens, keine Veilchenpastillen heute?« Der Pathologe spielte auf die Angewohnheit Pantels an sich immer, wenn es schwierig wurde, eines der nach Seife schmeckenden Lakritzdragees in den Mund zu schieben.

»Bin gerade auf Entzug. Hat mir mein Arzt geraten«, gab Charles zerknirscht zu.

»Ist auch gesünder, jedenfalls was diese Mengen betrifft, die Sie in sich reingestopft haben.«

»Ich weiß.« Charles brachte das kleine Elektrofahrzeug zehn Meter vor der Absperrung zum Stehen.

»Sagen Sie, Doc. Ist das Bonny oder Clyde? Ich verwechsele die beiden immer. Die sehen fast wie Zwillinge aus.« Er nickte hinüber zu dem großgewachsenen, muskulösen Officer, dessen blondes Haar so kurz geschnitten war, dass es unter der Mütze kaum herauslugte.

»Clyde!«, erwiderte der Pathologe gelassen, während er sich aus dem Caddy zwängte. »Bonny hat O-Beine.«

PC Clyde Drexler sah den beiden Männern erfreut entgegen und tippt kurz an seinen Mützenschirm.

»Guten Morgen, Constable«, begrüßte Pantel ihn mit Handschlag. »Sind Sie alleine hier?«

»Nee, Sir. Bonnell ist dort drüben bei dem Greenkeeper.« Er wies auf eine Bank unter einer alten Eiche. »Muss ihn beruhigen. Hat einen ganz schönen Schreck bekommen!«, antwortete Clyde grinsend. »Hat sich auch übergeben, Sir. Gott sei Dank hier auf dem kurzen Gras.«

»Na, da werden sich die Golfer aber freuen!« Gainheart war bereits an das Absperrband getreten und bemühte sich, es anzuheben, dass er bequem darunter durchpasste.

»Moment, Sir! Ich helfe Ihnen!« Der Officer hob das Band so weit an, dass selbst Pantel, der die zwei Meter nur knapp verfehlte, ohne Bücken hindurchschlüpfen konnte. »Die Leiche liegt bei den Steinen.«

»Danke, Drexler!« Dann hielt Charles einen Moment inne und beobachtete Gainheart, wie dieser über einen Pfad aus niedergetretenem Gras zu dem Tatort ging. Er selbst wandte sich nach rechts und schritt langsam am Absperrband entlang. Zehn Meter weiter fand er eine zweite Spur, die durch das hohe Gras zu den Steinen führte. Sie war kaum zu erkennen. Gedankenverloren betrachtete er die wenigen umgeknickten oder zur Seite gedrückten Halme. Seine Hand wanderte automatisch zu der Tüte mit den Veilchenpastillen. Enttäuscht fiel ihm ein, dass er keine dabeihatte. Er umrundete das abgesperrte Areal, konnte aber weiter nichts Auffälliges entdecken. Schließlich wählte er denselben Weg wie der Pathologe. Kurz vor den Felsen blieb er erneut stehen. Er konnte beobachten, dass sich Doc Gainheart mit einem Infrarot-

Stirnthermometer in der Hand über den Toten beugte. Von der Leiche sah Charles lediglich die Beine, die in einer petrol-blau-weiß karierten Golfhose steckten. Allein diese merkwürdige Kleidung war für ihn Grund genug, um sich mit diesem Sport nicht anzufreunden. Erneut ließ er seinen Blick wandern. An einem der unteren Felsen konnte er einen rostroten Fleck erkennen. Auch ohne nähere Begutachtung wusste der Inspector, dass es sich um Blut handelte.

Vor der Steinformation befand sich ein großes Oval aus flach gedrücktem Gras. Langsam ging er zu Gainheart, hockte sich ihm gegenüber und betrachtete den toten Mann. Dessen Kopf lag in einer Blutlache, die Augen weit aufgerissen, der Mund wie zum Schrei geöffnet. Dicht neben der Schläfe befand sich ein taubeneigroßer Bluterguss.

»Bevor Sie wieder nerven!« Der Arzt fixierte Charles mit Schalk in den Augen. »Zwei Stunden, plus/minus.«

Charles nickte grinsend.

»Todesursache«, fuhr Gainheart nun ebenfalls grinsend fort, »Schweres Schädel-Hirn-Trauma durch Schädelfraktur am Hinterkopf.«

»Und dieses Hämatom? Ist er ebenfalls von heute früh?« Charles wies auf die Stirn des Toten.

Gainheart atmete tief durch. »Pantel! Sie wissen doch genau, dass exaktere Aussagen zu diesem Zeitpunkt unseriös wären.«

»Doc, kommen Sie.« Charles versuchte es mit seinem charmantesten Lächeln. »An den Steinen sind Blutspuren. Er muss also hinten übergeschlagen sein und hat sich dabei die schwere Kopfverletzung zugefügt. Aber warum hat er so einen kreisrunden Bluterguss an der Stirn? Und warum ist er überhaupt nach hinten gekippt?«

»Vielleicht ist ihm schlecht geworden!«

»Davon bekommt man keine Blutergüsse!«

»Na gut, aber nageln Sie mich später nicht darauf fest. Wissen Sie eigentlich, dass sie nerviger als eine Stubenfliege sind!« Gainheart erhob sich und richtete den Blick auf die Felsformation. »Das Hämatom ist frisch«, führte er weiter aus. »Wir befinden uns auf einem Golfplatz und es würde mich nicht wundern, wenn diese Verletzung von einem Golfball stammt. Aber erst kommt dieser Mann auf meinen Tisch! Vorher sage ich nichts mehr.«

Charles erhob sich ebenfalls. »Harrogate bekommt einen Golfball an die Stirn, verliert das Bewusstsein und fällt unglücklich nach hinten.«

»Ich sage dazu nichts mehr!«, wiederholte der Arzt energisch.

»Woher kommt dann das großflächig niedergedrückte Gras vor den Steinen. Könnte es sein, dass er erst nach vorn fällt, aufsteht, ihm schwindelig wird und er gegen die Felsen prallt?«

Gainheart stand mit verschränkten Armen und zusammengekniffen Lippen vor Pantel. »Hören Sie Chief. Warum warten Sie nicht erst einmal die Ergebnisse von Brown und mir ab?«

»Tut mir leid Doc. Sie kennen meine Ungeduld«, erwiderte Charles zerknirscht. »Aber wenn es nur ein verschlagener Golfball mit tragischem Ende war, dann handelt es sich um einen Unfall mit unterlassener Hilfeleistung. Bei einem gezielten Treffer jedoch müssen wir zumindest von Totschlag, wenn nicht sogar Mord ausgehen.«

»Man merkt, dass Sie kein Golf spielen, Chief Inspector!« Ein gutmütiges, brummiges Lachen erklang hinter ihm.

Er drehte sich verunsichert um. Hinter ihm hatte sich der hünenhafte Chef der Forensik, DI Brown, dessen rote Haare wie Feuer in der Sonne aufleuchteten, aufgebaut und schaute Charles amüsiert an.

»Falls jemand tatsächlich einen Golfball als Mordinstrument wählt, muss er ein verdammt guter Spieler sein!« Browns linke Pranke legte sich auf Charles Schulter. »Und jetzt lassen Sie uns mal unsere Arbeit machen. Ich bin mir sicher, dass Gainheart und ich Spuren finden werden, die Unfall oder Vorsatz nahelegen.« Er schob Pantel sanft zur Seite. »Wir brauchen jetzt Platz, Chief. Alles andere später.«

Charles schlüpfte unter dem Absperrband hindurch, streifte die Schutzkleidung ab und stopfte sie in einen bereitstehen Plastiksack. Browns Mitarbeiter entluden gerade die Carts, mit denen sie vom Clubhaus hergekommen waren. Dann griffen sie nach den vielen Koffern, Taschen und Gerätschaften und eilten grüßend an Pantel vorbei. Auf dem Fairway näherte sich ein weiteres Fahrzeug und Charles erkannte Bloombottem und Ivy. Die junge Beamtin fuhr und der Sergeant gab mit weit ausholenden Gesten sein bestes als Navigator. Als die beiden anhielten und ausstiegen, ging ihnen Charles ein Stück entgegen.

»Chief«, rief Henry Bloombottem schon von Weitem, »Du glaubst ja nicht, was dieses Mädel aus der Clubmanagerin rausgekitzelt hat!«

Charles sah an den geröteten Wangen der jungen Beamtin, dass ihr dieses laute Lob unangenehm war. Auch beobachtete er, wie Ivy dem älteren Kollegen ihren Ellbogen in die Rippen stieß.

Als die beiden Charles erreichten, senkte der Sergeant die Stimme und zwinkerte. »Na, hast du mal wieder Gainheart und Brown die Arbeit abgenommen, Chief?«

Bei jedem anderen Beamten hätte Charles diese Frechheit sofort gemaßregelt, aber Bloombottems fröhlicher Offenheit hatte er nichts entgegenzusetzen.

»Noch nehmen die beiden das mit Humor. Aber sie haben ja recht, wenn die beiden meine Ungeduld kritisieren.« Charles grinste. »Und jetzt zu Mrs Bellrich. Was hatte sie denn für besondere Informationen?«

»Ms Bellrich« korrigierte Blombottem. »Du wirst es nicht glauben, aber sie hat nicht nur zugegeben, dass sie ein Verhältnis mit dem Opfer hatte, sondern auch, dass sie von ihm schwanger ist!«

»Wie hast du das denn aus ihr herausbekommen?« Überrascht sah Charles Ivy an.

»Beobachtung.«, antworte die junge Beamtin bescheiden.

»Und was hattest du beobachtet?«, hakte Charles sanft nach.

»Zum einen hatte sie geweint. Warum sollte eine Managerin

wegen eines toten Clubmitglieds weinen, habe ich mich gefragt. Außerdem hat sie Multivitaminsaft getrunken. Kein normaler Mensch trinkt diesen Saft, außer er ist krank oder schwanger. Und schließlich hat sie hin und wieder mit der Hand über ihren Bauch gestrichen.«

»Ich dachte, ich falle vom Stuhl, als Ivy auf eine Affäre anspielte und schließlich noch die Schwangerschaft ins Spiel brachte«, ergänzte der Sergeant.

»Ich habe halt einen Schuss ins Blaue gewagt, und die Bellrich ist tatsächlich darauf eingegangen. Das war Glück«, wiegelte Ivy ab.

»Papperlapp! Glück!«, ereiferte sich Bloombottem. »Dieses Mädel hier hat es wirklich drauf!«

»Das glaube ich auch, Ivy«, schloss sich Charles dieser Meinung lächelnd an. Dann wurde er ernst. »Es ist noch nicht klar, ob wir es mit einem Unfall, Todschlag oder Mord zu tun haben. Brown hat versprochen, das für uns rauszufinden.«

»Wenn er das sagt …« Henry Bloombottem grinste. »Übrigens muss sich hier irgendwo der Greenkeeper, ein gewisser Matt McGrey aufhalten. Er hat den Toten gefunden.«

Charles wies mit der Hand zu der Bank unter der Eiche. »Ich wollte gerade zu ihm. Wenn ihr mitkommen wollen?«

Die drei gingen zu dem gemütlich aussehenden Schattenplatz hinüber und stellten sich vor. Matt McGrey war ein kleiner, drahtiger Mann Anfang dreißig mit schwarzem, glattem Haar und blaugrünen Augen. Seine fahle Gesichtshaut und die von Trockenheit aufgesprungen Lippen ließen darauf schließen, dass ihn das Auffinden der Leiche sehr mitgenommen hatte.

Charles bat PC Brunell dem Mitarbeiter des Clubs etwas zu trinken zu besorgen. Dann setzte er sich neben den verunsicherten Mann auf die Bank. Ivy holte ihren Notizblock hervor und stellte sich neben ihren Chef, während Bloombottem sich hinter die Gruppe verzog und entspannt an den mächtigen Eichenstamm lehnte.

»Mr McGrey, es tut mir leid, dass wir Sie belästigen müssen. Ich weiß, wie Sie sich jetzt fühlen, aber je eher wir Informationen bekommen, umso größer ist die Chance, dass wir den Tod von Mr Harrogate klären können.«

Der Greenkeeper nickte bedrückt.

»Schildern Sie doch bitte, was passiert ist, nachdem Sie hier im Club angekommen sind.«

McGrey fuhr sich mit der Zunge über seine zerschundenen Lippen. »Nun, ich bin so gegen halb sieben hier angekommen. Auf dem Parkplatz habe ich Timmy getroffen.«

»Wer ist Timmy?«

»Timmy Good. Er hilft mir, die Außenanlagen in Schuss zu halten. Wir sind dann gemeinsam ins Clubhaus. Sandra, ich meine Ms Bellrich hatte schon eine Kanne Kaffee gekocht. Wir haben dann zusammen eine Tasse getrunken und besprochen, was heute anliegt.«

PC Brunell erschien und reichte dem Zeugen eine Flasche Cola. Dankbar nahm dieser sie entgegen und trank einen Schluck, bevor er mit seiner Schilderung fortfuhr. »Danach gingen Timmy und ich nach draußen. Er machte sich an den Blumenbeeten hinter dem Clubhaus zu schaffen, während ich den Aufsitzmäher holte und Richtung Loch vierzehn fuhr, um das Grün zu trimmen.«

»Wann war das?«

»Vielleicht viertel vor? Jedenfalls kam ich um zehn vor sieben am Abschlag von Loch zwölf vorbei und habe den Caddy von Harrogate dort stehen sehen. Da wusste ich, dass ich mich beeilen musste, denn Harrogate ist ein verdammt schneller Spieler.«

»Und Mr Harrogate haben Sie nicht gesehen?«

»Doch, doch! Er muss schon auf dem Rückweg gewesen sein, denn die Fahne steckte nicht mehr im Loch.«

Charles schüttelte verwirrt den Kopf. »Von wo war er denn auf dem Rückweg?«

»Das Loch zwölf spielt Harrogate häufig hole-in-one.« Als McGrey sah, dass der Chief Inspector anscheinend immer noch nicht begriff, erläuterte er: »Er spielt den Ball ab und trifft direkt ins Loch, ohne weitere Schläge.«

»Sie meinen, dass er von dort …«, Pantel wies auf den Abschlag, »… direkt ins Loch trifft?«

»Ja! Harrogate ist zwar nicht Everybody's Darling, aber er ist der beste Amateurspieler, den ich je gesehen habe. Das Clubhaus steht voll mit seinen Pokalen!«

»Und von wo genau kam er zurück?«, lenkte Charles wieder zum Thema über.

»Da ja niemand da ist, der die Fahne aus dem Loch nimmt, muss er das selbst machen. Also marschiert er zum Grün, macht das Loch frei und geht wieder zurück zum Abschlag.«

»Also war er auf der Spielbahn, als Sie ihn sahen?«

»Eben nicht. Er stand im Rough – in dem hohen Gras – neben den Steinen.«

»Was hat er dort gemacht?«

»Das weiß ich auch nicht so genau. Er starrte auf den Boden und ich hatte fast den Eindruck, als würde er mit jemandem sprechen. Aber da war keiner, jedenfalls konnte ich niemanden sehen.«

»Wenn jemand auf dem Boden gelegen hätte, hätten Sie ihn sehen können?«

»Auf gar keinen Fall, das Gras ist viel zu hoch«, wehrte der Mann ab. »Jedenfalls bin ich dann weitergefahren.«

»Und hier hat sich auch niemand Weiteres herumgetrieben? Auch nicht später?«

»Nein.« McGrey nahm einen weiteren tiefen Schluck aus der Flasche. »Ich habe dann meine Arbeit gemacht. So gegen Viertel vor acht bin ich hier erneut vorbeigekommen. Der Caddy stand immer noch am gleichen Platz, aber von Harrogate keine Spur. Also bin ich rüber zu den Steinen. Dachte mir, dass ihm vielleicht schlecht geworden ist und er Hilfe braucht. Aber als ich an den Steinen ankam, wusste ich, dass ihm niemand mehr helfen konnte.«

»Und was haben Sie dann gemacht?«

McGrey benötigte einen Moment, um sich zu fassen, bevor er weitersprechen konnte. »Ich bin mit dem Aufsitzer zum Clubhaus gerast und habe die Managerin informiert.«

»Warum haben Sie nicht direkt die Polizei angerufen?«

»Weil ich mein Smartphone im Club vergessen hatte!«

»Ms Bellrich hat dann die Polizei informiert?«

Der Greenkeeper nickte bestätigend.

»Wann sind Sie hierhin zurückgekommen?«

»Na, als Ihre beiden Officer ankamen. Einer musste ihnen ja den Weg zeigen«, antwortete er unglücklich.

»Mr McGrey, haben Sie irgendetwas angerührt oder verändert?«

Der Mann schüttelte energisch den Kopf.

»Als Sie die Leiche fanden, war da das Gras im Rough schon so großflächig niedergetreten?«

»Ja. Ich bin in der Spur gelaufen, die Harrogate wohl ausgetreten hatte. Als ich die Leiche sah, habe ich sofort kehrtgemacht.«

»Gut. Außer Timmy und Ms Bellrich – wer arbeitet hier noch im Club?«

McGrey trank erneut aus der Flasche, bevor er antwortete. »Unser Küchenteam. Monsieur Jacque – eigentlich Jack Walters. Hatte französische Urgroßeltern.« Ein Grinsen schlich sich auf sein Gesicht. »Dann Marta Golinski, die Beiköchin. Stammt aus Polen, merkt man aber nicht mehr. Und unsere Küchenhilfe Skinny Peppermint – die heißt tatsächlich so«, bekräftigte er, nachdem er Charles ungläubiges Gesicht sah. »Spült, putzt, schnippelt Gemüse, halt solche Sachen. Und schließlich noch der Service, Kevin Gentcraft und Trish Arland. Die schlagen hier aber alle nicht vor neun Uhr auf.« McGrey schlug mit der flachen Hand gegen seine Stirn. »Hätte ich ja fast vergessen. Unsere Putzfee, Mrs Grove!«

»Edith Grove?«, brummte es aus dem Hintergrund und der Greenkeeper drehte sich erschrocken um. Er hatte vollkommen vergessen, dass noch ein dritter Beamter anwesend war.

»Jepp! Kennen Sie Edith?« Interessiert musterte er Bloombottem.

»Ja! Sie macht einen sehr guten Job!«, erwiderte der Sergeant mit einem Lächeln.

»Das stimmt. Und dann ist sie auch noch eine ganz Nette. Edith kommt drei Tage in der Woche. Ist meist schon kurz vor sieben da. Heute hat sie Dienst«, wandte McGrey sich wieder an Pantel.

»Danke, Mr McGrey. Falls Ihnen noch etwas einfällt, können Sie mich jederzeit anrufen.« Charles gab dem jungen Mann seine Visitenkarte und erhob sich.

Die drei Polizisten fuhren zurück zum Clubhaus. Charles beauftragte Henry Bloombottem, sich das Küchenteam und die Servicekräfte vorzunehmen. Er selbst wollte noch einmal mit Ms Bellrich und dann mit Timmy Good sprechen.

»Ivy, du befragst bitte Mrs Grove. Dann lernst du sie gleich kennen. Sie macht nämlich auch unsere Büros sauber.«

»Gern, Charles.« Ivy freute sich, dass sie allein eine Befragung durchführen sollte. Sie betrat das Clubhaus und blickte sich neugierig um. Die helle, moderne Möblierung gefiel ihr. Alles sah sehr gepflegt und einladend aus. Ein besonderer Blickfang war eine Regalwand, vollgestellt mit Pokalen in allen Größen, Ehrentellern und Statuetten von Golfern. Sie trat näher an die Stellage heran. Kleine handgeschriebene Karten gaben Auskunft, wer der Gewinner des jeweiligen Ehrenpreises war. Der Name Luke Harrogate tauchte immer wieder auf.

»Kann ich Ihnen vielleicht behilflich sein?«

Ivy drehte sich um. Vor ihr stand ein junger, gutaussehender Mann mit einem dunklen Bürstenhaarschnitt.

»PC Ivy Clarks!«, stellte sie sich vor. »Ich würde gern mit Mrs Grove sprechen.

»Da haben Sie Glück. Sie macht gerade ihre Frühstückspause im Kaminzimmer, dort die Tür.«

Ivy bedankte sich, klopfte und trat ein. Im Gegensatz zum Clubraum empfing sie ein Zimmer, das in die viktorianische Zeit gepasst hätte. Schwere Mahagonimöbel, ein mannshoher Kamin, davor zwei Chesterfield-Sessel und dunkelrote Samtvorhänge schufen eine gediegene, wenn auch bedrückende Atmosphäre. An einem runden Tisch saß eine ältere Frau mit einer Tasse Tee und der aufgeschlagenen Times. Überrascht, aber nicht unfreundlich musterte sie die junge Beamtin.

»Ja, bitte?« Ihre Stimme war rauchig und leise.

»Ich bin PC Ivy Clarks. Guten Morgen Mrs Grove.« Ivy streckte der Älteren die Hand entgegen. Diese lächelte erfreut und erwiderte herzlich den Händedruck.

»Setzten Sie sich doch bitte. Möchten Sie sich eine Tasse Tee nehmen?« Edith Grove wies auf eine silberne Thermoskanne, die neben einem Sahnekännchen, einem Zuckerstreuer und weißen Porzellanbechern auf einer wuchtigen Kommode thronte.

Dankend schenkte sich Ivy einen Tee mit etwas Sahne ein und setzte sich der Putzfee, wie McGrey sie genannt hatte, gegenüber.

»Liebes, da haben Sie ja heute einen schönen Einstand – gleich mit einer Leiche«, begann die ältere Frau das Gespräch.

»Ganz ehrlich, ich hätte es mir auch anders gewünscht.« Ivy fasste sofort Vertrauen zu der herzlichen Frau mit den grau melierten Haaren und dem freundlichen Lächeln. »Aber leider kann man es sich nicht aussuchen.«

»Da haben Sie vollkommen recht«, erwiderte Edith Grove mitfühlend. »Wissen Sie eigentlich, dass Henry, ich meine PS Bloombottem und der DCI in den höchsten Tönen von Ihnen sprechen?« Ivy schoss das Blut in die Wangen. Verlegen griff sie nach dem Teebecher und nahm einen Schluck. »Sie müssen sich doch nicht genieren, Liebes. Seien Sie lieber stolz darauf, dass diese beiden Männer, die nur selten ein Fehlurteil fällen, Sie und Ihre Arbeit so wertschätzen!« Aufmunternd lächelte sie Ivy zu.

»Dann wollen wir sie mal nicht enttäuschen.« Die junge Beamtin lächelte zurück. »Mrs Grove, ich würde Ihnen gern ein paar Routinefragen stellen.«

»Nur zu, Liebes. Und nennen sie mich bitte Edith, so wie alle anderen auch.« Bequem lehnte sich die Frau zurück.

»Edith. Wann genau sind Sie heute Morgen hier eingetroffen?«
Ivy holte Stift und Schreibblock heraus und beugte sich erwartungsvoll vor.

»Das muss so viertel nach sieben gewesen sein. Ich war heute etwas später dran. Mein Wagen wollte nicht anspringen.«

»Können Sie mir bitte erzählen, wie der Morgen weiter verlaufen ist, nachdem Sie hier angekommen sind.«

Edith dachte einen Moment nach. »Ich bin ins Clubhaus. Dort habe ich mich mit Sandra Bellrich kurz abgesprochen, was es heute zu tun gibt und habe mit meiner Arbeit angefangen.«

»Haben Sie zu dem Zeitpunkt noch andere Personen gesehen?«

»Nein. Mat war schon los und Timmy war irgendwo hinter dem Haus in den Beeten.«

»Auch nicht auf dem Gelände?«, hakte Ivy nach.

»Nein.« Die Frau schüttelte den Kopf. »Später dann, es muss wohl gegen acht gewesen sein, kam Mat ins Clubhaus gestürzt und faselte etwas von einer Leiche. Es hat ein Weilchen gedauert, bis Sandra und ich verstanden hatten, was er sagen wollte. Er war total durch den Wind.« Edith nahm einen Schluck Tee, bevor sie mit ihrer Schilderung fortfuhr. »Sandra hat dann die Polizei angerufen und ist danach fast zusammengebrochen. Ein Schlamassel, kann ich Ihnen sagen. Gleich zwei, die sich kaum auf den Beinen halten konnten. Mat habe ich hier in eine Ecke verfrachtet und ihm einen Whiskey eingeschenkt. Mit Sandra bin ich auf die Veranda raus, hab sie auf einen Stuhl gesetzt und ihr einen Saft gebracht. Ich hatte Angst, dass ihr…« Edith verstummte.

»Ich weiß von dem Baby und auch, wer sein Vater ist«, beruhigte Ivy die Zeugin.

»Dann ist ja gut.«

»Wie war denn das Verhältnis zwischen Ms Bellrich und dem Opfer?«

Edith blies die Wangen auf und ließ die Luft langsam entweichen. »Also, Sandra hat Harrogate vorgestern gesagt, dass sie von ihm schwanger sei. Er hat sich fürchterlich aufgeregt und ihr geantwortet, dass sie abtreiben solle. Das hat mir jedenfalls Sandra so erzählt.«

»Was war Harrogate denn für ein Mensch?« Ivy ahnte, dass Edith kein Loblied auf ihn singen würde.

»Ein Nichtsnutz! So ein Schnorrer, der sich von anderen sein Leben finanzieren ließ. Er hatte hier im Club einige Fürsprecher, aber ich bin mir ziemlich sicher, dass die das nicht freiwillig sind.«

Ivy blickte erstaunt von ihrem Notizblock auf. »Sie meinen, dass Harrogate diese Fürsprecher irgendwie in der Hand hatte?«

»Ganz genau! Wissen Sie, Ivy, als Putzfrau wird man von den Leuten eigentlich gar nicht wahrgenommen, außer vielleicht, wenn der Staubsauger zu laut ist. So passiert es immer wieder, dass ich Dinge mitbekomme, die vertraulich sind. Und ich habe öfters gehört, dass Harrogates sogenannten Freunde auf übelste Weise über ihn hergezogen sind, wenn er nicht anwesend war.«

»Könnte es sein, dass sich einer von denen seinen Tod gewünscht hat?« Ivy merkte sofort, dass sie zu schnell vorgegangen war, denn Edith musterte sie misstrauisch, lehnte sich zurück und verschränkte die Arme vor der Brust.

»War es denn ein Mord?«, fragte die ältere Frau lauernd.

»Das wissen wir noch nicht. Vielleicht war es auch ein Unfall. Aber es war auf jeden Fall eine weitere Person beteiligt.«

»Seien Sie mir nicht böse, Liebes, aber über Ihre letzte Frage möchte ich gern noch ein wenig nachdenken. Nicht, dass ich einen Unschuldigen in Schwierigkeiten bringe. Morgen putze ich wieder im Revier. Dann kann ich ihnen sagen, ob ich jemandem aus dem Club so etwas zutraue.«

»Natürlich, Edith!« Beschwichtigend hob die junge Beamtin die Hand. »Dann können wir morgen auch gleich Ihre Aussage schriftlich aufnehmen.« Ivy schob ihren Notizblock zurück in die Tasche und erhob sich. »Falls Ihnen sonst noch etwas Ungewöhnliches einfällt – es kann auch etwas sein, das für Sie nicht wichtig erscheint – dann melden Sie sich bitte.«

Mrs Grove war ebenfalls aufgestanden und räumte die beiden

Tassen vom Tisch. »Gern. Wir sehen uns dann auf jeden Fall morgen.«

Charles Pantel stand im Besprechungsraum und pinnte einige Fotos und den Lageplan des Golfplatzes an das Ermittlungsboard. Von der rechten Seite sahen ihm die Mitarbeiter des Golfclubs entgegen. Den linken Rand hatte er zunächst für Mitglieder des Clubs reserviert. In der Mitte befanden sich drei Bilder des Opfers und des Tatortes, die Charles anhand von roten Pfeilen mit den Aufnahmen von Sandra Bellrich und Mat McGrey verbunden hatte.

Er trat einen Schritt zurück und betrachtete sein Werk. Dabei fuhr seine Hand automatisch in seine Jackentasche und tastete wieder einmal vergeblich nach seiner Denkhilfe, den Veilchenpastillen. »Verflixt aber auch!«, fluchte er leise und entschied dann spontan, sich gleich nach der Besprechung welche zu besorgen. Was wissen schon Ärzte, ging es ihm ärgerlich durch den Kopf.

Die Tür öffnete sich und Henry Bloombottem erschien, Ivy Clarkes dicht hinter sich.

»Ah, wir sind die Ersten!«, posaunte er fröhlich heraus. »Komm Mädel, wir holen uns erst einmal einen Kaffee und dann sichern wir uns die besten Plätze.«

Überrascht war Ivy im Türrahmen stehen geblieben und ließ ihre Augen durch das Besprechungszimmer schweifen. Sie kannte eine Reihe von Besprechungszimmern; stets mit einem großen Tisch in der Mitte, von billigen Plastikstühlen umzingelt und in grelles Neonlicht getaucht. Aber dieser Raum war anders. Anstelle von Neonröhren, deren Flackern Ivy stets als nervtötend empfand, waren kleine Spots in die Decke eingelassen. Drei doppelflügelige Fenster, davon zwei an der Längsseite des Zimmers, spendeten sonniges Tageslicht. Die Mitte des Raums wurde von einer rostroten, u-förmigen Polsterlandschaft beherrscht. In dem U verteilten sich drei kleine, runde Tische aus hellem Holz. Auf jedem stand eine geöffnete Dose mit Shortbread.

»Netter als in Penzance, nicht wahr?« Charles hatte Ivys verwunderte Blicke beobachtet. »Und der Kaffee schmeckt auch wesentlich besser!« Er wies mit der Hand zu der Anrichte, an der Henry bereits aus einer Thermoskanne Kaffee in einen weißen Steingutbecher goss.

»Möchtest du auch einen Kaffee, Mädel?«, fragte er über die Schulter.

»Gern, mit zwei Löffeln Zucker bitte.«

»Und du, Chief? Wie immer ein kleiner Schuss Milch?« Henry griff bereits nach dem nächsten Becher.

»Wenn du schon dabei bist, Sergeant.« Dankend nahm Charles die dampfende Tasse entgegen. »Bevor die anderen kommen, noch auf ein Wort.« Er setzte sich auf die Ecke eines kleinen Schreibtisches, der neben dem Ermittlungsbord aufgebaut war und auf dem allerlei Moderationsmaterial lag.

»Bevor ich die Truppe über unseren Fall informiere, werde ich dich, Ivy, der Bande vorstellen. Vielleicht findest du ein paar nette Worte zu deinem Einstand.«

Ivy schaute ihren Chef betroffen an und Röte breitete sich von ihrem Hals aufwärts auf ihrem Gesicht aus.

»Nur ein Hallo und dass du dich freust, hier zu sein«, beruhigte er die junge Frau.

»Danach werde ich unsere bisherigen Erkenntnisse vorstellen, die Befragung des Küchenteams eingeschlossen. Das ist doch für dich in Ordnung, Henry?«

»Klar Chief«, antwortete Henry munter.

»Gut. Was die Befragung von Edith Grove betrifft, möchte ich gern, dass du das übernimmst, Ivy.«

Ivy nickte, obwohl Sie sich nicht sicher war, ob sie das gleich an ihrem ersten Tag hier im Revier überhaupt wollte.

»Dann wäre das geklärt.«

Im selben Moment, als sich Henry und Ivy in eine Ecke der Polstergarnitur fallen ließen, öffnete sich erneut die Tür und Bonny und Clyde betraten den Raum. Charles Blick wanderte automatisch hinunter zu den Beinen der beiden. Er konnte sich ein Grinsen nicht verkneifen. Der Doc hatte tatsächlich recht. Peter Bonnels Beine zeigten ein unübersehbares O.

Als Nächster erschien DC Ajith Gupta. Sein blauschwarzes Haar, der sorgfältig gestutzte Oberlippenbart und die olivbraune Haut verrieten seine indischen Wurzeln. Mit gesenktem Kopf strebte er einem freien Platz zu, setzte sich und starrte auf sein Tablet. Direkt hinter ihm tauchte Tajo Malmac auf. Seine schlaksige Figur bewegte sich in einem besonderen Rhythmus. Die grellroten Kopfhörer, die er trug, hoben sich auffällig von seiner kaffeebraunen Haut und den dunklen Rastalocken ab. Mit federnden Schritten bewegte er sich auf die Anrichte zu. Sicher hört er wieder Calypso, dachte Charles schmunzelnd.

Als Letzter betrat PS Oswald Peafield den Raum. Der ältere Beamte schaute lächelnd in die Runde.

»Henry, halt mir den Platz neben dir frei!«, dröhnte sein tiefer Bass durch den Raum, während seine wasserblauen Augen Ivy interessiert musterten. »Hole mir bloß eben einen Tee.«

»Oswald ist ein Pfundskerl!«, raunte Henry seiner jungen Kollegin zu. »Den bringt absolut nichts aus der Ruhe. Wenn ich mal nicht da bin, kannst du ihn jederzeit um Rat fragen. Der kennt das Revier und die Truppe aus dem Effeff.«

Pantel stellte sich vor das Ermittlungsboard und räusperte sich. Sofort verebbte das Gemurmel. Selbst Tajo Malmac setzte seine Kopfhörer ab und schaute seinen Chef erwartungsvoll an.

»Bevor wir unsere erste Teambesprechung im Fall Luke Harrogate halten, möchte ich Ihnen gern unsere neue Kollegin vorstellen. DC Ivy Clarks wird ab heute unser Team verstärken. Sie kommt aus Penzance und hat im Fall Peter Smith gezeigt, dass sie hervorragende Ermittlungsarbeit leistet. Darum habe ich sie auch von unseren Kollegen dort unten abgeworben.«

»Dann wollen wir mal hoffen, dass sie hält, was Sie hier versprechen, werter Kollege.«

Alle Köpfe wandten sich der Tür zu. Im Rahmen lehnte Loretta Dee und ein süffisantes Lächeln umspielte ihre perfekt geschminkten Lippen. »Sie haben doch nichts dagegen, wenn ich mich dazusetze, Chief Inspector.«

»Warum sollte ich, PI Dee.« Charles lächelte zurück, doch Ivy bemerkte, dass seine Augen ernst und wachsam blieben. »Schließlich helfen ja auch Ihre Jungs bei den Ermittlungsarbeiten.«

Loretta stieß sich vom Türrahmen ab und schlenderte auf den letzten freien Platz zu, der sich zwischen Ajith und Tajo befand. Erschrocken rutschte der Inder zur Seite und rempelte dabei Clyde an, der nur mit Mühe verhindern konnte, dass sein Kaffee überschwappte.

»Nun gut«, fuhr Charles fort. »Da wir nun komplett sind, lassen Sie uns über den Tod von Luke Harrogate sprechen.«

Ivy atmete erleichtert aus. Offenbar hatte das Erscheinen von Loretta sie davor bewahrt, vor den neuen Kollegen ein paar Worte sagen zu müssen.

»Zunächst Folgendes.« Charles nahm einen Schluck von seinem Kaffee. »DI Brown hat mich vorhin angerufen und mir mitgeteilt, dass er und Doktor Gainheart zu der Annahme gelangt sind, dass auf jeden Fall noch eine weitere Person anwesend war, als Harrogate starb. Auf dem plattgetretenen Grasbereich«, Charles wie auf eines der Tatortfotos, »wurden schwarze Fasern eines Kleidungsstücks gefunden, die dem Opfer nicht zugeordnet werden können. Außerdem hatte der Tote eine Verletzung an der Stirn, die aller Wahrscheinlichkeit nach durch einen Golfball verursacht wurde. Brown vermutet, dass Harrogate von einem Golfball getroffen wurde, das Gleichgewicht verlor, nach hinten auf eine Steinformation fiel und sich dabei die tödliche Verletzung zuzog.« Er wies auf ein anderes Tatortfoto hin, welches die Steine mit dem Blutfleck zeigten. »Also Körperverletzung mit Todesfolge und unterlassene Hilfeleistung. Aber es könnte sich auch um einen Mordversuch handeln, bei dem die Steine den Rest erledigten oder jemand wollte Harrogate Angst machen, was dann vollkommen aus dem Ruder gelaufen ist. DC Gupta, würden Sie uns bitte erzählen, was Sie über Harrogate herausgefunden habe?«

Der Angesprochene zuckte leicht zusammen. Dann rief er eine Seite auf dem Tablet auf und begann mit leiser Stimme und in bestem Oxford-English:»Luke Alexander Harrogate, geboren am 15.10.1972 in Bath, lebt in Penryn, Truro Hill 15. Er ist verheiratet mit Coral Harrogate, 45 Jahre alt, Falmouth, in einer Appartementanlage in der Queen Mary Road. Die beiden haben sich vor einem halben Jahr getrennt. Keine Kinder. Er gilt als brillanter Amateur-Golfer.« Nervös fuhr sich Ajith mit der Zunge über die Lippen. *Der ist ja noch schüchterner als ich*, dachte Ivy erleichtert.

»Harrogate hat bei uns zwei Einträge wegen Alkohols am Steuer«, fuhr der Inder leise fort. »Beruflich hat er schon so einiges hinter sich. Er hatte mehrere Beratungs- und Immobilienfirmen, mit denen er regelmäßig in Konkurs gegangen ist. Aktuell gehört ihm die Investment Consulting Penryn. Laut Aussage der Finanzbehörden erwartet man jeden Tag den Insolvenzantrag. Die Konten, die für mich zugänglich waren, sind alle ausgereizt, obwohl er regelmäßig vierstellige Beträge von zwei Firmen erhält. Ich habe versucht, diese Unternehmen ausfindig zu machen, allerdings erfolglos.«

»Könnte es sich um Briefkastenfirmen handeln?«, fragte Pantel.

»Möglich, Sir. Aber ich werde weiter nachforschen«, antwortet Ajith, ohne von seinem Tablet aufzuschauen.

»Tun Sie das. Außerdem kümmern Sie sich um die Überwachungskameras des Golfclubs und im Umkreis von einer Meile.«

Ivy hob zögernd die Hand. »Chief, in dem Gespräch mit Edith Grove hat diese angedeutet, dass Harrogate Druckmittel gegen andere Personen hatte. Sie sprach das Wort Erpressung nicht aus, aber für mich hörte es sich ganz danach an. Auch sprach sie von ihm als Nichtsnutz, der sich von anderen finanzieren ließ.«

»Woher weiß Edith denn so was?«, entfuhr es Bloombottem überrascht.

»Sie sagte, dass sie als Putzfrau selten wahrgenommen würde und so schon öfter private Gespräche im Club mitbekommen hätte. Da gibt es wohl einige Mitglieder, die nach außen hin Harrogate unterstützen, aber in Wirklichkeit nicht gut auf ihn zu sprechen sind.«

»Hat Sie Namen genannt?« Charles hatte sich interessiert nach vorn gebeugt.

»Das wollte sie nicht. Zumindest nicht heute. Sie wollte eine Nacht darüber schlafen, bevor sie vielleicht irgendjemanden in Schwierigkeiten bringt. Ich spreche morgen früh noch einmal mit ihr darüber.«

»Hat sie sonst noch etwas erzählt?« Charles trat einen Schritt näher, fuhr mit der Hand in die Jackentasche und zog sie enttäuscht wieder heraus.

»Sie wusste, dass Sandra Bellrich von Harrogate schwanger ist und es am Montag einen bösen Streit zwischen den beiden deswegen gegeben hatte. Harrogate hatte Sandra aufgefordert, das Kind abzutreiben.«

»Dann könnte Sandra Bellrich durchaus ein Motiv haben«, stellte Henry Bloombottem fest.

»Ein Motiv schon, aber keine Möglichkeit«, erwiderte Ivy bestimmt. »Jedenfalls keine, wenn wir die Zeitschiene betrachten.«

»Welche Zeitschiene?«, mischte sich nun Loretta Dee in das Gespräch.

»Matt McGrey, der Greenkeeper, der den Toten gefunden hat, sagte aus, dass er mit Sandra Kaffee getrunken habe und dann direkt zum Loch vierzehn gefahren sei.« Ivy stand auf, ging auf das Ermittlungsboard zu und fuhr mit dem Finger über den Lageplan. »Dabei kam er um kurz vor sieben am Loch zwölf vorbei. Dort sah er Harrogate im Rough stehen. Anscheinend sprach er mit jemandem, der auf dem Boden lag. Edith Grove hat ausgesagt, dass sie kurz nach sieben im Golfclub ankam und dort mit Sandra gesprochen hätte. Sandra Bellrich hätte also vor McGrey am Loch zwölf sein müssen, um danach Harrogate anzugreifen und circa zehn Minuten später wieder im Clubhaus zu sein. Wenn man die Entfernung berücksichtig, ist das unmöglich.«

Schweigend betrachteten die Anwesenden den Lageplan.

»Gute Arbeit, Constable!« Loretta erhob sich und wandte sich der Tür zu. »Und herzlichen Glückwunsch zu Ihrer Entscheidung, Chief. Sieht so aus, als ob diese junge Frau die Erwartungen erfüllen wird.« Dann verließ sie den Raum.

Verblüfft schaute Charles der PI hinterher. Er hatte noch nie irgendein Lob oder etwas, das dem gleichgekommen wäre, von seiner Kollegin gehört. Was hat dieses Biest vor? grübelte er. Als er zu Bloombottem blickte, wusste er, dass der Sergeant sich genau die gleichen Sorgen machte.

»Danke, Clarks.« Das Lächeln, das Charles Ivy schenkte, misslang ein wenig. »Also können wir Sandra von der Verdächtigenliste streichen.« Er bat die junge Frau, sich wieder zu setzen, bevor er den anderen Beamten die Befragungen der übrigen Zeugen schilderte. Er schloss seinen Bericht mit der Vermutung, dass es wahrscheinlich eine Reihe von Personen gab, die Harrogate gern übel mitgespielt hätten. Und er betonte ebenfalls, dass auch die Mitarbeiter des Golfclubs, besonders Matt McGrey, die zeitliche Möglichkeit gehabt hätten, das Opfer anzugreifen. Demnach lag der Hauptfokus auf der Suche nach Motiven.

»Wir müssen jeden ausfindig machen, der ein Problem mit Harrogate hatte. Auch muss dessen Haus auf den Kopf gestellt werden.« Er wies Bloombottem an, die Aufgaben auf die Kollegen zu verteilen und hoffte inständig, dass die Berichte von Brown und Gainheart, als auch die morgige Aussage von Edith Grove weitere Erkenntnisse bringen würden. Um die Witwe von Harrogate würde er sich selbst kümmern.

Das Appartement, in dem Coral Harrogate wohnte, lag direkt am Gylly Beach mit unverbaubarem Blick auf das Meer. Die Anlage, die aus verschachtelt gebauten Reihenhäusern zu bestehen schien, schmiegte sich gefällig in die Dünenlandschaft und war von einem großen, hübsch angelegten Garten umgeben. Charles stellte seinen roten Spider in einer Parkbucht am Straßenrand ab und betrat durch ein schmiedeeisernes Tor das Grundstück.

»Sir, Sie befinden sich auf privatem Grund.«

Erstaunt drehte sich der Chief Inspector um und sah sich einem bulligen Mann in schwarzer Uniform gegenüber, der wie aus dem Nichts aufgetaucht war.

»Ich weiß. Ich bin mit Mrs Coral Horrogate verabredet.« Er zog seine Dienstmarke hervor und hielt sie dem ›schwarzen Sheriff‹ vor das Gesicht.

Ungerührt holte der Wachmann ein Mobile Phone aus der Tasche. »Ich werde Mrs Harrogate sagen, dass Sie da sind. Bitte warten Sie hier einen Moment.« Er entfernte sich ein Stück und sprach in sein Telefon. Dann trat er wieder auf Charles zu. »Mrs Harrogate bewohnt das Appartement C 02. Sie erwartet Sie. Bitte benutzen Sie den dritten Eingang.« Er wies mit seiner Hand auf ein zweistöckiges Gebäude in der Mitte der Anlage. Danach ging er zurück an das Tor und verschwand hinter mannshohen Rhododendren, aus denen das Dach einer kleinen Holzhütte lugte.

Wenn Harrogate finanziell so angeschlagen war, wie konnte sich der Kerl dann das Anwesen in Penryn und diesen Wohnsitz leisten, überlegte Charles und beschloss, der Witwe diese Frage zu stellen. Vielleicht konnte sie Licht in die wirtschaftlichen Besonderheiten ihres Mannes bringen. Er öffnete die dunkelgrün lackierte Haustür und fand sich in einer mit hellem Marmor ausgelegten Eingangshalle wieder. Eine breite Treppe, deren marmorne Stufen mit einem dunkelgrünen Treppenläufer belegt waren, führten hinauf zu den Appartements C02 und C03. Das aus Messing kunstvoll gearbeitete Treppengeländer schimmerte sanft in dem warmen Licht, das durch ein Buntglasfenster am mittleren Treppenabsatz fiel. Charles hörte, dass im oberen Bereich eine Tür geöffnete wurde. Langsam stieg er die Stufen hinauf. Im Rahmen der linken Appartementtür lehnte eine attraktive Frau und schaute ihn interessiert an. Noch bevor er sie erreichte, verschwand sie im Inneren der Wohnung und überließ es Charles, die Tür zu schließen. Er folgte ihr durch eine geräumige Diele in ein modern eingerichtetes Wohnzimmer, das durch die geschickte Platzierung von ausgefallenen Antiquitäten und farbenfrohen Ölgemälden bestach. Doch das absolute Glanzstück war die bodentiefe Fensterfront, die einen einzigartigen Blick über die Bucht von Falmouth bis hinunter nach St. Anthony Head gewährte. Eine Flottille Segelschiffe zog gemächlich über das tintenblaue Wasser und ein weißer Kreuzfahrer glitt langsam in die Carrick Roads.

»Der einzige Grund, warum ich diese Wohnung gekauft habe.« Die tiefe, etwas raue Stimme von Coral Harrogate überraschte Charles, passte so gar nicht zu der gepflegten Erscheinung mit dem langen, lockigen Haar, den braunen Augen und der Designerkleidung. »Ich liebe diesen Blick über die Bucht und freue mich ganz besonders auf die Winterstürme, die das Meer aufwühlen und die Gischt bis auf die Loggia tragen. Möchten Sie Tee oder lieber Kaffee?«, fragte sie übergangslos.

»Kaffee wäre nett, mit ein wenig Milch.«

Wortlos drehte sie sich um, verschwand durch einen Türbogen in die Küche und überließ Charles sich selbst. Er blieb noch einen Moment am Fenster stehen und betrachtete das unvergleichliche Panorama. Sophie wäre vor Entzücken ausgeflippt, dachte er mit Wehmut. Sophie, lebenslustig, manchmal etwas schräg und stets fähig, ihre Begeisterung zu zeigen, war nun seit einem dreiviertel Jahr tot. Doch jedes Mal, besonders wenn er Dinge betrachtete, die auch ihr gefallen hätten, schlich sie sich in seine Gedanken. Lange Zeit hatte ihn das Wissen, sie für immer verloren zu haben, fast um den Verstand gebracht; ein Grund, warum er York den Rücken gekehrt hatte und sich nach Cornwall versetzten ließ.

Mit einem leisen Seufzer wandte er sich vom Fenster ab. Im selben Moment erschien Coral. Sie stellte das Tablett auf dem gläsernen Couchtisch ab, sank in eines der beiden weißen Ledersofas und bat den Inspector mit einer kleinen Geste, sich ebenfalls zu setzten.

Pantel kam der Aufforderung nach und zückte seinen Dienstausweis.

»Ich weiß wer Sie sind, Chief Inspector. Ihr Sergeant hat mich ausreichend informiert. Er wollte mir allerdings nicht sagen, warum ein so hochrangiger Polizeibeamter mich sprechen möchte.« Entspannt lehnte sie sich zurück und schlug ihre langen Beine übereinander.«

»Mrs Harrogate, ich muss ihnen eine traurige Mitteilung machen. Wir haben Ihren Mann heute Morgen tot aufgefunden.« Charles hatte schon viele Todesnachrichten überbracht, aber das, was er nun beobachten konnte, war völlig neu für ihn. Coral Harrogate lachte laut auf.

»Tut mir leid, Chief Inspector, aber traurig ist diese Nachricht auf gar keinen Fall. Ich hatte nämlich schon die ganze Zeit überlegt, wie ich meinen Mann loswerden sollte.«

»Wie kann ich das verstehen?« Irritiert beobachtete er die sichtlich vergnügte Witwe.

»Nicht falsch, hoffe ich.« Sie lächelte ihn an. »Luke wohnt im Moment in meinem Haus in Pendyn zur Miete. Gar nicht so einfach, einem Mieter zu kündigen, in der heutigen Zeit. Morgen wollte ich mit meinem Anwalt darüber sprechen.« Coral richtete sich ein wenig auf und musterte Charles mit zusammengekniffenen Augen. »Da Sie hier sind, nehme ich an, dass er nicht eines natürlichen Todes gestorben ist.«

»Im Moment können wir noch nicht sagen, ob es sich um einen Unfall oder ein Tötungsdelikt handelt. Sicher ist nur, dass eine zweite Person an seinem Tod beteiligt war.«

»Die sicherlich nicht ich war!«

»Wo waren Sie heute Morgen zwischen halb sieben und acht Uhr?«

Erneut lachte sie auf. »Um diese gottlose Zeit schlafe ich noch. Allerdings gibt es niemanden, der das bezeugen könnte. Und glauben Sie mir, mit Luke wäre ich auch so fertig geworden, ohne dass ich ihn gleich hätte töten müssen.«

Charles schenkte ihr sofort Glauben. Diese Frau hatte eine so unorthodoxe Art an sich, die jegliche Gegenwehr mit dem Schnippen ihres Fingers zunichtegemacht hätte.

»Halten wir das erst einmal fest, Ma'am«, reagierte Charles ein wenig zu schroff. Dann entspannte er sich wieder und lächelte Coral an. »Mrs Harrogate, können Sie mir bitte etwas über die Finanzen Ihres Mannes erzählen?«

»Welche Finanzen?« Ein breites Grinsen zeigte sich auf ihrem perfekt geschminkten Gesicht. »Mein Mann hatte keine Finanzen. Er war bis über beide Ohren verschuldet und seit einem halben Jahr weiß ich, dass er mich nur geheiratet hat, um endlich von diesen Schulden loszukommen.« Sie musterte Charles verwirrten Gesichtsausdruck, bevor sie fortfuhr. »Ich habe ihn vor vier Jahren kennengelernt und mich sofort in ihn verliebt. Drei Wochen später waren wir verheiratet. Meine Eltern haben getobt. Sie hatten sofort erkannt, dass Luke ein Nichtsnutz und Schmarotzer war. Aber durch die rosarote Brille der Liebe habe ich das erst viel später kapiert. Immer wieder kam er, um sich von mir Geld zu leihen, weil seine Geschäfte nicht so gut liefen. Ich gab ihm das Geld gern, bis zu dem Moment, als ich merkte, dass er sich mit gefälschter Unterschrift an meinem Konto bedient hatte. Ich habe ihn zur Rede gestellt. Unter Tränen hat er mich um Verzeihung gebeten, aber mein Misstrauen war geweckt. Schließlich erfuhr ich vor einem halben Jahr zufällig, dass er anderen Frauen nachstieg und bei diesen ebenfalls Geld erbettelte. Ich kaufte mir diese Wohnung, packte meine Sachen, knallte ihm für mein Haus in Penryn einen Mietvertrag auf den Tisch und kommuniziere seitdem nur noch über meinen Anwalt mit ihm. Eine Woche später zog eine aufgetakelte Blondine bei ihm ein, Dame Commander Caitlin Saintbrain. Nomen est omen – weit gefehlt! Geld wie Heu, aber dumm wie Stroh.«

»Lebt diese Dame immer noch in dem Haus?«

»Ich nehme es an.«

»Wir werden auf jeden Fall das Haus durchsuchen müssen.«

»Tun Sie sich keinen Zwang an. Nichts von dem Plunder, der sich darin befindet, gehört mir. Und die Dame …«, Coral spuckte den Titel geradezu aus, »… können Sie gleich mit entfernen.«

»Ich glaube, dass Sie das doch selbst erledigen müssen oder ihr Anwalt.« Charles hatte Mühe, ernst zu bleiben.

14. August 2020
07:30 Truro/Polizeirevier

Ivy goss sich eine Tasse Kaffee ein und schaute auf den Parkplatz des Reviers. Ein altersschwacher, roter Ford Fiesta fuhr schwungvoll in eine Parklücke und Edith Grove stieg aus. Dann wollen wir doch mal sehen, was du mir zu erzählen hast, dachte die junge Beamtin und verließ eilig die Kaffeeküche. Sie fand Edith in dem kleinen Lager voll Putzutensilien und Toilettenpapier im Erdgeschoss.

»Guten Morgen, Mrs Grove. Mir wäre es lieb, wenn wir uns gleich jetzt unterhalten könnten.«

»Edith, meine Liebe.«

»Edith«, entgegnete Ivy lächelnd. »Am besten gehen wir oben in das Besprechungszimmer. Dort sind wir ungestört.«

Edith schnupperte und sah auf Ivys Kaffeetasse. »Gern, vorausgesetzt ich bekomme auch so einen Wachmacher.« Sie zwinkerte der jungen Frau zu. »Einen Löffel Zucker und einen kleinen Schuss Milch, bitte.«

Nachdem die beiden Frauen sich gesetzt und sich kurz über das Wetter und die neuesten Nachrichten über den Brexit ausgetauscht hatten, zog Ivy ihren Notizblock hervor und räusperte sich.

»Edith, Sie hatten mir gestern erzählt, dass es im Club einige Mitglieder gäbe, die auf Luke Harrington nicht gut zu sprechen waren. Sie wollten eine Nacht drüber schlafen, bevor Sie mir Namen nennen. Zu welchem Ergebnis sind Sie gekommen?«

»Na ja, wie gesagt, habe ich ja einiges mitbekommen. Ich würde sagen, dass es zwei Männer gibt, die ich für fähig halte, diesen Taugenichts anzugreifen.« Edith nahm einen Schluck von ihrem Kaffee ohne Ivy aus den Augen zu lassen. »Da wäre zum einen Fenton Finsher, der bei Harrogate eine Immobilie gekauft hatte und bar bezahlte.«

»Schwarzgeld?«, hakte Ivy nach.

»Mit Sicherheit! Denn danach hat Finsher alles gemacht, was Harrogate von ihm wollte. Zähneknirschend! Ich habe mal ein Gespräch mitbekommen, in dem Finsher Harrogate als miese Ratte bezeichnete.«

»Also glauben Sie, dass Finsher von Harrogate erpresst wurde?«

»Ja. Ich kann es natürlich nicht beweisen, Liebes. Aber Sie haben ja sicherlich Möglichkeiten, das zu überprüfen.« Edith nahm erneut einen Schluck. »Zum anderen wäre da noch Dr. Eldwin King. Harrogate hatte ihm mehrere Investmentfonds angedreht, die alle Nieten waren. Der gute Doktor hatte Geld im hohen fünfstelligen Bereich verloren. Das war, warten Sie – im April. Danach hatte King Harrogate immer wieder verbal angegriffen und vor fünf Wochen hatte er ihm ein blaues Auge verpasst.«

»Aber war Luke Harrogate nach solchen Vorkommnissen nicht im Club unten durch?«, fragt Ivy erstaunt.

»Ach, Liebes, Luke hatte doch jede Menge anderer Fürsprecher. Alles Leute, die er mit irgendetwas in der Hand hatte. Aber von denen hat keiner den Mumm, jemanden einzuschüchtern oder gar zu töten.«

Ivy kaute nachdenklich an ihrem Stift.

»Edith, ist Ihnen in den letzten Tagen etwas Ungewöhnliches

aufgefallen? Zum Beispiel Fremde, die sich auf dem Clubgelände herumgetrieben haben?«

Die ältere Frau schüttelte bedauernd den Kopf. Dann zögerte sie kurz, schien sich an etwas zu erinnern.

»Ich wohne in Shortlanesend und fahre immer durch die Felder zur Arbeit. Normalerweise ist dort keine Menschenseele, aber gestern Morgen bin ich in der Penventinnie, gleich neben der Hecke des Golfplatzes, an einer Frau vorbeigefahren. Erst dachte ich, es sei eine Nonne, aber im Rückspiegel erkannte ich, dass sie so einen langen, schwarzen Mantel wie eine Muslima trug. Kopf und Gesicht hatte sie mit einem ebenfalls schwarzen Schal verhüllt. Und was komisch bei diesem warmen Wetter war, sie trug schwarze Handschuhe.«

Rasch suchte Ivy auf ihrem Tablet nach Abaya und Hijab und zeigte die Bilder Edith. Diese nickte und bestätigte, dass es genau die Kleidungsstücke waren, die die Frau getragen hatte.

»Wann war das?«

»Nach sieben. Die Nachrichten waren gerade zu Ende.«

»Sind Sie sicher, dass es eine Frau war?«, hakte Ivy nach. »Auch ein Mann könnte sich mit solch einer Kleidung tarnen.«

Edith dachte kurz nach und schüttelte dann den Kopf. »So, wie die Person sich bewegt hat, würde ich auf eine Frau tippen.«

»Hatte sie irgendetwas dabei, beispielsweise eine Handtasche oder trug sie eine Brille?«

»Ein Jojo«, kam die prompte Antwort.

»Ein Jojo?« Ivy war ehrlich überrascht. »Sie meinen dieses Spielzeug?«

Edith nickte. »Zumindest denke ich, dass es so etwas war. So ein weißes Teil an einer Schnur.«

Zur selben Zeit Pantels Büro

»Ja, Sir!«, antwortete Pantel, rollte mit den Augen und hielt den Hörer des Telefons ein Stück von seinem Ohr entfernt. Sein Vorgesetzter, Superintendent Thomson, residierte, wie er stets zu sagen pflegte, in dem supermodernen Police Hub in Bodmin und war einer der unangenehmsten Gesprächspartner, mit denen Charles je zu tun hatte. Nicht nur, dass er mit seiner lauten, schnarrenden Stimme jedes Trommelfell folterte. Auch seine inhaltlichen Bemerkungen entbehrten jeglichem Sinn für die Realität. Charles vermutete, dass Thomsons Karriere ausschließlich auf dem Wunsch seiner Vorgesetzten, ihn so schnell wie möglich wegzuloben, aufgebaut war. Wesentliche kriminologische Erfolge konnte man dem hohen Beamten nämlich nicht zuordnen. Ergeben ließ Charles die Triaden und guten Ratschläge über sich ergehen und atmete tief aus, als sein Chef wie gewohnt grußlos den Hörer auf die Gabel knallte. Im nächsten Moment läutete das Telefon erneut. Ein Blick auf das Display sagte ihm, dass DI Brown am anderen Ende war.

»Guten Morgen, Brown. Bitte sagen Sie mir, dass es ein guter Morgen ist!«

»Na, ganz so schlecht ist er nicht, finde ich jedenfalls«, polterte die tiefe Bassstimme durch den Hörer. »Erstens: Gainheart hat den Verdacht bestätigt, dass Harrington einen Golfball gegen die Stirn bekommen hat. Wird er sicherlich nicht selbst gemacht haben, darum muss noch eine zweite Person am Tatort gewesen sein. Dafür sprechen auch die schwarzen Fasern auf dem Gras. Wir haben sogar schon herausgefunden, woher sie stammen!« Brown machte eine Kunstpause. »Von einer Abaya!«

»Von einer was?«

»Einer Art Mantel, der von muslimischen Frauen getragen wird.«

»Wie sind Sie denn darauf so schnell gekommen?« Charles war perplex, obwohl er wusste, dass Brown einer der besten Forensiker in ganz England war.

»Vor zwei Jahren hatten wir einen Fall mit genau dem gleichen Kleidungsstück. Darum können wir auch sagen, dass dieses Teil von mehreren Onlineshops jedes Jahr zu Tausenden verkauft wird. Scheint so ein Alltagsding zu sein. Hat uns damals leider nicht weitergeholfen.«

»Und, gibt es auch eine gute Nachricht?« Wie gern hätte Charles sich eine seiner Veilchenpastillen in den Mund geschoben.

»In der Tat! Das ist zweitens: Die Hausdurchsuchung war sehr aufschlussreich! Ein erster Bericht ist bereits an Sie unterwegs. Lesen Sie den. Ich kann Ihnen das unmöglich erzählen!« Hector Brown brach in lautes Gelächter aus. »Den Spaß müssen Sie sich selbst ansehen. Nur so viel: Harrogate war eine richtige Wildsau! Wir haben noch einige Aktenordner von ihm, die wir durcharbeiten müssen. Bericht folgt. Machen Sie es gut, Chief!«

»Das war Brown, richtig?« Bloombottem lehnte mit einem breiten Grinsen am Türrahmen und wedelte mit einem dicken Umschlag. »Browns Bericht!« Sein rot und blau gestreiftes Jackett erinnerte Charles an die Regatten in Henley-on-Thamse. Es fehlte nur noch der typische Panamahut.

»Na, gib schon her! Du weißt sicherlich, was drinsteht.«

»Klar, war ja bei der Durchsuchung dabei.« Der Sergeant reichte Pantel den Umschlag. »Habe auch mit dieser Dame Saintbrain gesprochen. Ich sage dir, Abgründe tun sich auf!«

Charles überlegte einen Moment, ob er Bloombottems Neuigkeiten anhören oder lieber erst Browns Bericht lesen sollte.

»Die Saintbrain muss warten«, entschied er und riss ungeduldig den Umschlag auf. Neben mehreren eng beschriebenen Seiten fielen ein gutes Dutzend Aktfotos und ein kleiner Ordner mit Kontoauszügen auf die Schreibtischplatte. Bloombottem zog geschickt drei Fotos aus dem Stapel.

Das erste Bild, das er hochhielt, zeigte eine ältere Frau in eindeutiger Pose, lediglich mit High Heels und einem schwarzen Kropfband bekleidet. »Das ist Dame Catlin Saintbrain!« Dann zeigte er das zweite Foto mit ganz ähnlichem Sujet. Charles stutzte. Er kannte das Gesicht.

»Sandra Bellrich!«, stieß er fassungslos aus.

Bloombottem nickte und zeigte das dritte Bild. Darauf war eine Muslima mit Mundverschleierung zu sehen. Die Abaya war weit geöffnet und gab den Blick auf einen makellosen, rehbraunen Frauenkörper frei. Um den Bauchnabel schlängelte sich das Tattoo eines fantasievollen Drachens und die Körperbehaarung war vollständig entfernt.

»Könnte die Dame sein, Chief, die sich gestern auf dem Golfplatz ins Gras gelegt hat!?«, bemerkte Bloombottem fröhlich. »Netterweise hat Harrogate die Aufnahmen auf der Rückseite mit Namen, Telefonnummern und Adressen der Frauen beschriftet. Aber es kommt noch besser!« Er legte Pantel einige der Kontoauszüge vor. »All diese Damen haben regelmäßig jeden Monat fünfzig Pfund auf eins von Harrogates Konten überwiesen.«

»Erpressung!«

»Sehe ich auch so!«

»Wie viele Frauen sind es?«

»Vierzehn und damit siebenhundert Pfund Sterling jeden Monat! Und Brown ist sich sicher, dass er noch mehr Erpressungsopfer in den Akten finden wird.«

»Was ist mit dieser Dame Catlin?«

»Tja, Chief, die wollte mit so einem niederen Dienstgrad wie mir nicht sprechen.« Bloombottem zeigte ein breites Grinsen. »Die wirst du wohl selbst übernehmen müssen.«

»Dann bestell die Dame mal für den Spätnachmittag ein. Und morgen früh hätte ich gern noch einmal mit Sandra Bellrich gesprochen. Sie hat anscheinend gleich mehrere Motive. Vielleicht hat jemand in ihrem Auftrag Harrogate angegriffen.« Charles betrachtete erneut die Abbildungen. »Alle anderen Frauen müssen ebenfalls befragt werden. Organisier das. Und mach bitte Kopien von den Bildern und pinne sie ans Ermittlungsboard. Aber nur die Gesichter!«

Bloombottem schaute seinen Chef überrascht an. »Wegen der Jungs?«

»Nein, wegen Ivy!«

»Auf mich muss niemand Rücksicht nehmen!« Ivy kam langsam zum Schreibtisch und betrachtete neugierig die Fotos.

»Unsere beste Ausbeute bei der Hausdurchsuchung!«, erklärte Bloombottem eilig. Eine leichte Röte zeigte sich auf seinem Gesicht. »Alle Frauen wurden wahrscheinlich mit solchen Aufnahmen von Harrogate erpresst. Interessant ist, dass sowohl seine Lebenspartnerin Dame Catlin als auch die Clubmanagerin dazugehören. Sogar eine Muslima hat er dabei!«

»Zeig mal her.«

Der Sergeant reichte Ivy das Bild, die es stirnrunzelnd entgegennahm. »Ich habe gerade mit Edith gesprochen. Sie erinnert sich, dass sie gestern früh eine Muslima an der Hecke zum Golfplatz gesehen hätte. Neben der typischen Kleidung trug sie schwarze Handschuhe, was Edith merkwürdig fand. Aber noch merkwürdiger war, dass sie mit einem Jojo spielte.«

»Mit einem Jojo?« Bloombottem fuhr sich durch die Locken.

»Ja, so ein Ding, das man an einer Schur herunterfallen lässt und dann wieder auffängt.«

»Welche Farbe?«, hakte Charles nach und kaute an seiner Unterlippe herum.

»Weiß!«

»Das ist es! Der Golfball befand sich an einer Schnur!« Charles sprang von seinem Stuhl auf, umrundete den Schreibtisch und trat an Ivy heran. »Stell dir vor, du wolltest mich mit einem Jojo am Kopf treffen.« Verwirrt schauten die beiden Detectives ihren Chef an. »Na los. Du hast in der Hand ein ausgerolltes Jojo mit einer Schnur von vielleicht einem Meter. Hol aus und versuche damit meine Stirn zu treffen.«

Ivy tat wie geheißen, aber den dreien war sofort klar, dass der Schwung für eine ernsthafte Verletzung nicht ausreichen würde.

»Dreh dich mal mit dem Rücken zu mir und versuche es wie ein Hammerwerfer«, fordert Charles Ivy auf. Dieses Mal hätte der Schwung sicherlich genügt, aber Ivy hätte nicht gezielt treffen können, da sie mit dem Rücken zu Charles den Abstand zu seinem Kopf nicht genau einschätzen konnte.

»Entschuldigung, wenn ich die Laienspielgruppe unterbreche!« PI Dee stand mit verschränkten Armen grinsend am Türrahmen gelehnt. Dann stieß sie sich ab und ging auf Ivy zu. »Legen Sie sich hin. Sie sind Rechtshänderin?« Ivy nickte. »Gut, dann auf die rechte Seite. Schnur und Ball halten Sie in der rechten Hand.« Artig legte sich die junge Polizistin auf den Boden.

Loretta beugte sich zu ihr hinunter. »Hallo, geht es Ihnen gut? Soll ich Ihnen aufhelfen? Nehmen Sie meine Hand.« Dee streckte ihren rechten Arm aus. Ivy griff mit ihrer Linken danach und ließ sich hochziehen. Loretta hielt ihre Hand fest. »Und jetzt strecken Sie ihren Arm aus, drehen sich nach rechts, soweit es geht. Sie packen die Schnur fest, lassen den Golfball herunterfallen, holen Schwung und drehen sich zurück zu mir.«

»Peng, das hätte jetzt aber richtig wehgetan!«, rief Henry Bloombottem aus.

Loretta ließ Ivy los, verschränkte die Arme erneut vor der Brust und sah Charles herausfordernd an.

»Glückwunsch, Inspector!«, erwiderte Charles auf ihren provozierenden Blick. »Hätte der Greenkeeper Harrogate nur ein paar Sekunden länger beobachtete, hätte er wahrscheinlich genau das sehen können.«

»Danke Chief. Ich helfe doch immer gerne.« Loretta nickte in die Runde und rauschte durch die Tür nach draußen.

»Auch wenn Loretta ein Biest ist«, flüsterte Henry Bloombottem, »sie ist eine hervorragende Ermittlerin!«

»Und sie hat Fantasie. Ich wäre nie auf solch eine Idee gekommen«, fügte Ivy hinzu.

»Doch, wärst du, ähm, wir. Nicht wahr, Chief.« Fragend sah der Sergeant seinen Chef an.

»Ja, wären wir. Nur sicherlich nicht so rasch«, gab Charles zerknirscht zu.

»Aber was wollte die Täterin? Auf Harrogate so lange einschlagen, bis er tot war?«, fragte Ivy in die Runde. »Aber das wäre eine doch zu aufwendig und zu unsichere Methode. Sie konnte doch nicht vorausplanen, dass er mit dem Kopf auf die Felsen schlug.« »Vorausgesetzt es ist eine Frau. Solch eine Abaya könnte sich auch ein Mann überziehen«, korrigierte Charles. »Aber du hast nicht ganz unrecht. Es besteht natürlich die Möglichkeit, dass es nur ein Einschüchterungsmanöver war, das dann tödlich endete. Wenn die Person aber unser Opfer tatsächlich ermorden wollte, könnte ich mir denken, dass sie Harrogate zunächst außer Gefecht setzen wollte, um ihn dann einfacher töten zu können. Zum Beispiel mit einem Messer. Oder vielleicht wollte sie ihn erwürgen oder ersticken.«

»Trotzdem ein recht riskanter Plan«, wandte Bloombottem ein.

»Vielleicht hat die betreffende Person nichts mehr zu verlieren«, grübelte Ivy. Dann nahm sie noch einmal das Foto der muslimischen Frau zur Hand und betrachtete es kritisch. »Wie ist das eigentlich? Begehen nur Männer oder auch Frauen Ehrenmorde?« Beide Männer zuckten mit den Schultern. Dann gab sie das Bild an Henry zurück.

Dieser drehte es um. »Samia Mansour, Foeck, Sama Cottage«, las er laut vor.

»Bestell die Frau auf jeden Fall ein, Henry.« Charles fingerte erneut in der Jackentasche nach seinen Veilchenpastillen. Ivy betrachtete ihn lächelnd. Dann griff sie in ihre Jackentasche und eine kleine bunte Tüte kam zum Vorschein. Die junge Frau legte sie ihrem Chef auf den Tisch. »Vorausgesetzt, du isst nicht zu viel davon.«

»Wo hast du die denn her?«

»Ich kenne einen sehr gut sortierten Candy Shop in Truro«, erklärte Ivy immer noch lächelnd. Dann wurde sie ernst. »Edith hat mir übrigens noch zwei weitere Namen genannt, die mit Harrogates Tod zu tun haben könnten. Fenton Finsher und Dr. Eldwin King.«

»War dieser King nicht gestern Morgen am Club?«

»Ganz genau. Außerdem hat King vor ungefähr fünf Wochen unser Opfer tätlich angegriffen.«

»Gut, dann soll King ebenfalls aufs Revier kommen. Und dieser Finsher muss befragt werden. Das übernimmst du, Ivy.«

Bloombottem und Ivy verließen das Büro, doch Charles rief die junge Beamtin noch einmal zurück. »Fahr zum Golfclub und schau dich an der Stelle um, an der die verhüllte Frau gesehen wurde. Ach ja, und dann befrag bitte noch einmal die beiden Servicekräfte. Vielleicht haben die ja, genau wie Edith, irgendein interessantes Gespräch im Club mitbekommen.«

»Das mache ich.«

»Ach, Ivy, danke für die hier.« Er öffnete die Süßigkeitenverpackung und bot Ivy eine Veilchenpastille an. Diese schüttelte energisch den Kopf.

»Du weißt doch, ganz schlechte Erfahrungen.«

»Stimmt, sorry.« Er schob sich eine der Pastillen in den Mund und genoss sichtlich den seifigen Geschmack. »Sieh zu, dass du erst einmal diesen Fenton Finsher erwischt«. Dann schaute er auf seinen übervollen Schreibtisch. »Ach, was soll's, ich werde dich später zum Club begleiten. Danach lade ich dich zu einem frühen Lunch ein.«

10:30 Truro/Golfclub

Ivy berichtete Charles auf dem Weg zum Golfclub von ihrem Gespräch mit Finsher. Der Besitzer einer Kette von Bekleidungsgeschäften war keineswegs traurig über den Tod von Harrogate. Entspannt hatte er Ivy erzählt, dass das Opfer lästig wie eine Fliege war und andauernd Geld geschnorrt hätte. Über 3000 Pfund hätte er diesem Schmarotzer geliehen. Die könne er wohl jetzt abschreiben, hatte er berichtet. Als Ivy ihn wegen einer möglichen Erpressung in Zusammenhang mit dem Immobilienkauf und Schwarzgeld ansprach, stritt er dieses natürlich sofort ab.

Auch hatte er ein wasserdichtes Alibi. Laut seiner Sekretärin war er am Mittwoch den ganzen Tag in London bei seinem Anwalt gewesen. Ivy hatte das natürlich überprüft, und der Anwalt hatte das Alibi bestätigt.

Charles und Ivy gingen langsam die Penventinnie entlang, den Blick auf die Hecke und den flachen Graben, der den Golfplatz von der Straße abgrenzte, gerichtet. Ivy entdeckte zuerst den schmalen Durchschlupf zwischen den Büschen.

»Sieh mal, hier sind kleine Zweige abgebrochen. Die Bruchstellen sehen frisch aus.« Sie wies mit dem Zeigefinger auf mehrere Stellen an den Heckenpflanzen. Dann blickte sie suchend hinunter. »Und hier gibt es einen Fußabdruck. Wahrscheinlich ein Turnschuh.«

»Ruf Brown an!« Charles ging zu seinem Wagen, öffnete den Kofferraum und holte grellgelbe Markierungsfähnchen heraus. »Und geh da weg, sonst dreht Brown uns noch den Hals um, falls er dort etwas von uns finden sollte!«

Während Ivy mit der Spurensicherung telefonierte, steckte Charles die Fähnchen in den weichen Boden neben der schmalen Lücke zwischen den Hainbuchen.

»Das wird Brown ja wohl finden.« Grinsend betrachtete er sein Werk. »Und jetzt auf ins Clubhaus. Mal sehen, was uns Gentcraft und Arland erzählen können.

Der Parkplatz vor dem Clubhaus war nur mäßig besucht. Charles parkte seinen Spider und ging dann gemeinsam mit Ivy zur Terrasse. Ein kleiner, rundlicher Mann schien Abschläge am ersten Fairway zu üben, jedoch mit wenig Erfolg, wie Charles vermutete. Nach jedem Versuch stampfte der Bursche energisch mit dem Fuß auf und schüttelte den Kopf. Die gläserne Schiebetür zum Restaurant war weit geöffnet. Die beiden traten über die Schwelle. Nur ein Tisch am Fenster war besetzt. Eine ältere Frau mit einem Weinglas in der Hand starrte mit verkniffenem Gesicht hinüber zum Abschlag des ersten Fairways.

»Kann ich Ihnen helfen Sir, Ma'am?« Kevin Gentcraft kam lächelnd auf die beiden Beamten zu. »Ach, Sie sind das, Chief Inspector. Und Sergeant Clarks, wenn ich nicht irre?«

»Constable«, verbesserte Ivy den freundlich dreinblickenden Mann.

»Das andere kommt sicherlich auch bald!« Vergnügt zwinkerte er Ivy zu. »Was kann ich für Sie tun?«

»Guten Morgen, Mr Gentcraft.« Charles war verblüfft über die Professionalität dieses sehr jungen Mannes. »Wir würden uns gern kurz mit Ihnen und Ihrer Kollegin Ms Arland unterhalten.«

»Kein Problem«, erwiderte Kevin unbekümmert, »die Lunchgäste werden erst in einer halben Stunde eintrudeln. Am besten, wir setzen uns dort hinten an den Tisch in der Ecke. Wollen Sie mit Triche und mir gemeinsam sprechen, Chief Inspector?«

»Gerne!«

»Dann hole ich sie. Sie ist in der Küche.« Der Mann verschwand hinter einer hölzernen Pendeltür, um gleich darauf mit einer hübschen Blondine zu erscheinen. »Das ist Triche Arland. Kann ich Ihnen vielleicht etwas zu trinken anbieten?« Doch beide Beamte lehnten dankbar ab.

Nachdem sich alle gesetzt hatten, räusperte sich Charles. »Ich habe als Student ebenfalls im Restaurant eines Clubhauses gejobbt. Es war ein Poloclub. Und ich habe mich immer wieder aufs Neue gewundert, wie unbedarft manche Mitglieder ihre Gespräche weiterführten, obwohl ich in der Nähe war.«

Auf den Gesichtern von Kevin und Triche erschien ein Grinsen und beide nickten zustimmend mit dem Kopf.

»Nun habe ich mir gedacht«, fuhr Charles lächelnd fort, »ob Sie in den letzten Tagen Gespräche mitbekommen haben könnten, die im Zusammenhang mit dem Tod von Luke Harrogate stehen könnten.«

Das Grinsen in den Gesichtern verschwand augenblicklich. Stattdessen zeigte sich Misstrauen und Verschlossenheit.

»Es geht hier nicht um illoyales Verhalten gegenüber dem Club und den Mitgliedern«, beschwichtigte Charles, immer noch lächelnd, »sondern um die Aufklärung einer Straftat. Falls Sie also Informationen besitzen, die den Angriff auf Harrogate erklären könnten, sind Sie verpflichtet, diese an uns weiterzugeben.«

»Ich glaube nicht, dass wir…«, weiter kam Kevin Gentcraft nicht, da ihm Triche die Hand auf den Arm gelegt hatte. Diese Geste hatte etwas so vertrautes, dass Ivy fest davon überzeugt war, dass die beiden ein Paar waren. »Kevin, ich denke, dass wir erzählen müssen, was wir wissen«, gab Triche leiser, aber bestimmt von sich.

Kevin schaute sie an und legte dann seine Hand auf ihre. »Du hast recht, Triche. Möchtest du erzählen?«

Die junge Frau setzte sich gerade auf. »Es gibt im Club drei Personen, mit denen Luke Harrogate massive Probleme hatte.« Triche stockte und überlegte einen Moment. »Besser gesagt, es gibt drei Personen, die massive Probleme mit Luke hatten. Luke Harrogate hatte eine sehr spezielle Art, sein Leben zu finanzieren und zu meistern. Er sammelte Informationen über andere Menschen, solange, bis er genug über eine Person wusste, um sie unter Druck setzten zu können. Entweder hat er sich von dieser Person dann für sein Wissen regelmäßig bezahlen lassen oder er hat hin und wieder kleine Gefälligkeiten eingefordert, zum Beispiel kostenlos hier im Club Mitglied sein zu können. Kevin und ich haben reichlich Gespräche von Lukes Opfern mitbekommen. Da ging es um Schwarzgeld, kompromittierende Fotos, vertuschte Straftaten und Ehebruch. Sie haben Recht, Chief Inspector, für die Gäste scheinen wir so etwas wie Inventar zu sein, anwesend, aber ungefährlich.« Triche lächelte freudlos.

»Wenn wir so gestrickt wären, wie Harrogate, könnten wir seine Geschäfte hier im Club gleich übernehmen«, ergänzte Kevin.

Charles hatte sich leicht vorgebeugt und senkte, mit einem Blick auf die Frau am Fenster, seine Stimme. »Können Sie uns Namen nennen?«

»Die meisten von denen haben widerstandlos das getan, was

Luke von ihnen gefordert hatte«, flüsterte Triche zurück. »Allerdings hatte Luke bei drei von ihnen den Bogen wohl überspannt. Dr. King, Fenton Finsher und Oscar Beaugarth. Alle drei haben in den vergangenen Wochen begonnen, Luke anzugreifen, sowohl mit Worten als auch mit Taten.«

»Wissen Sie auch, was genau Harrogate über die drei wusste?«, mischte sich nun Ivy in die Befragung.

»Bei den ersten beiden vermuten wir Schwarzgeld und bei Beaugarth dessen regelmäßiger Ehebruch. Beaugarths Bauunternehmen gehört nämlich seiner Frau und wenn die genug von ihm hat, steht er mit leeren Händen da«, beantwortete Kevin die Frage.

»Könnte es sein, dass die drei bei ihrem Vorgehen gegen Harrogate gemeinsame Sache gemacht haben?«, spann Ivy den Faden weiter.

Die beiden jungen Leute sahen sich an und zuckten mit den Schultern.

»Das können wir nicht sagen«, antwortete Triche für beide. »King und Finsher hatten ein fast freundschaftliches Verhältnis. Beaugarth allerdings konnte die beiden nicht ausstehen.« Sie überlegte kurz. »Allerdings schaffen ja gemeinsame Feinde ein Zusammengehörigkeitsgefühl.«

»Reine Neugier, Ms Arland«, Charles blickte die junge Frau lächelnd an. »Das hier ist doch nicht Ihr Hauptjob?«

»Wieso? Glauben Sie, dass Servierkräfte nicht genug im Kopf haben, um Zusammenhänge zu erkennen?«, antwortete sie entrüstet. Dann zeigte sie ein Lächeln. »Sie haben recht, Chief Inspector. Ich studiere Psychologie im letzten Semester. Und Kevin ist Student der Sozialpsychologie.«

»Bessere Zeugen als Sie gibt es ja gar nicht«, scherzte Charles. Dann wurde er wieder ernst. »Haben Sie sonst noch etwas bemerkt?«

»Nein. Wie gesagt, alle anderen haben sich bedeckt gehalten.«

»Was glauben Sie wie viele Clubmitglieder von Harrogate unter Druck gesetzt wurden?«

Kevi wiegte den Kopf. »Schwer zu sagen, aber fünf, sechs wird es schon noch gegeben haben.«

Charles schob ihm einen Zettel und Stift zu. »Würden Sie diese Namen bitte aufschreiben. Sie müssen auch keine Angst haben, dass jemand von Ihrer Aussage etwas erfährt.«

Triche grinste und wies mit dem Kopf zu der Frau am Fenster. »Lucinda Blyning wird schon dafür sorgen, dass alle im Club von dieser Befragung erfahren.«

Kurz vor Mittag ging es zurück zum Revier. In der Riverstreet parkte Charles vor einem kleinen Bistro mit dem schlichten Namen *Bread and Butter.*

»Hier wartet der versprochene Lunch!«, erklärte Charles, während sie ausstiegen. »Als ich vor einigen Wochen gegenüber in dem Schuhladen war, habe ich gesehen, was sich hier für eine Menschenschlange zur Mittagszeit bildet. Man muss halt rechtzeitig da sein, um einen netten Platz zu bekommen.« Er öffnete für Ivy die Tür und ein helles Glockenspiel erklang. »Es gibt sogar einen hübschen Gartenbereich, in dem man, selbst bei schlechtem Wetter, sitzen kann.«

Ivy betrat das kleine, in einem schlichten Landhausstil eingerichtete Lokal. Hinter der mit allerlei Leckereien bestückte, gläserne Theke stand eine junge Frau in einer weißen Rüschenschürze.

»Hallo, Chief Inspector«, grüßte sie Charles mit einem Lächeln. »Und wen haben Sie noch mitgebracht?«

»Hallo Christine, das ist unser neuer Detectivee Constable, Ivy Clarks. Sie kommt aus Penzance und ich wollte ihr unbedingt das beste Bistro in Truro zeigen.«

»Das ist aber nett von Ihnen! Hallo, Ivy.« Sie reichte der jungen Beamtin über die Theke hinweg die Hand. »Was kann ich Ihnen denn servieren?«

»Für mich bitte die Frittata mit einem Salat und ein Wasser. Und für dich, Ivy?«

Ivy schaute ein wenig überfordert die Auslagen an. Dann entschied sie sich für zwei Scheiben Körnerbrot mit Feta, Oliven und Tomaten. »Das sieht alles so lecker aus!«, fügte sie noch hinzu.

»Oh, Sie können im Laufe der Zeit alles einmal durchprobieren. Aber Ihr Chef kann Ihnen sicherlich auch den einen oder anderen Tipp geben.« Christine zwinkerte der Beamtin zu und Ivy spürte, wie Hitze in ihre die Wangen stieg.

»Und zu trinken? Also, wenn Sie gern etwas Ausgefallenes hätten, kann ich unsere hausgemachte Holunderlimonade empfehlen. Setzen Sie sich. Noch haben Sie die freie Auswahl. Ich bringe Ihnen alles an den Tisch.«

Charles schlug vor, hinaus in den Garten zu gehen. Verblüfft blieb Ivy im Durchgang stehen. Mit viel Liebe hatten die Eigentümer aus dem kleinen Hinterhof eine Strandszene geschaffen. Die Wand des Nachbarhauses zierte ein Bild vom Meer an einem warmen Sommertag. Kinder tollten im Wasser, Möwen kreisten um eine Strandbar und in der Ferne zogen Segelschiffe vorbei. Holzbänke, auf denen sich bunte Kissen tummelten, waren in offenen, hölzernen Badehäusern untergebracht. In den Ecken des Hofes wuchs Strandhafer, und bunte Fähnchengirlanden und Lichterketten ließen den Besucher an einen Tag an der See glauben.

»Fehlen nur noch Möwengeschrei und das Rauschen der Wellen!«

Charles musterte Ivy amüsiert. »Falls dir Penzance einmal fehlen sollte, komm einfach hierhin.«

»Das werde ich, auf jeden Fall!«

15:00 Truro/Besprechungsraum

Der Besprechungsraum füllte sich zusehends. Pantel hatte bei PI Dee für die Recherchearbeiten noch zwei weitere Police Constable angefordert. Dennis Towerbras und Ken Chickball, beide frisch von der Polizeischule und entsprechend aufgeregt, bei einem Tötungsdelikt eingesetzt worden zu sein. Bloombottem nahm die beiden unter seine Fittiche und erklärte ihnen alles, was wichtig war, einschließlich der Anrichte mit Tee, Kaffee und Keksen.

Charles Pantel bat um Ruhe und erläuterte den Beamten die Ergebnisse und Entwicklungen der vergangenen Stunden.

»Wie Sie erkennen können, haben wir mittlerweile eine Reihe von Personen ausfindig gemacht, die durchaus ein Motiv hätten, Harrogate anzugreifen. Da unser Opfer aber anscheinend gewohnheitsmäßig Menschen unter Druck gesetzt hatte, könnte die Liste möglicher Verdächtiger durchaus noch länger werden. Es ist also wichtig, all diese Personen zu befragen und deren Alibis zu überprüfen, damit wir einen Teil von ihnen als Verdächtige ausschließen können. DS Bloombottem wird die Koordinierung der Befragungen übernehmen.«

Der Sergeant, der gerade genussvoll in einen Schokoladenkeks gebissen hatte, wischte sich rasch die Krümel von den Lippen. »Towerbras, Chickball, Peafield und Bonny und Clyde, ihr kommt nach der Besprechung zu mir.«

Pantel schaute zu Ajith Gupta hinüber, der wie erwartet mit gesenktem Kopf über seinem Tablet brütete.

»DC Gupta!« Erschrocken fuhr der junge Mann zusammen. Charles lächelte ihn an. »Haben Sie etwas über die Unternehmen, die Harrogate Geld überwiesen hatten, erfahren können?«

»Ja, Sir.« Ajith räusperte sich. »Es handelt sich eindeutig um Briefkastenfirmen aus der Schweiz. Ich habe bereits die betreffenden Banken kontaktiert, ob sie mir Informationen über die Konten zukommen lassen könnten. Die geben aber ohne richterlichen Beschluss nichts raus.«

»Um den Beschluss werde ich mich kümmern«, sicherte Charles dem Constable zu. »Überprüfen Sie bitte auch, welche Mobiltelefone zum Zeitpunkt der Tat in der betreffenden Funkzelle eingeloggt waren und vergleichen Sie die Nummern mit denen der Verdächtigen.« Der Inder nickte.

»Haben Sie schon das Material der Überwachungskameras gesichtet?«

Endlich hob Ajith den Kopf und sah Charles unsicher an. »Im Bereich des Tatorts gibt es keine Kameras, nur am Clubhaus. Auf den Bändern konnte ich nichts Ungewöhnliches entdecken. Dann habe ich mich mit dem Royal Cornwall Hospital, das dem Golf- platz gegenüber liegt, und der Truro School, die vom Golfplatz vollkommen umschlossen wird, in Verbindung gesetzt und warte im Moment noch auf die Kopien der Überwachungsbänder.«

»Danke, Constable. Sie halten mich auf dem Laufenden.« Charles nahm einen Schluck seines bereits erkalteten Kaffees und verzog das Gesicht. »Gut, dann wären wir durch für heute. Morgen um die gleiche Zeit wieder hier. Ach, DS Malmac. Sie übernehmen die Einbruchserie von Bloombottem. Falls Sie Unterstützung be- nötigen, melden Sie sich bitte.«

Der Jamaikaner erhob sich und tippte lässig an die Stirn. »Aye, Chef.« Dann setzte er seine roten Kopfhörer auf und bewegte sich mit karibischem Hüftschwung aus dem Besprechungsraum.

»Guck nicht so kritisch, Chief.« Bloombottem war neben Charles aufgetaucht. »Tajo ist, auch wenn es nicht sofort auffällt, ein verdammt guter Ermittler. Allerdings sollte er vielleicht nicht so zum Geschäftsführer von Sainsbury's gehen.«

Charles musterte Henry. *Na, so wie du, sicherlich auch nicht*, dachte er belustigt und beäugte die grellrote Krawatte, auf der sich Möpse tummelten. »Sprich bitte mit Tajo, dass er wenigsten die Kopfhörer abnimmt und ein Jackett anzieht.«

»Mach ich, Chief.«

»Beaugarth werde ich übernehmen. Für wann haben Sie die anderen Zeugen einbestellt?«

Bloombottem sah auf seine Uhr. »Dame Catlin kommt in einer halben Stunde. Danach ist Sandra Bellrich dran. Die Praxis von Dr. King schließt erst um sechs. Er wird danach hier erscheinen, war von der Einladung aber nicht entzückt. Und Beaugarth habe ich noch nicht erreicht.«

»Gut, der hat Zeit bis morgen.«

»Dame Catlin, würden Sie bitte für das Protokoll Ihren vollständigen Namen und Ihr Geburtsdatum nennen?«

»Dame Catlin Helen Alexandra Saintbrain«, hauchte sie in das Mikrophon, das vor ihr stand.

»Bitte auch das Geburtsdatum«, forderte Charles sie weiter auf.

»Aber Herr Chief Inspector!«, säuselte sie und schlug kokett die Augen nieder. »Man fragt eine Dame doch nicht nach ihrem Alter.«

»Dame Catlin, ich frage auch nicht nach Ihrem Alter, sondern nach Ihren Geburtsdaten«, reagierte Pantel liebenswürdig.

»Wenn es denn sein muss. 17. Juni 1960«, kam es über ihren in kräftigem Orange geschminkten Schmollmund.

»Danke.« Charles notierte sich etwas auf seinem Schreibblock. Er war in seinem Beruf schon einer Reihe von aufgetakelten Frauen, die ihr Alter nicht akzeptieren konnten, begegnet, aber diese Dame schoss eindeutig den Vogel ab. Sie erinnerte ihn stark an die alternde Donatella Versace. Aufgespritzte Lippe, schwarzes Kajal, falsche Wimpern und langes, weißblondes Haar. Ihre Figur, musste Charles zugeben, war perfekt. *Hinten Lyzeum und vorne Museum*, frotzelte Sophies Stimme in seinem Kopf. *Wie konnte ein Mann wie Luke Harrogate nur so eine Frau zur Partnerin wählen*, fragte er sich irritiert.

Na, bei dem Geld, das die hat. Schau dir mal den teuren Schmuck an, kam Sophies Antwort.

Charles räusperte sich und lehnte sich entspannt zurück.

»Dame Catlin, Sie waren die Lebenspartnerin von Luke Harrogate?«

»Gezwungenermaßen, ja.«

»Was meinen Sie damit.«

»Luke, Gott sei seiner Seele gnädig«, sie bekreuzigte sich, »war klar, dass ich geeignet war, sein Leben zu finanzieren. Also hat er mich erpresst. Er verlangte, dass ich in seinem Haus wohne und alle Kosten dafür, sowie die allgemeinen Haushaltskosten, übernehme. Und er hat damit nicht schlecht gelebt.«

Luke beugte sich vor. »Warum haben Sie das mitgemacht?«

»Weil ich nicht wollte, dass bestimmte Fotos von mir im Internet landen.« Es folgte ein koketter Augenaufschlag. »Außerdem, wenn er mal Lust auf mich hatte, viel zu wenig meiner Meinung nach, dann war er ein spektakulärer Liebhaber, wenn Sie wissen, was ich meine.«

Charles wollte sich gar nicht vorstellen, was die Frau meinte. Aber sein Kopfkino sprang an und er schüttelte sich innerlich.

»Also war der Druck, den Harrogate auf Sie ausübte, gar nicht so stark?«

»Wie gesagt, wenn er mal Lust hatte, dann habe ich ihm all seine Bösartigkeiten sofort vergeben.« Sie schlug die Beine übereinander und lächelte Charles an.

»Wo waren Sie gestern, morgens zwischen sechs und acht Uhr?«

»Ich bin Montag zu meiner Schwester nach Plymouth gefahren und gestern am frühen Nachmittag wieder zuhause eingetroffen – zeitgleich mit ihren Jungs der Spurensicherung.«

Charles schob Dame Catlin einen Block und Kugelschreiber über den Tisch. »Würden Sie bitte die Kontaktdaten ihrer Schwester notieren.«

Die Frau beäugte den Stift kritisch. Dann wühlte sie in ihrer Handtasche, beförderte einen goldenen Füllfederhalter zu Tage und schrieb die gewünschten Informationen auf.

»Danke, Dame Catlin.« Wortlos reichte er den Zettel an PC Sutton, der an der Tür Aufstellung genommen hatte, weiter. Der Constable nickte und verschwand.

»Dame Catlin, kennen Sie jemanden, der Luke Harrogate Schaden zufügen wollte?«

Die Frau sah Charles verständnislos an, dann lachte sie laut auf. »Chief Inspector, Luke hatte mehr Feinde als ein Igel Flöhe! Ich habe ihn mehrfach gewarnt, seine ›Deals‹, wie es er nannte, nicht zu übertreiben. Aber er hat nur gelacht!«

»Wussten Sie von seinen, sagen wir mal, Geschäften?«

»Keine Einzelheiten. Aber mir war klar, dass er, genau wie mich auch andere ausnimmt.«

»Sie wissen also keine Namen?«

»Doch, zumindest von denjenigen, die Luke ein blaues Auge verpasst hatten.« Sie lachte freudlos. »Er hat sich dann von mir bemuttern lassen, um kurze Zeit später mit seinen Spielchen weiterzumachen.«

Sutton betrat wieder das Zimmer und nickte Charles bestätigend zu.

»Und wer hatte Luke angegriffen?«

»King, Finsher und Beaugarth. Am schlimmsten hatte Beaugarth Luke erwischt; zwei angebrochene Rippen, ein ausgekugelter Mittelfinger und blaue Flecken im Gesicht.«

Charles sah die Frau auffordernd an.

»Dieser Oscar Beaugarth hatte Luke im Juni verklagt. Irgendeine Vertragssache. Es kam aber lediglich zu einem Vergleich. Nach der Verhandlung ist Beaugarth vor dem Gerichtsgebäude auf Luke mit einem Stock losgegangen. Das ging sogar durch die Presse!« Catlin schüttelte den Kopf. »Dabei ist dieser Beaugarth moralisch gesehen keinen Deut besser als Luke. Der zieht jeden über den Tisch!«

»Können Sie sich noch andere Personen vorstellen, die Harrogate einschüchtern wollten oder ihm sogar den Tod wünschten?«

»Wie gesagt, er hatte mehr Feinde als Freunde. Ich habe auch nicht immer zugehört, wenn er sich mal wieder über jemanden aufgeregt hatte. Nur die drei Namen sind mir in Erinnerung geblieben.«

»Danke, Dame Catlin. Sie haben uns sehr weitergeholfen. Falls Ihnen doch noch etwas einfallen sollte, können Sie sich jederzeit bei mir melden.« Charles reicht ihr seine Karte.

»Das mach ich doch gern«, säuselte sie und zwinkerte ihm zu. Dann erhob sie sich, reichte ihm die Hand und stöckelte an Sutton vorbei, der ihr galant die Tür offenhielt.

»Gott, was sich alles Dame nennen darf«, stöhnte der Constable auf, nachdem er die Tür fest ins Schloss gezogen hatte.

»Na ja«, Charles zuckte mit den Schultern, »irgendeinen bemerkenswerten Verdienst muss sie ja für dieses Land geleistet haben, sonst hätte unsere gute Queen sie nicht zum Ritter geschlagen.« Er sah auf die Uhr. »Constable, ist Ms Bellrich schon eingetroffen?«

»Ja, Sir!«

»Gut, dann sagen Sie bitte DC Clarks, dass ich sie bei dem Verhör dabeihaben will. Danach können Sie Ms Bellrich hereinbitten.«

»Ivy, komm, setz dich bitte neben mich.« Charles drehte sich so, dass er die junge Beamtin anschauen konnte. »Wir müssen herausbekommen, ob die Clubmanagerin eventuell jemand anderen gebeten hat, sich Luke Harrogate vorzunehmen. Darum werde ich sie unter Druck setzten müssen. Du übernimmst dann den Part des guten Bullen.«

»Das habe ich noch nie gemacht, Charles!«, kam die ein wenig nach Panik klingende Antwort.

»Na umso besser! Dann lernst du gleich etwas Neues«, erwiderte er gelassen. »Ich treibe Bellrich in die Enge und danach setzt du all deine Empathie ein.«

Sandra Bellrich betrat den Verhörraum. Auch wenn sie sich mit ihrer Kleidung und dem Make-up viel Mühe gegeben hatte, sah Pantel doch sofort, dass sie erschöpft war. *Umso besser*, dachte er und lächelte der sichtlich nervösen Frau zu.

»Bitte, Ms Bellrich, nehmen Sie Platz.« Er rückte ein Mikrophon auf dem Tisch zurecht. »Wir haben noch ein paar Fragen an Sie. Ist es für Sie in Ordnung, dass wir das Gespräch aufzeichnen?«

Die Clubmanagerin starrte auf das Mikro und nickte dann zögernd.

»Würden Sie für das Protokoll bitte Ihren vollen Namen und Ihr Geburtsdatum sagen.«

»Sandra Felicitas Bellrich. Geboren am 31. März 1984.«

»Danke!« Charles sortierte einige Zettel vor sich. Dann sah er der Frau direkt in die Augen. »Ms Bellrich, berücksichtigen wir die Aussagen von Edith Grove und Mat McGrey, haben Sie für den Zeitpunkt, an dem Luke Harrogate angegriffen wurde ein Alibi. Nun ist es leider so, dass Sie bis jetzt die Person mit den stärksten Motiven in diesem Fall sind.«

»Wie meinen Sie das? Was soll ich denn für ein Motiv haben, Luke so etwas anzutun?«

»Nun, zum einen sicherlich die Tatsache, dass unser Opfer Sie wie eine heiße Kartoffel fallen ließ, als er von Ihrer Schwangerschaft erfuhr. Und nicht nur das. Er hat Sie sogar aufgefordert, das Kind abzutreiben.«

»Aber das ist doch kein Grund ihm etwas anzutun!« Sandra schien ehrlich verwirrt.

»Es haben schon Menschen mit einem schwächeren Motiv andere angegriffen. Aber das ist ja nicht alles, nicht wahr?« der Chief Inspector blickte Sandra herausfordernd an. »Da wäre ja auch noch das Motiv Eifersucht. Zum Beispiel auf die Lebenspartnerin, Dame Catlin, um nur eine der Gespielinnen ihres Ex-Freundes zu nennen.«

Auf dem Gesicht der jungen Frau spiegelten sich Ratlosigkeit und Überraschung. »Welche Dame Catlin?«, stieß sie verblüfft hervor.

»Ach, Sie wissen gar nicht, dass Harrogate mit einer Frau zusammenlebte? Allerdings ging es dabei wohl weniger um Liebe als mehr um die Finanzen der Frau. Sie hat die Kosten für das Haus in Penryn und die Lebenshaltungskosten bestritten. Und ab und an ist unser Opfer wohl auch mit ihr ins Bett gehüpft. Sie erzählte uns, dass Luke Harrogate nebenbei noch eine Reihe von Sexabenteuern hatte. Scheint ganz, als ob Sie ebenfalls zu dieser Kategorie gehört haben.«

Ivy tat Sandra Bellrich aufrichtig leid. So rücksichtslos hatte sie Charles noch nie erlebt. Sie hoffte inständig, dass nach dieser Tortur klar wurde, dass Sandra nichts mit dem Angriff auf Harrogate zu tun hatte.

»Und schließlich kommt noch Erpressung hinzu«, fuhr Pantel ungerührt fort. Er nahm das anrüchige Foto von Sandra zur Hand und schob es ihr über den Tisch hin zu. Ms Bellrich wurde weiß wie die Wand hinter ihr. Ivy befürchtete, dass die Frau gleich vom Stuhl kippte. Doch Charles hatte ihr noch kein Zeichen gegeben, dass sie sich einmischen sollte.

»Diese und noch eine Reihe anderer Aufnahmen haben wir in den Unterlagen von Harrogate gefunden. Viele der abgebildeten Frauen haben nachweislich Geld an ihn gezahlt. Was war es bei Ihnen? Die Stundung der Clubbeiträge? Ihnen muss klar gewesen sein, dass wenn er dieses Foto veröffentlicht hätte, Sie nirgendwo in England mehr eine Anstellung als Geschäftsführerin bekommen hätten.«

Sandra schlug die Hände vor das Gesicht und schluchzte laut auf. Charles nutze die Gelegenheit und nickte Ivy zu. Sie sah ihm an, dass ihm genau wie ihr selbst die Situation nicht behagte.

Ivy stand auf und hockte sich neben die gebrochene Frau. »Ms Bellrich, möchten Sie vielleicht ein Glas Wasser oder einen Kaffee?«

»Etwas Wasser, bitte«, flüsterte diese.

»Sutton, besorgen Sie für die Dame bitte Wasser«, wies Ivy den Constable an, der mit ausdruckslosem Gesicht immer noch neben der Tür stand.

»Ms Bellrich«, sanft legte die junge Beamtin ihre Hand auf den Unterarm der Frau. »Leider kommen bei einem Tötungsdelikt viele Dinge auf den Tisch, die besser im Verborgenen geblieben wären. Ich kann mir gut vorstellen, was im Moment in Ihnen vorgeht.«

»So, können Sie das?« Kämpferisch wandte Sandra ihr tränennasse Gesicht Ivy zu.

»Ja, das kann ich!«, entgegnete Ivy bestimmt.

PC Sutton kam wieder herein, öffnete eine Flasche Wasser und schüttete etwas davon in ein Glas. Mit zitternder Hand führte die Clubmanagerin das Glas zu ihrem Mund und trank einen Schluck.

»Schauen Sie, Sandra. Ich darf Sie doch so nennen? Wir wissen, dass Sie zum Zeitpunkt von Harrogates Tod nicht am Tatort gewesen sein können. Trotzdem haben Sie drei gute Gründe, um Harrogate etwas heimzuzahlen. Für uns stellt sich die Frage, ob Sie weiterhin auf der Verdächtigenliste bleiben oder wir Sie streichen können. Denn es gibt zwei Möglichkeiten: Erstens, Sie haben tatsächlich überhaupt nichts mit den Geschehnissen zu tun. Zweitens, Sie haben jemanden beauftragt, der sich um Harrogate kümmern sollte.«

»Wie kommen Sie auf solch eine dumme Idee!«, begehrte Sandra auf. »Ich habe nichts damit zu tun! Ich wusste zum Beispiel gar nicht, dass Luke eine Lebenspartnerin hatte und andere Affären.« Tränen sammelten sich in Sandras Augen. »Auch hat mich Luke mit dem Foto nicht erpresst. Das musste er gar nicht, weil ich auch so alles für ihn getan hätte. Natürlich war ich wütend, aber ich hätte ihn nie angegriffen. Und ich habe auch niemanden beauftragt!«

Ivy erhob sich und ging zurück auf ihren Platz.

»Sie wussten nichts von Dame Catlin und all den anderen Frauen? Wie kann das sein? Waren Sie denn nie bei ihm zu Hause?«

»Nein«, antwortete die Frau kopfschüttelnd. »Luke hatte gesagt, dass seine Ex ihn aus dem Haus in Penryn geschmissen hatte, weil es ihr Haus war. Und da er im Moment so knapp bei Kasse war, lediglich ein Zimmer in einem billigen B&B bewohnte. Also haben wir uns immer bei mir getroffen.«

Nachdenklich nickte Ivy. »Sandra, wer wusste etwas über Ihre Affäre mit dem Opfer und Ihrer Schwangerschaft?«

Sandra schaute auf das Glas in Ihrer Hand. »Das weiß ich nicht! Sie haben auch sofort erkannt, dass ich von Luke schwanger bin. Ich habe mich nur Edith anvertraut. Aber vielleicht wussten es ja alle!« Sandra hob den Kopf und sah Ivy eindringlich an. »Weiß ich, wem Luke etwas erzählt hat. Weiß ich, ob die anderen sich nicht schon längst über mich lustig gemacht haben!« Tränen liefen ihr über die Wangen. »Ich weiß eigentlich gar nichts mehr.« Erschöpft lehnte sie sich zurück. »Allerdings hatte King letzte Woche so eine Bemerkung gemacht, der ich aber keine Beachtung geschenkt habe. Aber unter diesen Umständen …!«

»Was hat er denn gesagt?«

»Sowas wie ›Ob ich auch anderen zur Verfügung stünde‹. Dabei hat er mich anzüglich angegrinst.«

Ivy blickt zu Charles, der ihr kaum merklich zunickte.

»Sandra, danke, dass Sie so offen mit uns gesprochen haben. Sie können jetzt gehen. Bitte halten Sie sich aber weiter zur Verfügung. Und falls Ihnen noch irgendetwas einfallen sollte, können Sie sich jederzeit bei mir melden.«

Nachdem die Clubmanagerin den Verhörraum verlassen hatte, schob sich Charles rasch eine seiner Pastille in den Mund. Ivy musste unwillkürlich schmunzeln.

»Gut gemacht Ivy! Was denkst du?«

»Ich weiß nicht. Ich hatte aber den Eindruck, dass sie ehrlich zu uns war.«

»Den hatte ich auch. Vorausgesetzt, Sie ist nicht eine verdammt gute Schauspielerin.« Charles lehnte sich zurück und musterte Ivy grübelnd. »Kannst du mir verraten, warum intelligente und attraktive Frauen, wie Ms Bellrich, immer wieder auf böse Jungs wie Harrogate reinfallen und diese dann auch noch in Schutz nehmen?«

»Weil diese Frauen glauben, dass sie die bösen Jungs in gute Kerle verwandeln können! Helfersyndrom.«

»Gehörst du auch dazu?«

»Ich!« Ivy brach in lautes Gelächter aus. Dann wurde sie ernst. »Ich habe bei der Arbeit bereits viele böse Jungs kennengelernt und die Erfahrung gemacht, dass sie nie gute Kerle werden. Schon gar nicht durch die Liebe einer Frau. Vielmehr nutzen sie diese Liebe aus, um die Frau noch besser manipulieren zu können.«

»Merken die Frauen das denn nicht?«

»Ich glaube, dass diese Frauen es gar nicht merken wollen, Charles.«

»Es gehören also immer zwei dazu.« Charles rieb sich das Kinn. »Übrigens, warum hast du Ms Bellrich gefragt, wer alles von ihren Problemen mit Luke wusste?«

»Bauchgefühl«, antwortete Ivy schlicht.

»Aha, und was sagt dir das?«

»Die Idee kam mir ganz plötzlich. Was wäre, wenn jemand Sandras gewichtige Tatmotive kannte. Er hat sich dann überlegt, einen Anschlag auf Harrogate auszuüben. Sandra würde sofort als Hauptverdächtige gelten und er nicht im Fokus der Polizei stehen.«

»Was er oder sie allerdings nicht wissen konnte, war, dass Ms Bellrich ein wasserdichtes Alibi hätte«, ergänzte Charles die Überlegung.

»Ganz genau!«, erwiderte Ivy eifrig. »Mal angenommen Sandra hätte kein Alibi!«

»Dann wäre sie jetzt in ernsthaften Schwierigkeiten! Denn sie hätte das Motiv, die Möglichkeit und die Mittel!«

Ivy nickte nachdenklich. »Ach, ich soll dir etwas von Ajith ausrichten. Er hat Interessantes herausgefunden!«

»Ajith hat mit dir gesprochen?«

»Ja, und ohne, dass ich ihn dazu auffordern musste!«

»Es geschehen noch Zeichen und Wunder!«, spottete Charles gutmütig. »Was gibt es denn?«

»Zum einen die Auswertungen der Überwachungskameras. Es gibt eine Szene, die Ediths Beobachtung unterstützt. Eine der Kameras am Hospital hat zur fraglichen Zeit eine Person mit einem schwarz verhüllten Kopf erfasst. Leider ging diese Person an einer Hecke entlang und außer dem Kopf ist nichts weiter zu sehen. Zum anderen hatte er die Ergebnisse aus der Funkzelle zwischen 06:40 und 07:10. Eingeloggt waren die Telefone von Sandra, Timmy Good, McGrey, Harrogate, Dr. King und jetzt kommt das Bemerkenswerteste: Samia Mansour!«

»Na, wenn das kein Zufall ist!«, stieß Charles erfreut aus. »Gut, dann sag Henry Bescheid, dass ich morgen früh diese Mansour hier sehen will. Und wenn King gleich kommt, soll er bei der Befragung dabei sein.«

18:20 Truro/Polizeirevier

Dr. Eldwin King, gutaussehend, groß, durchtrainiert, betrat das Verhörzimmer in Begleitung
seines Anwaltes Dr. Logan Mawich.

Pantel gab den beiden Männern die Hand und bedankte sich artig, dass sie die Zeit gefunden hätten, hier zu erscheinen. Dann fragte er King, warum er seinen Anwalt mitgebracht hätte.

»Weil ich aus Erfahrung weiß, wie Zeugenbefragungen ausgelegt werden können.«

Schau an, ist nicht sein erstes Mal, ging es Charles durch den Kopf. *Bin gespannt, was Ajith über den guten Doktor herausfindet.*

»Nun, Dr. King, ich würde gern unser Gespräch aufnehmen.« Pantel wollte das Aufnahmegerät einschalten, doch King wehrte ab.

»Da ich hier freiwillig als Zeuge erschienen bin, widerspreche ich einer Aufnahme unseres Gespräches. Und ihr Hilfssheriff...«, King deutete auf Bloombottem, »...wird sich auch keine Notizen machen.«

Der Chief Inspector konnte beobachten, wie sich Mawich mit einem süffisanten Lächeln zurücklehnte.

»Schauen Sie, Dr. King, ich brauche höchstens eine viertel Stunde, um eine offizielle Befragung beim Staatsanwalt zu erwirken. Sie können jetzt gern nach Hause gehen und auf den Polizeibeamten mit der staatsanwaltlichen Vorladung warten.« Charles schob die Papiere, die vor ihm lagen, zusammen und erhob sich. »Wir sehen uns dann in spätestens einer Stunde wieder hier.«

King warf einen hilfesuchenden Blick zu Mawich. Dieser räusperte sich.

»Chief Inspector. Natürlich ist Dr. King mit der Protokollierung seiner Aussage einverstanden. Sie müssen wissen, dass er schon sehr schlechte Erfahrungen mit der Willkür von Polizisten gemacht hat.«

»Tja, dann ist es sicherlich für alle Seiten am besten, wenn wir die Sache ganz offiziell über die Staatsanwaltschaft laufen lassen. Wir sehen uns, meine Herren. Kommen Sie, Sergeant.« Ohne sich noch einmal umzublicken, verließ er das Zimmer und beglückwünschte sich zu dieser Fügung. Ajith würde nun genug Zeit haben, um dem Dreck an Kings Stecken auf die Spur zu kommen.

19:10 Truro/Polizeirevier

Charles Pantel saß zusammen mit DS Bloombottem erneut im Verhörzimmer und wartete auf die Ankunft von Dr. King und seinem Anwalt. Er schaute auf die Uhr. Noch zwanzig Minuten und er könnte King ganz offiziell in die Mangel nehmen, was ihm eine gewisse Genugtuung bereitete. Ajith hatte ihn mit einigen interessanten Details über King versorgt. Kings Akte, die vor ihm lag, hatte für einen honorablen Arzt einen bemerkenswerten Umfang aufzuweisen. Neben Alkohol am Steuer und Drogenmissbrauch gab es auch einige Fälle von leichter Körperverletzung und Beleidigung. Stets wurde auf das hohe Aggressionspotenzial Kings hingewiesen.

»Scheint, als wäre King ein Choleriker. Dann wollen wir ihn doch mal so richtig auf die Palme bringen, was Henry!«

»Selten so einen arroganten Schnösel erlebt.« Bloombottem nickte grinsend. »Ein bisschen Druck kann da nicht schaden, selbst wenn er in diesem Fall unschuldig sein sollte.«

Charles sah auf die Uhr. »Wie läuft es mit der Befragung der Frauen auf den Aktfotos?«

»Nun, neun der Frauen haben ein wasserdichtes Alibi, zwei sind seit einer Woche im Ausland im Urlaub und eine wusste angeblich nichts von den Fotos und hatte Harrogate freiwillig eine monatliche Unterstützung zukommen lassen. ›Der Arme wird doch so mies von seiner Ex-Frau behandelt‹, gab sie sogar an. Wenn Sie mich fragen, total verpeilte Weiber! Bleibt nur noch diese Mansour. Sie kommt morgen um neun.«

»Also können wir die Damen von unserer Liste streichen?«

»Meiner Ansicht nach ja, Chief. Harrogate hatte die Frauen so manipuliert, dass er sie gar nicht erpressen musste.«

»Und die beiden Briefkastenfirmen?«

»Da ist Ajith immer noch dran. Die haben wohl so geschickt ihre Spuren verwischt, dass Ajith sogar mehrmals geflucht hat.«

»Geflucht?«

»Yep!«

»Was ist denn mit unserem Ajith los? Er hat sogar Ivy von sich aus angeprochen!«

»Keine Ahnung, Chief«, antwortete Bloombottem schulterzuckend. »Aber wenn es einer herausbekommt, dann ist es Ivy.«

DC Sutton steckte den Kopf durch die Tür. »Sir, King und Mawish wären jetzt hier!«

»Lassen Sie sie noch fünf Minuten warten. Dann bringen Sie die beiden rein.« Er wandte sich wieder dem Sergeant zu. »Hast du Beaugarth erreichen können?«

»Ja. Er bestand aber darauf, dass wir morgen zu ihm in die Firma kommen.«

»Soll mir recht sein. Hat Brown in Harrogates Unterlagen noch etwas gefunden?«

»Nein. War nur firmeninternes Zeug. Unser Opfer hatte wohl einige Verfahren anhängig, hat aber jedes Mal verloren. Also niemand, der von einem Gerichtsurteil enttäuscht gewesen wäre.«

»Hat Braun auch…«

Ein Klopfen an der Tür unterbrach das Gespräch zwischen den Polizeibeamten. Sutton erschien, dicht gefolgt von King und Mawich. Während ersterer seinen Ärger kaum verbergen konnte, stellte der Anwalt eine eher gelassene Miene zur Schau.

»Bitte meine Herren, setzen Sie sich«, begrüßte Pantel die beiden betont freundlich. »Dr. King, da wir jetzt ganz offiziell eine Sprachaufnahme der Befragung durchführen können, würden Sie bitte Ihren vollständigen Namen und Ihr Geburtsdatum nennen.«

King funkelte den Inspector wütend an, kam dann aber doch der Aufforderung nach.

»Eldwin Athur King, 15.01.1975.«

»Danke, Dr. King.« Charles sortierte kurz seine Unterlagen und schob Kings umfangreiche Akte etwas vor, so dass dieser seinen Namen darauf lesen konnte. »Dr. King, es geht ja, wie Sie sicherlich wissen, um den Tod von Luke Harrogate. Wann sind Sie auf dem Golfplatz angekommen?«

»Gegen viertel nach sieben.«

Charles schaute in seine Unterlagen. *Erwischt*, dachte er erfreut.

»Wenn sie um viertel nach sieben dort waren, stellt sich uns die Frage, warum Ihr Mobiltelefon bereits um zwanzig Minuten vor sieben in der örtlichen Funkzelle eingeloggt war.«

Charles befürchtete fast, dass Dampf aus Kings Ohren kommen würde, so dunkelrot verfärbte sich die Gesichtshaut des Befragten.

»Wie kommen Sie dazu meine Telefondaten zur erheben?«, polterte der Arzt los, während Mawich ihm beruhigend die Hand auf den Unterarm legte. »Ich werde mich an höherer Stelle über Sie beschweren, Pantel!«

»Das bleibt Ihnen unbenommen, Sir. Lassen Sie uns trotzdem zum Thema zurückfinden. Warum war Ihr Telefon schon vor sieben eingeloggt?«

»Was weiß ich! Dann habe ich mich eben in der Zeit geirrt.«

»Gut, dass das geklärt ist.« Pantel lächelte sein Gegenüber an. »Haben Sie, als Sie am Golfplatz ankamen, irgendetwas Ungewöhnliches bemerkt?«

»Was soll die Frage? Glauben Sie ich hätte den Täter gesehen?«

»Vielleicht haben Sie das sogar oder etwas anderes, was mit der Tat in Verbindung steht.«

»Nein, habe ich nicht!«

»Haben Sie Harrogate gesehen?«

»Wie sollte ich, ich war ja am anderen Ende des Geländes.«

»Am Abschlag von Loch drei, Ms Bellrich erwähnte so etwas. Allerdings hat sie Sie dort erst kurz nach acht bemerkt. Eine Stunde nach dem Angriff auf Harrogate. Was haben Sie denn zwischen 06:40 und 08:00 gemacht?«

»Golf gespielt!«

»Eine Stunde zwanzig Minuten für zwei Fairways, ist das nicht etwas sehr lang?«

»Was geht es Sie an, wie schnell ich spiele?« Erneut floss Zornesröte über sein Gesicht.

»Nun, normalerweise nichts, aber im Zusammenhang mit einem Tötungsdelikt geht mich alles etwas an. Besonders wenn eine Person, in diesem Fall Sie, Dr. King, die Möglichkeit, das Motiv und die Mittel hatten, Harrogate anzugreifen.«

»Ach ja!« Kings Stimme wurde lauter. »Welches Motiv, bitte schön, sollte ich denn gehabt haben?«

»Das gleiche, das Sie dazu brachte, Harrogate ein blaues Auge zu schlagen.«

»Wer hat Ihnen davon erzählt? Diese Schlampe Bellrich?«

»Warum nennen Sie Ms Bellrich eine Schlampe, Sir. Weil sie auf Ihr anzügliches Angebot nicht reagiert hatte?«

King sprang auf und beugte sich über den Tisch. Doch bevor er Pantel zu fassen bekam griffen sowohl Sutton als auch Mawich nach dem tobenden Mann und hielten ihn fest.

»Chief Inspector, ich würde gern ein paar Worte mit meinem Mandanten wechseln.« Auf Malwichs Stirn hatten sich Schweißperlen gebildet.

»Gern, Dr. Mawich. Sie können unseren Besprechungsraum dafür nutzen. Wenn Sie fertig sind, kommen Sie bitte hierher zurück. Sutton?«

Der Officer nickte und führte die beiden Männer aus dem Zimmer.

Bloombottem fuhr sich mit den Fingern durch seine roten Locken. »Den braucht man ja bloß zu piksen und er explodiert!«, flüsterte er fassungslos.

»Gut für uns!« Charles schob sich eine Veilchenpastille in den Mund und lächelte, obwohl er merkte, dass seine Knie leicht zitterten. »Sein unkontrollierter Zorn wird beim Richter gar nicht gut ankommen. Auch ein versuchter Angriff auf einen Polizeibeamten ist nicht hilfreich.«

»Aber glauben Sie, dass sich dieser Mann mit einer Abaya bekleidet ins Gras legt und auf Harrogate lauert?«

Charles zuckte mit den Schultern. »Vielleicht war er ja nicht alleine? Denken Sie daran, dass Samia Mansour ebenfalls in der Nähe war.«

»Also einer lockt das Opfer ins hohe Gras und der andere greift es an?« Bloombottem strich sich nachdenklich über das Kinn.

»Warum nicht? Solange er uns nicht sagt, was er in der Zeit gemacht hat, wäre das doch eine sehr vielversprechende Theorie.«

Zehn Minuten später erschienen King und sein Anwalt erneut im Verhörraum. Anscheinend hatte Mawich seinem Klienten gehörig den Kopf gewaschen. King wirkte zerknirscht, fast reumütig.

»Dr. King, ich glaube, dass es an der Zeit ist, klare Fakten zu schaffen. Wir wissen, dass sie erstens zum Tatzeitpunkt in der Nähe des Opfers waren, zweitens wütend auf Harrogate waren und drittens Zugriff auf das Tatwerkzeug, nämlich einen Golfball, hatten. Was Ihr Motiv betrifft sind wir über das misslungene Investmentgeschäft unterrichtet, das, da Sie Harrogate nie angezeigt haben, wahrscheinlich über nicht versteuerte Gelder finanziert wurde. Was dieses Schwarzgeld betrifft werden sich die Kollegen für Wirtschaftskriminalität in Bodmin kümmern.«

King hörte regungslos zu, nur seine Augen blitzten Pantel gefährlich an.

»Um sich nicht noch weiter verdächtig zu machen, sollten Sie uns endlich erzählen, was Sie in den fast eineinhalb Stunden auf beziehungsweise in der Nähe des Golfplatzes gemacht haben.«

»Ich habe meinem Mandanten nahegelegt, alles zu erzählen«, mischte sich nun zum ersten Mal Mawich in das Gespräch. »Da er nichts mit dem Tod von Harrogate zu tun hat, vielmehr Ihnen als Zeuge eventuell wesentliche Informationen geben kann, erwarte ich, dass Sie seine Kooperation entsprechend anerkennen und ihn nicht weiter unter Druck setzen.«

Langsam wandte sich Pantel dem Anwalt zu. »Dr. Mawich, ist Dr. King mit dem Opfer in irgendeiner Form verwandt?«

»Nein!«

»Dann ist er sowieso verpflichtet uns alles was er weiß mitzuteilen. Das sollten Sie als Anwalt eigentlich wissen.« Sein Blick ging zurück zu King. »Also, Dr. King, dann erzählen Sie mal.«

Erst stockend, dann immer flüssiger werdend berichtete King von den Geschehnissen an besagtem Morgen. Er berichtete, dass er mit Luke Harrogate wegen des Investmentverlustes noch einmal in Ruhe ohne Zeugen sprechen wollte. Da er wusste, dass dieser mittwochs immer mit Beginn der Dämmerung eine Runde spielte, habe er ausgerechnet, dass Harrogate gegen halb sieben ungefähr am zwölften Loch sein müsste. Er habe seinen Wagen um 6:20 auf dem Großparkplatz des Hospitals abgestellt, wäre dann die Penventinnie Lane hochgelaufen und ungefähr auf der Höhe von Loch elf durch die Hecke auf den Golfplatz gelangt.

Charles legte King den Plan des Golfplatzes vor und bat ihn, seine Bewegungen auf dem Gelände zu zeigen.

Zunächt hatte King Harrogate nicht gefunden. So sei er durch die Büsche, die die einzelnen Bahnen voneinander abgrenzen, zu den anderen Fairways gegangen, bis er schließlich am Abschlag von Loch zwölf Harrogates Caddy entdeckte.

»Ich bin dann aus meiner Deckung gekommen und sah schließlich Luke, der im Rough neben den Felsen anscheinend mit jemandem sprach. Sehen konnte ich aber niemanden. Im gleichen

Moment fuhr der Greenkeeper am Abschlag vorbei. Also versteckte ich mich erneut zwischen den Büschen und wartete ab.«

»Wann war das ungefähr?«

»Zehn vor sieben. Ich hatte auf die Uhr geschaut. Fünf nach sieben habe ich dann erneut nachgesehen. Der Caddy stand unverändert am Abschlag, aber von Luke keine Spur. Also bin ich von hinten bis zu den Felsen geschlichen. Da ich nichts hören konnte, habe ich um die Ecke geschaut. Luke lag auf dem Boden. Mir war sofort klar, dass er tot war.«

»Haben Sie irgendetwas an den Steinen oder dem Toten berührt?«

»Gott, nein. Ich bin dann sofort durch die Büsche zu der Straße gelaufen. Ich hatte fürchterliche Angst, dass mich McGrey sehen könnte. Und dann bin ich zurück zum Auto.«

»Haben Sie auf der Straße irgendjemanden gesehen. Oder parkte da vielleicht ein Wagen?«

King schüttelte den Kopf. »Nein, absolut menschenleer. Ich habe dann noch eine Weile im Wagen gesessen und überlegt, was ich tun sollte. Und dann habe ich mich entschieden, zum Golfplatz zu fahren und ganz normal meine Runde zu spielen. Ich hatte auf irgendwelche Informationen gehofft. Und kurz nach acht hat mich dann die Bellrich nach Hause geschickt.«

»Ist Ihnen, während Sie im Gebüsch warteten irgendetwas aufgefallen?«

King schüttelte erneut den Kopf.

»Gut, DS Bloombottem wird Ihre Aussage protokollieren und Sie müssen noch unterschreiben. Danach können Sie nach Hause gehen. Halten Sie sich aber bitte zur Verfügung. Falls Sie Truro verlassen wollen, sprechen Sie das bitte mit uns ab.«

Erstaunt sah der Arzt Pantel an. »Sie halten mich nicht fest?«

»Das, was der Greenkeeper beobachtet hatte, stimmt mit Ihrer Aussage überein. Das entkräftet den Verdacht gegen Sie.«

Mawich klopfte seinem sichtlich erleichterten Mandanten auf die Schulter. »Ich habe dir doch gesagt, dass die Wahrheit immer besser als eine Lüge ist.«

15. August 2020
7:55 Truro/Polizeirevier

Pantel stand im Besprechungsraum vor einem zweiten, ausklappbaren Ermittlungsboard. Charles hatte den Abend damit verbracht, sämtliche Verhörakten noch einmal zu lesen und die wesentlichen Zeitangaben herauszufiltern. Er hatte bereits eine Zeitschiene gezeichnet, als Ivy und Bloombottem den Raum betraten. Gemeinsam sortierten sie Charles handschriftliche Notizen und übertrugen dann die Daten in das Zeitdiagramm.

Nach einem leisen Klopfen betrat Edith Grove mit ihrem Putzwagen das Zimmer.

»Oh, ich will nicht stören. Aber es war hier so leise, dass ich dachte, der Raum sei leer.«

»Kein Problem, Edith.« Charles lächelte der Frau zu. »Sie können gern hier saubermachen. Sie stören uns nicht.«

»Na dann!« Sie griff nach einem Lappen und einer Sprayflasche und begann die Fensterbänke abzuwischen.

»Gut, dann wollen wir mal schauen«, forderte Charles die beiden anderen auf. Laut Funkortung und Zeugenaussagen ergab sich ein stimmiges Bild.

6:15	Timmy Good, Sandra Bellrich und Luke Harrogate eingeloggt
6:20	King eingeloggt, parkt auf Parkplatz Hospital
6:25	Mat McGrey eingloggt, parkt am Clubhaus
6:31	Samia Mansour eingeloggt ?
6:30 – 6:40	Besprechung Bellrich/Good/McGrey
6:35	King betritt Gelände des Golfplatzes in Nähe Loch 12
6:50	McGrey und King beobachten Harrogate an den Steinen
7:05	Edith Grove sieht Muslima neben der Hecke am Golfplatz
7:10	King findet Leiche

7:10	Edith trifft am Clubhaus ein
7:20	King trifft am Clubhaus ein
7:45	McGrey findet Leiche
7:55	Bellrich informiert Polizei
8:05	King verlässt Golfclub

»Samia Mansour ist für viertel nach neun bestellt. Ich möchte gern, dass du, Ivy, dabei bist.«

Ivy nickte zustimmend. »Und King ist nicht mehr verdächtig?«

»Nein«, antwortete Charles. »Wenn er verkleidet vor den Steinen gelegen hätte, hätte er McGrey nicht sehen können. Übrigens hören ebenfalls nicht! Der Mäher hat einen Elektromotor.«

»Dann geben sich McGrey und King gegenseitig ein Alibi«, hakte Ivy nach.

»Ganz genau.«

»Und wenn die beiden gemeinsame Sache gemacht haben?« Ivy schien immer noch zu zweifeln, hätte King doch den perfekten Täter abgegeben.

»Also mein Bauch sagt nein«, ergriff Henry das Wort. »So unsympathisch mir dieser King auch ist, ich bin mir ziemlich sicher, dass er die Wahrheit gesagt hat.«

»Mir geht es genauso«, bekräftigte Charles. »Aber wir sollten die Möglichkeit durchaus im Hinterkopf behalten.«

»Dann bleiben uns ja nicht mehr viele Möglichkeiten«, warf Ivy ein. »Wenn Mansour und Beaugarth ebenfalls Alibis haben sollten, ist unsere Verdächtigenliste leer!«

»Mädel, sieh mal nicht so schwarz«, wandte Bloombottem ein. »Erst einmal schauen wir, was uns die beiden zu sagen haben. Sollten sie tatsächlich aus dem Rennen sein, müssen wir halt noch einmal von vorn anfangen.«

»Sehen Sie, Ivy, so funktioniert Polizeiarbeit«, kam eine spöttische Stimme von der Tür. PI Dee stand mit den Händen in die Hüften gestemmt im Türrahmen. Langsam näherte sie sich den beiden Ermittlungsboards. »Ich darf doch mal einen Blick darauf werfen?«

»Nur zu«, erwiderte Charles mit gezwungener Freundlichkeit. »Vielleicht sehen Sie ja etwas, was uns entgangen ist.«

Loretta ließ die Augen langsam über die Zeitleiste, die Bilder, die Informationen und Anmerkungen schweifen. »Edith!«, rief sie dann über die Schulter in den Raum.«

»Ja!« Überrascht drehte sich die Putzfrau den Ermittlern zu.

»Kommen Sie doch einmal zu uns und bringen Ihr Mobile Phone mit«, bat Loretta.

Edith trat zwischen Henry Bloombottem und Ivy Clarks und streckte Dee ihr Telefon entgegen.

»Was ist das denn?«, entfuhr es Loretta.

»Mein Handy.« Edith sah Bloombottem hilfesuchend an.

Die Beamten starrten verwundert auf das Gerät, das die Polizistin in der Hand hielt und neugierig betrachtete.

»Meine Güte, das hat ja noch eine Antenne!«

Die Putzfrau zuckte mit den Schultern. »Ein anderes habe ich nicht.«

»Funktioniert das überhaupt noch?«, wollte Charles wissen.

Erneut zuckte Edith mit den Schultern. »Ich mache es einmal im Monat an, um zu kontrollieren, wie voll die Batterie ist. Wissen Sie, ich habe das nur für den Notfall dabei.«

»Vielleicht solltest du dir bei Gelegenheit ein neues kaufen.« Bloombottem zwinkerte Edith zu. »Ich könnte mir vorstellen, dass die aktuellen Mobil-Netze dieses Teil vollkommen überfordern. Schlecht, wenn tatsächlich mal ein Notfall eintritt.«

»Meinst du?«

Henry nickte freundlich. »Wenn du willst, gehe ich mit dir eins kaufen und zeige dir dann auch gleich, wie es funktioniert.«

»Ach wie nett, Henry. Immer so hilfsbereit. Nicht war Edith?« Dees Stimme troff vor Ironie. »Aber egal«, fuhr sie fort, »damit ist dann geklärt, warum Ediths Mobiltelefon nicht auftaucht.«

Charles zuckte leicht zusammen. Was war ihm wohl sonst noch entgangen? Er bemerkte, dass Loretta ihn musterte und spöttisch lächelte.

»Machen Sie sich keinen Kopf, Chief Inspector. War ja Gott sei Dank kein Faktum, das für die Ermittlungen wichtig war. Es gibt da aber noch etwas: Warum wurden nur die Ihnen bekannten Telefonnummern überprüft? Wäre es nicht sinnvoller gewesen, sich alle eingeloggten Smartphones anzusehen? Könnte sein, dass der wahre Täter gar nicht zu Ihren Verdächtigen gehört.«

»Danke für den Hinweis. Ajith wird sich darum kümmern«, reagierte Charles betont freundlich.

Loretta nickte selbstzufrieden, wandte sich der Tür zu und verschwand.

»Gewitterhexe!«, stieß Henry ärgerlich hervor.

Aus drei Mündern erfolgte ein vernehmliches *Pst!*. Edith drängte sich an Henry Bloombottem vorbei, ging zur noch immer geöffneten Tür und lugte vorsichtig um die Ecke. Dann schloss sie die Tür mit Nachdruck, baute sich vor dem Sergeant auf und stemmte die Hände in die Hüften.

»Was hast du Trottel dir dabei gedacht?«, fuhr sie ihn mit vor Zorn funkelnden Augen an. »Die hat dich eh schon auf dem Kieker! Musst du ihr auch noch neues Futter geben?«

Ivy, vollkommen überrascht von dem Wutausbruch der zierlichen Frau, schaute zu Charles. Dieser zuckte leicht mit den Schultern. Genau wie sie konnte er sich keinen Reim auf die so plötzlich aufwallenden Emotion Ediths machen. *Fast wie ein altes Ehepaar,* dachte er erstaunt und fragte sich, ob zwischen den beiden etwas lief.

»Wieso?«, brauste Henry auf. »Sie ist und bleibt eine Hexe! Und ich wette, dass sie gleich Thomson anruft und ihm mitteilt, dass der Chief ein miserabler Ermittlungsleiter ist.«

»Henry, beruhige dich bitte!« Charles legte dem Sergeant die Hand auf den Arm.

»Dee hat absolut recht. Von all unseren Verdächtigen sind nur noch Beaugarth und Mansour übrig. Wenn die ein Alibi haben sollten, können wir wieder ganz von vorn anfangen. Und bitte, du musst mich nicht vor der PI beschützen!«

»Aber …!«

»Kein aber! Du gehst jetzt zu Ajith. Er soll noch einmal alle Ortungen nachprüfen. Auch müssen wir schnellstmöglich herausfinden, wer hinter den Briefkastenfirmen steckt oder wer sonst noch einen Grund hatte, Harrogate zu schädigen. Damit helfen Sie mir viel mehr!«

Henry nickte betreten, nahm seine Notizen und ging zur Tür.

»Und wir verschwinden auch, dann können Sie in Ruhe Ihre Arbeit machen. Aber bitte, Edith, seien Sie nicht so hart mit Henry. Er hat es doch nur gut gemeint.«

»Ja, ja, gut gemeint ist aber nicht gut getan«, antwortete sie schroff.

Ivy und Charles setzten sich in den Verhörraum. Es war kurz vor neun. Samia Mansour war für viertel nach einbestellt. Die beiden stimmten sich kurz über das Vorgehen bei der Befragung ab. Ivy sollte erneut die Rolle der guten Polizistin übernehmen.

»Sag, Ivy, hättest du Lust mal wieder mit mir im Housel Bay Hotel zu essen?«

Ivy schaute ihren Chef erstaunt an. Die Housel Bay war vor einigen Monaten einer der Tatorte, den der Serienmörder Smith für seinen perfiden Rachefeldzug ausgewählt hatte. Damals hatte Charles sie in das Restaurant des Hotels, *The Terrace*, eingeladen und ihr einen Job in Truro angeboten. Es war ein wirklich schöner Abend gewesen. Doch irgendwie hatte sie den Eindruck gehabt, dass Charles nicht nur ein Interesse an ihr als Mitarbeiterin hatte. Ivy mochte Charles. Sie mochte ihn sogar sehr. Und wenn sie sich nicht bei der Arbeit kennengelernt hätten, hätte sich eine Freundschaft oder auch sicherlich mehr, trotz des enormen Altersunterschiedes, zwischen ihnen entwickeln können. Aber eine private Beziehung zu einem Vorgesetzten würde unweigerlich zu Problemen führen.

»Gibt es wieder etwas berufliches zu klären«, fragte sie darum mit einem Lächeln.

»Nein, aber ich gehe nicht gern allein aus und du bist eine angenehme Begleiterin.«

»Na, gut«, stimmte Ivy zu und spürte, dass ihre Wangen warm wurden. »Wann?«

»Ich könnte für Sonntagabend einen Tisch reservieren und hole dich dann gegen sechs ab.«

Einem kurzen Klopfen folge PC Suttons Erscheinen.

»Sir, Ms Mansour ist eingetroffen.« Dabei kniff er ein Auge zu und grinste.

»Dann bringen Sie mal die Dame herein, Sarge!«

Der Officer öffnete die Tür und nickte einer Frau, die hinter ihm gewartet hatte, zu.

Ivy konnte nicht so recht glauben, was sie nun sah. Hatte sie doch eine Frau in traditioneller, muslimscher Kleidung erwartet. Das Erste, was Ivy ins Auge fiel waren die langen Beine, die oben durch einen schwarzen Lederminirock und unten durch lackglänzende High Heels begrenzt wurden. Ein knallrotes Wickelshirt, aus dessen Ausschnitt ein schwarzer Spitzen-BH hervorblitze irritierte die junge Beamtin ebenso, wie die lange, pechschwarze Lockenmähne. In den Ohrläppchen steckten riesige, goldene Creolen, die Augen waren mit schwarzem Kajal dick umrandet und der Mund in der gleichen Farbe wie das Oberteil geschminkt.

Charles, der sich, bevor er sich erhob und die Frau mit Handschlag begrüßte, noch schnell eine seiner Veilchenpastillen in den Mund geschoben hatte, war ebenfalls über den sehr freizügigen Auftritt der Zeugin verwundert. Er bat Samia Mansour, Platz zu nehmen und sortierte kurz einige Papiere vor sich, um sich zu sammeln. Dann räusperte er sich und sah in die schwarzbraunen Augen der Frau.

»Ms Mansour, schön dass sie kommen konnten. Wir würden gern das Gespräch mit Ihnen aufnehmen, falls Sie nichts dagegen haben. DC Clarks, die Ihre Aussage protokolliert, würde es die Arbeit sehr erleichtern.«

»Oh, ich habe keine Probleme mit einer Aufnahme.« Die rauchige Altstimme jagte Ivy eine Gänsehaut über den Rücken. *Mit der Stimme könnte sie die Welt erobern*, dachte Ivy ein wenig neidisch, kannte sie doch ihre eigene hohe, meist zu leise Sprechweise.

Charles schaltete das Mikro ein und räusperte sich erneut.

»Würden Sie bitte Ihren vollständigen Namen und Ihr Geburtsdatum nennen?«

»Samia Zohra Mansour, 27. Oktober 1985 in El Jadida.«

»Sie sind in Marokko geboren?«

»Ja. Mein Vater ist dann 1988 als Professor nach Oxford berufen worden. Seit dem leben meine Familie und ich in England.«

»Sie sind Muslimin?«

»Ja.« Das Lächeln auf dem hübschen Gesicht Samias verschwand und machte Irritation und Misstrauen Platz. »Warum wollen Sie das wissen?«

»Nun«, antwortete Charles bedächtig, »es geht um den Tod von Luke Harrogate. Sie waren zum Todeszeitpunkt in der Funkzelle rund um den Golfplatz eingeloggt. Außerdem hat ein Zeuge in der Nähe des Tatorts eine Frau in Abaya und Hidshab beobachtet.«

»Chief Inspector, glauben Sie tatsächlich, dass ich in Traditionskleidung herumlaufe?« Ein kokettierendes Lächeln erschien auf den grell geschminkten Lippen.« Ich habe zwar so etwas in meinem Kleiderschrank, ein Geschenk meiner Mutter, damit ich wenigstens auf Beerdigungen keinen Anstoß errege. Aber lieber verzichte ich auf die Beerdigung, als mich darin sehen zu lassen. Obwohl es ein superteures Designerstück ist.« Sie schlug ihre langen Beine übereinander und wippte mit dem Fuß.

»Aber doch wohl nicht immer!« Charles drehte das Aktfoto, das mit der Bildseite nach unten vor ihm lag, um und schob es ihr zu.

Die Frau schaute erstaunt auf das Bild, dann lachte sie auf. »Das haben Sie bei Lukes Sachen gefunden, nicht?« Als Charles nickte fuhr sie heiter fort: »Eine wirklich gelungene Aufnahme, finden Sie nicht?«

Anstelle einer Erwiderung schob er ihr Lukes Kontoauszüge zu und deutete mit dem Finger auf eine monatliche Zahlung von Samias Konto. »Luke Harrogate hat Sie mit diesem Foto erpresst.« Erneut lachte sie laut auf. »Mich erpresst niemand. Und schon gar nicht mit solch einem Bild. Für mich wäre es sogar eine willkommene Werbung, wenn das hier«, sie tippte mit ihren rotlackierten Fingernägeln auf das Foto, »im Internet erscheinen würde.«

»Was machen Sie denn beruflich?«, entschlüpfte es Ivy.

Zum ersten Mal schaute die Frau Ivy an. »Liebes, was glauben Sie denn?« Sie lehnte sich gemütlich zurück und ließ die junge Beamtin nicht aus den Augen.

Ivy schluckte und spürte, zu ihrem großen Ärger, wie Röte aufstieg. Doch im selben Moment wurde ihr klar, dass es ihre Entscheidung war, ob jemand sie aus dem Konzept brachte oder nicht. Sie setzte sich gerade auf und lehnte sich etwas vor.

»Nun, vielleicht Modell für Aktfotos?«, antwortete sie gelassen.

»Nicht ganz, Liebchen. Ich bin Burlesque Tänzerin im Secrets Gentlemen's Club, hier in Truro.«

Die Zeugin genoss sichtlich Ivys Verblüffung. Dann wandte sie sich wieder Charles zu. »Ich habe Luke, dem armen Kerl, das Geld freiwillig überwiesen. Ich hatte Mitleid mit ihm. Er gehörte zu den Menschen, denen Geld ein Loch in die Hosentasche brannte. Kaum war es da, wurde es gleich wieder ausgegeben.«

»Nehmen wir mal an, dass Sie die Wahrheit sagen. Überprüfen können wir Ihre Aussage leider nicht mehr, da der einzige Zeuge tot ist. Dann bleibt immer noch Ihre Handyortung. Was haben Sie so früh in der Nähe des Golfclubs getan?«

»Ich war bei McDonalds – frühstücken. Wir hatten Dienstagnacht einen Junggesellenabschied im Club. Mittwoch, es war schon nach sechs, hatte ich dann endlich Feierabend. Wenn es so lange dauert, gehe ich immer an der Tresawls Road frühstücken, bevor ich mich auf den Weg nach Hause mache. Ich muss so zwischen halb sieben und sieben dort gewesen sein. Man kennt mich dort und wird Ihnen sicherlich gern mein Alibi bestätigen.« Dann zwinkerte sie Charles zu. »Und die werden Ihnen auch sicherlich sagen können, was ich getragen habe.«

»Danke, Ms Mansour. Wir werden dort nachfragen.«

»Dann kann ich jetzt gehen?« Samia griff nach ihrer übergroßen Handtasche.

»Einen Moment bitte noch«, hielt Ivy sie auf. »Sie kannten Luke Harrogate anscheinend sehr gut. Haben Sie einen Verdacht, wer ihm das angetan haben könnte?«

»Na ja, er hatte im Golfclub wohl Stress mit einigen Mitgliedern. Aber ganz ehrlich, Luke hatte unweigerlich mit jedem Stress, mit dem er geschäftlich zu tun hatte – das heißt, wenn man bedenkt, dass seine Geschäfte meist auf Betrug oder Erpressung basierten.«

»Können Sie sich an irgendwelche Namen erinnern?«, hakte Ivy nach.

»Nein. Eigentlich habe ich Luke nie richtig zugehört, wenn er mal wieder über irgendwelche Leute herzog oder sich über sie aufregte«, gestand die Frau mit einem Grinsen. »Schließlich habe ich mich wegen anderer Dinge mit ihm getroffen.« Nachdem sie Ivys fragenden Blick sah, ergänzte sie: »Sex. Den konnte er fast genauso gut wie Golf spielen.«

»Wann haben Sie ihn denn das letzte Mal gesehen?«, mischte sich nun auch Pantel ein.

»Vor vier Wochen ungefähr.«

»Also nachdem er mit einem Kläger eine handgreifliche Auseinandersetzung hatte?«

Samia grinste Charles an. »Er sah aus, als wäre er unter eine Dampfwalze gekommen.« Sie überlegte kurz bevor sie fortfuhr. »Der hieß glaube ich Beauforth oder so ähnlich. Luke hatte davon gefaselt den Typen vorzuführen. Er hatte wohl Bilder von dem Kerl, wie der mit einer Frau rummacht und wollte diese der Ehefrau zukommen lassen, falls Beauforth nicht zahlt.« Erneut stockte sie und überlegte. »Jetzt fällt mir das wieder ein. Der Ehefrau gehört die Firma und bei einer Scheidung würde der Typ in die Röhre gucken.«

Charles warf Ivy einen kurzen Blick zu und nickte leicht.

»Das heißt, dass er Beaugarth, so heißt der Mann, erpressen wollte«, insistierte Ivy.

»Ja, aber ich habe keinen Schimmer, ob er es auch getan hat.«

»Danke, Ms Mansour.« Charles reichte ihr seine Karte. »Sollte Ihnen doch noch ein Name oder eine Begebenheit einfallen, dann können Sie mich jederzeit anrufen.«

»Das werde ich tun, Chief Inspector.« Kokett zwinkerte sie ihm zu, nahm ihre Tasche und stöckelte aus dem Verhörraum.

Charles griff nach einer seiner Pastillen und kaute nachdenklich. »Ganz schön mutig!«

»Was?«, fragte Ivy irritiert.

»Na, für das, was diese Samia hier beruflich und privat macht, würde sie in ihrem Heimatland gesteinigt. Und ich kann mir nicht vorstellen, dass ihre Familie über ihr Tun begeistert ist.«

»Glauben Sie, dass sie hier in Cornwall untergetaucht ist?«

»Vielleicht. Prüfen Sie doch einmal nach, ob es einen Professor Mansour in Oxford gibt. Und dann prüfen Sie Samias Alibi.« Charles schob seine Unterlagen zusammen. »Ich werde mit Henry gleich zu diesem Beaugarth fahren. Die Information über seinen Ehebruch wird sicherlich hilfreich sein. Ach ja, und sag dem Team Bescheid, dass wir uns um drei treffen.«

10:15 Truro Business Park

Die Beaugarth Construction Ltd hatte ihren Sitz in Threemilestone, einem Vorort von Truro, der im Grunde nichts anderes war als ein Schlafdorf mit einem aus dem Boden gestampften Industriegelände. Die Gebäude des Bauunternehmens, hinter denen eine Herde British Longhorns friedlich graste, lagen am westlichen Rand des unwirtlichen Örtchens. Umso erstaunlicher war die Architektur der einstöckigen Bauten. Sie schienen nur aus Glas und Holz zu bestehen und hoben sich von den übrigen ansässigen Firmensitzen, die als reine Zweckbauten konzipiert waren, gefällig ab. Charles Pantel stellte seinen roten Spider auf dem Besucherparkplatz ab und schaute interessiert durch die Windschutzscheibe.

»Da kann ich mir schon vorstellen, dass dieser Beaugarth wegen einer Affäre das Ganze hier nicht aufgeben will.«

»Und damit ist er das perfekte Erpressungsopfer, Chief«, ergänzte Henry Bloombottem.

»Dann wollen wir uns den Schwerenöter einmal anschauen«, forderte Charles den DS munter auf und stieg aus.

Die beiden Beamten gingen gemächlich über den kunstvoll gepflasterten Hof auf den Eingangsbereich zu. Lautlos glitten die eindrucksvollen Rauchglastüren zur Seite und gaben den Blick auf ein lichtdurchflutetes Foyer frei. Hinter einem Empfangstresen aus hell geölter Eiche erhob sich eine junge Frau und kam lächelnd auf die beiden Männer zu.

»Herzlich Willkommen bei Beaugarth Construction Ltd. Ich bin Felicitas. Was kann ich für Sie tun?«

Charles fingerte nach seinem Ausweis. »Chief Inspector Charles Pantel und das ist DS Bloombottem. Wir sind mit Mr Beaugarth verabredet.«

»Ja, natürlich. Schön, dass Sie so pünktlich sind. Wenn Sie mir bitte folgen würden.« Sie wandte sich einer doppelflügeligen Eichentür zu, in die kunstvoll bunte Glaselemente eingesetzt waren. Einer der Flügel schwang lautlos auf und Charles entdeckte verblüfft einen Infrarot-Lichttaster oberhalb der Türzarge.

Sie betraten einen Flur, der links und rechts von Milchglasscheiben begrenzt wurde, in die formvollendete Muster eingeätzt waren. Die junge Frau strebte auf eine, diesmal schlicht gehaltene Eichentür zu, öffnete sie mit der Klinke und trat halb in den dahinterliegenden Raum ein.

»DCI Pantel und DS Bloombottem von der Truro Police wären da, Sir.«

»Na, immer herein mit ihnen«, antwortete eine rauchige Bass-stimme. Felicitas drehte sich lächelnd zu den Besuchern um und bat sie mit einer Handbewegung einzutreten.

Hatte der Eingangsbereich Charles schon in Erstaunen gesetzt, so empfand er das Büro des Bauunternehmers geradezu als sensationell. Auf der Längsseite des Zimmers war ein digitales Diorama angebracht. Hoch oben auf einem Felsen thronte eine mittelalterliche Burg. Irgendwie kamen die Türme und Gebäude Charles bekannt vor, doch er konnte sich im Moment nicht erinnern, wo er sie schon einmal gesehen hatte. Am Fuße des Felsen schlängelte sich ein Fluss durch grüne Wiesen. Fasziniert beobachtete er ein Rotwildrudel, das sich am Ufer aufhielt und äste. Plötzlich hob der Hirsch den Kopf, drehte die Ohren und setzte zur Flucht in einen nahen dunklen Wald an, dicht gefolgt von den Hirschkühen mit ihren Kälbern. Im selben Moment erschien von der linken Seite ein grüner Drache, spannte die Flügel auf und erhob sich in die Lüfte. Er kreiste eine Weile über der Burg, stieß einen hohen Schrei aus und verschwand am Horizont. In dem Moment wusste Charles, was für eine Burg sich dort im Sonnenschein erhob.

»Chief Inspector, ich freue mich Sie kennenzulernen!« Beaugarth Stimme riss Charles aus seiner Betrachtung. Er wandte sich dem Unternehmer zu und das erste, was ihm durch den Kopf ging war *Adipositas*. Oscar Beaugarth war einen halben Kopf kleiner als er selbst, jedoch mindestens doppelt so schwer. Die Hand, die er Charles reichte, war warm und weich und der Blick aus seinen kleinen, braunen Augen interessiert und klug. Ein Lächeln umspielte seine Lippen, als er fragte, was er für die Polizei aus Truro denn tun könne.

»Vielleicht können Sie mir zunächst sagen, wie Sie bei dieser Aussicht«, Charles wies mit dem Kopf auf das Diorama, »überhaupt arbeiten können?«

»Oh, am Anfang war es schon nicht so einfach, aber mittlerweile habe ich mich daran gewöhnt.« Schmunzelnd betrachtete

Beaugarth den Chief Inspector. »Erlauben sie mir zu bemerken, dass Sie ausgezeichnet in dieses Panorama passen würden.«

»Ich weiß. Mit einem langen, schwarzen Gewand und einen Zauberstab aus Eibenholz mit einem Kern aus Drachenherzfaser wäre es perfekt«, antwortete Charles mit einem schiefen Grinsen. »Wir sind aber leider nicht hier, um mit Ihnen über Hogwarts und seine Einwohner zu sprechen. Vielmehr geht es um den Tod von Luke Harrogate.«

»Das habe ich mir fast gedacht, dass der Vorfall vor gut fünf Wochen Ihr Interesse wecken wird. Aber vielleicht setzen wir uns.« Beaugarth wies mit der Hand auf eine lederne Polstergarnitur. »Kann ich Ihnen etwas zum Trinken anbieten?«

Henry Bloombottem setzte schon zu einem ›Ja‹ an, da er auf exquisites Gebäck hoffte, doch Charles kam ihm mit einem freundlichen ›Nein Danke‹ zuvor.

»Mr Beaugarth, Sie haben vollkommen recht. Der Zwischenfall vor dem Gerichtsgebäude hat natürlich unsere Aufmerksamkeit erregt.« Charles lehnte sich entspannt in den weichen Polstern zurück. »Luke Harrogate wurde nämlich von jemandem massiv angegriffen, bevor er nach hinten fiel und sich eine tödliche Kopfverletzung zuzog. Natürlich könnte man von einem Unfall sprechen, aber es ist nicht auszuschließen, dass der Angreifer eine Tötungsabsicht verfolgte. Und falls nicht, bleibt immer noch der Vorwurf der unterlassenen Hilfeleistung.«

»Und Sie glauben, dass ich dieser Angreifer gewesen bin?« Beaugarth stellt diese Frage vollkommen entspannt. Nichts deutete darauf hin, dass er nervös oder unsicher war.

»Wir müssen natürlich jeden befragen, der in der letzten Zeit Ärger mit dem Opfer hatte.«

»Oh, da kann ich Sie beruhigen. Nachdem ich Luke gezeigt hatte, was es bedeutet, mich zu betrügen, hatte ich auch keinen Ärger mehr mit ihm.«

»Sehen Sie, Mr Beaugarth, und was das betrifft, haben wir andere Informationen.« Gespannt beobachtete Charles jede Muskelregung seines Gegenübers. »Harrogate hat nach Ihrer Attacke einem Zeugen gegenüber gesagt, dass er über Bilder einer Ihrer Affären verfüge und Sie damit unter Druck setzen wolle.« Für einen kurzen Augenblick glaubte Charles Wachsamkeit aber auch Zorn und in den Augen des Bauunternehmers aufblitzen zu sehen.

Doch Beaugarth hatte sich überraschend schnell wieder im Griff. »So, hat er das«, erwiderte er freundlich. »Und selbst wenn er mir diese Fotos vorgelegt hätte, was hätte er denn für einen Druck auf mich ausüben können? Halb Truro weiß, dass ich kein Kind von Traurigkeit bin.«

»Halb Truro vielleicht, aber weiß es auch Ihre Frau?«

»Selbst wenn. Dann gibt es ein paar Tränchen und ein neues Schmuckstück und alles ist wieder in Butter«, antworte der dicke Mann selbstgefällig.

»Auch wenn man die Tatsache berücksichtigt, dass Sie, falls sich Ihre Frau von Ihnen trennen sollte, ohne einen Penny dastehen würden?«

Pantel konnte die aufsteigende Wut bei Beaugarth fast körperlich spüren. Der Mann rang mit sich, versuchte krampfhaft seine Gefühle unter Kontrolle zu bringen. Dann stand er, für seine Statue überraschend behände auf, ging zu einer Anrichte und öffnete eine der Türen. Charles erhaschte einen Blick auf eine Batterie unterschiedlichster Alkoholika. Beaugarth griff nach einer Falsche Single Malt und schüttete sich fingerbreit der bernsteinfarbenen Flüssigkeit in einen Tumbler. Dann kam er zurück zu der Sitzgruppe, setzte sich und spielte, ohne einen Schluck zu nehmen, mit dem kristallenen Gefäß in der Hand.

»Sehen Sie, Chief Inspector. Ihre Informationen über mich stimmen vollkommen. Falls meiner Frau etwas von einer erneuten Affäre zu Ohren kommen würde, könnte ein neues Schmuckstück wahrscheinlich nicht mehr viel ausrichten. Beim Boxen würde man sagen, dass ich angezählt bin. Aber ich versichere Ihnen, dass Luke mich nicht erpresst hat. Jedenfalls nicht die letzten fünf Wochen. Außerdem, an dem Tag als Luke starb war ich in Plymouth. Es ging um ein riesiges Investorenprojekt.«

»Dann wird es ja reichlich Zeugen geben. Wir brauchen deren Kontaktdaten, um Ihr Alibi zu überprüfen.«

»Natürlich, Felicitas wird Ihnen alles Nötige zusammenstellen, Chief Inspector.«

»Danke.« Pantel lehnte sich entspannt in den Polstern zurück und lächelte den Bauunternehmer freundlich an. »Wir müssen natürlich auch die Möglichkeit in Betracht ziehen, dass Sie jemanden beauftragt haben, Harrogate anzugreifen; mit welcher Zielsetzung auch immer.«

Beaugarth schaute Charles ungläubig an. Dann knallte er den Tumbler mit solch einer Wucht auf den Tisch, dass ein Teil des Whiskys auf die Eichenplatten schwappte. Charles spürte, dass sich Bloombottem neben ihm anspannte, bereit einzugreifen, falls Beaugarth etwas Unüberlegtes tun sollte. Der Unternehmer fuhr sich schwer atmend mit einem Finger zwischen Hals und Hemdkragen. Auf seiner Stirn hatten sich kleine Schweißperlen gebildet. Fast schien es so, als stände er kurz vor einem Herzinfarkt, doch dann brüllte er mit hochrotem Kopf die Beamten an.

»Was erlauben Sie sich mir zu unterstellen! Wenn Sie glauben, ich hätte Schwierigkeiten damit, mir selbst die Hände schmutzig zu machen, da haben Sie sich aber gewaltig getäuscht. Falls diese miese Ratte Harrogate nochmal bei mir aufgetaucht wäre, dann hätte ich ihn höchstpersönlich so zugerichtet, dass er keinen heilen Knochen mehr im Leibe gehabt hätte.«

Sieh an, ein Choleriker, dachte Charles mit einer gewissen Genugtuung. *Die ganze Jovialität nur gespielt.* »Sir«, lenkte er ein, »leider gehört es zu unserer Arbeit, jede Möglichkeit in Betracht zu ziehen. Sie haben ein gewichtiges Motiv, ausreichend Wut und das nötige Kleingeld, um einen Profi zu engagieren. Es wäre sträflich von uns, diese Aspekte außer Acht zu lassen.«

Beaugarth griff nach dem Glas und stürzte den Whiskey hinunter. Dann erhob er sich, ging zur Tür und öffnete sie weit.

»Ich glaube, dass es jetzt Zeit für Sie ist, zu gehen. Und falls Sie noch etwas von mir wollen, dann wenden Sie sich an meinen Anwalt. Felicitas gibt Ihnen seine Kontaktdaten.«

Schweigend gingen Charles Pantel und Henry Bloombottem über den Hof zum Wagen und stiegen ein.

»Chief?«

»Ja?«

»Wir hatten doch überlegt, dass der Angriff mit dem Golfball wahrscheinlich dazu diente, das Opfer zunächst handlungsunfähig zu machen, weil der Angreifer vermutlich Angst hatte, von Harrogate überwältigt zu werden.«

Charles nickte.

»Wenn Beaugarth der Angreifer gewesen wäre, hätte er sich nur auf Harrogate werfen müssen und es wäre tatsächlich kein Knochen in dessen Körper heil geblieben«, fuhr der Sergeant mit seiner Überlegung fort. »Falls der Bauunternehmer einen Profi engagiert hätte, hätte dieser mit Sicherheit ebenfalls keinen Golfball benötigt, um Harrogate auszuknocken. Der Angreifer muss also eine Person sein, die schwächer als das Opfer ist; eine Frau oder ein schwächlicher Mann.«

»Ich weiß!« Charles schob sich eine Veilchenpastille in den Mund. »Nur uns gehen so langsam die Verdächtigen aus«, fügte er matt hinzu. »Wir haben einen Berg von Motiven, aber jede Menge wasserdichte Alibis und keinerlei Indizien.«

»Dann sollten wir noch einmal von vorn anfangen«, erwiderte Bloombottem betont munter und schnallte sich an. »Jemand, der solch einen Hass auf Harrogate hatte, muss doch zu finden sein.«

14:45 Truro/Polizeirevier

»Ivy, auf ein Wort.« Loretta Dee schlenderte gemächlich auf den Fotokopierer zu, an dem die junge Polizistin die Tischvorlagen für die Teamsitzung vervielfältigte.

Wie eine Katze, die zum Sahnetopf schleicht, dachte Ivy, amüsiert und wachsam zugleich.

»Was kann ich für Sie tun, Ma'am?«, fragte sie freundlich.

»Tz …, tz …, tz …« Spielerisch hob die Ranghöhere den Zeigefinger. »Wir hatten uns doch auf den Vornamen geeinigt. Das erscheint mir doch etwas hierarchiehörig. Aber, wen wundert's. Der gute DCI fördert ja dieses Verhalten. Allerdings bei Ihnen scheint er eine Ausnahme zu machen.« Sie lehnte sich, die Arme vor der Brust verschränkt, bequem an die Wand und ihre eisblauen Augen ruhten interessiert auf Ivys Gesicht.

Jetzt nur nicht rot werden, betete diese im Stillen. »Das ist eine lange Geschichte«, antwortete sie ausweichend.

»Aha.« Lorettas perfekt gezupfte Augenbrauen schnellten in die Höhe. »Ich habe Zeit.«

»Ich leider im Moment nicht. Muss die Sitzung noch vorbereiten.« Ivy nahm die bereits gehefteten Vorlagen aus dem Ausgabefach.

»Wie kommen Sie denn mit dem Fall voran? Ich habe gehört, dass die Verdächtigen langsam zur Neige gehen.« Ein Lauern lag in dem Blick der PI und Ivy vermutete, dass diese mehr wusste als sie vorgab.

»Dazu kann ich nicht viel sagen«, erwiderte sie ausweichend. »Die Recherche nach möglichen Feinden Harrogates läuft noch.«

»Na dann wünsche ich Ihrem Chef viel Glück, dass der Richtige dabei ist. Man hört so einigen Unmut aus Bodmin.« Sie machte eine wegwerfende Bewegung mit ihrer manikürten Hand und lächelte. »Aber es ist schon schwierig Super Thomson zufriedenzustellen. Nicht wahr?«

Ivy antwortete mit einem Lächeln: »Sie entschuldigen mich bitte?« Dann ging sie mit gestrafften Schultern an der verdutzt dreinblickenden Beamtin vorbei zur Treppe.

PC Bonnell, der interessiert dem Gespräch zwischen den beiden Frauen gefolgt war, stieß seinen Kollegen Drexler in die Rippen.

»Loretta fängt schon wieder mit ihren Spielchen an! Aber die Neue hat sich verdammt gut geschlagen. Die ist gut, habe ich doch gesagt!«

Drexler biss nachdenklich von seinem Bagel ab. »Abwarten und Tee trinken. Loretta hat bis jetzt noch jede Nuss geknackt« erwiderte er kauend.

»Wetten, dass Ivy die Dee knackt?«

»Klar, zehn Pfund, dass unsere Chefin die Kleine bis November rausgeekelt hat.«

Mit klopfendem Herzen und zitternden Händen verteilte Ivy die zusammengefassten Ermittlungsberichte auf den drei Couchtischen. Doch es war keine Angst, die Ivy emotional so mitnahm, sondern kalte Wut auf die Kollegin. Anscheinend steckte Loretta Dee mehr Energie ins Rumschnüffeln und Gift verspritzen als in ihre Arbeit! Ivy atmete einmal tief durch und schwor sich, Lorettas Angriffe als das zu sehen, was sie waren – Nebelkerzen. Und sie nahm sich vor, herauszufinden, was die Kollegin zu diesem bösartigen Verhalten trieb. Zufrieden mit der Entscheidung, die sie für sich getroffen hatte, schaute sie sich im Raum um, ob es noch irgendetwas vorzubereiten gab. Ihr Blick blieb an dem Ermittlungsboard hängen. Ivy musste sich eingestehen, dass die PI leider recht hatte. Von den vielen Fotos, die sich noch gestern unter dem Wort ›Verdächtige‹ getummelt hatten, waren nur drei übriggeblieben; wobei sich hinter zwei von ihnen, den Konterfeis von Sandra Bellrich und Samia Mansour, dicke Fragezeichen aufplusterten. Wenigstens hatten die Recherchen von Ajith und ihr einige neue Informationen geliefert. Ivy dachte an die Ermittlungen zu den Serienmorden im Mai zurück. *Was, wenn wir, genau wie bei Smith, viel tiefer in die Vergangenheit gehen müssen?* grübelte sie und bemerkte gar nicht, dass zwei Personen eintraten.

»Ivy, so in Gedanken versunken?« Charles Pantel kam lächelnd auf sie zu, dicht gefolgt von Henry Bloombottem.

»Ja! Ich überlegte gerade, ob wir nicht doch noch tiefer in Harrogates Vergangenheit graben sollten. Ich dachte an die Serienmorde zurück. Peter Smith hatte zum ersten Mal mit vierzehn den Wunsch nach tödlicher Rache. Und erst mit über vierzig hat er den Mann, den er damals so sehr hasste, ermordet.«

»Es hatte damals einen Auslöser gegeben«, wandte Henry ein und fuhr sich mit der Hand durch die roten Locken. »Unser Chief, der ihm die Beförderung vermasselt hatte.«

»Dann ist es vielleicht PI Dee. Sie hatte sich ebenfalls auf meinen Posten Hoffnungen gemacht«, schlug Charles mit einem Augenzwinkern vor, wurde dann jedoch ernst. »Aber der Gedanke ist gar nicht so abwegig. Warum sollte es bei unserem jetzigen Täter nicht auch einen Auslöser gegeben haben.«

»Täterin!«, korrigierte Ivy. »Ich bin fest davon überzeugt, dass es eine Frau ist. Und Edith hat diese Frau mit Sicherheit gesehen.«

»Dann ist es vielleicht doch die Dee«, witzelte Bloombottem, fing sich jedoch gleich zwei böse Blicke ein.

Charles schob sich eine Veilchenpastille in den Mund. »Vielleicht eine Vergewaltigung. Die Frau ist Harrogate zufällig wieder begegnet«, grübelte Charles. »Das könnte ja durchaus zwanzig Jahre oder mehr zurückliegen. Ob wir ihn allerdings in der Datenbank haben, ist fraglich. Bei der Digitalisierung damals wurden häufig verjährte Vorfälle nicht mehr übertragen. Außerdem müsste die Frau ihn angezeigt haben. Ajith soll sich darum kümmern.«

»Da wäre aber noch etwas, Charles. Loretta hat mich vorhin abgefangen. Sie sagte etwas darüber, dass man in Bodmin unzufrieden mit den Ermittlungsergebnissen sei.«

»Sie fängt schon wieder damit an, Chief!«, rief Henry erbost aus.

»Wer? Ich?«, reagierte Ivy erschrocken.

»Nein, du doch nicht Mädel! Unsere PI.« Henry fuhr sich erneut durch die Locken. »Bevor Loretta hier anfing, das muss jetzt fünf Jahre her sein, war ein Drittel der Officer weiblich. Loretta begann dann die Kolleginnen nach und nach zu verunsichern. Meistens mit so Hinweisen, dass dieses Revier nicht das beste sei und die in Bodmin mit uns unzufrieden wären. Aber immer durch die

Blume, so dass wir der Hexe nichts nachweisen konnten. Viele der Mädels bekamen sehr schnell Angst um ihre Karriere und ließen sich versetzten. Die restlichen, die sich nicht manipulieren ließen, wurden dann von Lorette diskreditiert. Auf ihre hinterhältige Art streute sie Gerüchte über die Frauen. Beispielsweise, dass sie überfordert wären, schlecht über den Revierleiter oder den Super sprächen oder ihre Pflichten vernachlässigen. Jeannie war die letzte. Anfang diesen Jahres kamen dann Gerüchte auf, dass sie mit dem Vorgänger vom Chief ein Techtelmechtel hätte. Beide wurden strafversetzt.«

»Aber warum hat sie das gemacht?«, fragte Ivy fassungslos.

Der Sergeant zuckte mit den Schultern. »Wir können nur vermuten, dass sie diese Strategie einsetzte, um DCI zu werden. Denn als klar wurde, dass Charles den Posten übernimmt, war Loretta wochenlang ungenießbar.«

»Also pass auf, Ivy!«, fügte Charles hinzu. »Und wenn Loretta Dee dich erneut abfängt, teile es mir oder Henry sofort mit.«

Benommen nickte Ivy; das andere Thema, das Loretta vorhin angesprochen hatte, schmerzlich im Gedächtnis. Doch darüber wollte sie, wenn sich eine Gelegenheit bot, allein mit Charles sprechen.

Pünktlich um drei Uhr hatte sich das Team, gut versorgt mit Tee und Kaffee und dem allgegenwärtigen Shortbread, im Besprechungsraum eingefunden. Charles informierte die Kollegen über die neuesten Ermittlungsergebnisse. Das daraufhin einsetzende frustrierte Gemurmel verwunderte ihn nicht, da er selbst zutiefst enttäuscht war. Umso mehr erstaunte es ihn, als ausgerechnet Ajith Gubta sich zu Wort meldete.

»Ich habe Beaugarth mal genau unter die Lupe genommen.« Die plötzliche Aufmerksamkeit der Kollegen ließ sein olivfarbenes Gesicht um einige Nuancen dunkler erscheinen. »Ich habe einen Chatroom gefunden, der sich ›Fat Boys‹ nennt. Dort hat Beaugarth anderen Besuchern empfohlen, die Damen ihres Begehrens mit viel Geld zu locken. Auch hat er sich über …«, hier stockte Ajith und man konnte ihm ansehen, wie schwer es ihm fiel, fortzufahren. Schließlich räusperte er sich. »Über die besten sexuellen Praktiken ausgelassen, wenn man ein bestimmtes Gewicht hat.«

»Und ich habe mich schon gewundert, wie der Typ überhaupt eine ins Bett kriegt!«, feixte Bloombottem. »Oder ging es da um Bordsteinschwalben?«

Ajiths Hautfarbe verdunkelte sich noch tiefer. »Nein, ähm, keine Prostituierten, ganz normale Frauen.«

Ivy zog innerlich den Hut vor dem jungen Inder; die wahre Identität eines Chatteilnehmers herauszufinden war so gut wie unmöglich.

»Waren es denn viele Frauen?«, fragte sie freundlich.

»Ja!«

Ivys Augen fixierten die Fotos ihrer Geschlechtsgenossinnen auf dem Ermittlungsboard, die Harrogate erpresst hatte. »Könnte es sein, dass eine dieser Frauen mit Beaugarth etwas hatte? Vielleicht haben die beiden irgendwann festgestellt, dass Harrogate ein gemeinsamer Feind ist. Beaugarth, mit seinem vielen Geld, hat der Frau dann ein wasserdichtes Alibi beschafft, damit sie unser Opfer risikolos angreifen und unerkannt verschwinden konnte.«

»Was auch das unprofessionelle Vorgehen erklären würde«, ergänzte Charles. »Wir müssen herausfinden, ob eine der Damen«, er wies mit der Hand auf den Pulk von Fotografien, »Beaugarth kannte.« Energisch pinnte er das Konterfei des Bauunternehmers an das Board und zeichnete einen Pfeil mit Fragezeichen von dort zu den Frauen.

»Gut, gab es zu den Briefkastenfirmen schon Erkenntnisse?«

Ajith zuckte leicht zusammen und blickte hilfesuchend zu Ivy. Sie verstand sofort, dass ihr Kollege sich für seinen Geschmack schon weit genug aus seinem Schneckenhaus gewagt hatte.

»Nun, Sir. Ajith konnte die Leute, die hinter den Firmen stehen, ermitteln. Zum einen ist es ein Unternehmen, das Bioprodukte herstellt. Bardley Bulchey, der Geschäftsführer, hat sehr offen mit mir gesprochen als ich ihn anrief. Er erzählte, dass er Harrogate vor sieben Jahren als Unternehmensberater engagiert hatte. Schnell habe dieser herausgefunden, dass nicht alles so ›Bio‹ war, wie es hätte sein sollen. Man habe sich dann auf eine monatliche Zahlung von 250 Pfund geeinigt. Gleichzeitig habe das Unternehmen die erforderliche Produktqualität wieder hergestellt. Obwohl eine strafrechtliche Verfolgung wegen Betrugs nicht mehr zu befürchten war – Verjährungsfrist – hatte man doch Angst, dass Harrogate die Informationen an die Presse weitergeben könnte. Selbst nach so langer Zeit hätte es einen Imageverlust für die Firma bedeutet. Also sei man den Forderungen weiterhin nachgekommen. Als ich Bulchey darüber informierte, dass Harrogate nicht mehr lebt, konnte er seine Freude darüber nicht ganz verbergen. Jedoch erschien er mir glaubwürdig, als er versicherte, dass die Firma nichts mit dem Tod Harrogates zu tun hat.«

»Also ebenfalls eine Sackgasse«, resümierte Pantel.

Ivy zuckte die Schultern. »Sieht so aus, Sir. Aber die zweite Briefkastenfirma ist dafür umso spannender. Dahinter steht Nicholas Shankrick.«

Bloombottem stieß einen Pfiff aus. »Wie kann man bloß so bescheuert sein, sich mit den British Firms[1] anzulegen!«

»Sie haben sich doch wohl nicht mit Shankrick in Verbindung gesetzt, Clarks?«, fuhr Pantel entsetzt dazwischen; die Angst, die er um Ivy hatte, als sie von dem Serienmörder angeschossen wurde, noch lebhaft in seinem Gedächtnis.

»Ich bin ja nicht lebensmüde, Sir!« Sie zwinkerte ihrem Chef vertraulich zu.

»Vielleicht hatte Harrogate ihnen ja einen Dienst erwiesen und bekam dafür eine monatliche Anerkennung«, schlug PS Peafield vor.

»Das könnte natürlich sein«, räumte Ivy ein. »Aber die letzte, regelmäßige Zahlung hätte vier Tage vor dem Tod Harrogates auf dessen Konto sein müssen. Sie ist bis heute nicht eingetroffen.«

---

1   Britische Mafia

»Man wusste anscheinend, dass Harrogate das Geld nicht mehr benötigen oder einfordern würde.« Charles kaute nachdenklich auf einer seiner Pastillen.

»Aber hätte ein Mafia-Killer nicht einfach sein Sniper angelegt – Peng – Auftrag erledigt?«, warf PC Towerbrass ein.

Charles musste über die merkwürdige Ausdrucksweise des sehr jungen Kollegen, die mehr einer WhatsApp-Nachricht als einem fachlichen Kommentar ähnelte, schmunzeln.

»Nun, Constable, das unprofessionelle Verhalten des Täters könnte aber auch eine von Shankricks Leuten bewusst falsch gelegte Spur sein. Außerdem wissen wir noch gar nicht, ob der Täter, oder die Täterin«, dabei nickte er kurz Ivy zu, »Harrogate umbringen oder nur einschüchtern wollte. Über diesen Sachverhalt werde ich Bodmin informieren müssen. Shankrick wäre für uns eine Nummer zu groß. Ich hoffe nur, dass man uns den Fall nicht wegnimmt. Wie auch immer. Uns bleibt aber noch genug zu tun. Bloombottem, Sie machen weiter mit der intensiven Recherche über Luke Harrogates Vergangenheit. Peafield, Sie zeigen unseren jungen Officern Towerbrass und Chickball, wie eine sachgerechte Recherche durchgeführt wird. Thema: Beaugarth und eine mögliche Verbindung zu den uns bekannten Frauen. Ajith soll Sie dabei unterstützen. Und alle anderen knien sich noch einmal intensiv in die Ermittlungsakten. Falls Ihnen irgendetwas auffällt, was noch tiefer recherchiert werden muss, unvollständig erscheint oder für Sie nicht nachvollziehbar ist, melden Sie dies bitte DC Clarks. Irgendwo da draußen gibt es jemanden, der Luke Harrogate auf dem Gewissen hat und wir werden ihn finden!«

Das Pferd ist ein Tänzer an deiner Hand, ein Tänzer in die Unendlichkeit.
Rudolf G. Binding, 1867-1938, Schriftsteller

Zweite Sühne
Reitstall Killivose

16. August 2020
7:45 Truro/Polizeistation

Wirre Träume, in denen immer wieder Loretta Dee aufgetaucht war, hatten Ivy um einen erholsamen Schlaf gebracht. Sie fühlte sich gerädert und hatte Schwierigkeiten, die Augen offen zu halten. Sich an ihren Kaffeebecher klammernd, schlich sie in ihr Büro und stellte mit Erleichterung fest, dass Ajith noch nicht an seinem Platz saß. Dann erst fiel ihr auf, dass Samstag war. Ärgerlich über sich selbst, die Chance auf einen ruhigen, freien Vormittag verpasst zu haben, fuhr sie den Computer hoch und suchte im Intranet nach neuen Informationen über den Fall Harrogate. Doch seit gestern Nachmittag gab es keine frischen Einträge. Unschlüssig ließ sie ihren Blick über die mit Ordnern, Notizzetteln, Berichten und Fotos übersäte Schreibtischplatte wandern. Mit einem Seufzer begann sie, die Papiere zu sortieren und stellte mit Erschrecken fest, dass sie das Protokoll der Befragung von Finsher noch nicht angefertigt hatte; eine Nachlässigkeit, die sie verwirrte. Die drei Tage in Truro hatten sie doch mehr gefordert, als sie sich eingestehen wollte. Besonders Loretta Dee machte ihr zu schaffen.

Ivy kannte durchaus die Gemeinheiten, gegen die man sich am Arbeitsplatz erwehren musste, aber Loretta war anscheinend eine ganz andere Hausnummer. Eine Frau, die auf eine äußerst hinterhältige Art ihre Ziele verfolgte.

Ivy rief die Maske für die Eingabe von Befragungsprotokollen auf. Im selben Moment klingelte ihr Telefon. Im Display erschien die Nummer der Pforte.

»Moin, Clarks«, kam es durch den Hörer. »Gerade hat Aidan Churchham, Reitstallbesitzer aus Killivose bei Camborn, angerufen und den Fund einer Leiche angezeigt.«

Ivy fiel vor Schreck fast der Hörer aus der Hand. Ein Mord und sie war der einzige greifbare Detective. Fieberhaft überlegte sie, was jetzt zu tun sei.

»Sutton, bitte informieren Sie Brown, Gainheart und den DCI. Und wir brauchen jemanden, der den Tatort sichert.«

»Mache ich. Aber bei Pantel habe ich es schon versucht. Der geht nicht ans Telefon.«

»In Ordnung, das übernehme ich dann.« Sie legte auf und wählte auf ihrem Smartphone die Kurzwahl von Bloombottem. Es dauerte einen Augenblick, bis sich Henrys schlaftrunkene Stimme meldete.

»Henry, tut mir leid, aber es gibt eine Leiche!«, stieß sie atemlos hervor. »Und Sutton kann Charles nicht erreichen.«

»Nun mal mit der Ruhe, Mädel. Wo bist du?«

»Im Revier.«

»Was machst du da. Du hast doch heute Vormittag frei?«

»Ich weiß, aber das ist mir erst eingefallen, als ich schon im Büro war«, gab die junge Beamtin zerknirscht zu.

»Gut, dann veranlasse, dass Forensik, der Doc und zwei Beamten zur Tatortsicherung ausrücken.«

»Das habe ich bereits.«

»Braves Mädel! Und dann mach dich auf die Suche nach dem Chief. Der hat heute Morgen Dienst, muss also im Haus sein. Ich bin in einer Viertelstunde bei dir.«

Ivy eilte auf den Flur, klopfte an die Bürotür des DCI und drückte die Klinke herunter. Sie atmete erleichtert auf, als sie Charles an seinem Schreibtisch entdeckte.

»Ivy, was machst du denn hier?«, entfuhr es Pantel überrascht. »Du hast doch frei.«

»Hatte ich vergessen«, erwiderte sie mit einem schiefen Grinsen, während sie das Zimmer betrat und dann, übergangslos: »Sutton hat gerade gemeldet, dass eine Leiche aufgefunden wurde. Brown und Gainheart sind informiert und zwei Beamte rücken aus zur Tatortsicherung. Und da ich nicht daran gedacht habe, dass du Dienst hast, habe ich Henry aus dem Bett geklingelt. Er ist in einer viertel Stunde hier.«

»Wo ist der Tote?«

»Ähm, in der Nähe von Camborn.«

»Geht es etwas genauer?«

»Ein Reitstall in Killivose.«

»Handelt es sich denn um einen Mord?«

»Ähm, weiß ich nicht.« Ivy war den Tränen nahe.

»Nun mal ganz ruhig!« Charles lächelte ihr aufmunternd zu. »Setz dich erst einmal. Die Leiche wird uns schon nicht weglaufen.«

Mit einem zittrigen Seufzer ließ sich Ivy auf einen der Besucherstühle fallen.

Charles sprach ruhig und bedächtig. »Dann wollen wir mal hoffen, dass es ein Tötungsdelikt ist, sonst bekommt Hector Brown die Krise!« Charles lehnte sich zurück und betrachtete Ivy. Sie tat ihm leid. Hatte sie doch sicherlich gedacht, plötzlich für alles allein verantwortlich zu sein. »Bis Henry kommt, erkläre ich dir, was du bei der Anzeige eines Leichenfunds beachten musst. Erst einmal musst du Informationen sammeln. Wer hat wann und wo, wen, wenn bekannt, aufgefunden. Was ist passiert? Wenn du Brown und den Doc nämlich zu einem Unfall zitierst, wird's mit ihrer Freundlichkeit dir gegenüber ganz schnell vorbei sein.«

Die junge Frau nickte stumm.

»Als Erstes musst du dafür sorgen, dass der Tatort gesichert wird. Danach wird der ranghöchste Detective informiert. Der entscheidet, was weiter passiert.«

»Aber ich wusste ja nicht, dass du …!«, versuchte sich Ivy zu rechtfertigen, wurde jedoch von Charles unterbrochen.

»In unserem Fall bin ich das. Wenn ich nicht erreichbar bin, ist Henry der nächste Ansprechpartner.«

»Aber, das habe ich doch gemacht.«

»Ganz genau! Du hast fast alles richtig gemacht, bis auf die Tatsache, Henry aus dem Bett zu klingeln, das Fehlen nötiger Informationen und das eigenmächtige Losschicken der Kavallerie. Ich denke, dass Brown gleich …«

Im selben Moment klingelte Charles Telefon. Der Inspector drückte die Lautsprechertaste und Browns polternder Bass ertönte.

»Morgen, Chief. Was ist das für ein Leichenfund? Und wer hat Sutton gesagt, dass er die Truppen losschicken soll? «

»Brown, einen Moment bitte. Es gab da ein Missverständnis. Ich muss eben noch mit PC Sutton sprechen. Ich rufe Sie sofort zurück.«

Charles legte auf und grinste Ivy an. »Siehst du, wenn das Prozedere nicht stimmt, läuft es nicht rund.« Dann nahm er den Hörer erneut auf und sprach mit Sutton. Danach rief er Brown zurück und gab das *Okay* zum Ausrücken. Schließlich wandte er sich wieder Ivy zu.

»Also, es geht um einen Reitunfall in einem Wäldchen von Camborn. Aidan Churchham, der die Leiche gefunden hat, ist aber fest davon überzeugt, dass es kein Unfall war. Er hätte dafür sogar Beweise. Bei dem Toten handelt es sich um Benjamin Campbell-Jones aus Redruth. Wir warten noch auf Henry, und dann machen wir uns ebenfalls auf den Weg.«

Ein leichter Nieselregen hatte eingesetzt, als Charles mit einem zivilen Dienstfahrzeug auf dem Parkplatz des gepflegten Reiterhofes fuhr. Die drei Beamten stiegen aus und sahen sich um. Neben ihnen ragte eine moderne Reithalle mit angebauter Longierhalle auf. Der angrenzende Außenplatz war bestückt mit unterschiedlichen Hindernissen sowie Tonnen. Entlang eines weiß gestrichenen Holzzaunes führte eine schmale Allee zu den Stallungen. Ein Stück weiter endete der baumbestandene Weg in einem gekiesten Rondell, das den Zugang zu einem Haupttreppenhaus in jakobinischem Stil schuf.

Henry Bloombottem stieß einen leisen Pfiff aus. »Nettes kleines Anwesen!«

»Ja, wenn die da nicht wären«, antwortete Ivy und wies zu einer Koppel, auf der eine Gruppe Pferde friedlich weidete.

»Hast du etwa Angst vor Pferden?«, fragte Charles verwundert. Dann erklärte er: »Das sind Hacks und englische Vollblüter. Turnierpferde. Verdammt schöne Tiere!«

»Woher weißt du das, Chief?« Henry war sichtlich verblüfft.

»Ach, das ist lange her«, winkte Charles ab. »Mein Vater, Jurist mit der Ambition Kronanwalt zu werden, glaubte, dass Reiten zum gesellschaftlichen Statement gehöre. Also mussten mein Bruder und ich nicht nur reiten lernen, sondern auch an Turnieren teilnehmen. Allerdings mit mittelmäßigen Erfolgen, ganz zum Leidwesen von Dad.«

»Und, hat er es geschafft?«

»Was?«

»Na, Kronanwalt zu werden?«

»Gott sei Dank, nein«, antwortete Charles mit einem Grinsen. »Sonst wäre sein Snobismus noch unerträglicher geworden.«

Aus den Stallungen, ebenfalls ein Relikt aus jakobinischer Zeit, trat ein bärtiger Mann in Reitkleidung und einem australischen

Lederhut auf dem Kopf. Interessiert musterte er die Besucher und kam ihnen dann entgegen.

»Die Kripo, wie ich vermute! Ihre Kollegen sind schon oben im Wäldchen.« Er wies mit seinem Daumen in unbestimmte Richtung über seine Schulter.

»Mr Churchham?« Pantel fingerte seinen Ausweis hervor. »DCI Pantel und das sind die Detectives Clarks und Bloombottem. Guten Morgen, Sir. Sie sind der Reitstallbesitzer, der den Toten gefunden hat?«

»Morgen«, brummte der Angesproche. »Wurde auch Zeit, dass jemand von Ihnen hier auftaucht. Ich habe auch noch was anderes zu tun.«

»Nun sind wir ja da«, antwortete der Inspector schlicht. »Vielleicht können wir uns irgendwo unterhalten, wo es nicht ganz so feucht ist.«

»Am besten im Stall, dann kann ich Ihnen auch gleich *Moon* zeigen, Benjamins Hengst.«

»Perfekt«, entgegnete Pantel. »Bloombottem, du gehst schon mal vor zum Tatort. Und Clarks, du kommst mit mir.« Als er Ivys entsetzten Blick sah, schmunzelte er. »Keine Angst, ich bin ja bei dir.«

Churchham hatte sich bereits in Bewegung gesetzt und öffnete einen der grün angestrichenen Flügel des Haupttores. Er verschwand im Stall und überließ es den beiden Detectives ihm zu folgen und die Tür wieder zu schließen.

Ivy, die schummeriges Licht und einen Geruch nach Tier, Schweiß und Exkrementen erwartet hatte, blieb überrascht stehen. Von freundlichem Tageslicht durchflutet, erstreckten sich zwei breite, in einem hellen Gelb gepflasterten Gänge bis jeweils zum rechten und linken Ende des Gebäudes. Die Pferdeboxen aus einem rötlich-braun schimmernden Holz mit kunstvoll geschmiedeten, schwarzen Gittern, die mit messingfarbenen Elementen verziert waren, verwunderten sie ebenso wie der angenehme Geruch nach Leder, Stroh, Pferd und einem Hauch Lavendel.

»Na überrascht?«, flüsterte Charles ihr zu, während sie dem

Reitstallbesitzer, der bereits die Fronttür zu einer der Boxen zur Seite geschoben hatte, in den rechten Gang folgten. Ein schwarzbrauner Pferdekopf tauchte auf und schien Churchham zuzunicken. Dieser legte seine linke Hand auf die sternförmige Blesse des Tiers und zog aus seiner rechten Jackentasche einen kleinen Apfel, den das Pferd behutsam mit seinem Maul aufnahm. Dann bemerkte das Pferd die beiden Fremden, die sich langsam der Box näherten. Es riss seinen Kopf nach hinten, blähte die Nüstern auf und gab ein lautes Schnauben von sich. Der Reitstallbesitzer griff nach der Trense, doch das Tier zog ruckhaft den Kopf zur Seite und verschwand, nervös tänzelnd, im Inneren der Box.

Ivy wurde blass und ging langsam rückwärts, während Charles sich sichtlich entspannt auf die Box zubewegte.

»Ist ja gut, mein Schöner. Wir wollen dir nichts tun.« Die Stimme des Inspectors wurde ruhig und tief. Er hielt dem Pferd seine Hand entgegen auf der der Apfel lag, den er am Eingang aus einem Korb mitgenommen hatte. Das Tier schnaubte erneut, doch seine gespitzten Ohren wandte sich ihm zu. Zögernd, aber immer noch angespannt, trat es näher, beschnüffelte das dargebotene Leckerchen und nahm es vorsichtig mit den Lippen auf.

»Siehst du, wir tun dir nichts. So ein schöner Junge wie du muss keine Angst haben«, schmeichelte er.

»Respekt!«, ließ sich der Reitstallbesitzer vernehmen. »Sie reiten?« Sein vormals missmutiger Gesichtsausdruck verschwand und machte Interesse und Anerkennung Platz.

»Ich hatte vor einigen Jahren selbst einen Hannoveraner, jedoch eine Stute«, erwiderte Charles. »Als sie starb, habe ich das Reiten aufgegeben.«

»Schade, Sie können gut mit Pferden!« Nun lächelte Churchham sogar. »Sind Sie Turniere geritten?«

»Ja, Dressur. Aber ich habe es immer nur bis ins Mittelfeld geschafft.«

»Und die junge Dame?« Churchham nickte in Richtung Ivy.

»Die hat Angst«, erwiderte Charles schmunzeln und kniff dem

Reitstallbesitzer ein Auge zu. »Aber warum wollten Sie uns *Moon* zeigen, Mr Churchham?«

Dieser griff erneut nach der Trense und zog das Pferd sanft auf den Gang.

»Hier!« Er wies mit der Hand auf die Schulter und eine Stelle kurz oberhalb der Drosselrinne, wo sich zwei tiefe, schmale Striemen in das glänzende Fell eingegraben hatten.

Charles ließ einen leisen Pfiff hören. »Verletzungen durch eine Peitsche?«

»Ganz genau«, stimmte Churchham zu.

»Und darum glauben Sie auch, dass es kein Unfall war.«

»Benjamin Campbell-Jones hätte nie eine Peitsche benutzt. Er besaß nicht einmal eine Gerte.«

Der Inspector betrachtete grübelnd die Wunden und schob sich eine Veilchenpastille in den Mund. »Jemand könnte Campbell-Jones mit einer Peitsche aufgelauert haben, um das Pferd in Panik zu versetzten.«

»So sehe ich das ebenfalls«, bestätigte Churchham, führte *Moon* zurück in die Box und verschloss die Tür.

»Mr Churchham, würden Sie uns bitte erzählen, was Sie heute Morgen erlebt haben?«

»Sicher, aber lassen Sie uns dabei einen Kaffee trinken. In der hintersten Box haben wir so etwas wie einen Pausenraum.«

»Das können wir gern machen.«

Charles blickte sich nach Ivy um. Sie war vorsichtig an die Box von *Moon* getreten. Das Pferd beobachtete sie interessiert, trat dann einen Schritt vor, während die junge Frau erschrocken einen Schritt zurück machte.

»Du musst keine Angst haben, Ivy. Der Hengst ist im Moment völlig entspannt.«

Zur Bestätigung nickte das Pferd leicht, gab ein leises Schnauben von sich und schob sein Maul dicht an das Gitter.

»Er will, dass du ihn streichelst.«

»Ich!« Mit großen Augen sah Ivy ihren Chef an.

»Geh langsam an das Gitter und fahr ihm leicht über das Maul.«
Charles schaute schmunzelnd zu, wie sich Ivy vorsichtig der Boxentür näherte. Zaghaft hob sie ihre Hand und berührte sanft die dargebotene Nase des Tiers.

»Das ist ja weich wie Samt!«, rief sie überrascht aus und strahlte Charles an.

»Was hast du denn gedacht – kalt und glitschig?«

»Ich weiß nicht«, gab sie zu, während sie ihre Finger weiterhin sacht über die Stelle zwischen den Nüstern bewegte. Doch als das Pferd ein zufriedenes Blubbern hören ließ, zog sie die Hand erschrocken zurück.

Charles lachte auf. »Du hast einen Freund gefunden, Ivy. Dieses Geräusch machen Pferde nur, wenn sie jemanden mögen.« Er nickte ihr aufmunternd zu. »Und jetzt verabschiede dich von deinem Verehrer und komm mit. Wir haben schließlich einen Mord aufzuklären.«

Die Pausen-Box war praktisch eingerichtet. Drei Stühle standen um einen schmalen Tisch, der mit der Längsseite an die Holzwand geschoben war. Im hinteren Teil befand sich eine kleine Anrichte, auf der verschiedene Thermoskannen und ein Sammelsurium von Keramikbechern gestapelt waren. Churchham hatte bereits drei Tassen gefüllt und auf den Tisch gestellt. Mit einer Milchflasche, einem Schälchen Würfelzucker in den Händen und einem breiten Grinsen auf den Lippen, wandte er sich Ivy zu.

»Na, kleine Lady, so schlimm sind Pferde doch gar nicht. Außerdem haben sie durchaus etwas Therapeutisches. Also, wir bieten regelmäßig Reittrainings für Anfänger an?!«

»Ähm …« Hilflos und mit hochrotem Kopf schaute Ivy zu Charles. Doch dem fiel es gar nicht ein, ihr bei der Beantwortung der Frage behilflich zu sein.

»Genau!«, bekräftigte er zu Ivys Entsetzten die Äußerung des Reitstallbesitzers. »Dann können wir beiden im nächsten Jahr gemeinsam Reitausflüge in die Umgebung machen.«

Die junge Frau räusperte sich. »Ich – ich werde es mir überlegen.«

Und als wäre es der Qual noch nicht genug, fügte der Reitstallbesitzer hinzu: »Dann freue ich mich auf Ihren Anruf. Und mit Ihrem Chef als Begleiter kann Ihnen überhaupt nichts passieren.« Er stellte einen Teller Kekse auf den Tisch und lud mit einer Handbewegung die beiden Polizisten ein, sich zu setzten.

Zwei Stunden zuvor Wäldchen in der Nähe der Cornish Equastian Stables

Benjamin Campbell trat in den Steigbügel und schwang sich auf den Rücken von *Moon*. Leicht klopfte er auf den seidigen, dunkelbraunen Hals des Pferdes.

»Na, mein Schöner, jetzt ist es soweit. Freust du dich auch schon so wie ich?«

Wie zur Bestätigung nickte der Hengst und ließ ein leises Schnauben hören.

Campbell schnalzte kurz mit der Zunge, lockerte die Zügel und drückte die Schenkel sanft an den Leib des Tieres. *Moon* setzte sich in Bewegung und schritt langsam durch das geöffnete Tor, hinter dem sich eine saftig grüne Anhöhe befand. Campbell trieb das Pferd den Hügel hinauf und konnte spüren, wie das Pferd die Bewegung genoss. Ihm selbst ging es nicht anders. Zu dieser frühen Stunde, in der klaren Luft eines sonnigen Augustmorgens, konnte er all seine Probleme hinter sich lassen und sich einzig und allein auf die gleichmäßigen Bewegungen von *Moon* konzentrieren.

Kurze Zeit später öffnete sich vor ihnen der breite Hohlweg in das Wäldchen, das zum Reitstall gehörte. Nun war es Zeit für einen entspannten Galopp. Er trieb das Tier erneut an und der Hengst reagierte nur allzu gern. Mit weit ausholenden Sprüngen tauchten Pferd und Reiter in das lichte Dunkel des Buchenhains. Doch irgendetwas war heute anders. Viel zu spät erkannte Champbell eine dunkle Gestalt, halb hinter einer der uralten Buchen versteckt. Er registrierte, wie die Person, mit einem bauschenden, schwarzen Mantel bekleidet, in den Hohlweg hinuntersprang. Sie hob den Arm und ein lauter Knall durchschnitt die morgendliche Stille.

Noch bevor Champbell reagieren konnte, stieg *Moon* laut wiehernd und den Kopf nach hinten werfend auf. Champbell stürzte mit dem Rücken auf den Waldboden. Panisch versuchte er wieder Luft in seine Lungen zu saugen, als er einen weiteren Knall hörte. Mit einem gequälten Schrei stieg das Pferd erneut und kam wenige Zentimeter vom Gesicht des verletzen Reiters auf den Boden auf. *Moon* trieb nur noch ein Gedanke – zurück in den Stall, zurück in die Sicherheit. Bei dem dritten Knall brüllte das verstörte Tier regelrecht auf. Es wandte sich im Steigen nach links. Champbell bemerkte die aufblitzenden Hufe keine vierzig Zentimeter über seinem Gesicht schwebend – das Letzte, was er in seinem Leben sehen sollte.

Die Gestalt stand regungslos mit der Peitsche in der Hand in dem Hohlweg und starrte gebannt auf das flüchtende Pferd. Es tat ihr in der Seele weh, dass sie das edle Tier so hatte quälen müssen.

»Alles deine Schuld«, zischte sie dem am bodenliegenden Mann zu. Doch sie wusste, dass er sie nicht mehr hören konnte. Und wieder hatte das Schicksal entschieden, dass sie auch dieses Mal einem verhassten Menschen nicht ins Gesicht hatte sagen können, warum er sterben musste. Enttäuscht ließ sie den Blick über den geschundenen Körper gleiten. Der Oberkörper des Toten war blutüberströmt und einige seiner gebrochenen Rippen hatten durch die massive Kraft der Pferdehufe die Reiterjacke durchstoßen. Die Gestalt musste an eine Lammkrone denken und lachte laut auf. Doch dann spürte sie einen Würgereiz aufsteigen. Angeekelt wandte sie sich ab und beschwor das Bild der Person herauf, die sie so sehr geliebt und viel zu früh verloren hatte. Fest umkrampften ihre Finger die Peitsche, bis das Gefühl, sich gleich erbrechen zu müssen, abgeflaut war. Mit einem Seufzer machte sie sich auf den Weg, das Wäldchen hinter sich zu lassen.

9:55 Killivose/Buchenhain

Ivy und Charles stiegen einen Hügel zu einem Wäldchen hinauf, das oberhalb des Reitstalls lag. Der Nieselregen hatte aufgehört und eine zaghafte Augustsonne schob sich langsam durch die Wolken. Auf der Kuppe angelangt, sahen sie schon von Weitem das Absperrband und einen Wachhabenden, der ihnen breitbeinig, die Hände auf dem Rücken, entgegensah.

»Sag mal, ist das Bonny oder Clyde. Ich verwechsele die beiden immer.«

»Bonny hat O-Beine«, gab Charles grinsend zurück.

»Ach!« Ivy blieb stehen und musterte den Polizisten. »Du hast recht.«

»Gainhaert hat mir den Tipp gegeben. Ich hatte ebenfalls Schwierigkeiten.«

PC Bonnell sah den beiden Kollegen entgegen. Ihm entging nicht die Musterung durch Ivy. *Vielleicht sollte ich es mal bei der Kleinen versuchen*, sinnierte er. Doch dann beobachtete er, wie vertraut die beiden miteinander umgingen, als sie sich der Absperrung näherten. *Na, dann will ich dem Chef mal nicht in die Parade fahren*, entschied er. Gleichzeitig dachte er an seine Wette mit Clyde. Seine Chancen zu gewinnen waren eindeutig gestiegen. Der Chief würde sicherlich seine schützende Hand über die junge Frau halten. Allerdings durfte seine eigene Chefin Dee nichts davon erfahren. Bei solch einer Steilvorlage wären Pantel und Clarks spätestens in vier Wochen strafversetzt. Also beschloss er, seine Beobachtung niemandem zu erzählen.

»Guten Morgen, Bonnell«, Charles reichte dem jungen Constable die Hand. »Wie sieht es aus?«

»Morgen, Chief. Nicht gut. Jedenfalls nix für schwache Nerven«, antwortete Peter Bonnell mit einem kritischen Blick auf Ivy.

»Machen Sie sich mal um mich keine Sorgen«, wies Ivy den Constable zurecht.

»'tschuldigung«, wiegelte dieser gleich ab, »aber es ist wirklich ein unappetitlicher Anblick.«

»PC Clarks wird sich daran gewöhnen müssen, Bonnell, sonst hat sie eindeutig den falschen Beruf.«

Als die beiden in das Dämmerlicht des Waldes eintraten, blieb der Chief Inspector stehen und betrachtete das Bild, das sich ihm bot. Die Böschung des Hohlweges maß maximal einen Meter, eine problemlos überwindbare Höhe. Für einen gestürzten Reiter allerdings, der vielleicht benommen auf dem Rücken lag, ein unüberwindbares Hindernis, um sich vor den Hufen eines panischen Pferdes in Sicherheit zu bringen. Der Leichnam befand sich, keine zwanzig Meter entfernt, am rechten Rand des Weges. Ein Mitarbeiter des forensischen Teams war gerade dabei, den Tatort zu fotografieren. Ein zweiter unterstütze ihn, indem er einen kurzen Messstab neben das jeweilige Fotomotiv legte.

Bloombottem, Brown und Gainheart hatten es sich auf dem Rand der Böschung bequem gemacht und beobachteten wortlos das Tun der Kollegen.

»Fehlen nur noch die Kaffeebecher und Sandwiches«, raunte Charles Ivy belustigt zu. Doch der jungen Beamtin war nicht nach Scherzen zumute. Selbst aus dieser Entfernung konnte sie die brutale Zerstörung des Körpers von Benjamin Campbell-Jones erkennen. Ihr fielen die Worte eines Dozenten auf der Polizeischule ein. »Hinschauen, Leute. Jedes noch so ekelhafte Detail genau betrachten und einordnen. Sonst verfolgen euch die Toten wie Zombies in jedem eurer Träume.«

»Alles klar?«, fragte Charles besorgt, als sie auf seinen lockeren Spruch nicht reagierte.

»Ja!«, erwiderte sie entschieden und ging mit festen Schritten auf den Tatort zu.

»Guten Morgen, PC Clarks«, polterte Browns Stimme durch die Stille, als er die junge Frau bemerkt hatte. »Wirklich nichts für einen nervösen Magen, aber ich rate Ihnen, sich alles genau anzusehen.«

»Guten Morgen, Sir«, antwortete Ivy mit einem erzwungenen Lächeln. »Ich weiß. Ich will ja nicht ständig von dem Toten träumen müssen.«

»Braves Mädchen«, lobte der Hüne grinsend. »Und falls Ihnen schlecht wird, tun Sie sich keinen Zwang an. Wir sind hier spurentechnisch eh fertig.«

»Lassen Sie sich von dem Grobian bloß nicht verulken,« mischte sich nun Dr. Gainheart in das Gespräch und stellt sich neben Ivy. »Kommen Sie, ich erkläre Ihnen alles.« Er hockte sich in Kopfhöhe des Toten hin und bedeutete Ivy sich zu ihm zu gesellen. Ivy folgte artig der Aufforderung. Der metallische Geruch des Blutes nahm ihr für einen Moment den Atem, aber sie schaffte es, die aufsteigende Übelkeit unter Kontrolle zu halten. Der Rechtsmediziner erklärte ihr sachlich und distanziert was mit dem Körper Champbells passiert war. Er wies sie auf Hufabdrücke, die sich in den Verletzungen zeigten, hin, und erläuterte ihr ruhig, was mit dem zerstörten Brustkorb geschehen war.

»Er war also sofort tot«, stellt Ivy schließlich fest.

»Ja. Einer der Hufe durchbrach Rippen sowie Brustbein und zerquetschte Herz und Lunge.«

Ivy richtete sich wieder auf und wischte ihre schweißnassen Hände an der Hose ab. »Gibt es auch Verletzungen, die nicht von den Tritten des Pferdes stammen könnten?«

»Haben Sie das gehört, Chief?«, stieß er Doktor erfreut aus und erhob sich ebenfalls. »Die kleine Lady hier weiß, worauf es ankommt. Aber um Ihre Frage zu beantworten ...«

»..., Genaueres, wenn ich ihn auf dem Tisch hatte«, vollende der Chief Inspector grinsend den Satz.

»Ganz genau,« erwiderte der Doktor. »Aber ich bin mir sicher, dass es ein Unfall war«, fügte er unaufgefordert hinzu.

»Nein, es war kein Unfall.«

Alle Augen richteten sich erstaunt auf Pantel. Selbst der Fotograf ließ seine Kamera sinken und starrte den Chief Inspector an.

»Clarks, würdest du bitte den anwesenden Herren erklären, was hier passiert ist.«

Ivy blickte erschrocken in die Runde und, für sie so typisch, ihre Wangen röteten sich.

»Ähm, ja, der Chief und ich haben mit dem Reitstallbesitzer gesprochen. Auch haben wir uns Campbell-Jones Pferd *Moon* angeschaut. Das Tier weist frische Verletzungen einer Peitsche an der Schulter und …«, hilfesuchend blickte sie Charles an.

»… an der Drosselrinne, dem unteren Teil des Halses«, half der Inspector ihr weiter. »Ich denke, dass das Tier in dem Bemühen, zurück in den Stall zu fliehen, sich hier auf dem engen Weg versuchte umzudrehen. Vielleicht hat der Angreifer sogar noch ein paar Mal mit der Peitsche geknallt, um das Pferd vollständig um den Verstand zu bringen. Das Opfer jedenfalls hatte keine Chance, sich vor den Hufen in Sicherheit zu bringen«, fügte Charles ergänzend hinzu.

Für einen kurzen Moment herrschte absolute Stille.

»So eine verdammte Scheiße!«, polterte Brown los. »Weg hier vom Tatort, alle, sofort! Konnten Sie das nicht vorher sagen, bevor Sie und das Mädchen den Boden kontaminierten!«

»Konnten Sie den Tatort nicht vorher so gewissenhaft wie jeden Tatort eines Tötungsdeliktes untersuchen? Aber wahrscheinlich dachten Sie, dass das bei einem Unfall nicht nötig ist.«, erwiderte der Chief Inspector scharf.

Die anderen kletterten eilig auf den Rand der Böschung und verzogen sich ein Stück zwischen die Bäume. Lediglich der Doktor schafft die Flucht vor dem Zorn Browns und dem wütenden Chief Inspector erst nach mehreren erfolglosen Versuchen, und dann auch nur mit Bloombottems Hilfe. Der Sergeant packte den kleinen, schweren Mann am Kragen, um ihn bäuchlings über den Böschungsrand zu ziehen. Ivy, die die Szene beobachtete, unterdrückte ein Kichern. Schnell drehte sie sich von der Gruppe weg und hüstelte. Im selben Moment bemerkte sie etwas Rotes zwischen den Bäumen aufblitzen; eindeutig langes, karminrotes Haar, das in Sekundenschnelle wieder verschwunden war.

»Da ist wer im Wald!«, rief sie aus.

»Wo?«, kam es über mehrere Lippen. Selbst Pantel und Brown hören auf, sich böse anzufunkeln.

»Dort zwischen den Bäumen. Ich habe dort hinten ganz kurz rote Haare gesehen.«

»Vielleicht eine Hexe«, grinsend lehnte sich Henry Bloombottem an einen Baum und blickte in die von Ivy beschriebene Richtung.

»Eine Hexe?«, fragte diese perplex zurück.

»Mädel, wir sind hier im Hexenwald, dem Little Witch Forest. Da ist alles möglich!«

»Und man muss besonders auf tieffliegende Besen achten. Bloombottem, hör auf mit dem Quatsch!«, raunzte Charles den Sergeanten an.

»Aber ich weiß, dass es hier eine Hexe gibt«, wandte der Doktor ein, der sich immer noch Blätter und Erdkrumen von seiner Schutzkleidung klopfte. »Keine fünfhundert Meter von hier«, wies er mithilfe seines Zeigefingers in den Wald, »gibt es eine Lichtung mit einem uralten Haus. Seit drei oder vier Jahren wohnt darin eine Frau, die sich mit Kräutermedizin, Wahrsagen und als Medium ihr Brot verdient.«

Pantel schob sich eine Veilchenpastille in den Mund und kaute nachdenklich darauf herum. »Vielleicht war sie ja zum Zeitpunkt des Angriffs auf Campbell-Jones ebenfalls hier im Wald. Bloombottem, Clarks, ihr beiden sucht die Frau und befragt sie. Ich sage Constable Bonnell Bescheid, dass er euch nachher mit zurück nach Truro nehmen soll. Ich werde zu der Familie Campbell-Jones in Rudruth fahren. Wir sehen uns heute Nachmittag bei der Teambesprechung.« Dann wandte er sich erneut dem Forensiker zu. »Und Sie machen hier gefälligst Ihre Arbeit, DI Brown!«

Ivy trat auf einen Zweig und das trockene Knacken vermischte sich mit dem ausgelassenen Flöten einer Singdrossel.

»Sag mal, Henry, was war denn mit dem Chief los?«

Henry, der gerade die Zweige eines Jungbaumes an die Seite schieben wollte, blieb stehen und wandte sich der jungen Kollegin zu. »Hin und wieder hat er solche Ausbrüche, wie bei einem Dampfdrucktopf.«

»Das ist mir damals in Penzance auch schon aufgefallen. Aber woher kommt das?«

Der Sergeant zögerte einen Moment, wog ab, was er erzählen sollte. »Ich gehe davon aus, dass das etwas mit dem plötzlichen Tod seiner Frau zu tun hat. Aber was ich dir jetzt erzähle muss unbedingt unter uns bleiben!« Er wartete die Zustimmung von Ivy ab, bevor er weitersprach. »Jemand aus York, mit dem ich die Ausbildung zusammen gemacht habe, erzählte mir davon. Als die Frau starb, hatte sich unser Chief eine Woche in seinem Haus eingesperrt und war nicht mehr erreichbar. Aus Sorge hatten dann die Kollegen die Tür aufgebrochen. Das Erdgeschoss soll total verwüstet gewesen sein; alle Möbel zerstört. Der Chief selbst lag zwischen einem halben Dutzend leerer Wodkaflaschen auf dem Boden; schwere Alkoholvergiftung. Nachdem er aus dem Krankenhaus entlassen wurde, ließ er wieder nichts von sich hören. Der Superintendent ist dann persönlich zum Chief gefahren. Dieser soll zwar nicht mehr betrunken gewesen sein, aber er soll teilnahmslos in dem ganzen Chaos gesessen haben; vollkommen verwahrlost. Der Kollege weiß nicht, was der Super mit dem Chief besprochen hatte, aber kurz danach reichte Charles den Versetzungsantrag ein. Er wollte so weit wie möglich von York entfernt neu anfangen. Und dabei war unser Chief einer der Besten. Mit dreiunddreißig war er bereits Chief Inspector. Man hatte ihn sogar als Chief Constable gehandelt. Und jetzt sitzt er in Truro, geschlagen mit dieser Pfeife von Vorgesetztem Thomson und der dummen Dee. Da kann einem schon mal die Galle überlaufen.«

Ivy nagte an ihrer Unterlippe. »Vielleicht kann ich ihm ja morgen etwas entlocken.«

»Morgen?«

»Ähm, ja, er hat mich morgen Abend zum Essen eingeladen«, gab Ivy zu und wurde rot.

»Mädel, dann pass bloß auf, dass die dumme Dee nichts davon erfährt.«

Kurze Zeit später erreichten die beiden Detectives die Lichtung. Einen Moment blieben sie verblüfft am Waldrand stehen und betrachteten das Bild vor ihnen. Auf einer saftig grünen Wiese war ein altes Haus zum Vorschein gekommen. Das verspielte Fachwerk und das dunkel gedeckte Dach mit schmalen Gauben und einem kleinen Turm, auf dem eine Wetterfahne in Form einer dicken Katze munter im Wind tanzte, erinnerte an die Zeiten Elisabeths der Ersten. Vor dem mittelalterlichen Gebäude, auf einer mit dicken Steinen gepflasterten Terrasse, stand ein wuchtiger Holztisch, auf dem Körbe gefüllt mit Äpfeln, Birnen und Pflaumen abgestellt waren. An den Balken, die unterhalb der Dachtraufe hervorlugten, hingen Sträuße, gebunden aus unterschiedlichsten Kräutern, zum Trocknen. Und auf der ausgetretenen Steinstufe vor der Haustür saß eine schwarze Katze, die die beiden Neuankömmlinge aus gelben Augen böse anfunkelte.

»Erinnert mich an Hänsel und Gretel«, scherzte Henry, ging zu dem einladend gedeckten Tisch und griff nach einem rotwangigen Apfel.

»Dann hoffen wir mal, dass er nicht vergiftet ist«, frotzelte Ivy.

»Meinst du?« Henry betrachtete die Frucht eingehend und biss dann herzhaft hinein.

»Im Mittelalter hätte Sie das einen Finger gekostet.« Die Frau, die unbemerkt aus dem Wald auf die Lichtung getreten war, kam lächelnd auf den Sergeant zu. Ihr rotes Haar, das ihr fast bis zu den Hüften reichte, leuchtete wie Feuer im Sonnenschein auf. Das bodenlange Kleid aus auberginefarbenem Leinen, dessen Weite durch einen ledernen Miedergürtel gebändigt wurde raschelte leise durch das Gras. »Ich freue mich, dass sie an meinem Obst solch eine Freude haben!«

Henry, der sich fast an dem Apfelbissen verschluckt hätte, lief rot an. »Ähm, Entschuldigung Ma'am. Aber das sah so einladend aus, dass ich nicht widerstehen konnte.« Rasch wischte er die Hand an seiner sandfarbenen Cordhose ab und fingerte in seinem oliv-currygelben Jackett nach dem Dienstausweis.

»Detective Sergeant Bloombottem und das ist meine Kollegin Detective Constable Clarks.«

»Mundraub und dann noch von einem Polizisten – interessant!« Die Frau stellte einen Korb mit blauschwarz glänzenden Brombeeren auf den Tisch. »Mein Name ist Glinda Twinrose.« Sie reichte erst Ivy, dann Henry die Hand. »Was kann ich für Sie tun?«

»Mrs Twinrose«, eilte Ivy Henry, der immer noch auf dem Stück Apfel herumkaute, zu Hilfe.

»Glinda, meine Liebe.«

»Glinda«, setzte die junge Beamtin erneut an, »Es wurde ein Toter im Hohlweg gefunden.«

»Ich weiß, meine Liebe. Schreckliche Sache! Und Sie wollen sicherlich wissen, ob ich etwas bemerkt habe.«

Ivy schätzte die Frau, die ihr keck zuzwinkerte, auf Mitte fünfzig. Ein feines Netz aus Lachfältchen hatte sich um ihre Augen –, nun stutzte Ivy. Die Frau lächelte ihr doch tatsächlich mit zwei unterschiedlich farbigen Augen zu – eines grün, das andere blau-violett.

Glinda lachte laut auf. »Immer die gleiche Reaktion, wenn mir jemand in die Augen schaut.

«Entschuldigung! Ich wollte nicht …«

»Meine Liebe, ich habe mich daran gewöhnt. Man vermutete, ich war deswegen schon an der Universität in Oxford, dass ich die einzige Person auf der ganzen Welt mit solch einer Spielerei der Natur bin. Zumal beide Augenfarben in dieser Intensität äußerst selten sind.

»Also doch eine Hexe«, mischte Henry sich neckend ein und warf den Apfelgriebs in hohem Bogen Richtung Wald.

»Nun, rein äußerlich habe ich alles, was eine Hexe benötigt. Leider funktioniert es mit dem Zaubern nicht so richtig«, erwiderte die Frau lachend. »Aber bevor wir über so unangenehme Sachen wie den Toten sprechen, mache ich uns schnell etwas zu trinken. Setzen Sie sich doch schon mal.«

Ivy und Henry ließen sich auf einer grob behauenen Bank am Tisch nieder. Es dauerte nur Sekunden, als Glinda wieder erschien. Auf dem großen Tablett, das sie trug, befanden sich eine riesige Saftkanne, drei Gläser und ein Teller mit Ingwerkeksen. Geschickt platzierte sie alles auf der blank gescheuerten Tischplatte und schenkte das Getränk ein.

»Rhabarberschorle. Ich hoffe, Sie mögen es. Und bei den Plätzchen greifen Sie zu. Alles selbst gemacht und absolut Bio!«

Der Sergeant ließ sich nicht zweimal bitten, griff sich gleich zwei Teile des Gebäcks und nickte Ivy aufmunternd zu. Diese begriff es als Aufforderung, mit der Befragung weiterzumachen.

»Glinda, zurück zu unserem Anliegen. Sie wissen von dem Reitunfall?«

Glinda lehnte sich bequem zurück und schaute in ihr Glas. Dann räusperte sie sich. »Es war kein Unfall.«

»Sondern?«

»Ein Anschlag!« Die außergewöhnliche Frau trank einen Schluck. »Ich war heute Morgen schon sehr früh unterwegs im Wald. Ich benötigte noch einige Kräuter, die, wenn der Morgentau auf ihren Blättern liegt, geschnitten werden müssen. Ich stand am Waldrand bei dem Hügel, der zum Reitstall hinunterführt. Dann sah ich Pferd und Reiter, die im gestreckten Galopp auf den Hohlweg zuritten. Kurz darauf hörte ich einen Knall und das erschreckte Wiehern des Pferdes. Als kurz darauf noch ein Knall ertönte und das Pferd förmlich aufschrie, wusste ich, dass etwas Schreckliches im Gange war. Ich nahm meinen Korb und eilte zum Hohlweg. Erneut wieherte das Tier, dieses Mal klang es fast wie ein Brüllen. Dann hörte ich Hufschläge, die sich Richtung Reitstall entfernten. Danach Stille. Da ich davon ausging, dass jemand geschossen hatte, schlich ich mich, immer in Deckung bleibend, bis zur Böschung. Mir war sofort klar, dass ich dem Mann, oder besser, dem, was noch von ihm übrig war, nicht mehr helfen konnte. Vorsichtig tastete ich mich vor, um einen Blick in den Hohlweg werfen – und dann sah ich sie.«

»Wen?« Henry hatte so gebannt zugehört, dass er den angebissenen Ingwerkeks in seiner Hand vollkommen vergessen hatte.

»Eine Frau. Sie hatte mir den Rücken zugewandt und ging eilig den Weg in entgegengesetzter Richtung aus dem Wald hinaus.«

»Können Sie sie beschreiben?«

»Tja, das ist etwas schwierig. Sie trug ein langes schwarzes Gewand, und der Kopf war in einen schwarzen Schal gehüllt.«

Henry und Ivy sahen sich erstaunt an.

»Könnte die Frau, die sie gesehen haben, muslimische Kleidung getragen haben?«, fragte Ivy zaghaft.

»Ja, ganz genau! Das ist es!«, rief Glinda aus. »Es war eine Muslima.«

»Sind Sie sicher, dass es sich um eine Frau handelte?«

»Ganz bestimmt. Die Art, wie sie sich bewegt hat – es muss eine Frau gewesen sein.«

»Gibt es sonst noch etwas, an das Sie sich erinnern?«

Glinda nickte. »Sie trug in der rechten Hand eine Peitsche.«

Henry lehnte sich zurück, schob den Rest seines Plätzchens in den Mund und betrachtete die Zeugin. »Warum haben Sie nicht sofort die Polizei informiert?«

»Weil ich weder ein Mobiltelefon noch ein Telefon besitze. Außerdem wusste ich, dass sobald das Pferd unten im Stall ankommt, jemand nach dem Reiter suchen würde.« Glinda zuckte mit den Schultern. »Und der Tote benötigte auch keine Hilfe von mir. Also bin ich zum Haus zurückgekehrt. Später bin ich dann noch einmal in den Wald gegangen. Doch als ich all die Menschen gesehen habe, bin ich wieder zurückgelaufen. Ich wusste, dass früher oder später jemand kommen würde, um mich zu befragen.«

»Danke für die Auskunft und die Bewirtung.« Ivy erhob sich und reichte der Frau ihre Karte. »Falls Ihnen doch noch etwas einfällt, melden Sie sich bitte bei uns. Auch brauchen wir Ihre Aussage schriftlich. Falls Sie keine Möglichkeit haben, nach Truro zu kommen, können Sie Ihre Aussage gern auch bei den Kollegen in Camborn machen.«

»Gut, das werde ich tun.«

Die beiden Polizisten verabschiedeten sich und gingen zurück zum Wald. Sie hatten gerade den Rand der Lichtung erreicht, als Glinda Twinrose Ivy zurückrief. Henry lehnte sich gemütlich an eine der alten Buchen und nickte Ivy auffordernd zu, zurückzugehen.

»Entschuldigen Sie meine Liebe, aber da gibt es noch etwas«, rief sie Ivy zu und streckte dieser lächelnd die Hand entgegen. Dann griff sie unvermittelt nach Ivys linken Arm und hielt ihn mit eisernem Griff fest. »Keine Angst Liebes, aber ich möchte Ihnen noch etwas mitteilen.« Sie drehte Ivys Hand mit der Innenseite nach oben, legte ihre Stirn in Falten und brummte leise vor sich hin, während sie mit ihrem Zeigefinger die Handlinien nachzeichnete. Schließlich sah sie der jungen Frau direkt in die Augen.

»Sie haben in den letzten Jahren viele negative Emotionen durchleben müssen.« Mit einem Blick auf Henry, der sich alarmiert vom Baum abgestoßen hatte, senkte sie ihre Stimme. »Diese Phase ist jetzt abgeschlossen, und wenn Sie offen genug für Ihre Umwelt sind, werden sehr glückliche Zeiten auf Sie zukommen. Morgen erwartet Sie eine besondere Überraschung.«

Eine tiefe Röte hatte sich auf Ivys Gesicht ausgebreitet, teils aus Ärger über die Frechheit der Frau, teils aus Scham, weil bei

Glindas Worten das Bild von Charles Pantel vor ihrem inneren Auge erschienen war. Mit einem Ruck entzog sie der Anderen ihre Hand. Sie hörte Henry rufen, ob alles in Ordnung sei.

»Alles bestens!«, gab sie über die Schulter zurück, funkelte Glinda böse an und wandte sich dann grußlos von der immer noch lächelnden Frau ab.

Glinda sah den beiden Beamten nach, bis sie zwischen den Bäumen verschwunden waren. Plötzlich spürte sie, dass sie nicht mehr allein auf der Lichtung war. Langsam drehte sie sich um. Neben dem Tisch stand reglos eine Frau mit einer Peitsche in der Hand. Nur die schwarze Abaya bewegte sich sacht in einer aufkommenden Brise. Den Hidschab hatte sie auf die Schultern gleiten lassen. Ihre blaugrünen Augen fixierten Glinda.

»Danke für alles!«

»Papperlapapp, das war das Mindeste, was ich für dich tun konnte«, erwiderte Glinda, Sie ging auf die Frau zu und wollte sie in den Arm nehmen. Doch diese wehrte die Umarmung ab und blickte Glinda eindringlich an.

»Du weißt schon, dass man dich aufgrund der Informationen, die du mir gegeben hast, wegen Beihilfe anklagen kann.«

»Liebes, wie soll es die Polizei erfahren, wenn keine von uns etwas erzählt?« Erneut versuchte Glinda den Arm um die schmalen Schultern der Frau zu legen. Dieses Mal ließ sie es zu und schmiegte ihr Gesicht schluchzend an den auberginefarbenen Leinenstoff.

Zur gleichen Zeit Redruth/Fairsley Hall

Charles legte fluchend den Rückwärtsgang ein. War er doch trotz Navigationsgerät an der durch Hecken verdeckten Zufahrt nach Fairsley Hall vorbeigefahren. Laut hupend kommentierte ein

LKW-Fahrer das nicht ganz ungefährliche Manöver auf der belebten A393.

»Du mich auch!«, zischte Charles wütend. Dann bog er in den schmalen, geteerten Fahrweg, der zum Stammsitz der Familie Campbell-Jones führte, ein. Nach zweihundert Metern zwang ihn ein geschlossenes, schmiedeeisernes Tor zum Aussteigen. Er ging zu einem der massiven Steinpfosten, an dem er eine Gegensprechanlage und eine Kamera entdeckt hatte.

»Sie wünschen bitte?« Eine blecherne Frauenstimme meldete sich, nachdem er den Klingelknopf gedrückt hatte.

»DCI Charles Pantel.« Er hielt seinen Dienstausweis in Richtung Kamera. »Ich möchte gern mit der Familie von Benjamin Campbell-Jones sprechen.«

»In was für einer Angelegenheit, Sir?«

»In einer Angelegenheit, die ich auf gar keinen Fall durch eine Gegensprechanlage erläutern werde.«

Charles hörte ein leises Klicken, woraufhin sich die Torflügel lautlos öffneten. Er stieg wieder in seinen Wagen und fuhr langsam den Weg entlang. Im Rückspiegel konnte er beobachten, wie sich das Tor automatisch schloss.

Nach dreihundert Metern endete das geteerte Sträßchen und mündete in ein mit weißem Kies ausgestreutes Rondell. Er parkte den Wagen am Rand und stieg aus. In der Mitte des Rondells befand sich ein großer marmorner Brunnen, in dessen Zentrum aus goldenen Karaffen, von drei Nymphen gehalten, Wasser floss. Charles erschauderte beim Anblick des sichtlich teuren, allerdings äußerst geschmacklosen Kunstwerkes. Hingegen war Fairsley Hall selbst eine Perle des gregorianischen Stils. Die schlichten, klaren Formen und der gelbe Backstein der Fassade strahlte eine warme Eleganz aus. Drei flache Stufen führten zum Eingang, der von einem Balkon mit steinerner Brüstung überdacht wurde; rechts und links von schmucklosen Säulen mit dezenten Kapitellen getragen.

Die weiße, doppelflügelige Eingangstür öffnete sich und eine ältere Frau mit straff frisiertem Chignon und einem dunkelblauen, unauffälligen Kleid trat auf die Schwelle.

»Guten Tag, Sir. Wenn Sie mir bitte in den Garten folgen würden. Die Ladys Campbell-Jones erwarten Sie bereits.« Ohne weiter auf Pantel zu achten, ging sie zügig an der Vorderfront des Hauses entlang und verschwand um die Hausecke.

»Na dann halt durch den Hintereingang«, flüsterte Charles spöttisch.

Das Überbringen einer Todesnachricht war für ihn stets eine unangenehme Aufgabe. Doch bei so viel zur Schau gestellten Arroganz sank sein Pegel für Mitgefühl auf ein Minimum, und sichtlich entspannt betrat er den weitläufigen Garten hinter dem Haus. Unter einer Trauerweide saßen zwei, für die Tageszeit viel zu elegant gekleidete Frauen an einem schmiedeeisernen Tisch. Ein silbernes Teeservice und eine Servierplatte mit kunstvoll garnierten Sandwiches ließen den Inspector vermuten, dass er die beiden gerade bei einer gemütlichen, außergewöhnlich frühen Teestunde störte. Die Jüngere schob ihre dunkle Sonnenbrille ein wenig nach unten, um Pantel unverhohlen in Augenschein nehmen zu können. Die Ältere, die er auf Mitte siebzig schätzte, hatte sich demonstrativ lässig zurückgelehnt und musterte ihn über den Rand ihrer Teetasse hinweg.

Mit dieser Art von Ladys hatte Charles bereits in seiner Jugend Erfahrungen gemacht. Ein Großteil der weiblichen Bekannten seiner Mutter waren von der gleichen Spezies gewesen. So ging er unbefangen auf die kritisch dreinblickenden Frauen zu, zog den Dienstausweis und nannte seinen Rang und Namen.

»Ah, gehören Sie zu den York-Pantel-Bowes?«, fragte die Ältere in typischem Upperclass-Ton. Charles wusste genau, worauf diese Frage abzielte: Die Klärung der gesellschaftlichen Rangordnung. Nur selten konnte der Angesprochene solch eine Frage mit einem *Ja* beantworten. Bei einem *Nein* folgte dann meist ein bedauerndes *Schad'* und der Angesprochene rutschte automatisch in die Position eines Dienstboten. Charles hatte schon vor Jahren auf den dünkelhaften Doppelnamen seiner Familie verzichtet. Doch in diesem Augenblick freute es ihn diebisch, dass er die herablassende Frage mit *Ja, Ma'am* beantworten konnte. Einen kurzen Moment zeigte sich auf dem fast faltenfreien Gesicht der Frau Überraschung, doch es währte nicht lange und sie schoss einen zweiten Pfeil ab.

»Dann sind Sie also der kleine Charles?«

»War, Ma'am!« Pantels bediente sich nun ebenfalls der Oberklassensprechweise. »Mittlerweile bin ich ein wenig gewachsen«, näselte er charmant. Doch er wusste aus den Erfahrungen, die er bei den Salonabenden seiner Mutter gemacht hatte, dass noch ein dritter Pfeil im Köcher steckte.

»Und aus Ihnen ist also ein Polizist geworden?«, fragte sie mit mitleidiger Stimme.

»Mit Leib und Seele«, erwiderte er gelassen.

»Was können wir für Sie tun, Chief Inspector?«, wechselte die Frau nun das Thema, da ihre Angriffe bei ihm nicht zu fruchten schienen. Jedoch bot sie ihm noch immer nicht an, sich zu setzten.

»Gestatten Sie, dass ich mich setze. Die Angelegenheit, derer ich hier bin, ist im Stehen nur sehr schwierig zu erläutern.« Frech, wie sich die Upperclass in der Regel verhielt, zog er einen Stuhl vom Tisch und ließ sich darauf nieder.

»Sie beiden sind verwandt mit Benjamin Campbell-Jones?«, fragte er liebenswürdig und schlug die Beine übereinander.

»Ich bin Lady Clarissa Campbell-Jones, die Mutter von Sir Campbell-Jones und das ist meine Schwiegertochter Lady Aimée Clément-Campbell.«

Damit war auch der letzte Pfeil, der Charles in seine Schranken weisen sollte, abgeschossen. Doch Pantel konnte beobachten, dass die Fassade aus Hochmut Risse bekam und sich in den Augen der beiden Frauen eine erste Unsicherheit zeigte.

»My Ladys, ich muss Ihnen leider eine traurige Nachricht überbringen. Sir Campbell-Jones wurden heute Morgen von seinem Pferd so schwere Wunden zugefügt, dass er seinen Verletzungen erlag.«

Die Arroganz zerfiel zu Staub und blankes Entsetzen zeigte sich auf den Gesichtern der beiden Frauen.

»Das kann nischt sein!«, stieß die Ehefrau des Opfers aus. Ihr französischer Akzent gab der Situation eine ungewöhnliche Dramatik.

»Leider doch. Der Reitstallbesitzer hat Ihren Gatten eindeutig identifiziert. Es tut mir sehr leid.«

Die Mutter, die still gegen die Stuhllehne gesunken war, die Augen starr auf ihre Teetasse gerichtet, gab ein leises Stöhnen von sich. Dann blickte sie entschlossen auf und sah Pantel direkt in die Augen.

»Chief Inspector, es tut mir leid, dass ich Sie gerade so behandelt habe.«

Charles leistete im Stillen Abbitte, dass er Clarissa Campbell-Jones als Snob abgestempelt hatte. Diese Frau hatte, obwohl im Zustand tiefster Trauer, die Größe bewiesen, ihr eigenes gezeigtes Verhalten zu reflektieren. Mit einem leichten Lächeln und einem kurzen Kopfnicken nahm er die Entschuldigung an.

»Kann ich Ihnen eine Tasse Tee anbieten?« Doch Pantel winkte ab. »Da uns aber nicht ein Officer, sondern Sie, ein Kriminalbeamter die schreckliche Nachricht überbringen, gehe ich davon aus, dass es sich nicht um einen Unfall handelt!«

»Damit haben Sie vollkommen recht, Lady Campbell-Jones. Dieser ›Unfall‹ wurde durch eine zweite Person provoziert.«

»Mon Dieu, Benjamin ischt ermordet worden! Comme c'est terrible! N'est-ce pas Maman?«, heulte Aimèe auf.

»Liebes, beruhige dich bitte. Garde ton sang froit!«, erwiderte Lady Clarissa leise, jedoch mit unüberhörbarem Tadel.

»Isch habe gerade meinen Mann verloren, wie soll ich 'altung bewahren!«, empörte sich die Angesprochene mit blitzenden Augen.

»Und ich habe gerade meinen einzigen Sohn verloren!«, gab die Lady schlicht zurück.

Interessant! Der Inspector betrachtete die beiden Frauen abschätzend. Er wusste, dass die meisten Menschen in Stresssituationen ihre Masken fallen ließen. Was er hinter der Maske der Französin entdeckte, gefiel ihm ganz und gar nicht.

Wütend sprang die Frau von Benjamin Campbell-Jones auf und stieß dabei ihren Stuhl um. Ohne sich weiter darum zu kümmern, stürzte sie ins Haus und die Terrassentür flog mit einem lauten Knall zu.

»Entschuldigen Sie bitte das Auftreten meiner Schwiegertochter«, wandte sich die Lady wieder an Charles. »Aber die finanziellen Verhältnisse ihrer Eltern ließen eine kultivierte Erziehung und erstklassige Ausbildung leider nicht zu.«

»Nun ja, in solch einer Situation reagieren Menschen zuweilen sehr unterschiedlich.«

»Chief Inspector, strapazieren Sie bitte nicht meine Selbstbeherrschung. Sie, als Sohn von Sir und Lady Pantel-Bowes, wissen doch ganz genau, wie das läuft. Die Söhne tauchen irgendwann mit außergewöhnlich hübschen, aber auch außergewöhnlich ordinären Mädchen auf. Und noch bevor man das Schlimmste verhindern kann, haben diese dann plötzlich dicke Bäuche, und die Hochzeit muss schnellstmöglich organisiert werden. Aimèe ist, was das betrifft, keine Ausnahme. Allerdings hat sie mir einen intelligenten, charmanten und gutaussehenden Enkelsohn geschenkt. Also habe ich mich mit ihr arrangiert.« Die Frau stieß einen Seufzer aus und strich mit der Hand müde über ihre Stirn. »Also, was müssen Sie von mir wissen, damit der Mord an meinem Sohn geklärt werden kann.«

»Wir wissen noch nicht, ob es sich um einen Einschüchterungsversuch, der außer Kontrolle geriet oder einen Mord handelt.« Pantel überlegte kurz, inwieweit er der Lady Details zumuten konnte, entschied sich dann, mit ihr ganz offen zu sprechen.

»*Moon* wurde im Little Witch Forest von einer Person mit einer Peitsche angegriffen. Das Pferd geriet in Panik und warf ihren Sohn ab. Weitere Peitschenhiebe führten dann dazu, dass das Tier in seinem irrsinnigen Entsetzten ihren Sohn zu Tode trat. Für uns stellt sich die Frage, wer solch eine Wut auf ihren Sohn hatte, dass er auf diese bizarre Weise seinen Tod billigend in Kauf nahm.«

»War er sofort tot?« Schmerz füllte die Augen der Frau.

»Ja, unser Rechtsmediziner geht davon aus.« Diese kleine Lüge ging Charles leicht über die Lippen, wollte er das Leid der Lady nicht noch weiter schüren.

»Benjamin war ein guter Junge. Er war introvertiert; lebte in seiner Welt von Computerprogrammen und digitalen Problematiken. Als er Aimèe in Paris kennenlernte, er war damals Ende zwanzig, und sie seine erste Liebe, kam er endlich aus seinem Schneckenhaus. Doch es dauerte nicht lange, bis ihm die Gewöhnlichkeit seiner Frau bewusst wurde. Er zog sich von ihr, von der ganzen Welt, erneut zurück und vergrub sich in die Arbeit für unser Unternehmen. So wurden wir mit Abstand die Bank mit der modernsten, digitalen Ausstattung in ganz England!« Ein Schmunzeln huschte über ihr Gesicht. »Aimée war wütend über diese Abkehr von der Gesellschaft, da sie zu Empfängen und Partys ohne Benjamin nicht eingeladen wurde. Also tröstete sie sich mit Affären und nächtelangen Vergnügungen in irgendwelchen Clubs.«

»Hat Ihre Schwiegertochter einen Vorteil vom Tode Ihres Sohnes?«

»Das will ich wohl meinen! In seiner Verliebtheit hatte er auf einen Ehevertrag verzichtet und ein Testament gibt es ebenfalls nicht. Es gilt also die gesetzliche Erbfolge. Die Hälfte seines Vermögens geht an Aimée. Nur gut, dass ich nach dem Tod meines Mannes unserem Sohn weder Anteile an der Bank noch von dem Familienvermögen überschrieben habe. So muss sich die kleine Französin mit dem zufrieden geben, was er erwirtschaftet hat. Aber das ist mehr als genug!«

»Trauen Sie ihrer Schwiegertochter einen Mord zu?«

Lady Clarissa zuckte mit den Schultern. »Eine Ehe ohne Liebe, fehlende gesellschaftliche Anerkennung und ein Vermögen, mit dem sie bis an ihr Lebensende sehr gut zurechtkommen wird – sagen Sie mir die Antwort, Chief Inspector.«

»Und Sie werden Ihrer Schwiegertochter sicherlich nahelegen, ...«

»...so schnell wie möglich Fairsley Hall zu verlassen«, ergänzte sie eilig den Satz.

Charles gelang es nicht, ein Grinsen zu unterdrücken. Er räusperte sich kurz und wurde wieder ernst.

»Motive sind das ja reichlich, aber trauen Sie ihr das zu?«

»Ich habe mich mit Aimée zwar arrangiert, aber hielt es nicht für nötig, mich mit ihrem Seelenleben auseinander zu setzen.«

»Wissen Sie, wo sich ihre Schwiegertochter heute Morgen zwischen sieben und acht Uhr aufgehalten hat?«

Ein freudloses Lachen erklang. »Wahrscheinlich in ihrem Bett. Die Dame steht selten vor zehn Uhr auf.«

»Hätten Sie denn bemerkt, wenn Aimée morgens das Haus verlassen hätte?«

»Nein. Kurz bevor Sie kamen, ist sie aus ihrem Zimmer aufgetaucht und verlangte nach Sandwiches und Tee. Ich habe mich dann zu ihr gesetzt und die nette Schwiegermutter gespielt.«

»Und Ihre Haushälterin?«

»Ann kommt erst um zehn ins Haus.«

Charles nickte verstehend und wollte sich eine seiner Veilchenpastille in den Mund stecken, erkannte aber rechtzeitig die Unhöflichkeit dieser Geste.

»Gibt es sonst noch jemanden, der Vorteile aus dem Tod Ihres Sohnes ziehen könnte?«

»Nein. Benjamin hatte keine Feinde«, erwiderte sie entschieden. »Er war weder in das operative Geschäft involviert – falls Sie unzufriedene Bankkunden im Auge haben sollten, noch hatte er Probleme oder Konflikte mit anderen Menschen. Schließlich hatte er so gut wie keine sozialen Kontakte. Die einzigen Lebewesen, mit denen er sich umgab, waren *Moon* und *Cosmo*.«

»Er hatte ein zweites Pferd?«

»Nein, *Cosmo* ist sein Labrador. Ein schrecklich unerzogenes Tier. Wo ist er eigentlich? Benjamin nimmt – ähm, nahm ihn zum Reiten immer mit.«

»Ich habe ihn am Reitstall nicht gesehen, werde mich aber darum kümmern.«

»Tun Sie das, Chief Inspector. Bringen Sie ihn dann am besten gleich in ein Tierasyl. Niemand von uns wird ihn vermissen.« Die Frau erhob sich. »Entschuldigen Sie mich jetzt bitte. Es wird Zeit, dass ich in Ruhe um meinen Sohn trauere.«

Charles Pantel stand ebenfalls auf. »Natürlich, Lady Clarissa. Ich werde mich morgen bei Ihnen melden. Wir benötigen noch die Aussagen Ihrer Schwiegertochter und Ihrer Haushälterin. Und es wäre sehr hilfreich, wenn die Spurensicherung sich heute noch in den Privaträumen Ihres Sohns umschauen könnte.«

Matt nickte sie und ging langsam über den Rasen auf die Terrasse zu.

14:30 Truro/Polizeirevier

Nachdem Charles Fairsley House verlassen hatte, machte er sich auf direktem Weg zurück nach Killivose. Er erreichte den Hof des Reitstalls im gleichen Moment wie Brown mit seinem Team.

»Na, Chief, etwas vergessen?«, fragte der Chef der Forensik betont höflich.

»Kann man so sagen. Haben Sie zufällig einen Hund hier herumstromern sehen?«

»Nein.«

»Haben Sie den Autoschlüssel von Campbells Wagen gefunden.«

»Hier.« Brown hielt den Schlüssel eines BMWs, sicher verpackt in einem Asservatenbeutel, in die Höhe.

»Öffnen Sie bitte den Kofferraum.«

»Aber wir müssen …«

»Verdammt, machen Sie das Ding einfach auf«, unterbrach Pantel Brown ungehalten.

Dieser drückte auf die Fernbedienung und mit leisem Piepen öffnete sich die Klappe. Ein blondes Etwas schoss wie ein Blitz aus dem Wageninneren, hetzte über den Hof und sprang mit einem Satz in den steinernen Trog, in dem das Wasser für die Pferde eingelassen war.

»Was ist das denn?«, entfuhr es dem Forensiker verblüfft.

»Ein Hund, Brown, besser gesagt Campbells Hund.« Charles holte aus dem Kofferraum eine Lederleine und ging hinüber zu der Tränke. Der Hund unterbrach sein gieriges Schlabbern für einen Moment, musterte Charles aus seinen warmen, braunen Augen und soff dann weiter.

Pantel hakte die Leine in das Halsband und wartete geduldig, bis das Tier seinen Durst gestillt hatte. Schließlich sprang der gelbe Labrador heraus, schüttelte sich so ausgiebig, dass Pantels Kleidung feucht wurde und rannte los. Überrascht von dem massiven Zug an der Leine, stolperte Charles einige Schritte nach vorn.

»Aus!« Seine Stimme hallte wie ein Pistolenschuss über den stillen Hof.

Der Hund hielt einen Augenblick inne, genug Zeit für Pantel das Tier kurz zu nehmen und sich vor dem nächsten Lossprinten zu wappnen. Als der Labrador merkte, dass er nicht weiterkam, biss er in die Leine und zerrte wild daran herum.

»Absolut versaut, der Hund«, meldete sich Sophies Stimme in seinem Hinterkopf. »Aber du wirst ihn schon hinbekommen!«

Charles hielt die Leine mit eisernem Griff fest, entzog dem Tier jedoch seine Aufmerksamkeit, indem er sich von ihm abwandte. Dabei fiel sein Blick auf die Truppe der Forensik, die es sich, interessiert ob des außergewöhnlichen Schauspiels, feixend bequem gemacht hatte. *Ihr mich auch*, schimpfte er innerlich.

Schließlich ließ der Hund von der Leine ab. Charles drehte sich zu ihm um.

»Na, mein Junge, du bist ja ein ganz Wilder«, schmeichelte er ihm und hielt ihm die Hand an die Nase. Eifrig nahm dieser den Geruch auf, wedelte erfreut mit der Rute und schaute Pantel erwartungsvoll an.

»Das machst du aber fein, Cosmo«, flüsterte Charles und kraulte den Hund hinter dem Ohr. »Sitz«, versuchte er es dann. Die Streicheleinheiten genießend, ließ sich der Labrador nieder und klopfte mit der Rute leicht auf den Boden. »Und jetzt versuchen wir es einmal mit *Fuß*.« Der Inspector hielt auf Brown zu und dem Hund blieb nichts anderes übrig, als ihm, mit einiger Gegenwehr, zu folgen. Immer wieder versuchte er, seinen Kopf aus dem Halsband zu winden. Als Charles schließlich vor Brown stand, trat er mit dem Fuß auf die Leine und zog sie so stramm, dass die einzig bequeme Position für den Hund das Hinlegen war. Es dauerte eine Weile, bis der Bauch des energiegeladenen Tiers endlich den Boden berührte und Charles den Befehl *Platz* geben konnte. Ausgiebig lobte er den Labrador und belohnte ihn erneut mit einem Kraulen des Ohres.

Brown trat einen Schritt zurück. »Verdammt wilde Töle«, polterte er in gewohnter Weise los.

»Ja, aber ein ausnehmend hübscher Kerl, finden Sie nicht auch, Brown? Mit etwas Übung wird das mal ein sehr brauchbarer Gefährte.«

»Aha, und wie lange soll das dauern?«

»Vier Wochen?!«

»Ich wette, dass Sie das nicht schaffen!«

»Um was?«

»Ein Abendessen.« Auf Browns Gesicht zeigte sich ein Grinsen.

Charles schlug, ebenfalls grinsend, in die ausgestreckte Hand des Hünen ein.

»Gut, ein Abendessen, für mich und Cosmo.«

Nach einigem Hin und Her schaffte es Charles, den Labrador in den Wagen zu verfrachten. Auf der Rückbank sitzend, streckte dieser seinen Kopf zwischen den Kopfstützen durch und beobachtete die Straße. Ab und an ließ er einen zufriedenen Seufzer vernehmen. Als sie schließlich auf den Parkplatz des Polizeireviers fuhren, schleckte er eifrig an Charles Ohr.

»Ja, ich weiß, wir werden ganz dicke Freunde!« Charles schob den massigen Kopf des Tieres zur Seite und wischte mit einem Taschentuch seine Ohrmuschel trocken. »Und ich verspreche dir, dass wir beiden in vier Wochen von Brown ein tolles Abendessen serviert bekommen werden.«

Als Cosmo schließlich aus dem Wagen sprang und sein neues Herrchen wiederholt zum Schwanken brachte, war sich Pantel nicht mehr so sicher, ob er seine Wette tatsächlich gewinnen konnte.

Der diensthabende Officer, PC Sutton, blickte dem Gespann grinsend entgegen. Pantel legte den Hund mit seinem Fuß-auf-die-Leine-Trick ab. Dieses Mal funktionierte es ohne Weigerung und Charles lobte ihn ausgiebig.

»Lebhafter Kerl, Sir.«

»Ja, aber vor allem ein hungriger Kerl. Sutton, nehmen Sie Block und Stift und schreiben Sie Folgendes auf: Zwei schwere Näpfe, einen Sack Futter, große Kauknochen, Trainingshappen, ein Geschirr in Größe L, einen Schweißriemen aus Leder zehn Meter lang, ein strapazierfähiges Hundekissen in XL und irgendein Spielzeug.« Pantel zog sein Portemonnaie hervor und legte dem verdutzten Constable zweihundert Pfund auf den Tresen. »Fragen Sie, wer Sie ablösen kann und dann gehen Sie einkaufen, Sutton.« Ohne eine Antwort abzuwarten, nahm er die Leine und ging mit dem Hund die Treppe hinauf in sein Büro.

Eine Dreiviertelstunde später war Sutton wieder im Revier und brachte seinem Chef die Einkäufe. Dieser versorgte den Hund, gab ihm sein Spielzeug, legte das Hundekissen neben seinen Stuhl und band Cosmo an den Schreibtisch. Dieser beschnupperte ausgiebig sein neues Bett, drehte sich dreimal im Kreis, ließ sich mit einem herzhaften Gähnen nieder und rollte sich zusammen.

»Braver Junge«, lobte Charles und streichelte sanft über das seidige Fell. »Und morgen klären wir, ob ich dich behalten kann.«

Als das Telefon klingelte, reagierte der Hund lediglich mit einem zufriedenen Grunzen.

»Brown, wie sieht es bei Ihnen aus?«

»Weder am Tatort noch in Campbells Wagen haben wir etwas finden können, was uns irgendwie weiterbringt.«

»Waren Sie schon in Fairsley Manor?«

»Ich stehe gerade in Campbells Arbeitszimmer.«

»Und?« Charles spürte ein leichtes Kribbeln im Nacken und schob sich rasch eine seiner Pastillen in den Mund.

»Als wir die Tür öffneten, saß die Ehefrau, diese kleine Französin, am Schreibtisch und kramte hektisch in den Schubladen. Da drin saht es aus, als wäre eine Bombe eingeschlagen. Die Schränke sind durchwühlt, der Boden ist übersät mit Papieren und Ordnern, Bücher wurden aus dem Regal gezogen. Ich sag Ihnen, die Lady ist nicht ganz koscher.«

»Wissen Sie, was sie gesucht hat?«

»Nein, denn als sie uns sah, stürmte sie los und hat sich in ihrem Schlafzimmer eingeschlossen. Total bekloppt!«

»Oder es gibt etwas für sie Belastendes in dem Arbeitszimmer! Wie lange werden Sie brauchen?«

Charles hörte einen tiefen Seufzer am anderen Ende. »Chief, ich weiß es nicht. Wir müssen erst einmal alles wieder in den Originalzustand bringen. Ich melde mich dann bei Ihnen.«

»Danke Brown!«

»Ach Chief, ich habe noch etwas für Sie, das mir zufällig in die Hände gefallen ist. Die Töle ist von einem der angesehensten Kennel in Großbritannien, Sommerford. Außerdem hat er die Ausbildung zum Personensuchhund mit Prädikat abgeschlossen. Da gehörte er allerdings noch nicht Campbell. Die Haushälterin steckte uns, dass der gute Benjamin den Labrador nur gekauft hatte, um Ruhe vor der Mutter und der Ehefrau zu haben – die Ältere hat eine Tierhaarallergie, die Jüngere eine Heidenangst vor Hunden. Gekümmert hatte er sich allerdings nie um das Tier. Und nach kurzer Zeit wurde aus dem freundlichen Hund ein überbordendes Monster.«

»Interessant. Scheinen ja komplizierte Familienverhältnisse zu sein. Ich höre dann von Ihnen!«

Nachdenklich legte Charles den Hörer auf. »Kumpel«, flüsterte er in Richtung des friedlich schnarchenden Labradors, »in vier Wochen gibt es nicht nur ein wunderbares Essen für uns, sondern wir machen aus dir auch wieder einen hervorragenden Suchhund.«

Erneut meldete sich das Telefon. Im Display erschien eine Bombe mit zuckender Lunte – ein Spaß, den sich Bloombottem beim Einrichten des Telefons erlaubt hatte. Pantel nahm ab und hielt den Hörer automatisch ein Stück von seinem Ohr entfernt.

»Pantel!«, schnarrte es. »Was für ein Schlamassel läuft da bei Ihnen?

Charles beobachtete grinsend, wie Cosmo den Kopf hob, die Ohren spitzte und ein leises Knurren von sich gab.

»Campbells Tod sieht nach einem Reitunfall aus, Sir. Jedoch aufgrund der Aussage eines Zeugen vermuten wir, dass eine uns unbekannte Person diesen Unfall provoziert hat.«

»Also ein Mordversuch?«

»Entweder das oder ein Einschüchterungsversuch, der tödlich endete.«

»Also genau wie bei diesem Harrogate?«

Pantel hielt überrascht inne. Der Super Thomson hatte tatsächlich recht. Was, wenn es der gleiche Angreifer war und er weitere Opfer auf seiner Liste hatte?

»Sehen Sie zu Pantel, dass Sie den Typen schnappen, bevor der noch mehr Schaden anrichten kann. Wir brauchen im County keine zweite Mordserie wie im Juni.«

»Ja, Sir. Ich werde eine Sonderkommision einrichten. Können wir Verstärkung bekommen?«

»Wen wollen Sie?«

»DS Jenkins aus Plymouth und PC Taylor aus Penzance.«

»Sind morgen bei Ihnen. Außerdem schicke ich Ihnen DI Gavin Ward. Er ist Spezialist für die British Firms. Sie sagten ja, dass dieser Harrogate Ärger mit denen hatte.«

»Sir, ich glaube nicht, dass wir es tatsächlich mit der Familie Shankrick zu tun haben,« wiegelt Charles gleich ab. »Falls sich aber doch eine Verbindung zwischen denen und Campbell zeigen sollte, werde ich mich natürlich sofort bei Ward melden, Sir.« Er schickte ein kurzes Stoßgebet gen Himmel, dass der Super diesen Vorschlag schlucken würde. Er hatte bereits von Ward gehört, und das Letzte, was er und die Truppe jetzt gebrauchen konnten, war ein omnipotenter Karrierehengst.

»Also gut. Aber ich warne Sie, Pantel. Sollte sich da etwas zusammenbrauen, sind Sie die Ermittlungen los!« Danach war die Leitung tot.

Pantel sah auf die Uhr. Bis zur Teambesprechung hatte er noch eine halbe Stunde Zeit. »Na, mein Junge, was hältst du von ein wenig Training?« Cosmo sprang wild mit der Rute wedelnd auf. »Gut, dann mache ich dich erst einmal los. Mal sehen, was du so draufhast.«

Er klickte die Leine aus dem Geschirr. Im selben Moment klopfte es an der Tür und Sergeant Bloombottem trat ein. Der Hund war mit einem Satz bei ihm und sprang an ihm hoch.

»Verdammt, was ist denn das!«, rief Henry erschrocken aus und versuchte sich gegen die Bemühungen des Hundes, sein Gesicht abzulecken, zu wehren.

»Aus, Cosmo!«, befahl Pantel. »Hier, Cosmo.« Der Labrador zögerte, sah ihn an, dann wieder zu Bloombottem.

»Hier!«, wiederholte Pantel mit einem knurrenden Klang in der Stimme. Langsam trottete das Tier zurück zum Schreibtisch. »Braver Junge«, lobte er den Hund überschwänglich und steckte ihm eins der neuen Leckerchen zu, bevor er ihm *Sitz* und *Bleib* gebot.

»Darf ich vorstellen, Cosmo. Er gehörte Benjamin Campbell. Dessen Familie will ihn nicht haben. Ich sollte ihn ins Tierasyl bringen. Aber ich habe mich entschieden, ihn zu behalten.«

Ivy drängte sich an dem immer noch verblüfften Sergeant vorbei.

»Darf ich ihn streicheln?«

»Natürlich, aber sobald er probiert aufzustehen, entziehst du ihm sofort deine Aufmerksamkeit.«

Die junge Beamtin ging auf den neugierig dreinblickenden Hund zu und hielt ihm ihre Hand zum Schnuppern hin. Cosmo warf, mit seiner Rute auf den Boden klopfend, einen prüfenden Blick zu seinem neuen Herrchen. Dem Tier war anzusehen, dass es sich am liebsten mit Begeisterung auf die freundlich lächelnde Frau gestürzt hätte. Doch in Pantels Augen las es ein deutliches *Wage es ja nicht!*.

Ivy kraulte ihm die Ohren. »Was bist du doch für ein wunderschöner Labbi«, schmeichelte sie. Dann trat sie einen Schritt zurück und wandte sich Charles zu. »Und, was hast du mit ihm geplant?«

Typisch Ivy, dachte Charles schmunzeln. Immer gleich die richtige Frage zum Problem parat.

»Nun, da er ein ausgebildeter Suchhund ist, können wir ihn hier im Revier sicherlich bei Bedarf einsetzten. Leider hatte Campbell ihn, was Erziehung betrifft, vollkommen verwahrlosen lassen. Aber das bekommen wir wieder hin, nicht wahr Cosmo?«

Er erzählte den beiden Detectives von der Wette mit Brown. Dabei fiel ihm ein, dass er für morgen den Tisch im Housel Bay Hotel reserviert hatte. Ins Restaurant wollte er Cosmo nicht mitnehmen. Jedoch den Hund im Auto zu lassen widerstrebte ihm ebenfalls.

»Henry, ich habe eine Bitte an dich.« Misstrauisch beäugte der Angesprochene seinen Chef. »Ich wollte Ivy morgen Abend ins

Housel Bay einladen. Könntest du bitte so lange auf Cosmo aufpassen? Am besten in meiner Wohnung.«

»Ähm, ich weiß nicht Chief.«

»Bitte. Ich erkläre dir auch alles, was wichtig ist.«

Ivy hatte sich zu Henry umgedreht und sah ihn eindringlich an.

»Na gut«, gab Henry zögernd nach.

»Danke, du hast auch etwas gut bei mir.« Pantel setzte sich hinter seinen Schreibtisch und bedeutete den beiden sich einen Platz zu suchen. »So, und jetzt erzählt mir, was euch diese Frau aus dem Wald zu sagen hatte.

»Die Hexe …«, begann Henry, wurde aber sofort von Ivy korrigiert.

»Glinda Twinrose!«

»Also, Glinda Twinrose war schon früh morgens im Wald unterwegs. Sie stand am Waldrand, Richtung Reitstall, als sie Campbell den Hügel hinaufreiten und im Hohlweg verschwinden sah. Kurz darauf hörte sie einen Knall und dann das erschrockene Wiehern des Pferdes. Ein zweiter Knall folgte und das Pferd soll förmlich aufgebrüllt haben. Kurz danach wäre der Hengst, ohne Reiter, zurück zum Reitstall gerast. Sie ist dann zum Hohlweg geeilt. Dort angekommen hat sie den Toten entdeckt. Doch ihr ist noch jemand aufgefallen, der sich in entgegengesetzter Richtung vom Tatort entfernte – eine Muslima, die eine Peitsche dabei hatte.«

Charles verschluckte sich fast an der Veilchenpastille in seinem Mund. »Also doch!« Erklärend fügt er hinzu: »Superintendent Thomson hatte tatsächlich das richtige Bauchgefühl. Er verglich Campbells Tod mit dem Angriff auf dem Golfplatz.«

»Dann haben wir es also mit einem Serienmord zu tun«, stellte Ivy fest.

»Na ja«, wog Charles bedächtig ab. »Leider haben wir keine Ahnung, ob die Täterin noch weitere Anschläge geplant hat oder Campbell ihr letztes Opfer war.« Dann sah er auf die Uhr. »Gehen wir in den Besprechungsraum.«

»Da ist noch etwas anderes, Chief.« Henry räusperte sich kurz.

»DS Malmac hat wohl die Einbruchserie geklärt und zwei Tatverdächtige festgenommen. Er fragt, wer das Verhör machen soll.«

»Das sind ja mal gute Nachrichten!«, rief Charles aus. »Er macht das Verhör. Schließlich ist es sein Erfolg!«

15:15 Truro/Polizeirevier

Im Besprechungsraum hatten sich bereits alle versammelt, als Pantel mit dem Hundekissen unter dem Arm und Cosmo an der Leine eintrat. Er, aber vor allem der blonde Labrador, wurden mit einem vielstimmigen *Hallo* begrüßt.

»Unser neuer Kollege?«, fragte Clyde Drexler in den Raum, was von den anderen mit *Aber natürlich* und *Klar doch* beantwortet wurde.

»Bitte, Kollegen, keinen Aufstand.« Charles legte das Kissen neben sich und band den Hund am Schreibtisch fest

»Das ist Cosmo. Er war der Hund unseres letzten Opfers, Benjamin Champbell-Jones. Die Familie wollte das Tier nicht. Also habe ich mich entschieden, es zu mir zu nehmen. Cosmo ist ein ausgebildeter Personensuchhund, allerdings hat sein letzter Besitzer seine Erziehung schleifen lassen. Er ist sehr lebhaft und benötigt keine Motivation von außen, um Unsinn zu machen. Deshalb bitte ich Sie, seinen manchmal überbordenden Eifer nicht noch zu schüren. Auch möchte ich nicht, dass er irgendetwas Essbares zugesteckt bekommt. Haben Sie mich verstanden?« Einmütiges Nicken war die Antwort.

»Gut, dann wollen wir uns nun unserem neuen Fall zuwenden.«

Pantel nahm einige Fotos zur Hand, die auf dem Schreibtisch lagen und begann sie an das Board zu heften.

Unser neues Opfer heißt Benjamin Campbell-Jones, ist fünfzig Jahre alt und Spross der Bankerfamilie Campbell-Jones. Er war in der Bank Leiter der IT-Abteilung. Er wird als introvertiert beschrieben. Zunächst sah es nach einem Reitunfall aus, aber aufgrund der Zeugenaussagen des Reitstallbesitzers, Aidan

Churchham, und einer Frau, die in der Nähe des Tatorts wohnt, Glinda Twinrose, müssen wir von einem Mordanschlag ausgehen. Wir haben es also, genau wie bei Luke Harrogate, mit einer zweiten Person zu tun, die den Unfall provoziert hat. Die Zeugin hat zudem ausgesagt, dass sie am Tatort eine Frau in muslimischer Kleidung mit einer Peitsche in der Hand gesehen hätte.«

»Glauben Sie, dass wir es mit Serienmorden zu tun haben, Sir?« Constable Peafields wasserblaue Augen blickten Pantel interessiert an.

»Wir müssen davon ausgehen, wobei wir natürlich nicht wissen, ob die Mörderin noch weitere Anschläge geplant hat. Ich habe bereits mit dem Super gesprochen. Wir werden eine Sonderkommission einrichten und eine Kollegin aus Plymouth, DS Patricia Jenkins, sowie PC Brad Taylor aus Penzance als Verstärkung bekommen.«

Pantel sah zustimmendes Nicken bei den Anwesenden und fuhr mit seinen Erläuterungen fort.

»Heute Morgen habe ich die Familie des Opfers aufgesucht. Es gibt eine Mutter, Lady Clarissa Campbell-Jones und eine Ehefrau, Lady Aimée Campbell-Clément. Außerdem noch einen Sohn, Percival, der aber zurzeit in Amerika studiert.« Pantel heftet die entsprechenden Porträtaufnahmen an das Board. »Die Mutter erzählte mir, dass ihre Schwiegertochter ihrem Sohn nicht treu gewesen sei. Auch sprach sie darüber, dass Aimée nach dem Tod Benjamins ein Erbe erwartet, dass ihr ein sorgenfreies Leben garantiert. Übrigens hatte mich vorhin DI Brown informiert, dass diese Aimée das Arbeitszimmer ihres Mannes vollkommen verwüstet hätte und sich danach in ihrem Schlafzimmer verschanzte.«

»Tja, die kleinen Französinnen haben schon eine Menge Temperament«, bemerkte Constable Bonnell grinsend.

»Bonnell, noch so eine Bemerkung und Sie fliegen raus!«

»Entschuldigung, Sir!«

»Wo war ich?« Charles überlegte kurz. »Ach ja. Nach Aussage

der Mutter hat Aimée kein Alibi, dafür aber reichlich Motive. Die alte Lady hat ebenfalls kein Alibi. Doch im Moment sehe ich kein Motiv. Allerdings hat die Haushälterin, Ann Granger, gegenüber Brown eine Bemerkung fallen lassen, die vermuten lässt, dass das Verhältnis zwischen der Mutter und dem Sohn ebenfalls nicht zum Besten stand.«

»Und wie würde der Mord an unserem Golfer Harrogate zu den beiden Ladys passen, Chief?« Bloombottem fuhr sich mit der Hand durch seine roten Locken.

»Im Augenblick weiß ich das genauso wenig wie du, Bloombottem«, erwiderte Pantel schmunzelnd. Dann wurde er ernst. Unsere Aufgabe ist es, herauszufinden, ob und wenn ja, welche Verbindung es zwischen den beiden Opfern gibt.«

»Wir hätten also zwei Ermittlungsansätze?« Ivy hatte sich aufrecht hingesetzt und blickte in die Runde. »Ich meine, entweder, die Opfer kannten sich nicht und die einzige Verbindung zwischen ihnen ist die Täterin. So wie es im Juni bei dem Fall Peter Smith war. Wir müssten also herausfinden, welche Frau beide Männer kannte und ihr unabhängig voneinander Schaden, egal wie der auch immer ausgesehen hat, zufügten. Oder, die beiden Opfer kannten sich und haben der Täterin gemeinsam etwas angetan. Dann läge der Fokus auf der Beziehung zwischen den Männern.«

Nickend stimmt Charles Pantel der jungen Beamtin zu. »Ganz genau, Clarks. Darum werden wir uns sehr intensiv mit der Vergangenheit der beiden beschäftigen müssen. Apropos, DC Gupta, haben Sie irgendetwas bei Harrogate gefunden, das nach Vergewaltigung oder ganz allgemein nach einem Angriff gegenüber einer Frau aussieht?«

Der Angesprochene zuckte zusammen, als Pantels Aufforderung ihn so unvermittelt traf. Er musste sich zuerst räuspern, bevor er antworteten konnte. »Nein, Sir. Auch in den nicht digitalisierten Akten sind nur kleinere Vergehen, wie zu schnelles Fahren oder Ruhestörung zu finden.«

»Danke, Constable. Bloombottem, du ...« Charles wurde von

einem plötzlich einsetzenden Applaus unterbrochen. Tajo Malmac stand grinsend in der Tür und hob lässig die rechte Hand zum *Victory*.

»Malmac, wie sind die Verhöre gelaufen?«

»Beide haben die Einbrüche gestanden, Boss. Musste gar nicht lang bohren, Mann.«

»Na dann herzlichen Glückwunsch.« Lächelnd schüttelte Pantel dem Sergeant die Hand. »Dann können Sie ja wieder bei uns mitmachen. Oder haben Sie noch etwas auf dem Schreibtisch?«

»Nee, nur Sachen, die auch die Streifenhörnchen erledigen können.«

»Sei vorsichtig was du sagst, Rastafari«, brummte Peafield ärgerlich.

»Cool, Mann!« Mit dem für ihn typisch schwingenden Gang ging Tajo auf den älteren Kollegen zu und ließ sich neben ihm ins Polster fallen. »Weißt doch, dass ich so was nicht böse meine.«

Peafield rollte mit den Augen und musste lachen, als Tajo ihm die Hand zum Abschlagen hinhielt.

»Malmac, wir haben den Fall bereits vorbesprochen. Die Kollegen werden Sie informieren.« Pantel schob sich unauffällig eine seiner Pastillen in den Mund. »Bloombottem, du übernimmst bitte die Aufgabenverteilung und vergiss nicht Jenkins und Taylor mit einzuplanen. Er ging zum Board zurück, nahm einen Stift und begann, während er sprach, zu schreiben:

1. Kannten sich Harrogate und Campbell?
2. Kannte Aimée Campbell Harrogate?
3. Wer von den Zeugen/Verdächtigen aus Harrogates Fall kannte Campbell?
4. Wer von den Zeugen/Verdächtigen aus Campbells Fall kannte Harrogate?

»Es kommt also viel Recherchearbeit auf uns zu. Ich will alles über die Familie Campbell wissen. Die Kollegen in der Bank müssen befragt werden. Jemand muss sich am Reitstall umhören. Champbells Telefon und sein Computer müssen durchforstet werden und ein Bewegungsprofil muss erstellt werden. Außerdem muss die Funkzelle in und um Killivose auf uns bekannte Telefonnummern hin überprüft werden. Und natürlich sind sämtliche Überwachungskameras in der Gegend auszuwerten. Gibt es noch Fragen?«

Ivy meldete sich. »Was ist mit Glinda Twinrose? Sie sagt, dass sie eine Frau in Abaya gesehen hätte. Aber was, wenn sie lügt und selbst die Täterin ist? Schließlich hatte sie niemanden über den Toten im Hohlweg informiert.«

»Und, dass wir überhaupt auf sie aufmerksam geworden sind, ist doch wohl eher einem Zufall geschuldet«, fügte Bloombottem ergänzend hinzu. »Außerdem bezweifle ich, dass sie seit ihrer Geburt so heißt. Wer heißt schon Glinda Twinrose!«

»Und ist dann auch noch eine Kräuterhexe«, warf Peter Bonnell ein. »Warum dann nicht gleich Lily Potter?«

»Ihr habt recht. Also dreht diese Glinda ebenfalls auf links. Die Ladys Campbell-Jones übernehmen Clarks und ich. Die ältere der beiden kennt meine Familie. Das könnte nützlich sein«, beendete Pantel die Debatte. »Wir sehen uns Montag um acht Uhr wieder.«

Charles sammelte verschiedene Papiere vom Schreibtisch. Dann fielen ihm noch zwei Dinge ein.

»Einen Moment noch!«, rief er den im Aufbruch befindlichen Kollegen zu. »Thomson wollte uns, wegen Harrogates Verbindung zu Shankrick, Gavin Ward aufs Auge drücken.« Ein Murren ging durch die Anwesenden. Henry Bloombottem fuhr sich gleich zweimal hintereinander durch die Locken, und Tajo Malmac ließ einige Kraftausdrücke hören. »Ich konnte den Super erst einmal davon überzeugen, dass wir Ward im Augenblick hier nicht benötigen.«

Die Erleichterung der Beamten war geradezu spürbar.

»Ach, Peafield, können Sie bitte dafür sorgen, dass für Jenkins und Taylor hier im Besprechungsraum zwei Schreibtische zur Verfügung stehen.« Der Sergeant nickte. »Gut, dann an die Arbeit und viel Glück uns allen.«

Ivy betrat ihr Büro. Ajith Gupta war bereits in seinen Computerbildschirm vertieft, sodass er sie nicht bemerkte. Leise nahm sie ihre Sache und verließ wieder das Zimmer. Im Moment gab es für sie nichts zu tun. Sie würde morgen Vormittag mit Charles nach Fairsley Hall fahren. Er wollte jedoch, bevor er mit den beiden Campbell-Frauen sprach, zunächst die Berichte der Forensik und der Pathologie, sowie Ajith' Recherche abwarten.

Ivy ging in die Kaffeeküche, um ihre Tasse in die Spülmaschine zu stellen, und traf dort auf Edith Grove, die gerade einen Teebeutel in den Mülleimer warf.

»Edith, guten Tag. Haben Sie heute etwa Dienst?«

»Ah, Liebes. Eigentlich nicht.« Die ältere Frau ließ sich auf einem Stuhl nieder und stellte die dampfende Tasse vor sich auf einem hellblauen Resopaltisch ab. »Eigentlich müsste ich morgen hier putzen, aber ich bin zu einem Geburtstag eingeladen.« Sie kramte in ihrem Rucksack und zog eine Butterbrotdose heraus. Als sie sie öffnete, stieg Ivy der würzige Duft von Ingwer und Zimt in die Nase. »Selbstgemachte Fairings! Bedienen Sie sich, Liebes, und setzten Sie sich doch kurz zu mir.«

Ivy legte Tasche und Jacke auf einem der Stühle ab und ließ sich gegenüber Edith nieder. *Genau der richtige Zeitpunkt, um Edith nach Loretta Dee auszufragen*, dachte Ivy begeistert.

»Und, wie gefällt es Ihnen hier?«

»Soweit ich es bis jetzt beurteilen kann, sehr gut. Allerdings – es gibt hier schon einige gewöhnungsbedürftige Kollegen.«

»Jaja, besonders die jungen Burschen sind doch sehr vorlaut«, gab Edith mit einem Schmunzeln zurück. »Aber die sind alle harmlos.«

Ivy betrachtete das Plätzchen in ihrer Hand. Sie wusste, dass sie das Thema Dee vorsichtig ansprechen musste und war erfreut, als Edith von sich aus auf Loretta zu sprechen kam.

»Nur die liebe Kollegin ist nicht ganz ohne, hm?«

»Nun, sie ist schon sehr speziell«, antwortete die junge Beamtin ausweichend.

»Nett ausgedrückt, Liebes. Sie ist ein Biest. Ich habe mitbekommen, was sie ihren ehemaligen Kolleginnen alles angetan hatte.«

»Aber warum ist sie so gemein?«

Edith Grove nahm einen Schluck von ihrem Tee. »Ich bin keine Psychologin, Liebes, aber ich denke, dass das, was sie erlebt hat, sie so hart und rücksichtslos gemacht hat.« Sie lehnte sich ein wenig vor und senkte die Stimme. »Loretta hat mit fünfundzwanzig ihre gesamte Familie bei einem Schiffsunglück verloren. Die Familie Dee waren begeisterte Segler. Bei einem Törn kam ein plötzlicher Sturm auf, und sie schafften es nicht mehr bis zu einem sicheren Hafen. Loretta wurde von Bord gespült und wachte irgendwann an einem Strand in der Nähe von St. Antonies Head auf. Das Boot mit ihrer Familie zerschellte an den Klippen. Lediglich die Mutter wurde ein paar Tage später tot an den Porthbeor Beach gespült.«

»Das ist ja entsetzlich!«, entfuhr es Ivy.

»Das Schlimmste kam aber noch. Der Vater hatte sich verspekuliert. Lorettas Erbe war eine horrende Summe an Schulden.« Edith nahm erneut einen Schluck und griff nach einem der Kekse. »Mit fünfundzwanzig eltern- und mittellos! Das kann einen Menschen schon sehr verändern, glauben Sie das nicht auch?«

In Ivy regte sich Mitgefühl. Doch hatte ein Mensch aufgrund seiner Vorgeschichte das Recht, andere zu piesacken?

»Edith, das ist wirklich schlimm, aber Henry Bloombottem hat mir anvertraut, dass auch Sie auf tragische Weise Ehemann und Tochter verloren haben. Und Sie sind nicht hinterhältig und kalt geworden!«

»So, so, Henry hat also geplaudert. Egal, ich war damals auch älter und hatte keine erdrückenden finanziellen Probleme.« Sie trank den letzten Schluck aus ihrem Teebecher, nahm die Keksdose und verschloss sie. »Damit auch noch ein paar Kekse für unser Krümelmonster übrig sind.« Als sie Ivys fragenden Blick sah, erklärte sie grinsend: »Für Henry.«

»Sie mögen Henry wohl sehr?«
Edith nickte versonnen.

17. August 2020
7:00 Truro/Redannick Crest

Charles Pantel hob eine Strähne seines mittlerweile schulterlangen Haares an und betrachtete sie kritisch im Badezimmerspiegel.

»Eindeutig zu lang!« Sophies Spiegelbild lächelte ihm zu. Sie lehnte am Türrahmen, die Arme vor der Brust verschränkt und die blonden Locken lässig hochgesteckt. Charles erfüllte plötzlich eine tiefe Sehnsucht ihren warmen, weichen Körper noch einmal in seinen Armen zu halten und das Gesicht in ihr nach Mandeln duftendes Haar zu versenken.

»Du musst mich endlich gehen lassen, Charles.« Ihre Augen verdunkelten sich. »Ich habe Angst, dass du mit deinen Erinnerungen und Wünschen dein Leben zerstörst.«

»Aber ich kann nicht! Es tut immer noch so weh«, erwiderte er leise. Wie gern hätte er sich zu ihr umgedreht. Er wusste jedoch, dass sie dann nicht mehr an der Tür lehnen würde. Sophie war nur in seinem Kopf; eine Erscheinung, genährt durch seine tiefe Trauer. Er schloss kurz die Augen. Als er sie wieder öffnete sah er lediglich einen Mann in mittleren Jahren, eine Strähne seines vernachlässigten Haares zwischen den Fingern. Er wandte sich um und blickte in zwei freundliche, braune Augen. Die Rute im Takt seiner Schritte nach rechts und links schwingend, kam Cosmo auf sein neues Herrchen zu.

»Na, mein Junge. Hast du gut geschlafen?« Charles kraulte dem Labrador die Ohren. »Morgen geht's zum Friseur. Aber jetzt machen wir beide einen schönen Spaziergang und dann gibt es Frühstück.«

Der Chief Inspector betrat mit Cosmo an der Leine das Polizeigebäude. PC Sutton lümmelte auf dem Stuhl des Diensthabenden, nahm jedoch sofort Haltung an, als er den kritischen Blick seines Vorgesetzten sah.

»Guten Morgen, Sutton. Wer ist schon im Haus?«

»Bloombottem und Clarks, Sir. Außerdem sind so ein Typ mit buntem Pony und eine anbetungswürdige Schwarze eingetroffen.«

Verärgert überlegte Charles einen Moment, ob die Flucht der ehemaligen Kolleginnen aus Truro eventuell auch etwas mit Suttons Chauvinismus zu tun gehabt hatten.

»Erstens, Constable, sprechen wir hier von PC Taylor und DS Jenkins. Und zweitens würde Patricia Jenkins Sie, Sutton, ohne große Anstrengung in die Tasche stecken.« Pantel funkelte den jungen Beamten an. »Drittens, falls ich von Ihnen noch einmal solche lockeren Sprüche höre, werde ich Sie versetzten lassen. Haben wir uns verstanden, Constable?«

»Ähm, ja, Sir.«

Charles wandte sich ohne ein weiteres Wort ab und ging hinauf in sein Büro. Nach einigem Murren legte sich der Hund neben den Schreibtisch auf sein Kissen.

»Braver Cosmo. Wir beide werden bald ein richtig gut eingespieltes Team sein.« Er kraulte das Tier ausgiebig, bevor er sich einen Kaffee holte und hinter seinem Schreibtisch Platz nahm. Zwei große Umschläge, einer von Brown, der andere von Gainheart, warteten bereits auf ihn. Einen Moment grübelte Charles, welchen von beiden er zuerst öffnen sollte. Schließlich entschied er sich für den forensischen Bericht.

Brown erläuterte zunächst die Ergebnisse der spurentechnischen Untersuchung, musste jedoch mit dem Fazit schließen, dass die angreifende Person keine Spuren hinterlassen hatte. Ebenfalls hatte die Durchsuchung von Campbells Wagen und seinem Arbeitszimmer keine neuen Erkenntnisse gebracht. Handy, Laptop und Computer waren bei den Spezialisten. Die Verschlüsselungen an den Geräten waren so komplex, dass Brown davon ausging, dass frühestens zum Ende der Woche ein Zugriff auf die Daten möglich war.

Charles lutschte nachdenklich eine Veilchenpastille. Wohin war die Angreiferin nach der Tat eigentlich verschwunden? Er rief Google Earth auf und sah, dass der Hohlweg in einen grasbewachsenen Feldweg überging. Dieser traf, nach etwa einem halben Kilometer, auf eine schmale Nebenstraße, entlang dieser Charles drei Haltebuchten erkennen konnte. Der Inspector griff zum Telefon und wählte Browns Nummer.

»Chief, schon so früh im Büro«, begrüßte ihn die polternde Stimme des Forensikers.

»Guten Morgen, Brown. Ich habe gerade Ihren Bericht gelesen. Haben Sie auch nach Spuren außerhalb des Wäldchens Richtung Westen gesucht?«

»Ähm, nein.«

»Ich habe nämlich gerade gesehen, dass circa einen halben Kilometer vom Tatort entfernt eine Nebenstraße vorbeiführt und konnte drei Haltebuchten ausmachen. Irgendwie musste die Angreiferin von Killivose fortgekommen sein – schätzungsweise mit einem Auto.«

»Hätte ich auch selbst draufkommen können. Meine Schluderei, Chief!«, gab Brown zerknirscht zu. »Ich schicke gleich zwei meiner Leute los.«

Pantel nahm sich als Nächstes den Bericht des Rechtsmediziners vor. Campbell war kerngesund gewesen. In seinem Blut fanden sich weder Spuren von Drogen noch Alkohol. Der Tod war ausschließlich auf die Verletzungen, die das Pferd ihm zugefügt hatte, zurückzuführen. Allerdings hatte Gainheart Wunden im Analbereich gefunden, die noch keine vierundzwanzig Stunden alt waren. Spuren von Sperma oder fremder DNA fehlten jedoch.

Charles nahm sich erneut eine Pastille und griff zum Telefon. Es dauerte etwas, bis der Pathologe sich meldete.

»Pantel, wissen Sie eigentlich, wie spät es ist?«, blaffte eine verschlafene Stimme.

»Viertel nach acht, Doc«, antwortete der Inspector unbeeindruckt von der schlechten Laune Gainhearts. »Ich habe Ihren Bericht über Campbell vor mir liegen. War der Tote homosexuell?«

»Was weiß denn ich!«, murrte der Doktor. »Bi, homosexuell, vielleicht stand er auf Sado Maso oder hat sich die Verletzungen selbst beigebracht. Auf jeden Fall sind sie nicht auf natürliche Weise entstanden.«

»Danke, Doc. Und schlafen Sie gut.«

»Veräppeln kann ich mich allein. Ich möchte Sie mal sehen, wenn Sie bis fünf Uhr morgens an einer Wasserleiche rumgeschnippelt hätten«, grummelte er und legte auf.

Cosmo ließ ein erfreutes Grunzen hören und erhob sich. Noch bevor Charles nach ihm greifen konnte, trabte er los. In der Tür lehnte Ivy. Lächelnd beugte sie sich zu dem Labrador und streichelte ihn. Erst danach begrüßte sie Charles.

»Na, damit ist die Rangfolge der Wertschätzung wohl festgelegt«, witzelte er und bot Ivy einen Stuhl an.

»Du hast ja auch nicht ein halb so weiches Fell wie Cosmo«, gab sie keck zurück, errötete jedoch sogleich erschrocken über ihre Flachserei. »Wann wolltest du nach Fairsley Hall fahren?«, wechselte sie rasch das Thema.

»Die junge Lady ist Langschläferin, aber ich denke, dass wir sie in einer Stunde aus dem Bett klingeln können.«

»Wie den guten Doc?«

»Ganz genau.« Charles musterte die junge Frau wohlwollend. Ihm gefiel, was er sah; blitzende blaue Augen, blonde Locken und ein offener, freundlicher Blick. Das dunkelblaue Kostüm mit der hellgelben Bluse stand ihr ausgesprochen gut, befand er zufrieden. Durch die Inaugenscheinnahme ihres Chefs verwirrt, errötete sie erneut. »Ich habe gerade dein Gespräch mit dem Doc mitbekommen«, versuchte sie sich abzulenken. »War Campbell homosexuell?«

»Es ist nicht sicher, aber wenn er es gewesen sein sollte und sich geoutet hatte, würde das eventuell das distanzierte Verhältnis zu seiner Frau und auch zu seiner Mutter erklären. Ich denke, dass wir das nachher klären müssen. Hat DC Gupta schon irgendetwas gefunden?«

»Ach ja, hier ist sein Bericht.« Ivy reichte ihm einige Ausdrucke. »Er machte sich gerade auf den Weg nach Hause als ich kam. Hat die ganze Nacht recherchiert!«

»Hast du schon hineingesehen?«

»Nur überflogen. Die Exposés zu Campbell und seiner Mutter enthalten nichts Außergewöhnliches. Ganz anders sieht es aber bei dieser Aimée aus. Die französische Polizei hat wohl eine Akte über sie, die nicht ganz ohne ist. Die Kollegen versprachen, uns das Wesentliche zukommen zu lassen. Muss aber noch übersetzt werde. Und hier bei uns hatte sie auch schon einige Male mit der Polizei zu tun. Es ging um Beleidigung mit tätlichem Angriff, Ruhestörung und Sachbeschädigung. Sie scheint äußerst temperamentvoll zu sein.«

»Schau dir bitte die Berichte noch einmal genau an, bevor wir Aimée befragen. Ich wollte vorher noch Jenkins und Taylor begrüßen.«

»Sind beide im Besprechungsraum. Henry weist sie in den Fall ein.«

»Sehr gut. Passt du bitte so lange auf Cosmo auf?«

»Klar, Chief«, antwortete sie und kniff dem Labrador verschwörerisch ein Auge zu. Völlig verblüfft beobachtete sie, wie der Hund die Lefzen nach hinten zog und sie anlächelte.

Charles Pantel blieb im Türrahmen des Besprechungsraums stehen. Bloombottem befand sich mit Patricia Jenkins und Brat Taylor vor dem Ermittlungsboard und erklärte den beiden mit ausholender Gestik die bisherigen Erkenntnisse. Sein oliv-blaues

Jackett spannte sich gefährlich bei jeder Bewegung, und Charles Kopfkino zeigte das Bild von Knöpfen, die wie Geschosse durch den Raum flogen.

Mit einem *Guten Morgen zusammen* machte sich der Chief Inspector bemerkbar und ging auf die Beamten zu.

»Morgen, Sir!« Constable Taylor strahlte über das ganze Gesicht. Charles Blick wurde von Taylors neongelbem Pony angezogen. Er erinnerte sich, dass der junge Mann beim letzten Fall jede Woche mit einer anderen Farbe der vorderen Haare erschienen war. »Sir, ich danke Ihnen herzlich, dass ich hier dabei sein kann!«

»Gern, Taylor. Ich weiß doch, was für ein engagierter Polizist Sie sind!«, erwiderte Pantel und drückte ihm herzlich die Hand. »Und wie läuft es in Penzance?«

»Naja, Smith ist ja Gottseidank weg, aber sein Nachfolger scheint ein ebensolcher Karrieremacher zu sein.«

»Muss sich vielleicht alles noch einspielen«, tröstete er Taylor. Dann wandte er sich Patricia Jenkins zu. Ihre milchkaffeebraune Haut, die edlen Gesichtszüge und das dicke, schwarze Haar, das sie zu einem lässigen Zopf geflochten hatte, ließen Charles an Suttons Bemerkung über sie zurückdenken. Er musste sich eingestehen, dass *anbetungswürdig* tatsächlich auf ihr Erscheinungsbild zutraf.

»Sergeant«, er streckte ihr seine Hand entgegen. »Ich freue mich, dass Sie uns bei diesem Fall unterstützen werden.«

»Ich freue mich ebenfalls, Sir.« Freundlich lächelte sie ihn an. »Die Kollegen in Plymouth waren richtiggehend eifersüchtig, dass ich mit Ihnen wieder zusammenarbeiten darf.« Sie zwinkerte ihm zu. »Seit den Serienmorden im Juni sind Sie bei der Truppe zum Helden mutiert.«

»Tja, nur Super Thomson scheint anderer Überzeugung zu sein«, mischte sich Henry Bloombottem in das Gespräch.

Jenkins machte eine wegwerfende Bewegung. »Den nimmt doch sowieso keiner ernst.«

»Nun aber genug des Beifalls«, ging Charles sichtlich verlegen ob des Lobes dazwischen. »Bloombottem hat Ihnen den Fall erläutert?«

»Ja, Sir«, antwortete Patricia Jenkins. »Viel Recherchearbeit, wie es aussieht. Und außer der Tatsache, dass es sich um eine Frau in muslimischer Kleidung handelt, gibt es keine weiteren Anhaltspunkte?«

»Leider nein. Wir gehen davon aus, dass die Angreiferin Vergeltung übt – wofür, wissen wir nicht. Auch steht es in den Sternen, ob weitere Angriffe folgen werden und, ob die Täterin tatsächlich morden oder nur einschüchtern will.«

»Wurde sie vielleicht von den Opfern vergewaltigt?«

Charles griff nach einer Pastille und wog den Kopf. »Haben wir auch schon überlegt. Dagegen spricht, dass unser erstes Opfer ein Weiberheld war, der es sicherlich nicht nötig hatte, eine Frau zu vergewaltigen. Das zweite Opfer war genau das Gegenteil. Der pathologische Befund hat ergeben, dass er entweder mit einem Mann Geschlechtsverkehr hatte oder eine Vorliebe für anale, sexuelle Praktiken besaß; eher ungewöhnlich für einen Vergewaltiger. Auch ist keiner der Männer bei uns wegen sexueller Belästigung oder Vergewaltigung aktenkundig geworden. Trotzdem ermitteln wir natürlich weiterhin in diese Richtung.«

»Außerdem, wenn die Frau sich wegen zweier Vergewaltigungen, die sie nie zur Anzeige gebracht hat, rächt, haben wir keine Chance, da etwas zu finden.«, gab Bloombottem zu bedenken.

»Und was wäre mit einem Unfall?« Taylor schob seinen gelben Pony aus den Augen. »Was wäre, wenn die beiden Opfer einen Unfall verursacht haben, dabei ein Mensch, den die Frau liebte, gestorben ist, und die Verursacher nie zur Rechenschaft gezogen worden sind?«

»Guter Gedanke, Constable«, lobte Charles. »Auch das ist eine Option. Dann müssten sich die Opfer allerdings gekannt haben. Dafür haben wir im Moment leider noch keine Anhaltspunkte. Was halten Sie davon, wenn Sie die Unfälle in Cornwall der letzten, sagen wir mal fünf Jahre dahingehend überprüfen.« Charles wusste, dass Taylor ein Händchen für digitale Recherchearbeit hatte. So war es auch nicht verwunderlich, dass der junge Beamte erfreut zustimmte.

»Und Patricia soll die Auswertungen der Kameras übernehmen«, schlug Henry Bloombottem vor. »Darin bist du ja, wie wir im Mai gesehen haben, unschlagbar«, fügte er augenzwinkernd hinzu.

9:15 Redruth/Fairsley Hall

»Dann erzähl mal, was Ajith Gupta herausgefunden hat.« Charles Pantel bog mit seinem Spider auf die A39 und beschleunigte.

Ivy zog Ajith' Bericht aus dem Klemmhefter und überflog kurz die Seiten, auf denen sie die wichtigsten Informationen gelb markiert hatte. Cosmo, der auf der schmalen Rückbank dem Geschehen auf der Straße gefolgt war, schob interessiert den Kopf nach vorn und beobachtete Ivys Tun.

»Zuerst Benjamin Campbell-Jones. Nachdem er in Cambridge Wirtschaftsinformatik studiert hatte, arbeitete er viele Jahre bei einer Bank in Paris. Dort lernte er Aimée kennen und heiratete sie im November 1999. Sein Sohn Percival – sein einziges Kind – kam im Mai 2000 auf die Welt. Drei Monate später starb sein Vater. Dieser vermachte ihm einen ansehnlichen sechsstelligen Betrag und ein Sommerhaus in St. Ives. Das gesamte restliche Vermögen ging an Lady Clarissa, einschließlich der Privatbank. Im Oktober 2000 zog er mit seiner kleinen Familie nach Fairsley Hall und wurde Leiter der IT-Abteilung in der Bank seiner Mutter. Die einzigen privaten Interessen, die Ajith finden konnte, betrafen das Reiten. Er hat sich in Südengland einen Namen als Springreiter gemacht. Keine Skandalgeschichten, kaum Fotos von ihm im Internet, keine Aktivitäten in sozialen Netzwerken. Außer einer aus dem Ruder gelaufenen Party mit Anzeige wegen

Ruhestörung und einer Geschwindigkeitsüberschreitung, durch die er einen Monat seinen Führerschein einbüßte, keine weiteren polizeilichen Einträge.«

»Also ein unauffälliger Typ.« Charles hatte sich entschlossen, die Strecke nach Redruth über Land zu fahren und bog in die Chyvelah Road ein.

»Sieht ganz so aus.«, bestätigte Ivy. »Dann der Bericht über Lady Clarissa. Sie wurde 1950 als Tochter eines Schafszüchters auf den Shetlands geboren. Nach ihrem IB-Diplom packte sie ihre Sachen und verschwand für immer von den Inseln. Sie machte dann eine Banklehre bei den Campbells, übernahm nach einigen Jahren die Kreditabteilung und heiratete Benjamins Vater. Obwohl sie nach ihrer Hochzeit nicht mehr offiziell im operativen Geschäft mitwirkte, hatte sie einen Platz im Aufsichtsrat der Bank. Nach dem Tod ihres Mannes wurde sie die neue Geschäftsführerin. Privat sieht es so ähnlich aus wie bei ihrem Sohn. Im Netz ist kaum etwas über sie zu finden und polizeilich gibt es auch keine Einträge –nicht mal eine Anzeige wegen Falschparkens.«

»Ich hoffe, dass Aimée mehr hergibt.«

»Das tut sie.« Ivy kraulte Cosmo, der seinen Kopf mittlerweile auf ihre Schulter gelegt hatte. Dann nahm sie ein neues Blatt zur Hand. »Aimée Clément, Tochter eines Bauern in der Normandie, wurde 1975 geboren. Nachdem sie ihr …«, hier geriet Ivy ins Stocken. »… Diplom …«

»Diplôme national du brevet «, half Charles schmunzelnd weiter.

»Woher weißt du das?«

»Hatte zehn Jahre Französischunterricht.«

»Aha. Nachdem sie also dieses Diplom gemacht hatte, packte sie ihre Koffer und ist nach Paris verschwunden. Aber im Gegensatz zu Lady Clarissa hat sie es nicht weiter als bis zur Kellnerin in verschiedenen Bars und Bistros gebracht. In dieser Zeit ist sie wegen Beleidigung, Körperverletzung und Widerstand gegen die Staatsgewalt mehrfach aktenkundig geworden. Was genau sie angestellt hatte, wissen wir erst, wenn die Akte von den französischen Kollegen da ist. Seit sie in England lebt, hat sie ebenfalls mit dem Sammeln von Anzeigen begonnen. Auch hier stehen Beleidigungen und leichte Körperverletzungen – Ohrfeigen und Tritte – ganz oben auf der Liste.«

»Und, hat sie es damit bis in die Gazetten gebracht?«

»Merkwürdigerweise nicht. Die Campbells werden wohl dafür gesorgt haben.«

»Ist ja ein feines Früchtchen, das Campbell in seine Familie eingeschleppt hatte. Jetzt ist mir auch klar, warum Lady Clarissa die *Madame* so schnell wie möglich vor die Tür setzten will.«

»Vom Aggressionspotenzial her ist Aimée sicher jemand, dem man Anschläge mit Golfball und Peitsche zutrauen könnte. Da reichen sicherlich schon Kleinigkeiten, um sie auf die Palme zu bringen.«

»Lass uns doch gleich mal ausprobieren, wie hoch ihre Hemmschwelle ist. Auch müssen wir herausfinden, was sie in Campbells Arbeitszimmer gesucht hatte.« Charles bog in die versteckte Einfahrt von Fairsley Hall ein.

Plötzlich hob der Labrador den Kopf, streckte die Nase schnüffelnd in die Luft und versuchte, zwischen den Vordersitzen nach vorn zu klettern. Ivy hatte ihre liebe Not, das Tier wieder nach hinten zu schieben.

»Was ist mit dem denn los?«, fragte sie ein wenig außer Atem.

»Er erkennt sein Zuhause«, antwortete Charles schlicht. »Wir nehmen ihn mit. Es interessiert mich, wie er auf die Frauen reagiert.«

Pantel betätigte den antiken Klingelzug. Es dauerte eine Weile, bis Schritte im Inneren des Hauses zu hören waren. Die Tür wurde von der Haushälterin geöffnet, die, als sie den Hund sah, entsetzt zurückwich. Der Labrador zerrte wie wild an seinem Geschirr, doch Pantel hielt ihn mit eisernem Griff fest und drückte sein Hinterteil herunter, bis der Hund sich schließlich aufgeregt hechelnd setzte.

»Nehmen Sie das Vieh weg«, fauchte die Frau. »Damit kommen Sie mir nicht ins Haus!«

»Gut, dann richten Sie bitte den beiden Ladys aus, dass wir im Garten auf sie warten. Zuerst Lady Clarissa und später Lady Aimée. Und mit Ihnen müssen wir ebenfalls sprechen.«

»Ich glaube kaum, dass …«

»Wir können unsere Gespräche mit den Herrschaften und Ihnen auch gern auf dem Revier in Truro führen«, unterbrach er die aufgebrachte Haushälterin liebenswürdig.

Das Gesicht der Frau verzog sich, als hätte sie in eine Zitrone gebissen. Dann nickte sie. »Sie kennen ja den Weg«, presste sie unwirsch hervor, wies mit der Hand um das Haus und schlug die Tür zu.

»Was war das denn?« Ivy schaute Charles erschrocken an. »Ich dachte, du bist mit den Campbells bekannt.«

»Meine Eltern!«, stellte er klar. »Komm, lass uns nach hinten in den Garten gehen.«

Sie liefen den gekiesten Weg um das Haus. Ivy blieb beim Anblick des parkähnlichen Geländes stehen und schüttelte verwundert den Kopf. Einen kurzen Moment hatte sie das Gefühl in einer Pilcher-Kulisse zu sein. Das weitläufige Areal senkte sich terrassenförmig hinunter bis zu einem kleinen See. Am Ufer ließen uralte Trauerweiden ihre zarten Zweige auf dem Wasser tanzen und ein Schwanenpaar mit zwei Jungen glitt gemächlich über die spiegelnde Oberfläche. Ein hölzernes Ruderboot lag an einem der Bäume festgemacht als warte es auf ein Liebespaar, das die Abgeschiedenheit des viktorianischen Pavillons auf einem winzigen Eiland in der Mitte des Teiches genießen wolle. Die einzelnen Stufen des abfallenden Areals waren üppig mit Astern, Chrysanthemen, Eisenhut und alten Rosenstöcken bepflanzt. Kunstvoll geschnittene, immergrüne Hecken boten Nischen, in denen weiß gestrichene Bänke zum Verweilen einluden und antike Göttinnen in huldvollen Posen ihre Schönheit priesen.

»Hübsch, nicht wahr?«, fragte Charles, der Ivys Verblüffung bemerkt hatte, belustigt.

»Wie können Privatleute nur so einen Garten haben?«

»Meine Eltern haben etwas ganz Ähnliches, nur dass der Wasserbereich kein angelegter See, sondern die *Ouse* ist. Und anstelle eines Ruderbootes liegt am Ufer eine schicke, kleine Yacht.«

»Du bist reich?« Ivys Augenbrauen hatten sich überrascht nach oben gewölbt.

»Ich nicht, nur meine Eltern«, antwortete er schlicht. »Ah, da ist ja die Hausherrin«, wechselte er rasch das Thema.

Lady Clarissa kam langsam die Treppe zur höhergelegenen Terrasse hinunter. Anstelle der erwarteten Trauerkleidung trug sie, der Augusthitze geschuldet, ein weites Leinenkleid in einem zarten Grün. Als sie den Hund neben Pantel bemerkte, verdüsterte sich ihr Gesicht.

»Ich habe Ihnen doch gesagt, dass Sie den Köter in ein Tierasyl bringen sollen«, rief sie dem Chief Inspector schon von Weitem zu. Der Labrador schwang seine Rute und schien hocherfreut, einem ihm bekannten Menschen zu begegnen.

»Guten Morgen, Lady Clarissa«, erwiderte Pantel, von dem Ärger der Frau scheinbar unbeeindruckt. »Ich habe mir erlaubt, Cosmo zu adoptieren. Vorausgesetzt natürlich, dass Sie Ihre Meinung nicht geändert haben.«

Die ältere Frau gab ein Schnaufen von sich und blieb in sicherer Entfernung stehen. »Sie können mit ihm machen, was Sie wollen. Aber jetzt binden Sie ihn dahinten an den Zaun. Ich reagiere hochallergisch auf Tierhaare.«

Artig tat Charles, was die Lady ihm aufgetragen hatte. Diese hatte sich bereits an dem Tisch unter der Trauerweide niedergelassen und Ivy ebenfalls einen Platz angeboten.

Eins zu zehn, dass sie erneut keinen Tee anbietet, wettete Charles im Stillen und gesellte sich zu den Frauen.

»Lady Clarissa, haben Sie etwas dagegen, dass meine Kollegin Detective Constable Clarks unser Gespräch aufzeichnet? Sie ist für das Protokoll zuständig und ein Aufnahmegerät würde ihre Arbeit wesentlich erleichtern.« Liebenswürdig lächelte er die Hausherrin an.

»Na gut, wenn es sein muss. Aber ich habe Ihnen doch schon gestern alles erzählt.«

»Nun, wir haben mittlerweile neue Erkenntnisse gewonnen und so wurden ganz neue Fragen aufgeworfen.« Lässig lehnte er sich auf dem Gartenstuhl zurück und schlug seine langen Beine übereinander.

»Was wollen Sie wissen?«

»Wo haben Sie sich gestern zwischen sieben und acht Uhr aufgehalten?«

»Sie wollen doch wohl nicht behaupten, dass ich meinem eigenen Kind etwas angetan habe!«, rief sie empört aus.

»Nein, Lady Clarissa. Aber bei der Beteiligung einer zweiten Person bei einem ungeklärten Todesfall verlangt das Prozedere, dass wir alle, die mit dem Opfer zu tun hatten, zum Alibi befragen.«

»Ich war hier.«

»Gibt es dafür Zeugen?«

»Ich habe Ihnen bereits gestern erklärt, dass Ann Granger noch nicht im Haus war und meine Schwiegertochter wahrscheinlich schlief.«

»Wie würden Sie Ihr Verhältnis zu Ihrem Sohn beschreiben?«

»Normal. Immerhin lebten wir schon seit einigen Jahren zusammen in Fairsley Hall.«

»Warum hatte Ihr Sohn dann einen Hund ins Haus geholt, obwohl er wusste, dass Sie eine extreme Tierhaarallergie haben?«

»Was hat denn dieser Köter mit dem Verhältnis zu meinem Sohn zu tun!«, begehrte die Frau auf, doch ein leichtes Flackern in ihren Augen zeigte Charles, dass er ins Schwarze getroffen hatte.

»Wir haben gehört, dass er den Hund nur aus einem Grund

angeschafft hatte: Um vor Ihnen und Ihrer Schwiegertochter – die Angst vor Hunden hat – Ruhe zu haben.« Pantel lehnte sich entspannt zurück.

Lady Clarissa senkte den Blick. Es widerstrebte ihr zutiefst, eine Erklärung zu dieser in der Tat recht merkwürdigen Sachlage abzugeben.

Ivy beobachtete, wie Lady Clarissa mit sich rang und warf Pantel einen kurzen Blick zu. Dieser signalisierte ihr mit einer leichten Handbewegung, sich ruhig zu verhalten und abzuwarten. Schließlich räusperte sich die Frau und setzte sich gerade auf.

»Es gab etwas, was mir an Benjamins Verhalten nicht gefiel. Also habe ich ihn, wann immer sich eine Möglichkeit dazu ergab, darauf angesprochen. Es gab regelmäßig Streit zwischen uns – das heißt, ich wollte streiten, aber er ist jedes Mal einfach gegangen. Ich habe jedoch nicht nachgelassen. Und dann kam er mit dem Hund nach Hause – Benjamins Art endlich Ruhe zu schaffen.«

»Und was gefiel Ihnen an ihrem Sohn nicht, Ma'am?«, fragte Ivy freundlich.

»Ich glaube nicht, dass Sie das etwas anginge!«, wies die Frau die junge Beamtin verärgert zurecht.

Pantel wollte schon einschreiten, doch Ivy setzte bereits zu einer Erwiderung an. »Lady Clarissa, es tut mir wirklich leid, aber bei einem ungeklärten Todesfall, an dem nachweislich eine weitere Person beteiligt war, müssen wir die Privatsphäre des Opfers genau durchleuchten. Alles, auch das, was Ihnen vielleicht nicht wichtig erscheint, kann uns eventuell einen entscheidenden Hinweis auf diese zweite Person geben.«

Die Frau schaute fragend zu Pantel, der lediglich zustimmend nickte.

»Also gut. Mein Sohn besuchte seit einigen Monate einen …«, hier stockte die Lady und blickte erneut zum Chief Inspector. »Er besuchte einen SadoMasoClub in Truro.«

Pantel beobachtete Ivy. Wie würde sie auf diese sehr spezielle

Information reagieren. Die junge Kollegin zögerte lediglich einen winzigen Moment. Auf ihrem Gesicht, das er lediglich im Profil sehen konnte, zeigte sich keinerlei Regung.

In Ivys Kopf ploppte das Bild einer in Schwarz gehüllten Frau mit einer Peitsche in der Hand auf. Sie konnte die Scham und den Kummer der älteren Frau förmlich spüren, und ihr Bauchgefühl sagte ihr, dass sie zuerst Lady Clarissa auffangen musste, bevor sie mit der Detailbefragung weitermachen konnte. Mitfühlend sah sie ihr Gegenüber an, wählte ihre Worte bedächtig und gab ihrer Stimme einen sanften Unterton.

»Wie haben Sie davon erfahren, Ma'am?«

»Ein Freund meines verstorbenen Mannes hatte Benjamin gesehen, als dieser den Club betrat.«

»Es war sicherlich für Sie ein großer Schock?«

Die Frau nickte nur, sichtlich bemüht, die Tränen zurückzuhalten.

»Haben Sie sich Vorwürfe gemacht, dass Sie an diesen außergewöhnlichen Bedürfnissen Ihres Sohnes die Verantwortung tragen?«

»Aber natürlich! Irgendetwas muss ich bei seiner Erziehung falsch …« Sie schluchze auf, presste die Hand auf den Mund. Tränen liefen ihr über das Gesicht. Ivy holte ein Päckchen Taschentücher aus ihrer Handtasche und schob sie wortlos über den Tisch. Dankbar nahm die Frau sie entgegen und schnäuzte sich leise. Ivy ließ ihr einen Moment Zeit, sich wieder zu fassen.

»Und dann haben Sie ihren Sohn zur Rede gestellt?«

»Ja.« Die Frau betupfte ihre Augen und zerknüllte dann das Taschentuch. »Er hat es nicht einen Moment abgestritten. Sein einziger Kommentar war, dass es mich nichts anginge. Dann hat er mich stehen lassen.«

»Wusste Ihre Schwiegertochter ebenfalls davon?«

»Von mir nicht. Aber als Ehefrau muss sie sicherlich etwas geahnt haben.«

»Wissen Sie, wie der Club heißt?«

»Sadasia. Er muss irgendwo am Fluss liegen.«

Ivy blickte zu Pantel, der mit einem leichten Nicken zu verstehen gab, dass er die Adresse kannte.

»Danke für Ihre Offenheit, Ma'am. Ich kann mir vorstellen, wie schwer es für Sie sein musste, darüber zu sprechen.«

Die anschließende Befragung der Haushälterin Ann Granger, die ebenfalls Ivy übernahm, ergab keine neuen Erkenntnisse. Nein, sie könne nichts zu den Alibis der Campbell-Jones sagen, versicherte sie. Als sie um kurz vor zehn in Fairsley Hall erschien, traf sie die alte Lady an. Die Junge sei erst später aufgetaucht. Auch zu dem Verhältnis der beiden Frauen zu Benjamin schwieg sie beharrlich. Dieser Brown müsse sie falsch verstanden haben, denn in der Familie sei alles zum Bestem gewesen, beteuerte sie. Als Ivy ihr mitteilte, dass Lady Clarissa über Differenzen mit ihrem Sohn gesprochen habe, erwiderte die Haushälterin, dass sie darüber nichts wisse. Sie würde sich lediglich um den Haushalt kümmern.

Nachdem Ann Granger gegangen war, um Aimée Clément-Campbell zu holen, stand Pantel auf, leinte den Labrador ab und positionierte sich mit ihm zwischen Terrasse und der Trauerweide, unter der Ivy saß. Es dauerte fast eine halbe Stunde, bis die Witwe in einem bauschigen Etwas aus roséfarbener Seide erschien. Ihrem Gesicht war anzusehen, was sie von der bevorstehenden Befragung hielt. Die Lippen zu schmalen Strichen zusammengepresst und die Augen hinter einer großen, dunklen Sonnenbrille verborgen betrat sie die Terrasse. Cosmo, der die ganze Zeit artig neben Pantel gesessen hatte, sprang böse bellend auf und zerrte wie verrückt an seiner Leine.

»Nehmen Sie sofort den 'und da weg!«, kreischte die Frau. Die schrille Stimme feuerte den Labrador jedoch weiter an und der Chief Inspector hatte Mühe ihn zurückzunehmen und wieder an den Zaun zu binden.

»Wie können Sie es wagen, den 'und auf misch zu 'etzen!«, schrie sie Pantel an, was Cosmo zum Anlass nahm, ein tiefes Knurren von sich zu geben und die Lefzen bedrohlich nach hinten zu ziehen.

»Oh, Lady Aimée, es tut mir leid. Ich hätte nicht gedacht, dass Cosmo so aggressiv reagieren kann«, entgegnete Pantel gleichmütig. »Normalerweise ist er ein ganz Sanfter«, fügte er freundlich lächelnd hinzu.

»Diese 'und ist ein Monstrum!«, blaffte sie zurück und stampfte voll Wut mit dem Fuß auf.

Das denkt der Hund sicherlich auch von dir, überlegte Pantel spöttisch. »Ich frage mich, warum das Tier Ihnen gegenüber so reagiert«, setzte er laut hinzu.

Die Frau zog ihre Sonnenbrillen nach unten und musterte den Chief Inspector abschätzig. Dann ging sie zielstrebig, ohne weiter auf ihn zu achten, zu der Sitzgruppe unter der Weide und ließ sich in einen der Stühle fallen. Ivy, die artig aufgestanden war und grüßte, wurde von ihr nicht eines Blickes gewürdigt.

Madamchen benötigt unbedingt eine Lektion. Wollen wir dir mal zeigen, was es heißt, polizeilich befragt zu werden, dachte Pantel grimmig. Er gab Ivy ein Zeichen sich wieder zu setzten und nahm neben ihr Platz.

»Lady Aimée, das ist Detective Constable Clarks. Wir werden diese Befragung aufnehmen.« Er schaltete das Gerät ein. »Das Protokoll, das auf Basis dieser Aufnahme erstellt wird, muss von Ihnen in Truro auf dem Revier unterzeichnet werden.«

Aimée hatte ihre Sonnenbrille nach oben in ihren wie Pech glänzenden Bubikopf geschoben und warf Pantel einen gelangweilten Blick zu.

»Würden Sie uns bitte sagen, wo sie gestern zwischen halb sieben und halb acht waren?«

Erneut flammte Ärger in ihren tiefbraunen Augen auf. »Sie 'alten misch doch wohl nischt für die Mörderin«, fuhr sie Pantel an. »Quelle insolence! Espèce de vilain policier anglais.«

»Ma'am, ich bin weder ein schlechter Polizist, noch ist mein Vorgehen eine Unverschämtheit. Die Frage nach Ihrem Alibi ist ein Teil des Prozederes«, erwiderte er freundlich. Mit Genugtuung konnte er feststellen, dass die Tatsache, dass er Französisch verstand, die Frau für einen Moment aus der Fassung gebracht hatte. Sie schob die Brille erneut vor die Augen.

»Alors, isch war in meine Bett. Gegen zehn bin isch aufgestanden.«

»Gibt es dafür Zeugen«, hakte er liebenswürdig nach.

»Mon Dieux, nein isch war allein in meine Bett«, reagierte sie schnippisch.

Pantel wandte sich an Ivy. »Bitte notieren Sie: Kein Alibi.«

»Aber ...«, begehrte die Französin auf, wurde von Pantel jedoch sofort unterbrochen.

»Keine Zeugen, kein Alibi, Madam. So einfach ist das. Auch Ihre Schwiegermutter konnte nichts darüber aussagen, wo Sie sich in der fraglichen Zeit aufgehalten haben.«

»La Conne!«, zischte die junge Lady.

»Madame, ich beherrsche ebenfalls die umgangssprachlichen französischen Vokabeln und möchte Sie bitten, sich anders auszudrücken. Außerdem bitte ich Sie, Ihre Sonnenbrille abzulegen.«

Pantel gab sich ausgesucht höflich, doch Ivy spürte den Ärger, der in ihm hochkochte. Die Lady schien ebenfalls zu bemerken, auf was für einem schmalen Grat sie sich mit ihrem Verhalten bewegte. Zögernd nahm sie die Brille ab und legte sie langsam auf den Tisch vor sich. Im selben Moment meldete sich Ivys Telefon. Mit einer knappen Entschuldigung erhob sie sich und ging Richtung Terrasse. Es war Ajith.

»Hallo, Ivy. Ich will nicht stören«, meldete er sich schüchtern.

»Du störst nicht. Was gibt es?«

»Ich bin wieder im Büro und habe die Verbindungsnachweise geprüft. Aimée Clément hat zwei Tage vor Campbells Tod einmal mit Oscar Beaugarth und einmal mit Samia Mansour telefoniert.«

»Gab es davor noch weitere solcher Anrufe?«

»Nicht mit Mansour, aber hin und wieder mit Beaugarth. Bin drei Monate zurückgegangen.«

»Danke, das ist sehr hilfreich, Ajith. Der Chief hat die Dame nämlich gerade in der Mangel. Bis später.«

Sie kehrte zu dem Tisch zurück, notierte auf einem Zettel Ajiths Nachricht und schob diesen Pantel zu. Ein kurzer Blick darauf ließ auf seinem Gesicht ein arglistiges Lächeln erscheinen.

»Lady Aimée, kennen Sie Luke Harrogate?«

»Nein, wer soll das sein?« Misstrauisch beäugte die Frau den Zettel.

»Kennen Sie Oscar Beaugarth?«

»Nein, kenne isch nischt.« Doch das leichte Zucken ihrer Lippen entging weder Ivy noch Pantel.

»Kennen Sie eine Samia Mansour?«

»Non, nom de Dieu!« Der Rückfall in die Muttersprache war für die beiden Polizisten ein klares Signal, dass Aimée nun unter enormem Druck stand.

»Dann würde ich jetzt gern von Ihnen die Erklärung hören, warum Sie in den letzten Tagen Beaugarth und Mansour, die Sie angeblich beide nicht kennen, angerufen haben.« Pantel lehnte sich entspannt zurück, ohne die Frau eine Sekunde aus den Augen zu lassen.

»Isch werde Ihnen gar nischts erklären. Isch rufe jetzt meinen Anwalt an.« Sie sprang auf und wollte ins Haus eilen, doch Ivy war schneller und stellte sich ihr in den Weg.

»Einen Moment noch, Madame.« Pantel erhob sich ebenfalls und baute sich vor Aimée auf. »Sie rufen Ihren Anwalt an und sind heute um Punkt zwei Uhr mit ihm im Revier in Truro. Falls nicht, lasse ich Sie von meinen Kollegen abholen.« Er lächelte. »Haben Sie mich verstanden?«

Mit einem Schnaufen drückte sich Aimée Clément-Campbell an dem Chief Inspector vorbei und hastete die Treppe zur Terrasse hoch.

Pantel bog auf die Straße nach Redruth ein und beschleunigte.

»Na, was denkst du, Ivy?«

»Die kurze oder die lange Version?«

»Die Lange, wir haben Zeit.«

»Zähle ich Ajith Informationen und Aimées Verhalten zusammen, ergibt sich für mich die Frage, warum sie lügt. Hat es etwas mit ihrem ausschweifenden Leben zu tun, das sie vor uns verbergen will? Ist Beaugarth vielleicht einer ihrer Liebhaber und Samia, mit ihren Kontakten in der Sex-Branche, eine Gleichgesinnte? Oder geht es um den Tod ihres Mannes? Dass sie ausgerechnet Kontakt zu den beiden Hauptverdächtigen im Fall Harrogate hatte, von denen jeder ein bombensicheres Alibi vorweisen kann, ist schon ein außergewöhnlicher Zufall!«

»Was wäre, wenn ihre Lügen etwas mit dem Tod ihres Mannes zu tun hätten?«

»Dann könnte ich mir vorstellen, dass die drei einen Deal hatten. Da ist Aimée, die ihren ungeliebten Mann loswerden will; Beaugarth, der Harrogate eine Lektion erteilen will; Samia, die vielleicht ebenfalls mit Harrogate ein Hühnchen zu rupfen hat. Aimée kennt Harrogate tatsächlich nicht – also übernimmt sie den Anschlag auf dem Golfplatz. Samia hat keine nachweisbare Verbindung zu Campbell, ist somit bestens geeignet für den Angriff in dem Hohlweg. Damit wir von einer Täterin ausgehen, tragen die beiden Frauen bei der Tat die gleiche Kleidung. So hat jeder sein Ziel erreicht und kann trotzdem ein Alibi vorweisen. «

»Und was ist mit Beaugarth?«

Ivy zuckte mit den Schultern. »Bleibt im Hintergrund – koordiniert, sammelt Informationen, hat vielleicht die muslimische Kleidung besorgt?«

»Oder ist zuständig für ein weiteres Opfer, dass wir noch nicht kennen«, ergänzte Charles nachdenklich.

»Drei Täter, die keine Verbindung zu ihrem jeweiligen Opfer haben. Hört sich nach den perfekten Morden an.«

»Aber glaubst du, dass die drei dann so unvorsichtig wären, sich mit ihren normalen Smartphones gegenseitig anzurufen? Sie müssen doch wissen, dass wir auf die Daten zugreifen können.«

»Beaugarth und Mansour auf keinen Fall. Jedoch was Aimée angeht – sie mag ja raffiniert sein, aber für besonders intelligent halte ich sie nicht.«

14:00 Turo/Polizeirevier

Ivy Clarks ging in ihr Büro, um die Protokolle der Befragungen zu schreiben. Ajith Gupta saß immer noch an seinem Computer und nickte ihr lediglich kurz zu, bevor er sich wieder in seinen Bildschirm vertiefte. Charles würde sie gegen sechs von zu Hause abholen. Sie freute sich auf den Ausflug zum Housel Bay Hotel, obwohl ihr nicht ganz klar war, worauf genau; das hervorragende Essen, die fantastische Aussicht oder auf die Gelegenheit, mit Charles allein zu sein. Was wäre, wenn sich zwischen ihnen mehr entwickeln würde als eine kollegiale Freundschaft? Wollte sie das überhaupt? Würde es ihre gemeinsame Arbeit nicht zu sehr belasten? Und was würden die Kollegen dazu sagen? Dass dann nichts mehr so sein würde wie vorher, stand allerdings für sie fest. Mit einem leisen Seufzer setzte sie ihr Headset auf und schloss es an das Aufnahmegerät an.

Charles Pantel ging in den Besprechungsraum. Patricia Jenkins saß an ihrem Computer und blickte auf, als er den Raum betrat. Ein erfreutes Lächeln zeigte sich auf ihrem Gesicht.«

»Sergeant, ich würde Sie gern bei der Befragung von Aimée Clément-Champbell dabeihaben. Sie wird gegen zwei hier sein.«

»Sehr gern, Sir!« Sie lehnte sich in ihrem Stuhl bequem zurück. »Ich bin gerade bei der Sichtung des Bildmaterials der Überwachungskameras. Ein wenig Ablenkung wird mir sicherlich guttun. Ich habe das Gefühl, dass ich bereits eckige Augen habe.«

»Keine Angst, mit Ihren Augen ist alles in Ordnung – soweit ich das beurteilen kann«, gab er lachend zurück. Dann informierte er sie, was in Fairsley Hall vorgefallen war und berichtete ebenfalls von Ivys Verschwörungstheorie.

»So abwegig finde ich Ivys Vermutungen gar nicht«, erwiderte Patricia. »Allerdings würde es für uns verdammt schwer, solch ein Vorgehen zu beweisen.« Pantel fingerte nach einer seiner Pastillen und wog nachdenklich den Kopf. »Das schwächste Glied in solch einer Konstellation wäre eindeutig Aimée. Wie Ivy schon sagte, sie ist raffiniert aber nicht besonders intelligent ist. Dazu kommt noch der Umstand, dass bei ihr die Emotionen sehr schnell hochkochen. Wir sollten das bei ihrer Befragung ausnutzten.«

»Vorausgesetzt, dass uns ihr Anwalt nicht dazwischen grätscht.«

Fünf Minuten vor zwei meldete Constable Sutton die Ankunft der Lady und des Anwaltes. Pantel bat ihn, die beiden in den Verhörraum zu bringen und ihnen etwas zu trinken anzubieten. Dann informierte er Patricia Jenkins. Sie hatten vereinbart, dass zunächst die Kollegin die Besucher in Empfang nehmen würde, jedoch noch nicht mit der Befragung beginnen würde. Er käme dann zehn Minuten später dazu. So konnten sich Aimées Emotionen schon mal in Wallung bringen.

Als Pantel den Verhörraum betrat, bot sich ihm ein Anblick, den er erwartet hatte. Jenkins blätterte stumm in einigen Unterlagen, der noch sehr junge Anwalt, ein gewisser Sean Trevellart, wischte gelangweilt über sein Smartphone und Aimée, in einem dunkelblauen Designerkostüm, rutschte unruhig auf ihrem Stuhl hin und her und klopfte mit ihren langen Gelnägeln nervös auf ihrer Handtasche herum. Jenkins hob den Kopf und schaute zu Pantel, wobei sie leicht die Augen verdrehte. Trevellart steckte sein Handy in die Jacketttasche und lehnte sich zurück. Die Lady warf dem Chief Inspector einen bösen Blick zu und murmelte: »Mais il est tempe, nom de Dieu!«

»Entschuldigen Sie, dass ich Sie habe warten lassen«, erwiderte Pantel freundlich. »Aber mein Vorgesetzter ließ mich leider nicht von der Leine.«

»Wie ein 'ündschen, eh!«, kommentierte Aimée ironisch.

»Ein nettes Bild«, erwiderte er lächelnd und setzte sich neben

Sergeant Jenkins. Er öffnete einen Klemmhefter und zog ein Blatt hervor. »Gut, unser Treffen heute Morgen endete ja mit meiner Bitte, mir zu erklären, warum Sie Oscar Beaugarth und Samia Mansour einen Tag vor dem Tod Ihres Mannes angerufen hatten, obwohl Sie die beiden Personen angeblich nicht kennen, Madame. Vielleicht sind Sie ja jetzt in der Lage, mir diese Erklärung zu geben.«

»Isch 'abe misch wohl verwählt«, antwortete sie schnippisch.

Pantel legte das Blatt mit den Verbindungsnachweisen von Aimées Mobile Phone, vor sie auf den Tisch, in dem zwei Zeilen mit gelb markiert waren. »Dass Sie aber erst nach fünf, und im anderen Fall nach vier Minuten gemerkt haben, dass Sie mit wildfremden Menschen sprechen, ist schon ungewöhnlich? Worüber haben Sie sich denn mit diesen Personen unterhalten?«

»Das geht Sie gar nischts an«, brauste die Lady auf.

»Da es sich bei den beiden um Verdächtige im Tötungsdelikt Harrogate handelt, geht es mich, oder besser gesagt die Polizei schon etwas an. Ihr Anwalt wird Ihnen das sicher gern bestätigen.« Pantel blickte fragend zu Trevellart.

»Ähm, also, Sie könnten ja eine wichtige Zeugin sein, Lady Aimée und haben dann die Pflicht, die Polizei zu unterstützen.«

»Was sind Sie? Mein Anwalt oder die Marionette von denen da?«

»Mr Trevellart, vielleicht können Sie ihrer Klientin erklären, dass wenn sie uns den Sachverhalt nicht glaubwürdig darlegt, sie sich verdächtig macht. Ich habe das Schreiben an den Staatsanwalt, ein Ermittlungsverfahren einzuleiten, bereits formuliert.« Das war eine glatte Lüge, da im Moment lediglich Indizien und keine Beweise vorlagen, aber Befragungen lebten nun mal von Einschüchterungsversuchen.

»Was wird meiner Klientin denn genau vorgeworfen?« Trevellart hatte sich gerade aufgesetzt und starrte Pantel an.

»Offiziell noch gar nichts. Aber uns liegen Informationen vor, aus denen geschlossen werden kann, dass Lady Aimée zumindest von der Planung der Anschläge auf Harrogate und ihren Ehemann etwas gewusst haben könnte.«

»Isch kenne diese Harrogate nischt, nom de Dieu!«

»Aber Sie kennen Oscar Beaugarth und Samia Mansour! Was haben Sie mit ihnen besprochen?« Patricia Jenkins war eindeutig der Geduldsfaden gerissen. Für Pantel war klar, dass Aimée all das darstellte, was die gradlinige Kollegin aus Plymouth zutiefst verachtete.

»Qu'avez-vous à dire ici, banania?« Aimée spuckte die Worte förmlich aus.

»Jetzt reicht es, Madame!«, wies Pantel mühsam beherrscht die Französische zurecht. »Hier ist keine Bühne für rassistische Äußerung! Falls Sie sich weiterhin weigern sollten, den Inhalt der beiden Telefonate preiszugeben, werde ich Ihnen jetzt Ihre Rechte erklären und Sie …«

»Chief Inspector, warten Sie.« Der Anwalt lehnte sich nervös vor; die Hände so ineinander verschränkt, dass die Knöchel weiß hervortraten. »Ich bin davon ausgegangen, dass es sich hier um eine reine Zeugenbefragung handelt. Dass Verdachtsmomente gegen meine Mandantin vorliegen, war mir nicht bewusst. Ich würde gern mit Lady Aimée allein sprechen.«

»Also gut, ich gebe Ihnen eine Viertelstunde, um die Dame von dem Nutzen einer Kooperation mit uns zu überzeugen.« Pantel griff nach seiner Mappe und warf Jenkins einen auffordernden Blick zu ihm nach draußen zu folgen.

»Nur gut, dass er kein erfahrener Anwalt ist. Sie haben ganz schön gepokert, Sir«, raunte Jenkins ihrem Vorgesetzten auf dem Flur zu.

»Sergeant, wenn uns die Lady eine glaubhafte, harmlose Erklärung für die Telefonate liefert, müssen wir Beaugarth und Mansour nicht noch einmal verhören. Sollte sie aber belastende Informationen haben, können wir den beiden trotz ihrer Alibis gehörig Dampf machen. In beiden Fällen bedeutet das für uns eine Menge Zeit, die wir einsparen können.«

Pantel ging in sein Büro. Der Labrador hatte auf seinem Kissen geschlafen, sprang nun auf, schüttelte sich und kam schwanzwedelnd auf ihn zu.

»Du bist ja ein ganz braver Junge«, lobte er das Tier und kraulte es. Dann setzte er sich und nahm Ajith' Bericht in die Hand. Ein kurzes Klopfen an der Tür riss ihn aus seinen Überlegungen. Sergeant Bloombottem trat ein. Heute hatte er sich für eine abenteuerliche Kombination aus senfgelbem Jackett mit lila Weste und einer Cordhose in der gleichen Farbe entschieden. Cosmo sprang erneut auf, ließ ein erfreutes *Wuff* hören und stürmte auf den Besucher zu.

»Schenk ihm keine Aufmerksamkeit. Erst wenn er sich setzt, lobst du ihn und kannst ihn streicheln.«

»Wenn du meinst, Chief«, erwiderte der Sergeant und beäugte kritisch das Tun des Labradors.

»Was kann ich für dich tun?«

»Ich habe leider nur zwei Verbindungen zwischen Campbell und den anderen Beteiligten gefunden. Campbell war Patient von Dr. King und Beaugarth ist Kunde der Bank. Auch scheinen sich unsere beiden Opfer nicht gekannt zu haben.«

»Mist. Trotzdem sollten wir noch einmal mit King und Beaugarth sprechen. Übernimmst du das?«

»Mach ich, Chief.« Bloombottem fuhr sich mit der Hand durch seine eh schon wild aufstehenden Locken. »Ich hätte da noch eine Frage. Könnte mir Edith Growe wohl heute Abend beim Hundesitting helfen?«

Pantel zog die Augenbrauen zusammen und grinste. »Kein Problem. Was ist das eigentlich zwischen dir und Edith?«

»Ich weiß es selbst noch nicht so genau, Chief.«

»Dann drück ich dir die Daumen, dass du es bald weißt.« Immer noch grinsend griff er nach den Veilchenpastillen. »Dann seid nachher bitte viertel vor sechs bei mir.«

Mittlerweile hatte sich der Hund vor Bloombottem hingesetzt, sah zu ihm auf und klopfte erwartungsvoll mit der Rute auf den Boden.

»Übrigens, jetzt kannst du Cosmo streicheln.«

Eine Viertelstunde später kehrte Pantel gemeinsam mit Jenkins in den Verhörraum zurück. Der Anwalt flüsterte Aimèe etwas zu und tätschelt ihre Hand. Die beiden Beamten setzten sich und Jenkins schaltete das Aufnahmegerät ein.

Pantel fragte die Lady, ob sie sich entschieden hätte, etwas zu den Telefonaten zu sagen. Sie nickte, wobei ihre dunklen Augen immer noch ärgerlich funkelten. Sie erklärte, dass Oscar Beaugarth einer ihrer Liebhaber wäre. Sie würde sich mit ihm gelegentlich zu ganz besonderen Unternehmungen treffen. Am Freitag hätten sie sich verabredet, eine Swinger-Party zu besuchen, und sie hätte über Samia Mansour die Plätze gebucht und den Veranstaltungsort abgefragt.

Also hatte Ivy recht, zumindest was die zweite Alternative einer Verbindung zwischen den dreien betraf, ging es Pantel durch den Kopf.

»Wann fand die Veranstaltung statt?«

»Freitagnacht. Isch war dann gegen vier Uhr am Samstag wieder zu 'ause und habe misch sofort 'ingelegt. Gegen zehn bin isch dann zum Frühstück 'eruntergegangen.«

»Wir werden das nachprüfen. Allerdings haben Sie damit für den Zeitraum der Tat immer noch kein überprüfbares Alibi.«

»'ätte isch gewusst, dass isch eine Alibi brauche, 'ätte isch mir eine besorgt, Chief Inspector«, zischte sie Pantel an und machte Anstalten sich zu erheben.

»Moment, Lady Aimée. Es gibt da noch einige weiter Fragen«, hielt Pantel die Frau auf.

Mit einem theatralischen Seufzer ließ sie sich zurück in den Stuhl fallen.

»Wie war Ihr Verhältnis zu Ihrem Gatten?«

»Nom de Dieu! Schlecht, wenn Sie es wissen wollen. Wir 'atten nischts mehr gemeinsam.«

»Hatten Sie vor, sich von ihm zu trennen?«

»Nein. Wir 'aben uns arrangiert. Wir ließen uns beide in Ruh.«

»Wussten Sie von den besonderen sexuellen Bedürfnissen Ihres Mannes?«

Aimèe blickte hinunter auf ihre Finger, die nervös mit dem Reißverschluss der Tasche spielten. Dann sah sie entschlossen auf.

»Ja, und isch fand es anormal, dass eine Mann devot ist.«

Obwohl Pantel eine ungerührte Miene zur Schau stellt, überraschte ihn Aimèes Aussage; hatte sie doch selbst keine Hemmungen bezüglich besonderer sexueller Vorlieben.

»Haben Sie mit ihm darüber gesprochen?«

»Einmal?« Aimée lachte unfroh auf. »Isch wollte einen Mann, kein 'ündschen! Und dann 'at Clarissa davon erfahren. Mon Dieu, was 'at sie für eine Theater gemacht!« Sie fuhr sich über die Stirn.

»Als Benjamin dann mit dem 'und ankam war endlisch Ruh.«

»Und jeder ist dann seiner Wege gegangen.«

»Oui!«

»Eine Sache wäre da noch, die ich gern klären würde. Als unsere Spurensicherung das Arbeitszimmer ihres Mannes untersuchen wollte, hatten Sie anscheinend etwas darin gesucht. Was war das?«

Aimée blickte zu ihrem Anwalt. Der nickte auffordernd.

»Benjamins Testament.«

»Es gibt aber nach unseren Informationen kein Testament.«

»Benjamin 'at mir gedroht, dass er eine Testament schreiben würde, in dem er misch enterbt.«

»Und das wollten Sie vernichten?«

Aimée zuckte mit den Schultern. »Oui«, gab sie leise zu.

»Nun, wir haben nichts dergleichen gefunden, Madame. So wie es aussieht, erben Sie und Ihr Sohn jeweils die Hälfte des Vermögens.« Pantel schob seine Unterlagen zusammen und erhob sich.

»Ich denke, dass wir im Moment hier fertig sind. Sie dürfen Cornwall nicht verlassen und sollten für uns jederzeit erreichbar sein.«

Er zog zwei Visitenkarten aus dem Jackett und reichte Aimée und dem Anwalt jeweils eine. »Falls Ihnen noch etwas einfällt, was uns weiterhilft, melden Sie sich bitte.« Er war schon fast an der Tür, als er sich noch einmal umdrehte. »Eine Frage habe ich doch noch. Besitzen Sie ein muslimisches Gewand?«

Verständnislos sah ihn die Französin an. »Wofür? Für Sexspielchen oder was?«

»Schon gut. Au revoir, Madame.«

19:00 Lizzard Point/Housel Bay Hotel

Das Hotel, das aus massiven, grauen Granitblöcken um 1900 erbaut wurde, thronte trutzig auf den Klippen der Housel Bay und bot eine atemberaubende Aussicht auf die südlichste Spitze Englands und den Ärmelkanal. Charles Pantel öffnete für Ivy die schwere Eichentür. Sie traten in den breiten Flur des Housel Bay Hotels und es schien ihnen fast, als würden sie in ein früheres Jahrhundert eintauchen. Ein dicker, dunkelroter Teppich verschluckte den Klang ihrer Schritte. Die Wände, mannshoch mit dunklen Paneelen verkleidet, und die antiken Konsolen und Sessel erweckten die viktorianische Zeit zu neuem Leben.

»Ah, Chief Inspector, schön Sie wiederzusehen!« Henriette Josephs, die Besitzerin des traditionsreichen Hauses, kam hinter der Rezeption hervor und begrüßte Pantel herzlich. »Und Ihre Kollegin haben Sie ja auch mitgebracht. Sergeant …?«

»Constable!«, korrigierte Ivy rasch. »Ivy Clarks.«

»Ich habe mich sehr gefreut, als ich Ihren Namen bei den Reservierungen fand, Chief Inspector.« Henriette, von Freunden auch Hetty genannt, lächelte den beiden freundlich zu. »Ich habe Ihnen den gleichen Tisch wie das letzte Mal freigehalten. Ich glaube, dass Sie sich damals dort recht wohl gefühlt haben.« Ihre strahlend blauen Augen blitzten keck auf.

»Mrs Josephs, wir sind heute Abend außer Dienst. Ich würde mich freuen, wenn Sie mich Charles nennen.«

»Dann bin ich Hetty!«, rief sie heiter aus. »Und für Sie natürlich auch, Ivy. Kommen Sie, ich bringe Sie zu ihrem Tisch.«

Charles betrachtete die fröhliche, energiegeladene Hotelbesitzerin. Welch ein Unterschied zu dem Tag, als sie unglücklich ihm und Ivy von dem Auffinden ihres toten Freundes Ethelbert Wilson berichtete.

»Die Zeit heilt«, hörte er Sophies leise Stimme. »Auch deine Wunden.«

Die kleine Gruppe durchquerte den Pub-Bereich mit seiner blaugrünen Tartantapete, der auf Hochglanz polierten Mahagonitheke und den bequemen Chesterfield-Sesseln und betrat das lichtdurchflutete Restaurant – ein ehemaliger, groß angelegter Wintergarten. Hetty führte die beiden an ihren Tisch. Bevor Charles sich setzte, ließ er seinen Blick über die imposanten Klippen, das saftige Grün des Terrassengartens und das tintenblaue Wasser schweifen.

»Es ist immer wieder schön, nicht wahr!«, kommentierte Hetty sein Tun. »Ich kann immer noch stundenlang diesen Ausblick genießen, obwohl man meinen sollte, dass ich mich langsam daran gewöhnt hätte.«

»Ja, diese Landschaft ist einfach faszinierend«, bestätigte Charles mit einem leichten Nicken, bevor er einen der weißen Thonet-Stühle vom Tisch zog und sich setzte.

»Charlott wird Ihnen gleich die Karte bringe. Wenn ich Ihnen etwas empfehlen kann: Lammragout im cornischen Teigfladen mit Mangoldgemüse.«

»Und, glaubst du, dass Truro die richtige Wahl für dich war?«, fragte Charles Ivy, nachdem sie ihre Bestellung aufgegeben hatten.

»Ich denke schon«, erwiderte Ivy, trank einen Schluck von ihrem Cidre und lächelte Charles an. »Die Arbeit hier ist natürlich etwas ganz anderes als bei der Schutzpolizei, aber sie macht mir definitiv mehr Spaß!«

»Das habe ich gehofft. Und was ist mit den Kollegen in Truro?«

»Naja, Sutton ist ein Kindskopf, Ajith gewöhnungsbedürftig, Malmac macht den Eindruck als hätte er etwas geraucht. Das ist nichts, womit ich nicht klarkäme.«

»Aber?«

»Dee!?« Ivy zog die Brauen in die Höhe. »Sie hatte mich am Freitag abgefangen und wollte wissen, warum wir uns duzen würden. Ich habe sie abgewimmelt, aber ich bin mir sicher, dass sie nicht lockerlässt.«

»Sie weiß, dass wir uns gut verstehen. Ich glaube, dass sie das nicht besonders gut ertragen kann. Aber wir wollen uns durch diese Frau nicht den Abend verderben lassen.« Er betrachtete sie, ihr lockiges Haar, ihre freundlichen Augen, ihr frisches Gesicht und fasste einen Entschluss. »Ivy, ich freue mich wirklich, dass wir heute mal ganz privat zusammen sind. Ich würde gern ...« Überrascht verstummte er. Ivy hatte ihre Hand auf seine gelegt und musterte ihn eindringlich.

»Charles, wenn du das sagen willst, was ich denke, dann tue es bitte nicht. Uns verbindet etwas ganz Besonderes – eine gemeinsame Geschichte, aus der eine Freundschaft voll Vertrauen und Wertschätzung geworden ist. Ich möchte das nicht verlieren. Es ist gut so, wie es ist.« Dann zog sie ihre Hand wieder zurück.

Charles, der die Wärme ihrer Finger noch auf seiner Haut spürte, griff nach seinem Rotweinglas und trank einen Schluck. Er dachte an die Wochen in Penzance zurück. Die kleine Police Constable, der er solch einen Respekt eingeflößt hatte, und die bei jeder Gelegenheit errötete. Er hatte sie damals in die Kategorie *Intelligent, aber eindeutig zu wenig selbstbewusst* eingeordnet. Nun saß er einer jungen Frau gegenüber, die genau wusste, was sie wollte und dies auch formulieren konnte. Er schalt sich selbst einen Trottel. Vorgesetzter und Liebhaber, zwei Rollen, die einfach nicht zusammenpassten. Irgendetwas würde auf der Strecke bleiben. Und das wollte er ebenfalls nicht, obwohl Enttäuschung an ihm nagte.

»Du hast vollkommen recht, Ivy. Schimpf mich einen Deppen!«, bot er grinsend an. »Aber ich hoffe, dass wir auch weiterhin etwas zusammen unternehmen werden.«

»Natürlich, Chief«, erwiderte sie erleichtert und zwinkerte ihm zu. »Solange ich nicht mit dir ausreiten muss.«

18. August 2020
8:00 Truro/Polizeirevier

Charles Pantel lehnte sich, mit einer Tasse dampfenden Kaffees in den Händen, in seinem Bürostuhl zurück. Er hatte gerade mit Brown telefoniert. Campbells Computer hatten die Techniker noch nicht geknackt, dafür sein Handy. Doch aus den Anruflisten ergaben sich keine neuen Erkenntnisse und in den sozialen Medien war Campbell nicht aktiv gewesen. Allerdings hatten Browns Leute tatsächlich relativ frische Reifenspuren in einer der Haltebuchten in der Nähe des Tatortes gefunden. Das Profil gehörte zu Ganzjahresreifen einer Billigmarke und waren stark abgefahren. Niemand, der ein wenig Geld übrig hätte, würde sich solch einem Risiko aussetzen und mit diesen Reifen unterwegs sein; da waren sich Brown und er einig. Aber diese Spuren konnten von jedem Auto stammen, mussten nicht unbedingt etwas mit dem Anschlag zu tun haben.

Lustlos strich Pantel mit dem Daumen über den Bericht der französischen Polizei. Lady Aimée war mehrfach wegen Beleidigung und leichter Körperverletzung aufgefallen. Es waren durchweg Männer, die sie angezeigt hatten. In der letzten Anzeige jedoch, die einen gewissen Jean Vignaud betraf, war von einem ausgeschlagenen Zahn und einem eingerissenen Ohr zu lesen. Die Männer schilderten alle, dass Aimée plötzlich wie eine Furie auf sie losgegangen sei, dabei habe man sich zunächst lediglich angeregt unterhalten. Die Lady hatte eindeutig unkontrollierbares Aggressionspotenzial.

Pantel seufzte und sah auf die Uhr. Rasch schob er das vorbereitete Material für die Teambesprechung zusammen.

»Du hältst hier die Stellung, mein Junge«, raunte er dem Labrador zu und streichelte ihm über den Kopf. »In spätestens einer Stunde bin ich wieder da.«

Im Besprechungsraum herrschte bereits reges Treiben. Tajo Malmac stand an der Kaffeetheke und schwang seine Hüften zu irgendeinem Reggae-Song aus seinen roten Kopfhörern. Bloombottem und Ivy saßen in der Ecke der Polstergarnitur und unterhielten sich angeregt, während Patricia Jenkins in einer Akte blätterte. Ajith Gupta starrte wie gewohnt auf sein Tablet und vermied jegliche Blickkontakte und die ›Youngsters‹, wie Pantel die jüngeren Kollegen gesonnen betitelte, scharten sich feixend um das Smartphone von Constable Bonnell.

»Meine Damen und Herren!«, erhob der Chief Inspector seine Stimme und klatschte in die Hände. Sofort verstummten die Gespräche und jeder suchte sich rasch einen Platz.

»Wo ist denn unser vierbeiniger Kollege?«, warf Clyde Drexler in Raum.

»Der hat von mir eine Sonderaufgabe bekommen«, gab Pantel locker zurück. »Er soll mein Büro bewachen. Und wir werden uns jetzt mit den beiden Todesfällen befassen.«

Er trat an das Ermittlungsboard und schilderte die Befragungen von Sonntag und den Inhalt von Aimées Akte aus Frankreich. Während er sprach, verschob er einige Fotos am Board, entfernte Verbindungslinien und zeichnete neue auf.

»Bloombottem, hast du schon mit Beaugarth und Mansour gesprochen?«

Der Sergeant nickte bestätigend. »Beide haben die Aussage von der Ehefrau des Opfers bestätigt. Wobei der Bauunternehmer zunächst ob meiner Frage einen Tobsuchtsanfall bekam.« Bloombottem grinste. »Die Mansour behauptete, den Mann von Aimée nicht zu kennen, und Beaugarth gab zu, Kunde bei der Campbell-Bank zu sein, ohne dem Junior je über den Weg gelaufen zu sein. Für mich hörte es sich durchaus glaubhaft an.«

»Was ist mit möglichen weiteren Verbindungen zwischen Harrogate und Campbell?«

»Da haben wir bis jetzt nur eine gefunden, Chief«, erläuterte Henry Bloombottem weiter. »Der Orthopäde, Dr. King – Campbell war sein Patient. Privat hatten sie keinen Kontakt, sagte King. Zwei Stunden später war ich im Reitstall und wen habe ich getroffen – einen ziemlich verlegenen King! Er hat dort ebenfalls ein Pferd.«

»Und?«

»Er stritt den privaten Kontakt mit Campbell erneut ab.«

»Wir sollten trotzdem weiterhin ein Auge auf den Herrn Doktor haben«, entschied Pantel. »Konntest du im Reitstall sonst noch etwas erfahren?«

»Campbell soll sich schon beim Versuch, mit ihm ins Gespräch zu kommen, verkrümelt haben. Niemand, mit dem ich gesprochen hatte, hatte Kontakt zu ihm. Heute Nachmittag gehe ich in die Bank. Mal sehen, ob die Kollegen von Champbell mehr zu berichten haben.«

»Gut, mach das. DC Gupta, hat Campbells Bewegungsprofil und die Funkzellenabfrage irgendetwas Neues gebracht?«

Erschrocken über die plötzliche Frage richtete sich der Inder auf. »Nein, Sir. Das Bewegungsprofil zeigt nichts Besonderes, und in der Funkzelle hat sich niemand zum Tatzeitpunkt aufgehalten, den wir kennen.«

»Dann identifizieren Sie alle Handys, die eingeloggt waren und nehmen die Besitzer unter die Lupe.«

»Ja, Sir.« Erleichtert ließ sich der Inder zurück in die Polster sinken, schreckte aber sofort erneut hoch, als lautes Gebell und eine sich überschlagende Frauenstimme auf dem Flur zu hören waren. Die Tür wurde aufgerissen und eine zerzauste Loretta Dee erschien im Besprechungsraum, dicht gefolgt von Cosmo. Als dieser die vielen Menschen, die ihn erstaunt anstarrten, erblickte, stutzte er kurz, stürzte sich dann begeistert auf Ivy und sprang hechelnd neben sie in die Polster.

»Was ist das für ein Mistvieh«, zeterte die PI und versuchte angewidert mit einem Taschentuch Sabberspuren von der dunkelblauen Hose zu wischen.

Pantel konnte, genau wie alle anderen Anwesenden, nur mit Mühe ein Lachen unterdrücken.

»PI Dee, Sie wussten doch, dass ich in einer Besprechung bin. Was machen Sie dann in meinem Büro?«, fragte er übertrieben freundlich.

Zum ersten Mal, seit Pantel die unangenehme Kollegin kannte, konnte er beobachten, dass sich rote Flecken an ihrem Hals bildeten, die sich rasch vergrößerten. Loretta fixierte ihn böse und richtete sich zu ihrer vollen Größe auf.

»Das wird ein Nachspiel haben, Chief Inspector«, zischte sie, wandte sich ab und verschwand Tür knallend im Flur.

Verblüffte Stille herrschte im Raum, bis Malmac grinsend feststellte: »Ay, das war cool, Mann. Der Hund ist ein megacooler Wachhund, Chef!«

Pantel gab der allgemein einsetzenden Erheiterung einen Augenblick Zeit, bevor er mit einem strengen »Hier« den Labrador zu sich rief. Dieser zögerte einen Moment, sprang aus den Polstern, trottete nach vorn und legte sich mit einem Seufzer neben den Schreibtisch.

»Gut, wo waren wir?«, nahm Pantel das Thema wieder auf.

»Bei den Funkzellen, Chief«, half Ivy lächelnd weiter.

»Genau, jeder der zum fraglichen Zeitpunkt eingeloggt war, wird überprüft. Wer hat sich mit Glinda Twinrose befasst?«

»Wir, Sir.« PC Peafield deutete auf Towerbrass und Chickball und zog einen Zettel hervor. »Glinda Twinrose, alias Jane Roberts, ledig, keine Kinder, geboren 1965 in Birmingham, kam 1977 in eine Pflegefamilie. Sie hatte bis 2012 als Biologielehrerin an der Brannel School in St. Austell gearbeitet. Danach hat sie ihren Namen geändert und lebt seitdem in dem Wäldchen in Killivose. Ihren Unterhalt verdient sie sich mit dem Verkauf von pflanzlichen Heilmitteln und Bio-Obst sowie Workshops, Handlesen und Ähnlichem.«

»Also doch eine Hexe«, kommentierte Bloombottem die Informationen grinsend.

»Durchaus«, erwiderte Peafield ernst, »bevor sie nach Killivose zog, hat sie sich der Wicca- Religion zugewandt und wurde sogar zur Hohepriesterin initiiert.«

»Ist sie polizeilich bekannt?«

»Nein, Sir. Es gab mal eine Anzeige wegen unerlaubten Drogenhandels. Aber das, was sie verkaufte, hatte absolut nichts mit Drogen zu tun.«

»Haben Sie Verbindungen zu anderen Personen, die in unsere beiden Fälle involviert sind, finden können?«

»Nein, Sir. Sie lebt vollkommen zurückgezogen. Hat mal nicht ein Telefon.«

»Weiß man, warum sie vor zehn Jahren ihr Leben so auf den Kopf gestellt hatte?«, mischte sich nun Ivy in das Gespräch.

»PS Towerbrass hat mit der Schulsekretärin, einer Mrs Wright, gesprochen. Sie sagte, dass sich damals alle gewundert hätten. Aber einige Monate zuvor hätte sich Glinda Twinrose sehr verändert. Irgendetwas musste vorgefallen sein, aber sie hätte nie darüber gesprochen.«

Ivy suchte Pantels Blick. Dieser nickte ihr kurz zu.

»Clarks, würdest du dich bitte noch einmal mit dieser Glinda in Verbindung setzten.«

»Mache ich, Chief.«

»Danke. Sergeant Taylor, Sie wollten sich die Unfälle der vergangenen Jahre anschauen. Haben Sie irgendetwas gefunden, was uns weiterhilft?«

»Ähm, nein. Niemand, den wir kennen, war in einen Unfall verwickelt, Sir. Das heißt, mit einer Ausnahme. Police Inspector Dee hatte vor ungefähr zehn Jahren einen Segelunfall in der Nähe von Falmouth. Ihre gesamte Familie kam dabei ums Leben.«

Ein erstauntes Raunen ging durch den Raum.

»Wer war der Unfallverursacher?«

»Laut Bericht der Coast Guard ein plötzlich aufkommender Sturm aus Süd-West, Sir.«

Pantel nahm ein Blatt Papier zur Hand und überflog es. »Gut, dann hätten wir nur noch die Kameraauswertungen rund um Killivose. Jenkins?«

Jenkins stand auf und steckte einen USB-Stick in den Computer. Auf der Leinwand erschien eine stark vergrößerte Karte des Tatortes und der Umgebung.

»Es gibt in dem Bereich leider nur zwei Kameras.« Mit einem Pointer fuhr sie über das Bild. »Eine hier an der B3303 und die andere an der Treslothan Road. Wenn wir davon ausgehen, dass die Täterin ihren Wagen an dieser Stelle geparkt hat«, sie fuhr mit dem Pointer zu den drei betreffenden Haltebuchten, »und über diese Nebenstraße gekommen, beziehungsweise weggefahren ist, dann konnten die Kameras sie nicht erfassen. Die einzige Möglichkeit ist«, nun ließ sie eine Kameraaufzeichnung ablaufen, »dass einer der Fahrer dieser vier Fahrzeuge die Nebenstraße mit den Haltebuchten ebenfalls benutzt hat. Vielleicht ist ihm ein parkender Wagen aufgefallen. Ich habe die Halter bereits identifiziert und werde mich nach der Besprechung mit ihnen in Verbindung setzen.«

»Danke, Jenkins. Gute Arbeit. Das gilt im Übrigen für alle.« Pantel setzte sich auf die Kante des Schreibtisches. »DI Brown hat mir heute Morgen mitgeteilt, dass in einer der Haltebuchten frische Reifenspuren gefunden wurden. Inwieweit diese mit der Täterin überhaupt in Verbindung gebracht werden können, wissen wir nicht. Bei den Reifen, die sehr abgefahren waren, handelt sich um eine Billigmarke. Wir behalten die Information erst einmal im Hinterkopf. Gibt es von Ihrer Seite noch etwas zu den beiden Fällen?«

»Ich hab' da mal 'ne Frage, Sir«, meldete sich DC Chickball. »Wenn unsere verdächtigen Frauen alle Alibis haben, sind sie dann nicht mehr verdächtig?«

Pantel musste schmunzeln. Die Frage des Constable war zwar

etwas ungelenk formuliert, aber sie enthielt genau das, was ihm selbst Sorge bereitete.

»Constable, Sie haben den wunden Punkt unserer Ermittlungen getroffen. Wir haben aufgrund der Alibis keine Hauptverdächtigen mehr. Es besteht aber durchaus die Möglichkeit, dass zwei Frauen die Anschläge gemeinsam geplant haben. Sie haben sich bei der Ausführung abgewechselt, sodass immer eine von ihnen ein Alibi hatte. Die Verkleidung könnte ein Trick sein. Wir sollen annehmen, dass es sich immer um die gleiche Frau handelte. Wir müssen also unsere Recherchen auch vor diesem Hintergrund weiterführen. Mir ist vollkommen klar, dass das die berühmte Nadel im Heuhaufen ist. Also bleiben Sie dran. Auch das kleinste Detail könnte auf einen Durchbruch hoffen lassen.«

17:30 Truro/Polizeirevier

Nach einem ausgiebigen Spaziergang mit dem Labrador, setzte sich Charles Pantel an seinen Schreibtisch und starrte auf die Fotos und Berichte, die er vor sich ausgebreitet hatte. Es war zum verrückt werden! Motiv – Möglichkeit – Mittel. Alle, die dort vor ihm lagen, hatten entweder ein stichhaltiges Motiv, aber keine Möglichkeit, da sie von Zeugen woanders gesehen wurden. Oder sie hatten die Möglichkeit, jedoch kein Motiv. Und die Mittel, eine Peitsche und ein Golfball an einer Schnur, hätte sich jeder von ihnen ohne Probleme beschaffen können. An einen Auftragstäter wollte der Chief Inspector nicht so recht glauben. Dazu waren die Anschläge zwar raffiniert, aber nicht professionell genug ausgeführt worden. Oder gab es da draußen jemanden, den sie noch gar nicht in Betracht gezogen hatten? Irgendein Motiv oder eine Verbindung, die bei den Recherchen durch das Raster gefallen waren? Wütend hieb er mit der Hand auf die Tischplatte.

»Kann ich dir irgendwie helfen?« Ivy trat ein und setzte sich auf einen der Besucherstühle.

»Ich weiß nicht«, gab Charles erschöpft zu. »Mein Telefonat mit Super Thomson war die reinste Katastrophe. Ich kann ihm seinen Ärger allerdings nicht verdenken. Zwei Tote und wir stehen im Prinzip immer noch am Anfang. Ich weiß beim besten Willen nicht, wo wir sonst noch ansetzen könnten. Auch habe ich das ungute Gefühl, dass die da«, er wies mit der Hand auf die Ermittlungsfotos, »uns nicht weiterbringen werden.«

»Was ist mit der Möglichkeit, dass die Opfer einfach nur zum falschen Zeitpunkt am falschen Ort waren?«

»Eine Psychopatin, die sich wahllos Männer aussucht, sie ausbaldowert und schließlich umbringt?«

Ivy zuckte als Antwort mit den Schultern.

»Vielleicht hast du recht. Die Mordmethoden, falls es sich tatsächlich um geplante Morde handelt, sind schon ein wenig schräg – ein Reiter, eine Peitsche – ein Golfer, ein Golfball.«

»Außerdem sind es Männer, die intensiv ein Hobby ausüben und darin auch erfolgreich sind.« Sie stockte kurz. »Eventuell ist das ja die Verbindung zwischen den Opfern, nach der wir suchen. Lokale Sportgrößen. Harrogate sowieso, und über Campbell habe ich gelesen, dass er hier in Cornwall als erfolgreicher Military-Reiter bekannt ist.«

»Das wusste ich gar nicht. Vielleicht ist es ja tatsächlich die gesuchte Verbindung.« Rasch verschwand eine Pastille in seinem Mund. »Nur – wenn da draußen jemand herumläuft, der Hobbysportler im Visier hat, dann müssen wir mit weiteren Anschlägen rechnen. Fußballer, Tennisspieler, Schwimmer, Läufer, Segler …«

»Apropos Segler. Ich würde gern den Unfall von Loretta Dee noch einmal nachprüfen. Vielleicht gab es doch einen menschlichen Verursacher, oder jemanden, der keine Hilfe geleistet hat.«

»Ivy, nur weil unser letzter Serienmörder Polizist war, muss dieser nicht auch Polizist sein.« Pantel schaute die junge Kollegin prüfend an. »Und nur weil Dee so ekelhaft ist, muss sie nicht gleichzeitig eine Mörderin sein.« Er bemerkte den bittenden Blick von Ivy. *Warum, in Gottes Namen, müssen Frauen immer diesel-*

ben Taktiken anwenden, wenn sie was haben wollen? Mit einem Seufzer gab er nach. »Also gut, aber lass dich nicht dabei erwischen!«

»Danke.« Ivy lächelte ihn an. »Eigentlich wollte ich fragen, ob du Lust hast mit Henry und mir im *William* noch ein Pint zu trinken.«

»Ähm, ich habe doch Cosmo dabei.«

»Kein Problem! Hunde sind dort willkommen.«

»Na mein Junge, sind wir schon fit genug für einen Pub-Besuch?«

Nach einer sehr vergnüglichen Stunde, in der alle Anwesenden das Thema *Mord* tunlichst vermieden, machten sich Ivy und Charles zurück auf den Weg zum Polizeirevier. Die milde Abendluft hatte viele Menschen nach draußen gelockt, und die Außenterrassen der Pubs und Restaurants, an denen die beiden vorbeikamen, waren gut besucht.

»Du hast Cosmo aber schon ganz gut im Griff«, unterbrach Ivy die Stille zwischen sich und Charles.

»Ich habe ihn nur an das erinnert, was er schon einmal gelernt hatte«, erwiderte Pantel schmunzelnd. »Und das war wirklich erstaunlich viel.«

»Warum hast du ihn behalten? Ich meine«, Ivy zögert einen Moment, »in unserem Job ist ein Haustier doch eher hinderlich.«

Charles blieb stehen und sah Ivy nachdenklich an. Er wunderte sich nicht zum ersten Mal über Ivys feines Gespür für Ungereimtheiten. »Sophie hatte sich immer einen Labrador gewünscht. Schwarz sollte er sein und genauso lebhaft wie dieser hier. Aber ich war dagegen.«

»Und nun hast du ihr diesen Wunsch erfüllt«, fragte sie sanft.

»Ja, zu spät. Wie so vieles andere auch.« Er räusperte sich und ging einen Schritt vor, doch Ivy griff nach seinem Arm und hielt ihn zurück.

»Du kannst sie nur sehr schwer loslassen?« Es war eher eine

Feststellung als eine Frage. Fast hätte Charles erwidert, dass Sophie gestern genau das Gleiche gesagt hatte, besann sich jedoch rechtzeitig. Wie hätte Ivy verstehen können, dass er Zwiegespräche mit seiner toten Frau hielt.

»Die Erinnerungen sind halt da«, erwiderte er ausweichend.

»Je schöner und voller die Erinnerung, desto schwerer ist die Trennung«, zitierte Ivy. »Das ist nicht von mir, sondern von einem deutschen Theologen«, gab sie rasch zu, errötete leicht und setzte sich wieder in Bewegung.

Oh Kapitän, mein Kapitän! Die grause Fahrt ist aus.
Walt Whitman, 1819 – 1892, Dichter

Dritte Sühne
Royal Blue Cliff Yacht Club Falmouth

19. August 2020
5:30 Truro/Redannick Crest

Wirre Träume, in denen sowohl Sophie als auch Ivy aufgetaucht waren, hatten Charles Pantel immer wieder aus dem Schlaf gerissen. Er schaute übermüdet auf seinen Wecker – halb sechs. Trotz der unchristlichen Zeit entschied er sich, aufzustehen. Ein ungeduldiges Klacken auf dem Parkett im Flur verriet ihm, dass sein vierbeiniger Mitbewohner ebenfalls wach war. Er öffnete die Schlafzimmertür und der putzmuntere Labrador sprang freudig an ihm hoch.

»Ist ja gut, mein Junge«, begrüßte er Cosmo freundlich. »Gleich geht es los. Ich brauche nur eine Minute.«

Nach einem ausgedehnten Spaziergang durch den nahe gelegenen Park, bereitete Pantel für sich und den Hund das Frühstück. Danach verschwand er im Bad, zog sich an und machte sich mit Cosmo auf den Weg ins Büro.

Was er nicht wusste war, dass dieser Tag der schwärzeste seiner gesamten Laufbahn werden sollte.

Zur gleichen Zeit Truro/Carlien Road

Loretta Dee fuhr sich mit dem Puderpinsel energisch über das Gesicht, die bläulichen Schatten unter ihren Augen wollten jedoch nicht verschwinden. Eine unsagbare Wut hatte sie die ganze Nacht wachgehalten. Doch schließlich hatte ihr angeborener Pragmatismus gesiegt und sie einen Plan entwickeln lassen. Sie verspürte Vorfreude. Heute würde sie endlich das beenden können, worauf sie so lange hingearbeitet hatte. Und dieser unfähige Chief Inspector hatte ihr dabei sogar eine Steilvorlage geliefert.

Zufrieden mit sich und ihrem Plan warf sie einen letzten, prüfenden Blick in den Badezimmerspiegel.

Zur gleichen Zeit Camborn/Forensics Quater

Hector Brown beugte sich über die Schulter des fähigsten Hackers von ganz Cornwall, Constable Kevin Jones, und starrte gebannt auf den Computerbildschirm. Er hatte als Forensiker schon eine Menge von Andersartigkeiten erlebt, aber das, was sich dort auf dem Monitor abspielte, war selbst für ihn harter Tobak.

Benjamin Champbell, festgekettet auf einer Pritsche vor einer aus groben Steinen gemauerten Wand, wurde von zwei Frauen mit Masken und in schwarzen Lackumhängen, die die unterschiedlichsten Gegenstände in jede seiner Körperöffnungen schoben, grausam misshandelt. Doch das Gesicht des gequälten Mannes zeigte, wie zu erwarten gewesen wäre, keinen Schmerz, sondern pure Wollust.

»Manche Typen sind ja echt schräg drauf, Sir.«

»Sie sagen es, Jones. Und das auch noch zu filmen, um es sich später als Erinnerung erneut anzusehen – Respekt.« Brown fuhr sich mit der Hand durch die tizianroten Locken.

»Falsch«, erwiderte der junge Mann forsch. »Dieser Film ist Campbell per E-Mail zugesandt worden. Leider konnte ich nur noch Fragmente der Mail finden.« Er fuhr über die Tastatur und eine zerstückelte Nachricht erschien auf dem Monitor. Brown beugte sich erneut vor. Es waren lediglich vier Bruchstücke, die der Hacker hatte retten können: Morg …, … 0000 £, Schw..n, Rei…all.

»Erpressung?«

»Würde ich auch sagen, Sir.«

»Von wann ist das Mail?«

»Tut mir leid, alle anderen Informationen sind zerstört.«

»Schauen Sie, ob Champbell sonst noch etwas auf seiner Festplatte versteckt oder nicht hundertprozentig gelöscht hatte. Vielleicht tauchen bekannte Gesichter oder Namen auf.«

Zur gleichen Zeit Truro/Tresaway Drive

Ivy stand auf dem schmalen Balkon ihrer kleinen Wohnung und betrachtete, eine Tasse dampfenden Kaffees in den Händen, die heraufziehende Dämmerung. Sie hatte sich gestern die Akte zu dem Segelunfall der Familie Dee besorgt und mit nach Hause genommen. Abschließend war der Fall nie ganz geklärt worden. Da die letzte Erinnerung der einzigen überlebenden Zeugin, Loretta Dee, sich auf das Auslaufen aus dem Hafen beschränkte, gingen die Behörden von einem Unglück aus; verursacht durch einen plötzlich einsetzenden Sturm. Allerdings wies der Gutachter darauf hin, dass Ernest Dee ein sehr erfahrener Segler war und die Sturmwarnung unmöglich übersehen haben konnte.

Ivy hatte die halbe Nacht über das Gelesene gegrübelt. Was, wenn sich Loretta wieder daran erinnerte, wie verzweifelt ihr Vater an dem unglückseligen Tag gewesen war. Vielleicht hatte er der Familie an Bord die desaströse finanzielle Lage geschildert; darüber gesprochen, dass er sich und seiner Familie die Schmach und die Folgen seiner totalen Überschuldung ersparen wollte; den von ihm geplanten, gemeinsamen Selbstmord erläutert.

Ivy musste herausfinden, ob vielleicht Champbell die Gläubigerbank gewesen war. Und war Harrogate beruflich nicht als Investmentbanker unterwegs gewesen? Vielleicht hatte er Dee den verheerenden Tipp für eine todsichere Geldanlage gegeben. Und plötzlich ist Loretta all das nach so langer Zeit wieder bewusst geworden. Dann …

Ivy schüttelte den Kopf. Erst musste sie alle Fakten kennen. Nur sollten ihre Vermutungen stimmen, dann hätte Loretta ein erstklassiges Motiv.

6:30 Truro/Polizeirevier

Pantel betrat das Revier. Der wachhabende Officer, ein noch sehr junger Kollege namens Jimmy Pluckwell, begrüßte ihn überrascht.

»Sie sind aber früh dran, Sir!«

»Gibt auch viel zu tun, Pluckwell. Und Sie? Haben Sie nicht gleich Schichtwechsel?«

Der Beamte schaut auf die Uhr und grinste. »Noch 'ne halbe Stunde, Sir. Und dann geht's ab in die Heia.«

»Ist schon jemand oben?«

»Nein, hab' noch keinen gesehen.«

»Na dann schönen Feierabend!«

In seinem Büro angekommen legte er Cosmo ab und ging in die Kaffeeküche. Natürlich war noch kein Kaffee da. Also befüllte Pantel die Maschine und wartete geduldig, bis das aromatische Gebräu in die Glaskanne durchgelaufen war. Er füllte seine Tasse, gab einen Schuss Milch hinzu und kehrte an seinen Schreibtisch zurück.

Lustlos nahm er die Ermittlungsfotos erneut zur Hand und fächerte sie auf. Er erinnerte sich an das Gespräch mit Ivy. Erfolgreiche Hobbysportler. Aber weshalb sollte jemand einen Menschen umbringen, der nichts anderes tat als Sport zu treiben und ab und an einen Sieg zu erringen? Falls allerdings noch eine Leiche auftauchen sollte, was hoffentlich nicht geschah, die ebenfalls in die Kategorie ›Sportler‹ passte, sollten sie auch in diese Richtung ermitteln.

Das Telefon klingelte und die tickende Bombe erschien auf dem Display.

»Der hat mir gerade noch gefehlt«, zischte Pantel das Gerät an. Widerstrebend nahm er ab.

»Ah, der frühe Vogel fängt den Wurm«, polterte es durch die Leitung. »Gut zu wissen, dass sich wenigstens einer um die Fälle kümmert. Habe den Eindruck, dass Truro sich auf den Winterschlaf vorbereitet«, ätzte der Superintendent durch das Telefon. »Was können Sie mir berichten, Pantel?«

»Leider nicht viel mehr als gestern Nachmittag, Sir.«

»Müssen sich wohl zu viel um Ihren Hund kümmern, he? Haben keine Zeit mehr für die Ermittlungen?«

»Aber, …«, versuchte Pantel zu erklären, wurde jedoch sofort harsch unterbrochen.

»Der Köter muss verschwinden! Und Sie werden ebenfalls verschwinden, wenn Sie mir nicht bald von einem Erfolg berichten können. Haben Sie mich verstanden, Pantel?«

»Ja, Sir.«

»Achtundvierzig Stunden gebe ich Ihnen noch. Danach wird PI Dee die Ermittlungen übernehmen!« Der Super knallte den Hörer auf und Pantel starrte einen Moment das Telefon an.

Daher wehte also der Wind! Dee hatte bei seinem Vorgesetzten Stimmung gegen ihn gemacht.

Diese verdammte Hexe! knurrte er innerlich. Gleichzeitig ärgerte er sich über sich selbst, dass er Dee die Waffe höchstpersönlich in die Hand gedrückt hatte. Warum, verdammt, hatte er Thomson nicht über den Hund informiert.

Das Telefon klingelte erneut. Dieses Mal war es die Forensik aus Camborn.

»Morgen, Chief!«, dröhnte die tiefe Stimme Browns. »Wusste doch, dass Sie schon im Büro sind.«

»Guten Morgen, Brown.«

»Wir haben einen Teil von Campbells Festplatte knacken können. Dabei haben wir etwas Hochinteressantes entdeckt. Campbell wurde mit einem Hardcorevideo, bei dem er den Hauptdarsteller mimte, erpresst. Schicke Ihnen gleich alles zu.«

»Wer ist der Erpresser?« Wie immer, wenn außergewöhnliche Neuigkeiten auftauchten, kamen Pantels Veilchenpastillen zum Einsatz.

»Das wissen wir leider nicht. Auch nicht, wann Campbell erpresst wurde. Das Mail, mit dem der Film an ihn gesandt wurde, existiert nur noch aus vier Wortteilen. Wir haben uns zusammengereimt, dass es die Worte ʼMorgen, ein mindestens fünfstelliger £-Betrag, Schwein und Reitstallʼ sind. Aber es muss schon einige Zeit zurückliegen, meinte Jones, ansonsten wäre mehr Inhalt vorhanden. Wie gesagt, Chief, Sie haben es gleich auf Ihrem Rechner.«

»Und wieder ein Puzzleteil mehr, von dem keiner weiß, wo es genau hinpasst«, seufzte Pantel trübsinnig.

»Kann es sein, Chief, dass Sie heute schon Kontakt mit Thomson hatten?«

»Bitte?« Pantel war perplex. »Woher wissen Sie das denn?«

»Chief«, brummte der Forensiker gutmütig. »Die Sache mit der Dee gestern. Wir haben hier vor Lachen kaum noch Luft gekriegt! Aber mal unter uns, warum haben Sie dem Alten nichts von dem Hund erzählt?«

»Das frage ich mich allerdings auch.«

»Ein Tipp: Da muss noch irgendetwas anderes im Busch sein. ʼNennen-Sie-mich-doch-Lorettaʼ scheint zum finalen Schlag gegen Sie auszuholen. Wir sind hier zwar weitab vom Schuss, trotzdem funktioniert der Flurfunk.«

»Danke, Brown, das kann ich jetzt wirklich gut gebrauchen«, erwiderte der Chief Inspector matt.

»Da nicht für!«, lachte der Kollege laut auf. »Und Chief, wir stehen geschlossen hinter Ihnen.« Dann war die Leitung tot.

»So eine verdammte …!«

»… Bitch!« Patricia Jenkins stand grinsend in der Tür. »Ich wundere mich über das perfekte Kommunikationsnetzwerk hier in Truro. Die Kollegen haben mich bereits ins Bild gesetzt.« Sie trat an den Schreibtisch. »Sie sind alle äußerst beunruhigt, Sir.«

»Warum bin ich heute überhaupt aufgestanden? Ich hätte mich krankmelden sollen.«

»Was hat die PI denn gegen Sie?«

Pantel bat die Beamtin mit einer Handbewegung sich zu setzten. »Wahrscheinlich träumt sie davon, den Laden hier selbst zu übernehmen.«

»Das hatten wir damals bei Smith fälschlicherweise ebenfalls vermutet!«, gab die Frau zu bedenken. »In Wirklichkeit wollte er aber …«

»PI Dee hat nichts mit den aktuellen Morden zu tun«, wies er Jenkins schroff zurecht.

»Gut, wenn Sie das sagen, Sir.« Sie reichte Pantel einen Kartenausschnitt der Umgebung von Killivose. »Ich habe mit den vier Autofahrern gesprochen. Nur einer ist den betreffenden Stichweg gefahren. Auf der Hinfahrt ist ihm nichts aufgefallen, als er jedoch gegen Viertel vor elf zurückfuhr, sah er eine Frau in einem langen, schwarzen Mantel auf den Waldrand zulaufen, und zwar genau hier.« Sie wies mit dem Finger auf eine Stelle, die keine zwanzig Meter von der Lichtung, auf der Glinda Twinrose' Haus stand, entfernt war.

»Das sind zweieinhalb Stunden nach der Tat!« Pantel fixierte die Karte. »Wenn es unsere Täterin war, was hatte sie dort gesucht?«

Jenkins zuckte mit den Schultern. »Da ich nicht an einen Zufall glaube, Sir, kommen für mich nur zwei Möglichkeiten in Betracht. Erstens: Glinda Twinrose ist die gesuchte Frau.«

»Ivy und Bloombottem haben genau zu dieser Zeit die Twinrose befragt«, wandte der Chief Inspector ein.

»Ok. Die zweite Möglichkeit ist, dass unsere Täterin Glinda am Tatort bemerkt hatte. Sie ging zu ihr, um herauszufinden, was

Glinda weiß. Dann könnte es allerdings sein, dass wir es jetzt mit einer dritten Leiche zu tun haben.«

Mit einem Ruck setzte sich Pantel grade auf. »Es gibt noch eine dritte Möglichkeit, Sergeant – Glinda hilft der Täterin. – Verdammt, Ivy ist auf dem Weg zu ihr.«

Er griff nach seinem Smartphone. Seine Finger flogen über das Display. Ungeduldig wartete er auf das Freizeichen.

7:30 Killivose/Little Witch Forest

Ivy parkte in einer der Haltebuchten, die von der Forensik untersucht worden waren. »Dann wollen wir mal«, sagte sie munter und sah Brat Taylor an, der gerade das letzte Stück seines Croissants in den Mund schob. Sie hatte ihn heute Morgen gebeten, sie hierher zu begleiten. Sie wollte auf keinen Fall Glinda Twinrose allein gegenübertreten und erneut in den Genuss von Wahrsagerei kommen. Mit hochgezogenen Augenbrauen bemerkte Ivy die Krümel auf der Matte zwischen den Füßen des jungen Constable. Er folgte ihrem Blick und fuhr sich verlegen durch seinen neongelben Pony.

»Sorry, Ivy, mache ich nachher wieder weg.«

»Dann ist ja gut«, entgegnete sie und stieg aus. Sie nahm eine Karte von Killivose und Umgebung zur Hand. »Wenn wir ein Stück den Grasweg laufen, dann diese Wiese hier diagonal überqueren und durch das Stückchen Wald gehen, müssten wir in Höhe der Lichtung herauskommen, auf der Glinda lebt.«

Zehn Minuten später hatten sie den Waldrand erreicht. Sie betraten den Hain und konnten zwischen den uralten Buchen hindurch die weißen Quadrate des Fachwerkhauses leuchten sehen. Im selben Moment klingelte Ivys Telefon. Sie fingerte es aus ihrer Jackentasche und nahm den Anruf an.

»Guten Morgen.« … »Wir sind gleich da.« … »PC Taylor. Ich habe ihn gefragt, ob er mich begleitet.« Taylor konnte beobachten, wie Ivy dem Anrufer aufmerksam lauschte und ihre Miene sich verfinsterte. »Ich verstehe.« … »Nein, Charles, wir werden vorsichtig sein.« … »Gut, dann ruf du mich in einer Viertelstunde an.«

Nachdenklich beendete sie das Gespräch.

»Was ist?«

»Wir müssen aufpassen. Ein Zeuge hat zweieinhalb Stunden nach dem Angriff auf Champbell eine schwarz vermummte Frau hier am Waldrand gesehen. Entweder, so der Chief, wollte die Frau die einzige Zeugin der Tat einschüchtern eventuell sogar beseitigen, oder Glinda Twinrose hängt in dem Fall mit drin.«

»Schöne Scheiße!«, entfuhr es dem Constable. »Das heißt, wir sind entweder auf dem Weg zu einer Leiche oder einer Mittäterin.«

»Sieht ganz so aus. Der Chief ruft in einer Viertelstunde an. Sollten wir uns nicht melden, schickt er die Kavallerie.«

Zögernd betraten die beiden Beamten die stille Lichtung. Die Haustür stand weit offen. Davor, auf den sonnenbeschienenen Stufen, döste der schwarze Kater. Auf dem Tisch türmten sich, genau wie zwei Tage zuvor, Körbe mit Früchten. Plötzlich schoss der Kopf der Katze nach oben. Ihre gelben Augen starrten die beiden Neuankömmlinge über die Lichtung hinweg böse an.

»Was ist denn, Joris«, erklang eine Frauenstimme und ein rothaariger Schopf lugte hinter den Obstkörben hervor. Glinda schirmte mit der Hand ihre Augen gegen das Sonnenlicht ab. Dann legte sich ein Lächeln auf ihr Gesicht, und sie winkte die beiden Menschen am Rand der Lichtung zu sich.

Langsam näherten sich Ivy und Taylor dem Haus.

»Na, wie 'ne Leiche sieht sie nicht aus«, flüsterte Taylor Ivy aus dem Mundwinkel zu. »Dann bleibt ja nur noch die Mittäterin.«

»Dass du nichts zu trinken oder essen annimmst, verstanden?«, wisperte Ivy zurück.

Glinda Twinrose hatte sich von der Bank erhoben und ging den beiden Polizisten ein Stück entgegen.

»Ivy, Herzchen, das ist ja eine nette Überraschung. Und dann haben Sie auch noch einen Kollegen mitgebracht. Übrigens nette Frisur. Gefällt mir, mein Lieber.«

Verwirrt schob Taylor seinen Pony nach hinten und beäugte die Frau in dem langen, grasgrünen Leinenkleid misstrauisch.

»Kommen Sie. Ich habe frischen Apfelsaft gemacht und die Ingwerkekse kommen gerade aus dem Ofen. Setzen Sie sich doch. Ich hole nur die Gläser.«

»Glinda, wir wollen nicht lange stören. Wir haben nur ein paar Fragen an Sie und müssen dann gleich wieder zurück nach Truro.«

»Ach Liebes, so viel zu tun. Aber setzen können Sie sich für einen Moment, nicht wahr?« Glinda wartete, bis sich der Besuch auf der Bank niedergelassen hatte und setzte sich ihnen gegenüber in einen grob gefertigten Holzsessel. »Was kann ich denn für Sie tun?«

»Nun, wir haben im Rahmen unserer Ermittlungen herausgefunden, dass Sie früher als Lehrerin tätig waren und dann, mehr oder weniger von einem Tag auf den anderen, Ihr Leben dramatisch veränderten. Können Sie uns sagen, was dafür der Auslöser war?«

Glinda musterte prüfend Ivys Gesicht. »Ich weiß zwar nicht, was das mit Ihren Ermittlungen zu tun hat, trotzdem werde ich es Ihnen erzählen. Es war der plötzliche Tod eines lieben Menschen, und mir wurde mit einem Mal bewusst, dass das Leben viel zu kostbar ist, um es im gesellschaftlichen Hamsterrad zu vergeuden.«

»War es jemand aus ihrer Familie?«

»Ich habe keine Familie. Es war eine gute Freundin, aber das ist schon viele Jahre her. Warum wollen Sie das wissen.«

»Bei unseren Recherchen stoßen wir immer mal wieder auf ...« Ivys Telefon klingelte. »Entschuldigen Sie, mein Chef. Das Gespräch muss ich annehmen.« Ivy erhob sich und entfernte sich von der Terrasse.

»Alles gut bei euch?«, fragte Charles besorgt.

»Bis jetzt ja«, antwortete Ivy mit gesenkter Stimme. »Sie lebt zumindest.«

»Gut. Treibt sich dort noch irgendwer herum?«

»Mir ist niemand aufgefallen. Jemand könnte sich natürlich im Haus aufhalten.«

»Darum müssen wir vorsichtig sein. Ich werde euch beide jetzt sofort da rausholen. Stell mich auf Lautsprecher und sag ihr, dass ich sie sprechen möchte.«

Ivy ging rasch zurück auf die Terrasse und stellte ihr Mobiltelefon laut.

»Glinda, mein Chef, DCI Pantel, möchte mit Ihnen sprechen. Ein Zeuge hat nämlich ausgesagt, dass eine schwarz verhüllte Frau am Samstagvormittag, kurz nachdem Sergeant Bloombottem und ich sie verlassen hatten, in der Nähe der Lichtung war.«

Glindas Augen flatterten nur für den Bruchteil einer Sekunde, doch Ivy hatte das Zeichen der Unsicherheit bemerkt. Die Frau lehnte sich vor und sprach in das auf dem Tisch liegende Telefon. »Guten Morgen, Chief Inspector.«

»Guten Morgen, Mrs Twinrose. Meine Frage an Sie ist, ob Sie die Frau bemerkt haben?«

»Ja. Sie stand regungslos am Rand der Lichtung und beobachtete mich. Nach ungefähr fünf Minuten verschwand sie wieder.«

»War es die Frau, die Sie im Hohlweg gesehen haben?«, tönte die blecherne Stimme von Pantel aus dem Gerät.

»Ja, eindeutig. Die Peitsche hatte sie noch in der Hand.«

»Sie hat nicht mit Ihnen gesprochen oder Sie bedroht?«

»Nein. Sie hat mich nur angestarrt. Es war schon ziemlich merkwürdig.«

»Konnten Sie ihr Gesicht sehen?«

»Nein. Es war bis auf die Augenpartie verhüllt.«

»Ist Ihnen an ihr sonst noch etwas aufgefallen?«

»Nein. Oder doch. Sie war relativ klein, vielleicht eins sechzig. Alles andere wurde durch den Schal und den Mantel verdeckt.«

»Danke, Mrs Twinrose. DC Clarkes, ich möchte auch noch kurz mit Ihnen sprechen.«

Ivy nahm das Telefon auf. »Gern, Sir. Wir sind hier sowieso fertig. Wir verabschieden uns nur und dann rufe ich Sie sofort zurück.«

Etwa in der Mitte der Lichtung zog Ivy ihr Handy demonstrativ aus der Tasche, wählte Pantels Nummer und wartete auf das Freizeichen.

»Der Chief ist ja ganz schön clever«, flüsterte Brat Taylor.

»Ist dir das jetzt erst aufgefallen?«, gab Ivy schmunzelnd zurück. »Ah, Chief, wir sind jetzt auf dem Weg zurück zum Auto.«

»Gut. Ist dir bei der Befragung von Glinda irgendetwas an ihr aufgefallen?«

»Nein. Sie wirkte ganz entspannt. Nur, als ich das Telefon auf laut gestellt hatte, da zeigte sie einen winzigen Moment Unsicherheit.«

»Fahrt doch noch einmal zum Reitstall und erkundigt euch, ob irgendwer Glinda in Begleitung einer unbekannten Frau gesehen hat.«

»Alles klar. Machen wir.«

Pantel legte nachdenklich den Hörer auf.

»Was halten Sie davon?«, fragte er Patricia Jenkins, die die Telefonate über Lautsprecher mitgehört hatte.

»Klang durchaus glaubwürdig. Nur eine Sache stört mich: Warum hat sie uns über den Vorfall nicht unterrichtet?«

14:00 Truro/Polizeirevier

Die Stimmung im Besprechungsraum war gedämpft. Selbst Tajo Malmack hatte auf seine Kopfhörer verzichtet und saß ungewöhnlich ruhig auf dem Platz neben Ivy. Pantel konnte es seinen Kollegen nicht verdenken, schließlich hatten die intensiven Recherchen einen Berg an neuen Fakten und Informationen geliefert, aber die Ermittlungsansätze schienen jedes Mal in Sackgassen zu laufen.

Auch die Vermutung, dass Campbell mit dem Sex-Video erpresst worden war, führte lediglich zu dem Rückschluss, dass ein Erpresser sicherlich nicht seine Cash-Kuh töten würde. Außer man ginge davon aus, dass Campbells Tod die unglückliche Folge eines Einschüchterungsversuches war. Doch dann blieb immer noch die Frage, wie das erste Opfer, Luke Harrogate, damit in Zusammenhang gebracht werden konnte.

Henry Bloombottems Befragung von Campbells Kollegen war ebenfalls ergebnislos verlaufen. Die einhellige Meinung war, dass Campbell sich stets höflich und verständnisvoll gezeigt hatte, jedoch immer mit unüberbrückbarer Distanz. Niemand hatte eine engere Bindung zu ihm aufbauen können.

Erst Ivys Bericht zur Befragung von Glinda Twinrose ließ ein Stück Zuversicht aufkeimen, dass sich ein neuer Ermittlungsansatz auftun könne. Doch die Tatsache, dass niemand vom Reitstall sie je mit einer Begleitung gesehen hatte, dämpfte den Hoffnungsschimmer erneut. Trotzdem waren sich alle einig, dass man sich mit der »Waldhexe« noch intensiver befassen sollte.

Ajith Gupta war immer noch dabei, die Besitzer der eingeloggten Mobiltelefone zu überprüfen. Die, die er bisher durchleuchtet hatte, gaben keinen Anlass für einen Verdachtsmoment.

Schließlich sprach Pantel über die Möglichkeit, dass es die Täterin auf erfolgreiche Hobby-Sportler abgesehen haben könnte und das Ganze sich zu einer Mordserie entwickelte. Nun kam endlich Leben in die Anwesenden, jedoch nicht, weil sich hier eventuell eine neue Spur auftat, sondern sich keiner der Beamten eine solche Entwicklung wünschte.

Pantel wollte gerade die wenigen, neuen Rechercheaufgaben verteilen, als die Tür aufflog und ein sichtlich atemloser PC Sutton hereinstürmte.

»Chief, Thomson ist in der Leitung und will Sie sofort sprechen. Er hat so laut gebrüllt, dass mir jetzt noch die Ohren klingeln.«

»Legen Sie mir das Gespräch in mein Büro, Sutton.« Und zu den anderen im Raum gewandt ergänzte Pantel mit einem schiefen Grinsen: »Und Sie drücken jetzt alle mal schön die Daumen – wofür auch immer.«

Blass vor Zorn und mühsam beherrscht kehrte Charles Pantel eine Viertelstunde später zurück in den Besprechungsraum, blieb jedoch im Türrahmen stehen.

»Ivy, du kommst sofort mit in mein Büro!«

Die junge Frau blickte erschrocken zu Bloombottem, doch dieser zuckte nur ratlos mit den Schultern.

»Und alle anderen machen sich an die Arbeit. Die Berichte liegen um fünf auf meinem Schreibtisch. Bloombottem, du verteilst die anstehenden Aufgaben.«

Die Beamten erhoben sich. Sie hatten den Chief schon wütend erlebt, aber dieses Mal hatte seine Wut eine ganz neue Qualität. Mitleidig beobachteten sie Ivy, wie sie langsam aufstand und zögerlich auf Pantel zuging. Dieser hatte sich bereits umgewandt, verschwand im Flur und überließ es Ivy, ihm zu folgen.

Als Ivy in den Flur trat, sah sie gerade noch, wie die Tür zu Pantels Büro zuschlug. Fieberhaft überlegte sie, was sie falsch gemacht haben könnte. Sie spürte, wie sich Schweißtropfen auf ihrer Stirn bildeten. Ihre Hand zitterte leicht, als sie kurz an die Tür klopfte und dann die Klinke herunterdrückte.

Der Labrador sprang ihr freudig entgegen.

»Cosmo, hier, aber sofort!«, wies Pantel, der bereits an seinem Tisch Platz genommen hatte, den Hund harsch zurecht. Der Labrador schaute überrascht zu seinem Herrchen, dann wanderte sein Blick zu Ivy und wieder zurück zu Pantel. Demonstrativ blieb er an der Seite der jungen Frau, als wüsste er, dass sie in diesem Moment seine Unterstützung benötigte.

»Verflixter Köter«, stieß der Chief Inspector ärgerlich aus, um dann noch ärgerlicher Ivy anzufahren: »Setz dich, Clarks.«

Ivy hatte Pantel schon häufig wütend gesehen, aber nie hatte er diese Wut gegen sie gerichtet. Verstört ließ sie sich auf der Kante eines der Besucherstühle nieder, den Hund immer noch fest an ihrer Seite. Ivy wollte etwas sagen, doch der erzürnte Blick aus den fast schwarzen Augen Pantels ließ sie innehalten.

»Was hast du dir eigentlich dabei gedacht, PI Dee so offensichtlich hinterher zu spionieren?« Mühsam unterdrückte der Chief das Bedürfnis sie anzuschreien.

»Ich habe …«, versuchte sie zaghaft, doch Pantel ließ sie nicht zu Wort kommen.

»Thomson kocht vor Wut, seit Loretta Dee ihn darüber informiert hat, dass du inoffizielle, interne Ermittlungen gegen sie durchführst.« Er konnte sehen, dass Ivy mit den Tränen kämpfte, und irgendetwas tat sich in seinem Herzen. Doch die Furcht davor, was Ivys gedankenloses Handeln ausgelöst haben könnte, wischte jegliches Mitgefühl mit der jungen Frau beiseite. »Was hast du gemacht, verdammt!«

»Ich …«, Ivy schluckte, räusperte sich und blickte ihn hilflos an. »Ich habe mir doch nur den Bericht zu dem Segelunfall der Familie Dee besorgt.«

»Du hast was?! Sag mal, wie einfältig bist du eigentlich. Ich habe dich mehrfach vor dieser Frau gewarnt.« Pantels Stimme überschlug sich fast. »Sie hat überall ihre Informanten. Du besorgst dir ihren Bericht und zwei Minuten später weiß sie davon! Weißt du, was das für dich bedeutet – du kannst nächstens Streife auf den Skilly Islands laufen.«

»Ich wollte mit dir nach der Teamsitzung über den Bericht sprechen«, warf Ivy matt ein.

»Tja, schlechtes Timing«, erwiderte er sarkastisch, atmete tief ein und aus. Dann lehnte er sich etwas vor. »Ivy, das ist eine verdammt ernste Angelegenheit. Da ich nicht genau wusste, um was es geht, habe ich Thomson gebeten mir Zeit zu geben, um mich zu informieren. Er hat gedroht, wenn ich diese Geschichte mit der Dee nicht klären könne, dann würde er mich versetzen lassen und dir wieder eine Uniform anziehen.«

Ivy senkte den Kopf und streichelte verlegen Cosmo, der seinen Kopf auf ihr Knie gelegt hatte.

»Ivy, du hast Loretta Dee mit deinem Handeln eine prima Vorlage geben, um dich als auch mich loszuwerden. Und ich habe im Moment keine Idee, wie wir das wieder geradebiegen können. Hat der Bericht denn irgendwelche Erkenntnisse für unsere Fälle gebracht?«

»Ich weiß es nicht genau. Das Unglück wurde als Unfall eingestuft, obwohl der Gutachter daran Zweifel hatte, dass ein so erfahrener Segler wie Lorettas Vater eine Sturmwarnung übersehen konnte. Ernest Dee war finanziell am Ende. Vielleicht hatte er einen erweiterten Selbstmord geplant? Man müsste herausfinden, was genau zu dem Bankrott führte. Vielleicht hatten Campbells Bank und der Investmentberater Harrogate ja ihre Finger mit im Spiel. Loretta hatte, laut Bericht, keinerlei Erinnerung mehr an das Unglück. Vielleicht sind die Erinnerungen aber jetzt zurückgekehrt und sie will sich an den Verantwortlichen für die Tragödie rächen.«

Pantel sah Ivy zweifelnd an. »Du hast dreimal das Wort ›vielleicht‹ benutzt. Ein wenig zu oft für meinen Geschmack. Tatsache ist, dass eine Familie bei einem Sturm gekentert und ertrunken ist. Alles andere, das du erzählt hast, sind reine Vermutungen ohne jegliche faktische Grundlage.«

»Ich könnte doch wenigstens in Harrogates Unterlagen nachschauen, ob er mit Ernest Dee Geschäfte gemacht hatte. Wir haben doch alles hier und niemand würde es merken.«

»Ivy, hast du es nicht verstanden? Im Augenblick ist unser größtes Problem, dass Loretta Dee es fast geschafft hat, uns aus Truro zu vertreiben. Unsere Jobs hier hängen am seidenen Faden und wir müssen uns überlegen, wie wir der Dee den Wind aus den Segeln nehmen und Thomson beruhigen können.«

Ivy senkte erneut den Kopf, um ihn Sekunden später energisch zu heben. »Ich werde mit der PI reden.«

Pantel lachte freudlos auf. »Sie wird dich in der Luft zerreißen, bevor du *Guten Tag* gesagt hast. Was willst du ihr erzählen?«

»Die Wahrheit.«

»Die da wäre?«

»Dass mir Edith Growe von Lorettas Tragödie berichtet hätte, ich einfach nur neugierig war und, dass es mir leidtäte, ihre Privatsphäre verletzt zu haben.«

»Was hat Edith denn damit zu tun?«

»Am Sonntag traf ich Edith in der Kaffeeküche. Sie kam von sich aus auf Loretta zu sprechen. Sie meinte, dass Loretta so hart und unbarmherzig sei, läge daran, dass sie mit fünfundzwanzig nicht nur ihre ganze Familie verloren hatte, sondern auch die Schulden des Vaters übernehmen musste.«

»Das wusste ich nicht.«

»Das weiß niemand.«

»Außer Edith!?«

»Bitte Charles, lass mich es versuchen.«

Charles nahm eine Veilchenpastille, lehnte sich zurück und hob das Gesicht zur Decke. So verharrte er einen Moment. Schließlich sah er Ivy an. »Also gut. Aber unterschätze nicht noch einmal die Bösartigkeit dieser Frau.«

»Ja, Chief. Und Danke!«

Ivy stieg langsam die Treppe hinunter ins Erdgeschoss. Lorettas Dienstzimmer lag am anderen Ende des Großraumbüros der Schutzpolizei. Sie spürte die Blicke der Kollegen, als sie mit festem Schritt auf die Glastür zu Dees Refugium zuging.

PC Drexler stieß seinen Partner Bonnell in die Rippen und nickte in Richtung Ivy, die zögernd an die Tür klopfte und dann aus dem Blickfeld der beiden Constables verschwand.

»Showdown«, flüsterte er grinsend. »Kannst schon mal die zehn Pfund rausholen.«

»Abwarten, Clyde, es ist noch nicht November«, gab Bonny entspannt zurück.

Zwanzig Minuten später tauchte Ivy wieder auf. Ein wenig zerzaust, wie Clyde fand, aber sichtlich erleichtert.

»Na, Kumpel, habe ich doch gesagt. Das Mädchen ist gut.« Zufrieden lehnte Bonnell sich zurück.

Ivy hatte es geschafft. Sie konnte es selbst kaum glauben. Anfangs war Loretta Dee wütend auf sie losgegangen, wollte sie sogar aus dem Büro werfen. Aber irgendwann, Ivy wusste nicht, was der genaue Auslöser dafür gewesen war, hatte Loretta ihr die Geschichte von Neugier und Mitgefühl abgenommen. Sicherlich würden sie nie beste Freundinnen werden, jedoch die Lösung, die die beiden gefunden hatten, konnte durchaus als eine Art Nichtangriffspakt bezeichnet werden. Loretta hatte sogar versprochen, sich mit Thomson in Verbindung zu setzten und ihm die Angelegenheit als geklärt zu präsentieren. Trotz allem würde Ivy die Klientendaten von Luke Harrogate durchsehen. Natürlich geheim – selbst ihren Chef würde sie darüber nicht informieren. An die Daten der Champbell Bank zu gelangen, war allerdings eine ganz andere Sache. Doch da würde ihr schon etwas einfallen.

Als sie Pantel von dem Erfolg des Gesprächs berichtete, wollte er natürlich wissen, wie sie das hinbekommen hatte. Doch Ivy lächelte nur und schwieg. Hätte ihr jemand gesagt, dass sie drei Stunden später keinen Gedanken mehr an das Problem *Loretta Dee* verschwenden würde, hätte sie demjenigen einen Vogel gezeigt.

Der Anruf der Polizeistation in Falmouth, die Truro um Unterstützung bat, traf genau in dem Moment im Revier ein, als Ivy ihre Sachen packte und nach Hause fahren wollte.

17:00 Falmouth/Royal Blue Cliff Yacht Club

John Hall schlenderte den Steg entlang. Zu seinen Aufgaben gehörte es unter anderem, hin und wieder die sichere Vertäuung der im Hafen liegenden Yachten zu überprüfen. Natürlich achteten die Clubmitglieder selbst darauf, dass ihren kostspieligen

Schätzchen nichts passierte, aber wenn ein Bootseigner längere Zeit nicht den Club besucht hatte, konnte es schon geschehen, dass die Festmacher oder Persennings sich lockerten oder verrutschten.

Am Steg selbst erschien Hall alles in Ordnung zu sein. Er stieg in das Club-Dingi, warf den Motor an und fuhr hinaus zu den Booten, die an Mooring-Bojen in den Carrick Roads lagen. Verwundert stellte er fest, dass die *Pretty Swallow*, die normalerweise einen Liegeplatz am Steg hatte, an einer der Bojen lag. Hatte Petterson-Trump, der Eigner, nicht gesagt, dass er letzte Nacht zu einem Törn aufbrechen wollte? Hall kratzte sich am Kopf. Das Beiboot war an der Yacht vertäut. Also musste Petterson an Bord sein. Langsam ging Hall längsseits.

»Mr. Petterson-Trump!«, rief er über die Bordwand, doch nichts rührte sich. »Hallo, jemand an Bord«, versuchte er es erneut, doch es kam keine Antwort. Vorsichtig manövrierte er zum Heck des Schiffs. Die Badeplattform war heruntergelassen und ermöglichte ihm einen Blick ins Achtercockpit.

»Ach du Scheiße!« Entsetzt stieß er sich von der Yacht ab. »Sir, hallo, brauchen Sie Hilfe«, schrie er so laut, dass sich seine Stimme überschlug. Hektisch schaute Hall sich nach Hilfe um, aber auf dem Wasser war niemand außer ihm. Sachte legte er das Dingi erneut an, vertäute es und stieg über die herabgelassene Badeleiter ins Cockpit. Zögernd näherte er sich der gläsernen, weit offenstehenden Kabinentür, peinlich darauf achtend, nicht auf die Blutflecke, die über den Teakboden und die Innenverkleidung verteilt wie verschmierter, rotbrauner Korrosionsschutz erschienen, zu treten. Er streckte den Kopf vorsichtig in die Kabine. Auch hier überall getrocknetes Blut, ein umgeworfenes Glas, eine zerbrochene Ginflasche, auf den Boden geworfene Sofakissen und ein aus einem der Schapps gerissener Erste-Hilfe-Koffer, aber keine Spur von Petterson-Trump. Hall griff nach seinem Handy und wählte mit zitternden Fingern den Polizeinotruf.

Charles Pantel und Ivy Clarks standen auf dem Steg des Royal Blue Cliff Yacht Clubs und beobachteten, wie ein Boot der River Police eine große Segelyacht in den Hafen schleppte. An Bord der Yacht, ganz vorn am Bug, befand sich Hector Brown. Wie eine übergroße Galionsfigur hatte er mit der Hand die Augen abgeschirmt, und seine tizianroten Locken leuchteten Feuer gleich in der tief stehenden Sommersonne. Vorsichtig manövrierte das Polizeiboot das Segelschiff an den Liegeplatz und Brown sprang mit einer Behändigkeit von Bord, die Ivy ihm gar nicht zugetraut hätte.

»N'Abend Chief, Ivy. Sieht nicht gut aus für den, der sich auf der Yacht befunden hatte«, begrüßte er die beiden Polizisten mit einem Grinsen.

»Guten Abend, Brown.« Pantel schaute sich interessiert das Segelboot an und stieß einen anerkennenden Pfiff aus. »Eine Moody 47. Da muss man schon das nötige Kleingeld haben.«

»Wusste gar nicht, dass Sie sich mit Segelyachten auskennen, Chief.«

»Ich bin selbst mal gesegelt. Das ist aber schon verdammt lange her. Was haben wir?«

»Tja, der Kastellan von diesem Nobelverein hatte sich gewundert, dass das Boot draußen lag. Eigentlich wollte der Besitzer vergangene Nacht zu einem Törn aufbrechen. Also schipperte er rüber und fand das da.« Brown trat auf einen Ausleger und winkte Pantel und Ivy zu sich.

Ein Blick ins Cockpit genügte dem Chief Inspector, um ihm vor Augen zu führen, in welch einen grausamen Kampf das Opfer verwickelt gewesen sein musste.

»Gibt es eine Leiche?«

»Nein. Die Taucher sind noch draußen und suchen alles um die Boje herum ab. Aber da heute Vormittag Ebbe war …« Brown zuckte mit den Schultern.

»Wem gehört das Boot?«

»Da wenden Sie sich am besten an die Kollegen aus Falmouth. Die sind oben im Clubhaus und befragen den Kastellan.«

»Ist Ihnen sonst noch etwas aufgefallen?«

»Bin noch nicht so weit. Wollte lieber hier im Hafen die spurentechnischen Untersuchungen machen. Aber eine Sache ist schon interessant. In der Kabine gibt es nur ein benutztes Glas; ich schätze, dass Gin Tonic darin war. Das Opfer wird sich allerdings nicht selbst verprügelt haben. Also war der Täter wahrscheinlich kein eingeladener Gast. Wird eventuell mit einem kleinen Boot rausgefahren sein und hat dann das Opfer überfallen.«

»Darf ich einen Blick in die Kabine werfen?«

Brown rollte mit den Augen. Er hasste es, wenn jemand durch seinen Tatort lief. Doch dann nickte er. »Aber nur in voller Montur!«

Nachdem sich Pantel aus dem Schutzanzug geschält hatte, ging er gemeinsam mit Ivy zum Clubgebäude.

»Ich gebe Brown recht. Es sieht alles so aus, als hätte sich das Opfer einen Drink gemixt und wurde dabei vom Täter überrascht. Es gab einen Kampf und das Opfer ging tot oder lebend über Bord. Die Tide hat dann den Rest erledigt.«

Ivy sah ihren Chef an. »Es hat wieder einen Hobbysportler getroffen.«

»Ja, aber ich glaube nicht, dass das mit den anderen Fällen zu tun hat«, wandte Pantel ein. Ergänzend fügte er hinzu: »Unsere Täterin geht anders vor, raffinierter. Keinesfalls würde sie sich auf eine Schlägerei einlassen, wenn wir berücksichtigen, was wir über sie wissen.«

»Könnte das Opfer sich selbst so schwer verletzt haben?« Ivys Bauchgefühl wollte sich auf einen neuen Täter nicht so recht einlassen.

»Dafür gibt es keine Anhaltspunkte.«

Schweigend überquerten sie die begrünte Terrasse und betraten das im Jahr 1871 erbaute Gebäude aus grüngelbem Sandstein. Der Eingangsbereich wurde von einer langen Mahagonitheke dominiert. An den in Beige gestrichenen Wänden hingen Seestücke. Keine billigen Drucke, sondern hochwertige Ölgemälde, wie Pantel anerkennend feststellt. Alles war gepflegt und strahlte eine dezente Eleganz aus. Irgendwo im hinteren Teil des Gebäudes waren Männerstimmen zu hören. Pantel und Ivy folgten den Geräuschen und fanden sich in einem ballsaalähnlichen Raum wieder. Kristallleuchter konkurrierten mit Spiegeln in goldenen Rahmen und aufwendig drapierte, hellgelbe Brokatstores hoben sich sanft von bodentiefen, weiß gestrichenen Sprossenfenstern ab.

An einem runden Tisch saßen drei Männer; zwei uniformierte Polizisten und ein blonder Hüne mit Dreitagebart. Alle drei schauten hoch, als Ivy und Pantel den Raum betraten. Einer der Officer erhob sich und kam auf die Neuankömmlinge zu.

»Chief Inspector Pantel?«, fragte er höflich.

»Ja, und das ist DC Ivy Clarks. Guten Tag.«

»Guten Tag, Sir. Ich bin PS Keener.« Er wies mit der Hand zum Tisch. »PC Spring und Mr John Hall, der Kastellan.«

»Guten Tag, die Herren«, grüßte der Chief Inspector freundlich, zog Ivy und sich einen Stuhl an den Tisch und setzte sich. Er war sich seiner Rolle als Ranghöchster bewusst. Wenn er hier die Ermittlungen übernahm, musste er sofort klarstellen, wer den Hut aufhatte; obwohl ihm diese stoische Einhaltung der hierarchischen Vorgaben im Grunde seines Herzens zuwider war.

»Mr Hall, würden Sie mir bitte erzählen, was heute Nachmittag passiert ist.«

»Aber das habe ich doch schon den beiden hier gesagt.« Empörung blitzt in seinen wasserblauen Augen auf.

»Ich weiß, Mr Hall. Aber aus Erfahrung weiß ich, dass das Wiederholen der Aussage bei vielen Zeugen zu weiteren Erinnerungen führt. Und um diesen doch recht mysteriösen Fall zu klären, benötigen wir jedes Detail, und erscheint es noch so unwichtig.«

Mit einem widerwilligen Seufzer begann Hall seinen Bericht.

Er schilderte, dass er die Boote kontrolliert und überrascht festgestellt hatte, dass die *Pretty Swallow* immer noch an der Mooring-Boje lag. Dann beschrieb er den Schock, als er das viele Blut sah. Da er davon ausging, dass Henry Petterson-Trump Hilfe benötigte, hatte er die Kabine betreten, aber den Eigner nicht gefunden. Danach habe er die Polizei informiert.

»Wann haben Sie Mr Petterson das letzte Mal gesehen?«

»Gestern. Muss gegen vier gewesen sein. Er machte sein Boot fertig und erzählte mir, dass er um drei in der Nacht auslaufen würde.« Hall überlegte einen Moment. »Als ich um neun meine letzte Runde machte, sah ich ihn zur Boje fahren.«

»War er allein auf dem Schiff?« Ivy lehnte sich interessiert vor.

Überrascht schaute Hall zu der jungen Beamtin, als wäre ihm jetzt erst ihre Anwesenheit bewusst geworden.

»Ja, soweit ich das sehen konnte. War ja schon etwas dämmerig. Aber im Achtercockpit war bestimmt niemand außer ihm.«

»Haben Sie sonst noch jemanden auf dem Wasser gesehen?«

»Nee, war sehr still gestern Abend auf dem Fluss.«

»Wohnen Sie hier im Club?« Pantel übernahm wieder die Befragung.

»Ja, auf der Rückseite ist eine Wohnung.«

»Und Ihnen ist in der Nacht nichts aufgefallen – zum Beispiel laute Rufe?«

Hall überlegte erneut, dann schüttelte er den Kopf.

»Hatte Mr Petterson-Trump sonst noch mit jemandem gesprochen?«

»Weiß nicht, das heißt, gegen halb fünf kam so ein kleiner, fetter Typ und fragte nach dem Liegeplatz der *Pretty Swallow*. Ist aber 'ne Stunde später wieder verschwunden.«

Bei Pantel ploppte das Bild von Oscar Beaugarth auf. »Können Sie den Mann beschreiben?«

»Wie gesagt, klein, sehr dick, Mitte fuffzig und ganz dünnes Haar, aber keine Glatze. Und Bluthochdruck muss er haben, so rot wie der im Gesicht war.«

»Danke, Mr Hall.« Pantel zog eine Visitenkarte aus der Tasche und reichte sie dem Zeugen. »Falls Ihnen noch etwas einfällt, können Sie sich jederzeit bei mir melden.« Er gab Ivy ein Zeichen, erhob sich und bat PS Keener ihnen zu folgen. Doch kurz bevor er zurück in den Schankraum trat, drehte er sich noch einmal um.

»Mr Hall, haben Sie den Commander des Clubs schon informiert.«

Überrascht blickte der Angesprochene auf. »Nee, sollte ich das denn?«

Pantel verdrehte innerlich die Augen. Wie konnte ein so nobler Club nur solch einen Kerl einstellen? »Nein, ist schon gut. Wir werden uns mit ihm in Verbindung setzten.«

Zurück auf der Terrasse wies er mit der Hand auf eine kleine Sitzgruppe. Die drei Beamten setzten sich.

»Sergeant Keener, haben Sie versucht, den Eigner, Henry Petterson-Trump zu erreichen?«

»Ja, Sir, mehrfach. Immer nur die Mailbox. Ich habe auch bei ihm zu Hause angerufen. Die Haushälterin, eine …«, der Officer blätterte kurz in seinem Notizheft »… Mary Dragon, sagte aus, dass unser vermeintliches Opfer gegen drei gestern Nachmittag das Haus verlassen hätte und sich auf einem Segeltörn befände.«

»Hat Petterson-Trump Familie?«

Ein Grinsen schlich sich auf Keeners Gesicht. »Sie kommen wohl nicht von hier, Sir?«

Als Pantel verständnislos den Kopf schüttelte, fuhr der Sergeant erklärend fort: »Henry Petterson-Trump wechselte seine Damenbekanntschaften wie andere ihre Unterwäsche. Die betreffenden Frauen waren ausnahmslos blond, langbeinig und aufgebrezelt; ein stinkreicher Junggeselle halt. Nannte sich selbst Spicy?«, fügte er augenzwinkernd hinzu.

»Haben Sie die Adresse? Ich möchte gern mit seiner Haushälterin sprechen.«

»Mawnan, Sir. Das letzte Haus an der Bar Road, direkt am Helford River. Melden Sie sich aber vorher an, sonst kommen Sie in die Festung nicht rein.«

»Danke. Und der Commander des Clubs?«

»Ethan Fulton, Sir. Wundert mich, dass er nicht hier ist. Ist mit dem Club verheiratet.« Erneut ein Grinsen. »Er wohnt am Maenporth Beach im Tower House. In seinem Garten steht ein mittelalterlicher Turm. Sie können es also nicht verfehlen, Sir.«

»Danke, Sergeant. Eine Bitte habe ich noch. Ich benötige die Aufzeichnungen der Überwachungskameras hier auf dem Gelände – ab gestern Nachmittag. Bitte sorgen Sie dafür, dass sie nach Truro geschickt werden.«

»Mache ich, Sir.«

Sechsundzwanzig Stunden zuvor Falmouth/Royal Blue Cliff Yacht Club

Die Sonne strahlte von einem wolkenlosen Himmel, und eine warme Brise kam vom Meer die Carrick Roads hinauf. Henry Petterson-Trump, genannt Spicy, werkelte in der Kabine der *Pretty Swallow*. Ein Schapp sprang immer wieder auf, und Spicy, bewaffnet mit Schraubenzieher und Kombizange, versuchte den störrischen Schnappriegel des Schlosses so zu biegen, dass er einrasten konnte. Laut fluchend drückte er gegen das Metall.

»Jemand an Bord?«

Die rauchige Bassstimme kam Spicy irgendwie bekannt vor. Er trat auf die unterste Stufe des Niedergangs und lugte ins Achtercockpit. Am Steg stand ein kleiner, dicker Mann, der sich suchend umsah.

»Mensch Oscar, was machst du denn hier! Los komm an Bord«, rief Spicy erfreut aus und kletterte die restlichen Stufen hinauf. Als er den misstrauischen Blick sah, den der Besucher auf die Gangway warf, grinste er. »Das Ding wird dich schon tragen, Kumpel, keine Sorge!«

Vorsichtig setzte Oscar den Fuß auf die schmale Teak-Laufflä-che und hielt sich am Seilhandlauf fest. Spicy reichte ihm seine Hand. »Nun komm schon. Ich helfe dir.«

Oscars Gesicht war rot vor Anstrengung, als er endlich sicher im Cockpit stand.

»Also Segeln wäre ja nicht mein Ding«, gab er erleichtert zu und tupfte sich die Schweißtropfen mit einem Taschentuch von der Stirn. Dann sah er zurück zum Steg.

»Jetzt habe ich auch noch mein Gastgeschenk stehen lassen!«

»Kein Problem, ich hole es. Du kannst dich schon mal setzen.« Dann zögerte Spicy mit einem Blick auf Oscars hochrotes Gesicht. »Am besten in der Kabine«, erwiderte er und fügte im Stillen hinzu, *sonst bekommst du wahrscheinlich einen Hitzschlag.* Behände überquerte er die Gangway, griff nach der Geschenktüte, die offensichtlich eine Flasche enthielt und kam gerade noch rechtzeitig zum Niedergang, um Oscar die Stufen langsam hinabstaksen zu sehen.

Oscar ließ sich mit einem Seufzer in die ledernen Polster fallen und schaute sich um.

»Wusste ja gar nicht, dass die Schiffe innen so luxuriös sind«, bemerkte er anerkennend. Sein Blick wanderte über die Innenausstattung aus Mahagoni, Messing und Leder.

»Nicht alle, Oscar. Das hier hat mich ein hübsches Sümmchen gekostet. Aber man gönnt sich ja sonst nichts.«

»Übrigens hoffe ich, dass das immer noch deine Lieblingsmarke ist.« Oscar wies mit dem Kopf auf die Tüte.

Spicy griff hinein und zog eine Flasche Beefeater Crown Juwel heraus. »Was Gin betrifft, werde ich meinen Geschmack wohl nie ändern. Danke mein Lieber. Genau der richtige Sundowner, wenn ich abends vor Anker liege.« Vorsichtig stellte er die teure Flasche in eine Halterung in der Bordküche. »Was kann ich dir anbieten? Hätte da noch einen zwanzig Jahre alten Single Malt.«

»Gern, aber nur einen fingerbreit. Muss noch fahren.«

»Seit wann machst du dir darüber Gedanken?«

»Seit mir die Bullen deswegen für drei Monate die Fahrerlaubnis entzogen haben.«

«Scheiße! Sag mal, wann haben wir uns das letzte Mal gesehen?«, fragte Spicy über die Schulter, während er zwei kristallene Tumbler füllte. »Ist ja eine Ewigkeit her. Wie kamst du auf die Idee, mich hier zu besuchen?«

»War geschäftlich in Mawnan und dachte mir, dass es wieder Zeit für einen Besuch ist.« Dankend nahm Oscar das Whiskeyglas entgegen. »Und dein Drache Dragon hat mir den Tipp gegeben, dich hier zu überraschen.«

»Ja, ja, die gute Mary!« Grinsend prostete Spicy seinem Gast zu. Für einen Moment schwiegen die Männer und genossen das rauchige Aroma der bernsteinfarbenen Flüssigkeit.

»Und du willst also einen Törn machen.«

»Ja. Um Lands End und dann die Küste hoch bis Swansea.«

»Ganz allein?«, wollte Oscar neugierig wissen.

»Hab im Moment von den Weibern die Nase voll. Die wollen doch nur an mein Geld. Außerdem, wir werden ja nicht jünger«, gab Spicy mit einem Augenzwinkern zu.

»Hallo, Mr Petterson-Trump!«

Beide Männer schauten den Niedergang hoch.

»Warte Mal, mein Lieber, da kommt mein Proviant.« Spicy erhob sich und stieg die Stufen hinauf.

»Pünktlich wie immer«, hörte Oscar Spicy sagen und lehnte sich in den weichen Polstern zurück. Dann vernahm er Schritte auf dem Deck. Ein langer, schwarzer Rock, flankiert von zwei Tüten einer Supermarktkette, erschien in seinem Sichtfeld.

»Ich nehme die Sachen schon.« Nun sah er Spicys Hände, die nach den Henkeln der Taschen griffen.

»Alles wie bestellt, Sir«, erklang eine Frauenstimme. »Meine Chefin schickt Ihnen wie immer die Rechnung. Ach ja, ich habe Ihnen noch ein paar frische italienische Limetten dazugelegt.«

»Das passt perfekt. Habe heute nämlich einen hervorragenden Gin geschenkt bekommen. Herzlichen Dank auch.«

»Keine Ursache, Sir. Und Ihnen eine gute Reise.« Der schwarze Rock verschwand und Spicy erschien mit den Tüten auf der Treppe. Er verstaute die Lebensmittel in einem Schrank und setzte sich wieder zu Oscar. »Na, dann erzähl doch mal, was du die letzten Jahre so getrieben hast.«

19:45 Meanport/ Tower House

Auf dem Weg zu Commander Fulton telefonierte Ivy mit Mary Dragon. Die Frau mit der energischen Stimme am anderen Ende war nur schwer davon zu überzeugen, dass es sich bei Ivy tatsächlich um einen Detective handelte. Letztendlich erklärte sie sich doch bereit, Ivy zuzuhören. Dann äußerte sie ihre Ansicht, dass es sich nur um ein Missverständnis handeln konnte. Schließlich gelang es Ivy, mit ihr einen Termin am nächsten Vormittag zu vereinbaren.

»Puh, die hat aber Haare auf den Zähnen!« Ivy steckte ihr Handy in die Tasche und blickte aus dem Fenster. Neben der Straße erstreckte sich eine breite Sandbucht, eingebettet zwischen sanften, grünen Hügeln. »Das ist aber schön hier!«

»Das ist Meanporth Beach.«

»Wir sind schon da?«, fragte Ivy überrascht.

»Ja. Halte mal Ausschau nach einem mittelalterlichen Turm.«

»Schau, dort vorn. Das könnte er sein.«

Der Chief Inspector betätigte den Blinker und fuhr in einen engen, dicht von Hecken gesäumten Weg. Nach wenigen Metern öffnete sich das Gässchen zu einer geschwungenen Auffahrt und gab den Blick auf eine viktorianische Villa frei. Ivy beäugte kritisch den Backsteinbau mit überdachter Frontterrasse, weißen Holzbalkonen und einem mittelalterlichen Rundturm an der Seite.

»Die perfekte Kulisse für einen Film Noir«, bemerkte Pantel grinsend.

Die beiden stiegen aus und gingen auf die schwarzlackierte,

doppelflügelige Haustür zu. Eine gehörnte Fratze grinste ihnen diabolisch entgegen.

»Schon ein wenig extrem dieser Türklopfer.«

»Rundet das Bild aber perfekt ab«, schmunzelte Pantel und betätigte den bronzenen Ring, den die Teufelsmaske einladend im Maul hielt.

Schnelle Schritte näherten sich. Mit einem leisen Quietschen öffnete sich einer der Flügel und es erschien ein junger Mann, der normaler nicht hätte sein können: Jeans, weißes Leinenhemd, strubbeliges, hellbraunes Haar.

»Ja bitte?« Seine blauen Augen musterten die Besucher interessiert.

Pantel und Ivy zogen gleichzeitig ihre Polizeimarken hervor.

»Chief Inspector Charles Pantel und meine Kollegin DC Clarks. Guten Abend. Wir würden uns gern mit Ethan Fulton unterhalten.«

»Tut mir leid, aber meine Eltern sind heute Morgen nach London gefahren. Ich erwarte sie morgen Nachmittag zurück. Ich bin Alexander Fulton.«

Eton und Oxford, ging es Charles Pantel durch den Kopf. Er holte eine Visitenkarte hervor und reichte sie dem jungen Mann.

»Richten Sie Ihrem Vater bitte aus, dass er mich zurückrufen soll, sobald er wieder zu Hause ist.«

»Gern. Um was handelt es sich denn?«

»Eines der Mitglieder des Yachtclubs ist spurlos von seinem Boot verschwunden. Henry Petterson-Trump – kennen Sie ihn?«

»Spicy? Wer kennt den nicht!« Ein Hauch von Genugtuung huscht über Alexanders hübsches Gesicht. »Bei seinem Gin-Konsum war es nur eine Frage der Zeit, bis er mal über Bord gehen würde.«

»Er war Alkoholiker?«

»Säufer und alternder Playboy. Jeder, der etwas anderes behauptet lügt, Chief Inspector.«

»Sie sind ja nicht gut zu sprechen auf diesen Herrn.«

»Er war einfach nur ein lächerlicher, alter Wicht. Und wenn er sich dem Club gegenüber nicht immer so großzügig gezeigt hätte, wäre der Vorstand nicht abgeneigt gewesen, ihn rauszuschmeißen.«

»Können Sie mir sagen, ob Petterson ein guter Segler war?« Ivy war näher herangetreten und sah den jungen Mann interessiert an.

»Einer der Besten. Muss ich leider zugeben. Hat für den Club viele Regatten gewonnen. Aber in den letzten Jahren hatte er nachgelassen. Wir führen das alle auf den Alkohol zurück.«

»Alle?«, hakte Ivy nach.

»Die Mitglieder des Clubs.«

»Also hatte er nicht viele Freunde unter den Mitgliedern?«, resümierte Pantel.

»Ich kenne keinen. Man hat ihn halt wegen des Geldes geduldet und war zu höflich, all seine schlechten Charaktereigenschaften zu kritisieren.«

»Danke für diese Hinweise, Mr Fulton. Einen schönen Abend noch.«

»Und, was sagst du?« Charles Pantel startete den Wagen und fuhr die Auffahrt hinunter zur Hauptstraße.

»Dieser Petterson erinnert mich ein wenig an Luke Harrogate. Mit dem Unterschied, dass der eine Geld hatte und der andere Pleite war. Außerdem …«, sie hielt einen Moment inne, »… haben wir es wieder mit jemandem zu tun, der ein erfolgreicher Amateursportler war.«

»Du glaubst also, dass dieser Spicy mit den anderen beiden Fällen in Verbindung steht?«

Überrascht sah Ivy ihren Chef an. »Du nicht?«

Pantel bog nach links Richtung Falmouth ab und beschleunigte. »Ivy, was wir wissen ist, dass ein Mann verschwunden ist. Wir vermuten, dass er auf seinem Boot angegriffen wurde, über Bord ging und dann von der Strömung aufs Meer gesogen wurde. Warum glaubst du, dass er irgendetwas mit Harrogate oder Campbell zu tun hätte?«

Ivy zuckte mit den Schultern und sah Pantel ratlos an. »Ich weiß nicht. Bauchgefühl?«

»Okay. Ruf mal Bloombottem an und frag, wer noch im Revier ist. Ich würde heute gern noch eine kurze Besprechung machen. Das ganze Team morgen früh um halb neun. Vielleicht hat die Forensik dann schon neue Informationen.«

Ivy erreichte Henry Bloombottem im Büro. Von ihm erfuhr sie, dass Patricia Jenkins, Ajith Gubta und Brat Taylor ebenfalls anwesend waren. Für eine Erstbesprechung vollkommen ausreichend, befand Pantel. Er ließ durch Ivy mitteilen, dass man sich gegen halb neun im Besprechungsraum träfe.

Ivy drehte sich nach hinten. Zwei freundliche braune Augen sahen sie an und ein warmer, gehechelter Atem traf ihr Gesicht.

»Ich glaube, dass wir Cosmo bei der ganzen Aufregung etwas vernachlässigt haben, Charles. Hunger und Durst hat er bestimmt auch.«

Pantel wandte den Kopf nach links und sah Ivy und den Hund im Profil, fast Nase an Nase. Ein Lächeln huschte über sein Gesicht. Da waren zwei Wesen, die sich unvermittelt in sein Leben geschlichen hatten, als er glaubte, alles wäre vorbei. Er spürte, wie sich etwas in seiner Brust breitmachte, etwas, das er seit dem Tod von Sophie nicht mehr erlebt hatte – ein unbeschreibliches Glücksgefühl.

20:30 Truro/Polizeirevier

Henry Bloombottem und Brat Taylor standen bei der Anrichte, tranken Tee und unterhielten sich leise. Ajith Gubta saß still in der Polstergarnitur, wie gewöhnlich den Blick auf sein Tablet gerichtet und Patricia Jenkins arbeitete an ihrem Computer. Allen vier Officern war eins gemeinsam; ihre Gesichter waren von den letzten Tagen gezeichnet. Sie waren müde. Als Charles Pantel mit Ivy den Besprechungsraum betrat, fiel ihm sofort die Erschöpfung der Kollegen auf.

»Danke, dass Sie gewartet haben«, begann er. »Es dauert nur wenige Minuten und danach machen Sie alle Schluss für heute und ruhen sich aus. Ich benötige morgen Ihre ganze Aufmerksamkeit. Clarks und ich ...«

»Sir, ich habe da etwas sehr Interessantes!« Ohne auf eine Aufforderung ihres Chefs zu warten, eilte DS Jenkins nach vorn und startete den Beamer. Auf der weißen Leinwand erschien das Bild einer Überwachungskamera.

»Das ist die Kamera, die den vorderen Bereich des Stegs am Yachtclub zeigt.« Aufgeregt schob sie eine Locke aus dem Gesicht. »Wir haben hier den 18. August, also Gestern, um 16:34.« Sie drückte auf den Wiedergabeknopf der Fernbedienung.

Es erschien ein kleiner, sehr beleibter Mann im Anzug mit dem Rücken zur Kamera. In der Hand trug er eine von diesen Geschenkverpackungen, die einen alkoholischen Inhalt vermuten ließen. Der Mann blieb kurz stehen und sah sich suchend um. Dabei zeigte sich für einen Moment sein Profil. Jenkins stoppte und zoomte das Gesicht heran.

»Verflixt, was macht den Beaugarth da!«, durchbrach Bloombottems tiefe Stimme die Stille.

»Das habe ich mich ebenfalls gefragt«, antwortete Jenkins. »Aber es kommt noch besser!«

Sie startete erneut den Film und spulte ihn vor. Die Zeitanzeige wies nun 16:49 aus. Im Bild erschien eine weitere Person.

Alle, selbst Ajith, schauten gebannt und völlig fassungslos auf die Gestalt, die zielstrebig auf das Ende des Stegs zuging und dann aus dem Bildausschnitt verschwand.

»Ivy, du hattest recht«, kommentierte Pantel das Gesehene matt. »Wann kommt sie zurück?«

Jenkins spulte die Aufzeichnung vor.

»16:58, Sir.«

Erneut erschien die von Abaya und Hidschab verhüllte Gestalt im Bild. Die beiden Taschen, die sie zuvor getragen hatte, waren verschwunden.

»Verdammte Scheiße!«, polterte Bloombottem los. »Dann sollten wir davon ausgehen, dass der Vermisste tot ist.«

»Beaugarth verlässt zwanzig Minuten später den Steg«, fuhr Jenkins von Henrys Ausbruch ungerührt fort. »Danach gibt es keine Bewegungen mehr auf dem Steg.«

Pantel atmete tief ein. »Okay. Gute Arbeit, Sergeant. Wir sehen uns Morgen um halb neun zur Teambesprechung. Schon einmal vorab die wichtigsten Aufgaben. Bloombottem, du schaffst mir morgen Vormittag Beaugarth hierher, und Taylor, Sie werden gemeinsam mit PS Peafield Glinda Twinrose abholen und ins Revier bringen. Gupta, ich will alles über das Opfer Henry Petterson-Trump wissen; Bewegungsprofil, Anruflisten, Kontoauszüge, digitale Netzwerke – einfach alles. Jenkins, wir brauchen sämtliche Überwachungsvideos der Umgebung. Irgendwie muss die Frau ja zum Club gekommen sein. Ivy, du setzt dich mit Brown in Verbindung. Er soll das Haus unseres Opfers auf links drehen. Und dann kümmerst du dich um diese Haushälterin. Ich beschaffe heute noch die nötigen Papiere der Staatsanwaltschaft. Und Sie gehen jetzt alle nach Hause und schlafen sich aus. Morgen wartet eine Menge Arbeit auf uns.«

20. August 2020
6:30 Truro Polizeirevier

Charles Pantel betrat müde sein Büro. Er hatte schlecht geschlafen. Selbst der ausgiebige Spaziergang mit dem Labrador hatte es nicht geschafft, seine Lebensgeister zu wecken. Da half nur starker Kaffee.

Außer Ajith, der verbissen vor seinem Computer brütete, war

noch keiner der anderen Detectives anwesend. Gut. So hatte er Zeit sich auf die Besprechung vorzubereiten und zu überlegen, was an Ermittlungsarbeiten sonst noch anstanden.

Mit der Tasse heißen Kaffees in der Hand saß er an seinem Schreibtisch und betrachtete die Tatortfotos. Irgendetwas kam ihm seltsam vor, doch sein träges Gehirn wollte nicht so richtig arbeiten. Er nahm jedes einzelne Bild prüfend in die Hand und dann endlich traf ihn der ersehnte Geistesblitz.

Auf der Arbeitsplatte der Küchenzeile befanden sich eine Flasche Gin und ein Holzbrett, darauf eine halb aufgeschnittene Limette und ein langes Messer, das sicherlich zum Ausbeinen von Fleisch gedacht war. Während auf den anderen Fotos in der Kabine Verwüstung herrschte, war die Küchenzeile so akkurat aufgeräumt, wie auf einem Werbeprospekt. Warum hatte sich der Angreifer die Mühe gemacht, Petterson zu verprügeln, wenn ein todbringendes Instrument in greifbarer Nähe lag. Andererseits, warum hatte sich Petterson verprügeln lassen, ohne sich mit dem Messer zu Wehr zu setzen? Und noch etwas fiel dem Chief Inspector auf – der aus dem Schapp gezogene Erste-Hilfe-Koffer. Petterson wird angegriffen, höchstwahrscheinlich zusammengeschlagen, und findet trotzdem Zeit den Koffer zu holen. Wollte er während des Kampfes seine Wunden verbinden? Er nahm ein Blatt und notierte Messer und Erste-Hilfe-Koffer. Nach einigem Grübeln setzte er noch Befragung der Hafenanwohner sowie River-Police/Strömung hinzu.

Als sein Telefon zu klingeln begann, erwartete Pantel die tickende Bombe im Display. Mit einem Seufzer der Erleichterung nahm er ab.

»DI Brown. Schön, dass Sie anrufen.«

»Guten Morgen Chief!«, tönte die Bassstimme des Forensikers. »Kann es sein, dass Sie meine Hilfe benötigen?«

»In der Tat, Brown. Aber erst Sie. Ich freue mich im Moment über jede Neuigkeit.«

»Dann will ich Sie mal nicht enttäuschen. Also, das Blut stammt von ein und derselben Person, nämlich Petterson-Trump.«

»Woher haben Sie das Vergleichsmaterial?«

»Unser Opfer wurde bereits erkennungsdienstlich behandelt. Eine Anzeige wegen Vergewaltigung.« Brown räusperte sich kurz. »Aber das Interessante, da sind das Team und ich uns einig, ist, dass es keinerlei Spuren des Angreifers gibt. Bei solch einer Prügelei, wie sie auf dem Boot wahrscheinlich stattgefunden hatte, müsste es auf alle Fälle Spuren des Angreifers geben.«

»Also keine Schlägerei?«

»Tja, wenn ich das wüsste. Es sieht jedenfalls alles danach aus.« Pantel schob sich eine Pastille in den Mund. »Die einzige Alternative, die mir einfällt, ist, dass Petterson sich selbst schwer verletzt hatte, durch die Kabine torkelte, dabei die Verwüstungen anrichtete, in seiner Not zum Erste-Hilfe-Kasten griff und sich schließlich nach draußen schleppte, um nach Hilfe zu rufen.«

»Und dann ins Wasser plumpste«, ergänzte Brown mit einem Grinsen in der Stimme. »Wir schauen uns das Boot noch mal genau an, ob eine Selbstverletzung möglich ist. Aber bei all dem Blut müsste er mehrfach massiv irgendwo gegengeschlagen sein – sich also schwerste Verletzungen in voller Absicht beigebracht haben.«

Pantel griff nachdenklich nach einem Foto, dass den Kartentisch zeigte. Die Ecke des Möbels war blutdurchtränkt.

»Gibt es irgendetwas, was einen Menschen dazu bringen könnte, mit dem Kopf beispielsweise auf einen Tisch zu schlagen? Außer natürlich ein Unfall.«

»Drogenrausch oder eine Vergiftung.«

»Was genau«, hakte Pantel nach.

»Diese synthetischen Drogen können alles Mögliche auslösen. Krämpfe, Spasmen, Hyperreflexe, Halluzinationen.«

»Und Gifte?«

»Spinnentoxine! Sind bei uns aber sehr schwer zu bekommen. Allerdings dürfte Strychnin bei den ganzen alten Rattengiftschachteln, die Gärtner gebunkert haben, kein Problem sein.«

»Können Sie das Blut daraufhin untersuchen?«

Brown lachte. »Also Drogen ja. Aber Strychnin kann man im

Blut nicht nachweisen. Am besten geht das mit dem Mageninhalt des Opfers. Den haben wir ja nun leider nicht. Allerdings ist Strychnin verdammt bitter. Das Opfer müsste es geschmeckt haben.«

»Und wenn es in einem Gin Tonic war?«

»Puh!« Pantel konnte förmlich sehen, wie sich Brown durch die Locken fuhr. »Der wäre mit Sicherheit bitterer als üblich. Ich würde ihn bestimmt nicht trinken.« Brown lachte erneut. »Wobei, wenn das Opfer an einer Dysgeusie leidet.«

»An was?«

»Geschmacksverlust. Kann durch Erkrankungen oder Medikamente hervorgerufen werden.« Brown zögerte kurz. »Sämtliche geöffneten Getränke und angebrochenen Lebensmittel haben wir mitgenommen. Dann wollen wir doch schauen, was da so drin ist. Haben ja sonst nichts zu tun.«

»Kann Doc Gainhaert Ihnen nicht helfen?«

»Der ist nicht da. Der hat doch tatsächlich Urlaub genommen! Ist bei seiner Schwester in Northumberland. Kriegen wir aber auch hin. Ich melde mich, kann aber etwas dauern.«

Charles Pantel raffte die Tatortfotos zusammen, nahm seine Unterlagen für die Teamsitzung, streichelte dem Labrador über den Kopf und verließ sein Zimmer. Auf dem Flur sah er Ivy die Treppe hochkommen, das Handy am Ohr. Er bedeutete ihr mit Gesten, dass sie gleich ins Besprechungszimmer kommen solle. Sie nickte und verschwand in ihrem Büro.

Der Besprechungsraum war leer, Jenkins und Taylor noch nicht an ihren Schreibtischen.

Gut, dachte der Chief Inspector. Ihm war es eh lieber noch einen Moment allein zu sein und die Unterlagen für die Teambesprechung zu sortieren. Jemand hatte eine dritte Stellwand in den Raum geschoben; ein altes Ding, dass seine beste Zeit schon hinter sich hatte. Doch auf den anderen Boards war definitiv kein Platz mehr. Vielleicht würde sich Thomson ja erweichen lassen, irgendwann ein Smart Board zu spendieren. Er begann die neuen Fotos anzuheften, als Ivy ins Zimmer kam.

»Guten Morgen, Charles«, begrüßte sie ihn lächelnd. »Habe gerade mit Brown telefoniert. Wir treffen uns um halb elf vor dem Haus von Petterson-Trump. Brown meinte, dass ihr eine neue Theorie hättet, wie Petterson zu Tode kam.« Sie stellte sich neben ihren Chef und betrachtete die neuen Tatortfotos.«

»Irgendwie kommt mir die Sache, dass ein Täter unser Opfer auf dem Boot überrascht und dann zusammengeschlagen hat, merkwürdig vor.« Pantel erläuterte seine Entdeckungen anhand der Fotos. »Dazu kommen auch die Besuche von Beaugarth und der Frau in der muslimischen Kleidung am Nachmittag. Warum sollten die beiden dort nachmittags auftauchen und dann nachts noch einmal zurückkehren, um unser Opfer anzugreifen? Was denkst du?«

Ivy nagte an ihrer Unterlippe, während sie auf die Fotos starrte. »Also, Gift ist ja mehr ein Frauen-Ding. Und unsere Täterin ist mit den Opfern nie wirklich in Berührung gekommen; sie hat bei der Tötung nie selbst Hand angelegt. Und bei einer Vergiftung erlebt sie den Tod ebenfalls aus der Distanz.«

»Also glaubst du, dass es wieder ein Angriff unserer unbekannten Frau war und Beaugarth außen vor ist.«

»Ja. Sie hatte Tüten dabei, hat Petterson also irgendetwas gebracht.«

»Wahrscheinlich Lebensmittel.« Patricia Jenkins war eingetreten. »Guten Morgen Chief, Ivy. Ich habe mir den Film noch einmal genau angeschaut. Die Tüten waren von einem Supermarkt in Falmouth.«

»Dann hat sie Petterson Proviant gebracht!« Pantel verschluckte sich fast an einer Veilchenpastille. »Es passt alles zusammen. Gift oder Drogen waren in einem der Lebensmittel.«

Ivy griff zum Handy. »Ich rufe Brown an, und frag nach, wo die Einkaufstaschen sind.«

Als sie das Gespräch beendete, drehte sie sich zu Pantel um.

»Die Tüten müssen noch an Bord sein. Sein Team hatte nur die angebrochenen Sachen mitgenommen.«

»Jenkins, Sie holen die Tüten von Bord und fahren dann zu dem Geschäft.«

»Warte mal.« Ivy kam eine aberwitzige Idee. »Cosmo ist doch so ein Mantrailing Hund. Könnte er nicht herausfinden, wohin die Frau gegangen ist?«

Verblüfft sah Pantel sie an. »Ich habe so etwas mit ihm noch nicht ausprobiert. Ich weiß nicht, was er kann.« Er blies seine Backen auf und ließ die Luft langsam entweichen. »Außerdem ist die Spur nicht mehr frisch. Und wir benötigen Geruchspartikel von der Person, die er suchen soll.«

»Hat er doch. Die Frau hatte die Griffe der Tüten angefasst.« Ivy legte den Kopf schief und sah ihn auf ihre typisch bittende Art an.

»Und wenn sie Handschuhe getragen hat?« Pantel war von Ivys Idee immer noch nicht überzeugt.

»Hat sie nicht, Sir«, widersprach Jenkins. »Auf dem Überwachungsvideo waren jedenfalls keine zu sehen.«

Pantel betrachtete Ivy nachdenklich. Hatte sie nicht in der kurzen Zeit, seit der er sie kannte, ihr gutes Näschen immer wieder unter Beweis gestellt? Zwar konnte er überhaupt nicht einschätzen, inwieweit der Labrador zu solch einer anspruchsvollen Leistung fähig war, aber einen Versuch war es wert.

»Okay. Sie Jenkins nehmen sich die Video-Bänder der anderen Kameras des Yacht Clubs vor. Vielleicht können Sie erkennen, woher die Frau kam, beziehungsweise verschwand. Rufen Sie mich an, wenn Sie etwas gefunden haben. Das könnte dem Hund die Suche erleichtern.« Pantel sah auf die Uhr. »Clarks und ich fahren nach Falmouth. Wir werden zur Besprechung also nicht da sein. Sie übernehmen die Moderation, Sergeant. Neben allem, was ich gestern Abend schon als Aufgaben formuliert habe muss noch Folgendes gemacht werden: Bonny und Clyde sollen in Falmouth die Hafenanwohner befragen, ob ihnen irgendetwas Ungewöhnliches aufgefallen ist. Zur Verstärkung sollen sie die beiden Frischlinge mitnehmen.« Als er Jenkins fragenden Blick sah ergänzte er: »Towerbrass und Chickball. Außerdem muss sich jemand mit der Coast Guard in Verbindung setzen. Wohin könnte die Strömung die Leiche getrieben haben. Dann muss jemand recherchieren, ob die beiden ersten Opfer mit Petterson in Verbindung standen. Auch, ob Beteiligte der anderen Fälle eine Verbindung zu ihm hatten. Und schicken Sie einen Officer zu dem Supermarkt. Ach ja! Sagen Sie den anderen, dass ich heute Abend um sechs alle hier haben möchte.«

Er griff Ivy am Arm und zog sie zur Tür. Auf dem Flur wäre er fast in Henry Bloombottem und, welche Überraschung, Edith hineingelaufen. Henry, fein gemacht in einer blutroten Weste mit passender Hose und einem dunkelgrünen Jackett, grinste seinen Chef etwas dümmlich an. Edith hingegen trat einen Schritt zurück. Ihre Wangen überzog ein leichter Rosé-Ton.

Ivy betrachtete die ältere Frau in ihrem geblümten Sommerkleid. Edith sah bezaubernd aus, und ihr Blick, der auf Henry geheftet war, sprach von inniger Zuneigung. *Schön, wenn die beiden sich gefunden haben*, dachte Ivy zufrieden.

Pantel erklärte Bloombottem kurz die Situation und bat ihn, sich vor der Besprechung mit Patricia Jenkins kurzzuschließen. Dann holte er Cosmo, das Hundegeschirr und die Schleppleine, die er glücklicherweise noch in seinem Büro hatte, und die drei machten sich auf den Weg zum ersten Einsatz des Labradors.

7:45 Falmouth/ Royal Blue Cliff Yacht Club

Während Pantel am Eingang zum Hafen wartete, ging Ivy zur Yacht und betrat die Kabine. Die beiden Tüten lagen leergeräumt auf der Küchentheke. Darauf bedacht, nicht mit den Griffen in Berührung zu kommen, kehrte sie auf das Clubgelände zurück. Der Hund saß brav neben seinem Herrchen, aber Ivy konnte erkennen, dass er aufgeregter als normal war. Zwei Meter bevor sie die beiden erreichte, wies Pantel sie an, stehen zu bleiben.

»Du hältst ihm gleich die Mitte der Henkel vor die Nase. Alles andere mache ich. Du musst nur mit Abstand folgen.«

»Woher weißt du, wie man das macht?«

»Ich habe mal eine Zeit lang mit einem meiner Border Collies getrailt. Aber die Rasse ist nicht so gut dafür geeignet wie ein Labrador.«

Mittlerweile gebärdete sich Cosmo wie wild. Er zerrte an der Leine und gab fiepende Geräusche von sich.

»Scheint fast, als wüsste der Junge, was gleich passiert. Sieht also gut aus«, fügte er mit einem Augenzwinkern zu. »Also, dann mal los.«

Ivy trat vor und hielt Cosmo die Griffe vor die Nase. Danach ging alles ganz schnell. Der Hund berührte die Henkel mit der Nase, dann wandte er sich um, den Kopf nach unten und die Rute weit hochgestreckt, und rannte los Richtung Straße. Pantel gab ihm Leine und ließ sich von dem Tier über das Gelände des Clubs ziehen. Ivy hatte Mühe, den beiden zu folgen, so sehr beschleunigte das Gespann. Der Hund verlangsamte an der High Street und Pantel nahm ihn kürzer. Zunächst schnüffelte er nach rechts, doch dann wandte er sich nach links und die Hatz ging erneut los. Fußgänger sprangen erschrocken zur Seite und Ivy hört im Vorbeilaufen einen älteren Herrn schimpfen: »Haben Sie Ihren Köter denn nicht im Griff!«

Cosmo hingegen interessierte sich überhaupt nicht für die Passanten. Er hatte einen Job zu erledigen, und er hatte gelernt, wie man das machen muss. Zwischendurch verlangsamte er das Tempo, kontrollierte Hauseingänge und Einfahrten, um sofort wieder loszusprinten, wenn er die Spur erneut aufgenommen hatte. Nach etwa zweihundert Metern, an der Kreuzung High Street/Market Street, stoppte er mit der Nase in der Luft.

»Ivy, halt die Autos an!«, rief Pantel atemlos. Diese rannte mit dem erhobenen Dienstausweis in die Kreuzung. Ein Hupkonzert war die Antwort, doch sie wich nicht von der Stelle, bis nach zwei großen Runden um den Bereich Cosmos Rute erneut in die Höhe schnellte, und er in Richtung Market Street preschte. Hier gab es zwar kaum PKWs, dafür jede Menge Menschen, die zur Arbeit eilten oder auf der Suche nach einer guten Frühstücksmöglichkeit waren. Der Chief Inspector stieß immer wieder Warnrufe aus, um auf die fünfunddreißig Kilo acht Meter vor ihm aufmerksam zu machen. Ivy folgte; Entschuldigungen rufend.

Kurz hinter der Einfahrt zum Church Street Parkplatz stoppte der Labrador unvermittelt. Er suchte das Pflaster ab, lief ein Stück vor, dann wieder zurück, bis er sich endlich für die enge Durchfahrt zum Parkplatz entschied. Er schnüffelte über die nur teilweise besetzten Parkflächen, wurde jedoch immer langsamer, bis er schließlich heftig hechelnd stehen blieb und ratlos zu Pantel hochschaute.

»Guter Junge«, lobte dieser den Hund und zauberte aus seiner Jacketttasche zuerst eine Handvoll Leckerchen und danach eine Wasserflasche mit eingebautem Trinknapf.

Ivy gesellte sich zu den beiden. »Was war das denn?«, fragte sie außer Atem.

Pantel grinste sie an. »Das war das beste Trailing, das ich je erlebt habe. Dieser Hund ist absolute Spitze!«

»Aber muss er denn wie blöde ziehen?«

»Ja, genau so muss es sein. Während des Trailens hat der Hund das Sagen. Man darf die Hunde auf gar keinen Fall ausbremsen, außer natürlich es wird zu gefährlich.«

Ivy schaute sich um. »Und nun?«

»Also, wir wissen jetzt, dass unsere Angreiferin ihren Wagen hier abgestellt hatte. Wollen wir doch mal schauen, wo die Kameras sind.«

Doch es gab lediglich eine Überwachungskamera hoch über dem Parkplatz an einem Lichtmast, und eine zweite an einem Bistro, das allerdings wegen eines Wasserschadens geschlossen war.

»Ruf Jenkins an, sie soll sich die Kameras in der High- und Market Street anschauen. Die Frau muss dort langgelaufen sein. Und die Aufnahmen vom Parkplatz. Vielleicht können wir das Auto der Verdächtigen identifizieren.«

Als Ivy und Pantel im Revier ankamen, verließ das Ermittlungsteam gerade den Besprechungsraum. Pantel brachte den Hund in sein Büro und ging hinüber zu Jenkins. In der Tür stieß er mit Bloombottem und Taylor zusammen.

»Hallo, Chief. Und, wie hat sich unser Polizeihund angestellt?«

»Du wirst es nicht glauben, Bloombottem, aber er hat tatsächlich die Stelle gefunden, an der der Wagen unserer Täterin gestanden haben muss«, beantwortete Pantel die Frage nicht ganz ohne Stolz.

»Na dann haben wir ja tatsächlich einen neuen Kollegen«, erwiderte der Sergeant grinsend. »Wir machen uns auf den Weg Beaugarth und die Twinrose zu holen. Mit wem willst du zuerst sprechen?«

»Den Bauunternehmer. Und ich hätte dich gern dabei.« Er wandte sich an Taylor. »Die Kräuterhexe bringen Sie so lange unten im Teamraum unter. Das Verhör machen wir dann gemeinsam.«

Brat Taylor strahlte Pantel an. »Danke, Sir.«

Patricia Jenkins telefonierte mit der Betreibergesellschaft des Parkplatzes in Falmouth und nickte dem Chief Inspector lächelnd zu. Dann rief sie die Kollegen in Falmouth an und bat sie, Überwachungsbänder von der High und Market Street zu beschaffen und ihr zukommen zu lassen. Mit einem Seufzer legte sie auf.

»Was meinen Sie, Sir, ob wir dieses Mal mehr Glück haben oder wieder nur eine tote Spur haben?« Sie verließ ihren Platz und stellte sich neben Pantel ans Ermittlungsboard. »Übrigens war unsere Täterin auf keiner der anderen Kameraaufzeichnungen vom Club zu sehen. Sie muss gewusst haben, wo die Aufnahmegeräte hängen. Ich habe mir das Gelände noch einmal über Google Earth angeschaut.« Sie griff nach einem Ausdruck und pinnte ihn an das Board. »Wir haben sie am Anfang des Stegs gesehen.« Ihr

Finger deutete auf die betreffende Stelle. »Wenn sie sich hier dicht an der Mauer entlangbewegt hatte, konnten die anderen Kameras sie nicht erfassen.«

»Gibt es denn keine Kamera am Eingang zum Clubgelände?«

»Die gibt es. Aber, die war so eingestellt, dass lediglich die Häuser auf der anderen Straßenseite abgebildet wurden. Ich tippe, dass unsere Lady die Kameraausrichtung verändert hatte. Und ich wette, dass sie das schon vor dem betreffenden Tag gemacht hatte. Ich bin gerade dabei, die früheren Bänder durchzusehen. Leider werden die Aufnahmen nach sieben Tagen automatisch gelöscht.«

Pantel griff in seine Tasche, holte das Tütchen mit den Veilchenpastillen heraus und bot Jenkins eine an. Die schüttelte mit einem schiefen Grinsen den Kopf. Er zuckte leicht mit den Schultern, schob sich eine der Pastillen in den Mund und kaute nachdenklich darauf herum.

»Unsere Täterin hat jedes Mal hervorragende Ortskenntnisse bewiesen. Und sie wusste genau, wann sie zuschlagen musste. Wo und wann sie Harrogate ungestört auf dem Golfplatz treffen konnte. Wo und wann Campbell mit seinem Pferd entlangritt. Schließlich der Yacht Club mit seinen Kameras, wann Petterson zu seinem Törn aufbrach und, dass er Proviant bestellt hatte. Verflixt, woher hatte sie all diese Informationen?«

»Und wenn wir andersherum fragen?« Grübelnd strich sich Patricia Jenkins über den Nasenrücken. »Wer hätte überhaupt die Möglichkeit an solche klubinternen Informationen zu gelangen? Jeder, der nichts mit diesen Vereinen zu tun hat, würde beim Ausspionieren sofort auffallen.«

»Angestellte oder Mitglieder.«

»Kennen Sie jemanden der Golf spielt, reitet und segelt?«, fragte Jenkins zweifeln. »Oder der in drei unterschiedlichen Klubs arbeitet? Ich denke, das ist sehr unwahrscheinlich, Sir.«

Der Chief Inspector griff erneut in seine Jackentaschen und beförderte eine weitere Pastille zu Tage. Jenkins schüttelte sich innerlich.

»Es muss jemand sein, der die Klubgelände betreten konnte, ohne aufzufallen, selbst wenn er neugierige Fragen stellte. Was ist mit Mitarbeitern von Putz- und Reinigungsdiensten, Lieferfirmen, Sicherheitsdiensten oder Catering-Unternehmen? DS Malmac soll sich umhören, ob die drei Vereine eventuell gleiche Dienstleister haben. Und er soll sich die Mitgliederverzeichnisse und Angestelltenlisten geben lassen und vergleichen.«

9:45 Truro/Polizeirevier

Pantel ging zurück in sein Büro. Cosmo hob nur kurz den Kopf, schlug leicht mit seiner Rute auf den Boden, um danach zurück in einen entspannten Schlaf zu fallen.

»Du bist ganz schön fertig, mein Junge. Hast ja auch einen tollen Job gemacht.« Pantel ging in die Hocke und strich dem Hund sanft über den Kopf. Dann erhob er sich mit einem Seufzer und setzte sich an den Schreibtisch. Die kurze Kontrolle seiner Anrufliste zeigte ihm, dass sein Chef aus Bodmin noch nicht versucht hatte, ihn zu erreichen. Also stand ihm dieses unangenehme, morgendliche Gespräch weiterhin bevor.

Er fuhr sich durch sein viel zu langes Haar. *Und zum Friseur muss ich auch*, dachte er genervt. Trotz des gelungenen Trailens heute Morgen, gelang es ihm nicht, den Fall zuversichtlich zu betrachten. Zwar hatte sich eine frische Spur aufgetan, die jedoch neue, offene Fragen aufwarf. Es fehlten allzu viele entscheidende Puzzleteile. Er griff nach den vorhandenen Ermittlungsergebnissen, als ein energisches Klopfen ihn aufblicken ließ. Police Inspector Dee erschien in der Tür.

»Sir, darf ich Sie einen Moment stören.« Sie trat an den Tisch und setzte sich unaufgefordert auf einen der Besucherstühle.

»Guten Morgen, PI Dee. Nehmen Sie doch Platz«, erwiderte Pantel ironisch.

»Ich werde Sie auch nicht lange aufhalten. Ich weiß ja, unter

246

was für einem Druck Sie im Moment stehen.« Ihre eisblauen Augen blitzen spöttisch auf. »Ich möchte Ihnen nur eine Mitteilung machen.« Sie schlug ihr langen Beine übereinander und faltete die Hände auf ihrem Schoß. »Ich habe mich auf den Posten eines Chief Inspectors bei der Wiltshire Police in Swindon beworben. Super Thomson hat mich gerade informiert, dass ich angenommen wurde. Ich werde am 1. September die Stelle antreten.«

»Schön für Sie«, erwiderte Pantel schroff, obwohl ihn diese Nachricht innerlich freute. Endlich war er dieses Weib los. »Und Ihnen oder Thomson ist es nicht in den Sinn gekommen, mich als Revierleiter vorab zu informieren.«

»Ach wissen Sie, Chief, ich weiß doch genau, was es Ihnen für eine Freude bereitet, dass ich nicht mehr da sein werde. Und ich wollte Ihnen diese Freude nicht nehmen, falls ich doch nicht ausgewählt worden wäre.« Sie lächelte ihn mit ihren perfekt geschminkten Lippen spöttisch an. »Ich werde Freitag nächster Woche meinen letzten Tag hier haben.«

Sie erhob sich, aber Pantel bat sie, sich noch einmal zu setzten. »Inspector, ich weiß, dass wir beiden keinen guten Start hatten, als ich vor drei Monaten hier anfing. Ich bitte um Entschuldigung, dass ich nie den Versuch unternommen habe, diesen Tatbestand zu ändern.«

Lorettas Augenbrauen schossen in die Höhe. Sie taxierte ihr Gegenüber argwöhnisch, unsicher, ob er das Gesagte ernst meinte. Pantel wusste genau, was in ihr im Moment vorging. Aber er schuldete ihr noch etwas dafür, dass sie ihre Empörung über Ivys Nachforschungen bei Thomson geradegerückt hatte.

»Ich war damals noch zu sehr mit mir und dem Tod meiner Frau beschäftigt. Dazu kam diese unsägliche Serie von Morden. All das soll mein Verhalten Ihnen gegenüber keinesfalls entschuldigen, jedoch erklären. Außerdem möchte ich mich bei Ihnen dafür bedanken, dass Sie DC Clarks wegen der Nachforschungen keine Schwierigkeiten gemacht haben.«

»Die Constable ist eine wirklich gute Ermittlerin. Nicht so ein oberflächliches Partymäuschen, wie die anderen Kolleginnen vor ihr. Es wäre schade gewesen, wenn sie wegen solch einer dummen Sache zurück zur Schutzpolizei gemusst hätte. Und man kann mir nachsagen, dass ich bösartig bin, aber ich schätze Menschen mit großem Potenzial, so wie Ivy es hat, durchaus wert. Ich mag sie sogar ein wenig. Nein, sagen Sie jetzt nichts«, warf Loretta abwehrend ein, als sie merkte, dass Pantel zu einer Erwiderung ansetzte. »Ich möchte Ihnen einen guten Rat geben. Man muss schon blind sein, um nicht zu bemerken, dass zwischen ihr und Ihnen irgendetwas ist. Sie ist eine außergewöhnliche Frau, wenn vielleicht auch noch etwas sehr jung. Aber sie beiden passen perfekt zusammen, und das meine ich nicht nur beruflich. Also passen Sie auf sich und Ivy gut auf – Thomson versteht bei Techtelmechteln zwischen Kollegen absolut keinen Spaß.« Sie erhob sich erneut und konnte sich ein Grinsen nicht verkneifen, als sie Pantels verblüfftes Gesicht sah.

»Ähm, Loretta, warten Sie.« Es war das erste Mal, dass er keine Probleme damit hatte, sie mit dem Vornamen anzusprechen. »Was hat Ivy Ihnen gestern gesagt?«

»Hat Sie Ihnen das nicht erzählt?« Nun war es an Loretta verblüfft dreinzuschauen. »Also, Sir, wenn Ivy der Meinung ist, dass unser Gespräch Sie nichts angeht, dann werde ich mich ebenfalls daranhalten.« Mit einer fließenden Bewegung wandte sie sich zur Tür und verschwand in typischer Manier eines Mannequins.

Charles Pantel hatte keine Zeit, sich von seiner Überraschung, die Loretta Dee ihm bereitet hatte, zu erholen. Sein Telefon klingelte und eine munter hüpfende Bombe auf dem Display ließ ihn einen Fluch ausstoßen.

»Guten Morgen, Sir«, meldete er sich schicksalsergeben.

»Pantel«, schnarrte es durch den Hörer, »Hat PI Dee schon mit Ihnen gesprochen?«

»Ja, Sir. Sie ist gerade zur Tür hinaus.«

»Gut, dann wissen Sie ja Bescheid.« Ein Hauch von Zufriedenheit glaubte der Chief Inspector aus Thomsons Stimme herauszuhören. Auch brüllte er nicht wie sonst ins Telefon. »Es ist noch nicht offiziell, aber ab 01. September wird PI Verena Pavitt die Leitung der Schutzpolizei in Truro übernehme. Ich erwarte von Ihnen, dass die Zusammenarbeit mit ihr erfreulicher verlaufen wird als mit Loretta Dee.«

»Ja, Sir. Ich werde mein Bestes geben.«

»Und, wie viel Ihres Besten haben Sie in die Aufklärung der aktuellen Todesfälle gesteckt?«

Innerlich seufzend schilderte Charles Pantel seinem Vorgesetzten die letzten Ereignisse und hielt vorsichtshalber den Hörer etwas weiter von seinem Ohr entfernt. Doch Thomson blieb bei einer ertragbaren Lautstärke.

»Sie haben achtundvierzig Stunden Zeit, diesen Fall zu knacken.«

»Ja, Sir.« Pantel erwartete, dass der Hörer auf die Gabel flog, aber Thomson schien heute in Plauderlaune.

»Dann haben Sie also einen Wunderhund? Und das, obwohl ich Ihnen verboten hatte, das Tier weiterhin ins Revier zu bringen.«

»Ja, Sir. Ich entschuldige mich dafür.« Wie Pantel es hasste, seinem Vorgesetzten, um den Bart zu gehen. Aber was war die Alternative?

»Wenn der Köter tatsächlich so gut ist, dann melden Sie sich bei DI Sykes, dem Leiter unserer Hundestaffel. Er wird den Hund prüfen und gegebenenfalls als Diensthund klassifizieren.«

Cosmo in einer Hundestaffel? Nie im Leben! Es ist mein Hund, dachte Pantel und spürte Wut in sich hochsteigen.

»Ich werde mich von diesem Hund auf keinen Fall trennen«, entfuhr es ihm bockig.

Pause. Noch mehr Pause. Pantel entfernte den Hörer ganz langsam von seinem Ohr.

»Pantel, habe ich das gesagt? Außerdem verbitte ich mir diesen Ton. Natürlich bleibt der Köter in Ihrer Obhut. Sehen Sie sich als eine Art Zweigstelle der Staffel. Aber kommen Sie mir nicht auf die Idee, sein Futter als Verpflegungskosten einzureichen!«, blaffte

Thomson zurück. »Achtundvierzig Stunden,« fügte er nachdrücklich hinzu und legte auf.

»Ja, sind denn heute alle verrückt geworden«, schoss es aus Pantel heraus.

»Klar, wir haben Vollmond, da gibt es nur Spinner.« Bloombottem stand in der Tür und grinste seinen Chef an. »Ich hätte da für dich einen weiteren Spinner – Beaugarth wartet im Verhörraum. Der ist geladen wie ein ganzes Waffenarsenal. Sein Anwalt hat mich angerufen und mir mitgeteilt, dass er in zehn Minuten da sei. Sollten wir vorher mit unserem Oscar auch nur ein Wort wechseln, würde er uns verklagen.«

»Das müssen wir natürlich vermeiden«, kommentierte Pantel mit diabolischem Lächeln. »Ich komme in einer halben Stunde zum Verhör.«

10:15 Truro/Polizeirevier Verhörraum

Pantel betrat den Verhörraum und sah an dem hochroten Kopf und den blutunterlaufenen Augen, dass Beaugarth kurz vor einer Explosion stand. Der Chief Inspector begrüßte den Bauunternehmer und den anwesenden Anwalt, einen gewissen Joseph Frey. Dieser musterte Pantel aus hinterhältig dreinblickenden Frettchenaugen; die Lippen so fest zusammengekniffen, dass sie fast weiß erschienen.

Bloombottem, der bereits am Tisch saß, kniff seinem Chef heimlich ein Auge zu.

»Es tut mir leid, dass ich Sie warten ließ, aber ich hatte noch etwas mit dem Superintendenten zu klären«, entschuldigte sich Pantel, während er sich setzte. »Aber Sie wissen ja sicherlich, wie das ist«, fügte er hinzu und schaltete das Aufnahmegerät ein.

»Mr Beaugarth, wir haben Sie zu uns beten …«

»Gebeten?«, fuhr der Angesprochene wütend dazwischen. »Abgeführt haben sie mich, wie einen Schwerverbrecher!«

»Sergeant, haben Sie Mr Beaugarth etwa Handschellen angelegt?«

Henry Bloombottem schüttelte energisch den Kopf, sichtlich bemüht ein ernstes Gesicht zu zeigen.

»Dann wäre das ja geklärt«, fügte Pantel zufrieden an. »Wir haben Sie zu uns gebeten, da Sie wahrscheinlich die Person sind, die als letzte Henry Petterson-Trump lebend gesehen hat. Würden Sie uns bitte von Ihrem Treffen mit Petterson am 18. August gegen 16:30 auf dem Boot Pretty Swallow berichten.«

»Woher wissen Sie das?«, fauchte Beaugarth.

»Es existieren Aufzeichnungen einer Überwachungskamera am Yachtclub, Sir.«

Beaugarth blickte hilfesuchend zu seinem Anwalt. Dieser nickte aufmunternd.

»Ich habe Spicy lediglich einen Freundschaftsbesuch abgestattet.«

Pantel lehnte sich entspannt zurück und wartete stumm ohne Beaugarth aus den Augen zu lassen.

»Wir haben einen Drink genommen und ich bin wieder gegangen.«

Pantel reagierte immer noch nicht.

»Was?«, fuhr der Bauunternehme ihn an.

Pantel beugte sich mit einem Seufzer vor. »Mr Beaugarth, ich möchte von Ihnen wissen, wie dieser Besuch abgelaufen ist – ob irgendetwas geschehen ist oder Petterson etwas erzählt hat, was seinen Tod erklären könnte.«

»Nein, wir haben nur über alte Zeiten gesprochen. Spicy war entspannt und freute sich auf seinen Törn.«

»Was war in der Geschenktüte, die Sie Ihrem Freund mitgebracht haben?«

Beaugarth, verwirrt über den plötzlichen Themenwechsel, schickte einen fragenden Blick zu Frey. Dieser nickte erneut.

»Gin. Eine Flasche von Spicys Lieblingsgin.«

»Und haben Sie von dem Gin getrunken?«

»Nein. Warum auch? War ja für ihn. Wir haben einen Malt getrunken.«

»Wo haben Sie den Gin gekauft?«

»Was soll das, verflixt! Das geht Sie gar nichts an!«, polterte der Bauunternehmer und beugte sich angriffslustig vor.

Frey legte ihm beruhigend die Hand auf den Arm. »Oscar, beantworte einfach die Frage.«

»In Falmouth, bei Twiggs.«

»Wann?«

»Kurz bevor ich zum Yacht Club gegangen bin.«

Pantel setzte sich gerade auf und betrachtete die Schriftstücke vor sich. Die beiden Männer ihm gegenüber reckten ein wenig die Hälse, um zu erkennen was er las.

»Und sonst ist nichts passiert?«

»Nein, verdammt. Was wollen Sie …« Beaugarth zögerte. »Doch. Da kam eine Frau, die Spicy Proviant gebracht hat.«

»Aha. Können Sie die Frau beschreiben?«

»Nein. Ich saß unter Deck. Ich sah nur einen langen schwarzen Rock und zwei Tüten, die sie in den Händen hielt. Spicy nahm ihr die Tüten ab und dann verschwand sie wieder.«

»Hat sie etwas gesagt?«

»Das Übliche halt. Sie brächte die bestellten Lebensmittel und Spicy würde eine Rechnung bekommen.« Beaugarth überlegte einen Moment. »Ach, und dass sie noch drei italienische Limetten als Geschenk dazugelegt hätte. Danach ging sie.«

Ein Klopfen ließ die Männer zur Tür schauen. Der blonde Schopf von Constable Taylor erschien.

»Sir, die Jungs von der Forensik haben sich gerade gemeldet.«

Pantel stand auf und ging mit dem jungen Beamten auf den Flur.

»Brown sagt, dass weder im Gin noch im Tonic Gift oder Drogen gefunden wurden. In dem Glas jedoch, das auf dem Boden lag, gab es minimale Spuren von Strychnin.«

Pantel kniff ein wenig die Augen zusammen. Dann nickte er, um den Gedanken, der ihm gekommen war, zu bestätigen.

»Das Labor soll sich mal die Limetten vornehmen.«

»Okay. Ich rufe gleich an.«

»Machen Sie das.« Pantel schob sich nachdenklich eine Pastille in den Mund. Wenn das Gift tatsächlich in den Limetten war, war Beaugarth raus – zunächst jedenfalls. Konnte der Besuch des Bauunternehmers, genau zu dem Zeitpunkt als die vermeintliche Täterin den Proviant brachte, allerdings ein Zufall sein? Oder die Tatsache, dass Beaugarth bei allen drei Todesfällen in irgendeiner Form mit den Opfern in Verbindung stand? Grübelnd betrat er den Verhörraum.

»Mr Beaugarth, kam Ihnen die Frau, die den Proviant brachte, irgendwie bekannt vor?«

»Ich habe Ihnen doch gesagt, dass ich nur ihren verdammten Rock und die Hände gesehen habe«, brauste der Bauunternehmer gleich auf.

»Aber vielleicht kannten sie ja ihre Stimme.«

»Hey, das hatte mich alles doch gar nicht interessiert, Mann. Glauben Sie, dass ich mir da die Stimme irgendwie gemerkt hätte?« Beaugarth' Gesichtsfarbe wechselte erneut in ein ungesundes Rot.

»Mr Beaugarth.« So als spräche Pantel zu einem Kind, fuhr er bedächtig fort: »Sie sind die einzige Person, die alle drei Opfer kannte, beziehungsweise mit ihnen in irgendeiner Verbindung stand. Mit dem ersten Opfer hatten Sie eine hässliche Auseinandersetzung, dem zweiten haben Sie Hörner aufgesetzt und das dritte haben Sie zufällig kurz vor seinem Tod besucht. Ich bitte Sie, Sir! Was sollen wir davon halten? Ich glaube, dass Ihnen noch gar nicht bewusst ist, dass Sie sich ganz oben auf unserer Verdächtigenliste befinden.« Pantels Stimme hatte an Lautstärke und Schärfe zugenommen. »Und wenn Sie sich nicht kooperativ zeigen, können wir Sie von der Liste auch nicht streichen!«

Frey schoss aus seiner lässigen Sitzhaltung nach vorn. »Chief Inspector, was ist das hier eigentlich? Ein Verhör oder die Befragung eines Zeugen? Soweit ich weiß, hat mein Mandant Alibis.«

»Noch ist es eine Befragung und der Appell an Mr Beaugarth, die Wahrheit zu sagen – zu seinem eigenen Nutzen.« Pantel zwang sich zur Ruhe. »Und Sie haben recht, Mr Frey. Ihr Mandant hat Alibis. Auch liegt unser Fokus auf einer unbekannten, stets vermummten Frau, die von Zeugen an den Tatorten gesehen wurde. Nur bei uns kam der Verdacht auf, dass Ihr Mandant seine Finger mit im Spiel haben könnte, und die Frau für ihn die Drecksarbeit erledigt. Und nur Mr Beaugarth kann, wenn er bereit ist, mit uns zusammenzuarbeiten, diesen Verdacht entkräften.«

Nach dieser Enthüllung starrten die beiden Männer an der anderen Tischseite den Chief Inspector fassungslos an.

Frey fand zuerst seine Stimme wieder. »Sie wollen sagen, dass mein Mandant die Tötungen in Auftrag gegeben hat?«

»Das, oder er macht mit der Frau gemeinsame Sache, weil diese ebenfalls Motive hatte, die drei Männer zu töten.«

Beaugarth sprang auf, stemmte die Fäuste auf den Tisch und beugte sich gefährlich nah zu Pantel hinunter. »Was, verdammt, soll ich für ein Motiv haben, Spicy etwas anzutun oder diesem verhaltensgestörten Campbell?«

»Setzen Sie sich, aber sofort«, mischte sich Bloombottem ungewohnt grimmig ein. »Wenn Sie ein Motiv haben sollten, Sir, werden wir so lange suchen, bis wir es gefunden haben.«

»Da kann ich dem Sergeant nur recht geben«, ergänzte Pantel mit einem geringschätzigen Lächeln. »Ich gebe Ihnen vierundzwanzig Stunden Zeit, sich die Sache zu überlegen. Sollten wir von Ihnen bis dahin nichts hören, krempeln wir Ihr Leben von rechts nach links. Ihre Entscheidung, Sir. Sie dürfen Cornwall nicht verlassen. Guten Tag, die Herren.«

Pantel griff nach seinen Papieren, erhob sich und verschwand im Flur.

Das Besprechungszimmer im Untergeschoss des Reviers war ein großzügig geschnittener, lichtdurchfluteter Raum mit einem Tisch aus hellem Holz und passenden Stühlen. Als Pantel ihn betrat sah er Glinda Twinrose über die Hand von Taylor gebeugt. Hastig zog dieser seinen Arm zurück, als er den Chief Inspector erkannte.

»Guten Morgen, Mrs Twinrose«, grüßte er sie lächelnd. Im nächsten Moment stutzte er.

»Guten Morgen, Chief Inspector. Nennen Sie mich bitte Glinda. Schön Sie persönlich kennenzulernen«, antwortete sie schmunzelnd. »Keine Angst, ich bin keine Hexe.« Sie wies mit den Fingern auf ihre unterschiedlich farbigen Augen. »Das ist ein Gendefekt. Ein sehr Seltener dazu. Blauviolett und grün, so meinte ein Professor aus Oxford, wird es wohl nicht noch einmal auf der Welt geben. Aber für meinen Beruf ist das natürlich hilfreich. Alle glauben, dass ich mit solchen Augen Zauberkräfte besitzen müsse.« Sie lehnte sich gelassen zurück und strich eine Falte in ihrem violetten Leinenkleid glatt.

»Und Ihr Name tut sein Übriges«, bemerkte Pantel liebenswürdig.

Glinda lachte auf. »Wer glaubt schon bei Jane Roberts an Zauberkraft?«

»Also haben Sie Ihren Namen geändert, um authentischer zu wirken.«

»Nicht ganz. Von dem Tag an, als ich den Zauberer von Oz gesehen hatte, wollte ich Glinda heißen. Mein neuer Name gefällt mir wirklich.«

Diese Frau mit den roten Haaren und den seltsamen Augen war Pantel auf Anhieb sympathisch. Er wusste, dass er sich in Acht nehmen musste. Sympathie war kein guter Berater bei der Polizeiarbeit.

»Mrs Twinrose, würden Sie mir bitte sagen, wo Sie sich vorgestern Nachmittag gegen halb fünf aufgehalten haben?«

»Da muss ich einen Moment nachdenken.« Glinda richtete ihren Blick an die Decke. »Ach ja«, kam die unbefangene Antwort. »Evelyn Burns kam gegen vier und holte sich mein Hausmittel gegen Schnecken ab. Wir haben dann noch in Ruhe einen Tee getrunken. Warum fragen Sie mich das?«

»Tragen Sie auch Gewänder in der Farbe Schwarz?«

»Schwarz ist, genau wie Weiß keine Farbe, Chief Inspector. Und ICH trage nur Farben.«

»Wie oft fahren Sie nach Falmouth?«

»Nie. Ich bin, glaube ich, noch nie dort gewesen. Außerdem besitze ich kein Auto. Wie sollte ich dort also hinkommen?« Misstrauisch musterte sie Pantel. »Hat diese Befragung etwas mit dem verschwundenen Segler zu tun? Ich kann Ihnen versichern, Chief Inspector, dass ich diesen Mann nicht kenne.«

»Wenige Stunden vor seinem Verschwinden hatte er Besuch von einer Frau in schwarzer, muslimischer Kleidung.«

»Ach, jetzt verstehe ich!« Sie zwinkerte Pantel amüsiert zu. »Sie glauben also, dass ich diese Frau bin. Da kann ich Sie beruhigen. Ich kannte weder den verschwundenen Segler, noch kannte ich den toten Reiter, außer vom Sehen natürlich. Warum sollte ich die beiden angegriffen haben?«

»Aber vielleicht kennen Sie ja die Angreiferin?«

Glinda sah den Chief Inspector gleichmütig an. »Wie kommen Sie darauf, dass ich die Frau kennen könnte?«

Pantel war klar, warum Glinda seine Fragen mit einer Gegenfrage beantwortete; sie versuchte Zeit zu gewinnen. Doch auf dieses Spielchen hatte er im Moment überhaupt keine Lust.

»Warum haben Sie uns nicht sofort darüber informiert, dass die verdächtige Frau später bei Ihnen auf der Lichtung erschienen war?«

»Weil ich es nicht als wichtig angesehen habe. Außerdem besitze ich kein Telefon.«

Pantel spürte, dass sie wachsamer wurde.

»Was machen Sie, wenn Sie einmal ein Telefon brauchen?«

»Dann gehe ich hinunter zum Reitstall.«

»Und warum haben Sie das nicht auch in diesem Fall getan?«

»Chief Inspector. Was soll das Ganze. Sagen Sie doch einfach, was Sie von mir wollen.«

Endlich zeigte sich eine erste Unsicherheit bei Glinda. Pantel wusste jedoch, dass er sie noch nicht ganz am Haken hatte. Sie verbarg etwas vor ihm. Es konnte natürlich etwas sein, was nur sie allein betraf, aber genauso gut konnte es etwas mit dem Fall zu tun haben.

»Mrs Twinrose, ich möchte, dass Sie meine Fragen wahrheitsgemäß beantworten. Mehr nicht.« Er lehnte sich entspannt zurück. »Kennen Sie die vermummte Frau, die Sie am Tatort und später auf der Lichtung gesehen haben?«

Glinda zögerte einen Moment. Sie musste vorsichtig sein, mit dem was sie sagen würde. Pantel war nicht dumm. Er hatte sicherlich längst begriffen, dass sie mehr wusste, als sie preisgab. Würde sie verneinen, könnte ihr das später als Falschaussage oder Vertuschung einer Straftat ausgelegt werden. Sorgfältig wählte sie ihre Worte.

»Chief Inspector, ich kann Ihnen nicht sagen, ob ich die Täterin kenne oder nicht. Sie war tief verhüllt. Selbst meine beste Freundin hätte ich unter den schwarzen Sachen nicht erkennen können.«

»Wie heißt Ihre beste Freundin?«

Vor Glindas innerem Auge erschien die Frau auf der Terrasse, die sie in den Arm genommen und getröstet hatte. Ja, sie war ihre beste Freundin. Doch sie würde sich eher die Zunge abbeißen, als ihren Namen auszusprechen. »Maude Bench, sie wohnt in Killivose.«

»Und jetzt erklären Sie mir noch einmal, warum Sie weder den Vorfall im Hohlweg noch die Begegnung mit der Vermummten auf der Lichtung gemeldet haben. Und ich hoffe, dass Sie dafür eine logische Erklärung bereithalten. Ansonsten müssen wir davon ausgehen, dass Sie bewusst nicht gehandelt haben, um der

Angreiferin Zeit zu verschaffen. Damit würden Sie den Straftatbestand der Strafvereitelung oder sogar der Mittäterschaft erfüllen. Also überlegen Sie gut, was Sie jetzt aussagen.«

»Ich glaube an die kosmische Gerechtigkeit.«

»An was?« Taylor hatte sich vorgebeugt und fahrig seinen gelben Pony nach hinten geschoben.

»Kosmische Gerechtigkeit oder man kann es ebenfalls Karma nennen. Jede Handlung, die ein anderes Lebewesen negativ berührt, wird irgendwann im Leben gesühnt. Wenn ich einen Hund quäle und er beißt zu, erfolgt diese Sühne sofort. Wenn ich eine Bank überfalle und von der Polizei nicht verhaftet werde, wird mir irgendwann auf andere Weise Sühne abverlangt. Beispielsweise, dass mir das geraubte Geld nur Unglück bringt. Mir war sofort klar, dass die Frau im Hohlweg lediglich das Instrument kosmischer Gerechtigkeit war. Der Reiter hat irgendwann, vor einem Monat, vor einem Jahr oder vor Jahren eine böse Tat vollbracht und wurde nie zur Verantwortung gezogen. Die Gerechtigkeit hat dann entschieden, dass am 16. August für diesen Mann die Zeit für seine Sühne gekommen war. Es war nicht an mir, die kosmischen Gesetze, es gibt übrigens sieben davon, zu hinterfragen oder mich einzumischen. Also habe ich die Frau ziehen lassen.«

»Wissen Sie, Mrs Twinrose, für mich hört sich das Ganze eher nach einem Akt der Selbstjustiz an.« Pantel fixierte Glindas ungewöhnliche Augen. »Sie wissen sicherlich, dass Selbstjustiz in Großbritannien ebenso verfolgt und bestraft wird wie auch jeder andere Mord?«

»Ja! Trotzdem habe ich eine andere Sichtweise auf die Dinge und diese Sache geht mich nichts an.« Trotzig lehnte sich Glinda zurück und verschränkte die Arme vor ihrer Brust. Für den Chief Inspector war klar, dass er aus der Frau kein Wort mehr herausbekommen würde, zumindest nicht zu diesem Zeitpunkt.

»Sie können gehen, Mrs Twinrose. Sie müssen sich zu unserer Verfügung halten. Sollen wir Sie zurück nach Hause bringen?«

»Danke, Chief Inspector. Das ist nicht nötig.« Sie erhob sich und griff nach einem mit bunten Pailletten bestickten Rucksack, den sie sich schwungvoll über die Schulter warf. »Und Ihnen noch Waidmannsheil«, fügte sie voller Hohn hinzu, bevor sie das Besprechungszimmer verließ.

»Was war das denn jetzt?« Constable Taylors Stimme zitterte vor Empörung, nachdem sich die Tür hinter der *Waldhexe* geschlossen hatte. »Was glaubt die denn! Dass jeder Verbrecher nur ein Instrument dieser bescheuerten Gerechtigkeit ist und darum nicht verfolgt werden darf? Die hat doch nicht mehr alle Tassen im Schrank!«

Pantel sah den jungen Beamten verdutzt an, der in seiner jugendlichen Entrüstung seinen Pony so zerzaust hatte, dass er ihm wie ein gelber Hahnenkamm vom Kopf abstand.

»Und warum haben Sie die überhaupt gehen lassen?«, fügte er atemlos noch hinzu.

»Weil sie nicht unsere gesuchte Angreiferin ist. Und wenn Sie, Taylor, nachher ihr Alibi überprüfen, werden Sie feststellen, dass ich recht habe.«

»Aber mit der stimmt doch was nicht.«

»Da pflichte ich Ihnen bei. Ich bin mir sicher, dass Glinda Twinrose die Angreiferin kennt, zumindest, dass sie eine Vermutung hat, wer sie ist.«

»Aber dann müssen wir sie doch zum Reden bringen!«

»Nicht heute. Wir hätten aus ihr kein Wort mehr herausbekommen. Wir werden uns morgen noch einmal um sie kümmern.«

Zurück in seinem Büro sortierte Pantel die Unterlagen für die Besprechung um zwei. Er war überrascht wie viele neue Ergebnisse die Ermittlungen der letzten beiden Tage gebracht hatten. Doch trotz aller frischen Indizien ließ sich immer noch keine spezielle Person als Täterin identifizieren. Es war zum Verrücktwerden. Sein Bauchgefühl sagte ihm, dass er mit der gesuchten Frau schon gesprochen hatte; dass sie irgendwo hier zwischen den ganzen Berichten zu finden war.

»Du wirst sie schon aufstöbern«, erklang Sophies Stimme.

Pantel hob den Kopf. Sie stand vor dem Fenster und lächelte ihm zu. Sie trug ihr Lieblingskleid, frisches weißes Leinen mit zarten Stickereien am Ausschnitt. Der Labrador hatte sich erhoben, trottete hinüber zum Fenster und setzte sich, mit dem Kopf nach oben gerichtet vor Sophie hin. Seine Rute bewegte sich sacht über den Boden.

»Cosmo ist ein liebenswertes Tier. Du hast ihn schnell in den Griff bekommen.«

»Sophie, ich …«

»Nein, sag jetzt nichts. Ich bin gekommen, um mich endgültig von dir zu verabschieden. Du brauchst meine Hilfe nicht mehr. Auf dich wartet ein neues, glückliches Leben. Genieße es! Und irgendwann sehen wir uns wieder – vorausgesetzt du stellst nichts an, das dich in die Hölle bringt.« Sophie zwinkerte ihm zu und verschwand.

Der Hund gab ein leises Fiepen von sich und blickte Pantel ratlos an, als dieser erschüttert die Hände vor sein Gesicht schlug.

Charles wusste nicht, wie lange er so gesessen hatte. Irgendwann merkte er, dass der Labrador seinen Kopf auf sein Knie gelegt hatte. Automatisch streichelte er die weichen Ohren des Tiers.

»Na, mein Junge. Ich drehe doch nicht durch, oder? Du hast sie auch gesehen, nicht wahr?«

Das Telefon klingelte. Pantel nahm mit einem Seufzer den Hörer ab.

»Ethan Fulton. Guten Morgen Chief Inspector.« Die Stimme des Anrufers war angenehm und ruhig. »Mein Sohn hat mir gesagt, dass ich mich bei Ihnen melden soll.«

»Mr Fulton, guten Morgen. Danke, dass Sie anrufen. Es geht um das Verschwinden von Mr Petterson-Trump.«

»Ich habe schon gehört. Eine schreckliche Sache. Ich habe morgen in Truro zu tun. Wäre es Ihnen recht, wenn ich gegen halb neun bei Ihnen im Revier vorbeikomme?«

»Sehr gern, Mr Fulton.« Pantel legte auf. Er blickte über die

Schreibtischplatte. Bis zur Teambesprechung hatte er noch eine Menge zu tun. Doch er konnte sich nicht aufraffen.

»Komm, Cosmo. Wir beide machen jetzt einen Spaziergang durch den Park.«

Auf dem Flur traf das Gespann auf Ivy, die gerade aus Mawnan zurückkam.

»Hast du Lust mit uns beiden Männern einen Spaziergang zu machen und im Park ein Sandwich zu essen?«

Ivy beäugte die drei Ordner, die sie trug.

»Was soll's. Das kann ich auch später machen«, entschied sie. »Ich bringe das hier nur eben in mein Büro.«

Auf dem Weg zum Victoria Park besorgten sich Ivy und Charles Sandwiches und Kaffee in Pappbechern. Dann suchten sie sich eine freie Bank am Hundefreilaufgehege.

Cosmo konnte sein Glück kaum fassen, dass ein ebenfalls gelber Labradorrüde schwanzwedelnd am Zaun stand und ihm erfreut entgegenbellte.

»Na, dafür, dass er heute Morgen Höchstleistungen gebracht hat, ist er ganz schön munter«, bemerkte Ivy mit einem Blick auf die tobenden Hunde.

»Wenn wir wieder im Büro sind, wird er wie tot auf seine Decke fallen«, erwiderte Pantel schmunzelnd und biss herzhaft in sein Gurke-Ei-Sandwich. »Dann erzähl mal, wie es in Pettersons Villa war.«

»Also diese Ms Dragon ist fünfundachtzig und schmeißt noch den gesamten Haushalt. Lediglich zweimal die Woche kommt eine Putzhilfe. Und sie hat Haare auf den Zähnen! Als Brown mit seinem Team Pettersons Büro durchsuchten, hat sie unsere armen Forensiker wegen der entstandenen Unordnung zur Schnecke gemacht. Brown wusste sich nicht anders zu helfen, als die Tür zu schließen und von innen den Schlüssel herumzudrehen.« Ivy grinste bei der Erinnerung. »Und dann hat sie es bei mir ebenfalls versucht. Aber ich kenne das. Meine Granny war auch so ein Drachen.«

»Meine Großmutter sagte immer, Drachen werden Hundert.«

»Granny wurde 101 und der Dragon gebe ich auch noch gut fünfzehn Jahre.« Ivy wischte sich den Mund mit einer Papierserviette ab und warf sie in einen Mülleimer. »Ms Dragon ist fest davon überzeugt, dass das alles ein schrecklicher Irrtum sei. Ihr Herr, sie hat tatsächlich *Herr* gesagt, wäre so ein netter Mensch. Den würde niemand umbringen. Das Einzige, was sie an Petterson auszusetzen hatte, waren die vielen, häufig wechselnden Damenbekanntschaften. *Alles so Flittchen, die hinter dem Geld meines Herrn hinterher sind.* O-Ton! Und wenn ihm jemand etwas antun wollte, dann könnte es nur eine von diesen Weibern sein.«

»Hat sie dir Namen genannt?«

»Ja, von drei Frauen. Angeblich sollen diese Damen Petterson gestalkt haben, nachdem er mit ihnen Schluss gemacht hatte.«

»Gut, kümmere dich darum. Sonst noch etwas?«

»Familie hatte unser Opfer keine, bis auf einen Cousin dritten Grades, der in Neuseeland wohnt.«

»Na, der wird sich freuen, wenn das Erbe bei ihm eintrudelt.«

»Ganz bestimmt! Was da an Kunstwerken und Antiquitäten allein im Wohnzimmer waren, davon könnten sich andere ein Einfamilienhaus bauen. Sonst konnte die Dragon keine weiteren Auskünfte geben. Und wie war es bei dir?«

Charles erzählte Ivy von dem Gespräch mit Loretta Dee und, dass am Anfang nächsten Monats eine neue Kollegin deren Platz einnehmen würde.

»Verena Pavitt?« Ivy sah ihn mit großen Augen an.

»Du kennst sie?«

»Leider. Sie war für einige Wochen zur Einarbeitung in Penzance. Wenn du dir Loretta Dee in hässlich vorstellst, das ist Verena. Die ist mit knapp dreißig Inspector, weil man sie überall weglobte. Da hat dir Thomson einen Bärendienst erwiesen.«

»Na großartig.« Pantel schaute zum Freilauf hinüber.

»Und was war mit Glinda und Beaugarth?«

Rasch fasste Pantel die Befragungen zusammen. »Ich gehe davon aus, dass Beaugarth nichts mit den Angriffen zu tun hat. Aber ich will ihn noch ein wenig zappeln lassen. Glinda hingegen weiß etwas, was uns weiterhelfen könnte«, schloss er seinen Bericht.

14.00 Truro/Polizeirevier

Nachdem sich alle einen Platz im Besprechungsraum gesucht hatten, erläuterte der Chief Inspector dem Team die aktuelle Lage. Taylor berichtete, dass Glindas Alibi stimmen würde. DS Jenkins sprach über die Auswertung der Kameras. Die Überwachung des Parkplatzes in Falmouth reichte nicht bis zu der Parkreihe, an der der Hund angeschlagen hatte. Allerdings bestätigte Jenkins, dass der Weg, den der Hund gefunden hatte, tatsächlich der Strecke entsprach, die die Täterin nahm; zwei Kameras hatten die Flüchtende in der High Street erfasst. Eine Identifizierung der Person war jedoch aufgrund der Vermummung nicht möglich. Auch berichtete die Beamtin über das Gespräch, das sie mit der Coast Guard geführt hatte. Die dortigen Beamten hatten ihr die Auskunft gegeben, dass ab 19.09 Uhr die Flut eingesetzt habe. Je nachdem wann Petterson ins Wasser gestürzt war, bestünde die Chance, dass er in den Uferbereichen der Carick Roads angespült wurde. Die Guard würde nach dem Leichnam Ausschau halten.

Bonny und Clyde befanden sich noch in Falmouth; mit der Anwohnerbefragung beschäftigt. Sie hatten Bloombottem aber informiert, dass in dem Supermarkt, aus dem die Tragetaschen stammten, eine Frau in muslimischer Kleidung nicht aufgefallen sei. Die Kameraaufzeichnungen vom Eingangsbereich würde der Supermarkt schnellstmöglich zur Verfügung stellen.

Ajith Gupta hatte sich mit den Anruflisten und dem Bewegungsprofil von Petterson befasst. Ungewöhnliche Aktivitäten konnte er jedoch nicht finden. Pettersons letztes Telefonat war um 21.02 Uhr mit dem Festnetzanschluss seines Hauses. Auch in den sozialen Netzwerken hatte der Sergeant keine verdächtigen Kontakte aufspüren können.

Charles Pantel spürte, dass das Team langsam die Lust verlor. Aber war es den Ermittlern zu verdenken? Sie hatten so viele Hinweise und Informationen gesammelt, dass mittlerweile ein drittes Ermittlungsboard in dem Besprechungsraum stand, gut gefüllt mit Fotos, Notizen und Verbindungslinien. Doch jede Spur, die sich aufgetan hatte, führte mit der Zeit in eine neue Sackgasse. War er nicht selbst kurz davor, frustriert aufzugeben? Sein einziger Strohhalm war Glinda Twinrose. Irgendwie musste es ihm gelingen, sie zum Reden zu bringen.

Er beauftragte Ajith, Glindas, alias Jane Roberts Leben noch einmal komplett zu durchleuchten. Die übrigen Beamten sollten Ermittlungsunterlagen und Kameraaufzeichnungen erneut akribisch durchgehen.

Nachdem alle an ihre Arbeit gegangen waren, kam Ivy zu Pantel an die Ermittlungsboard.

»Was hältst du davon, wenn ich dir helfe alles noch einmal neu zu sortieren? Die drei Frauen, die Ms Dragon genannt hat, haben auch Zeit bis morgen früh. Ich glaube nämlich nicht, dass eine von ihnen etwas mit dem Fall zu tun hat. Und wir sollten Henry dazuholen.«

Charles Pantel hätte in diesem Moment die junge Frau am liebsten in den Arm genommen. So wie sie vor ihm stand: Die blonden Locken verwuschelt um den Kopf und ihre blauen Augen fragend auf ihn gerichtet, schien sie ihm der einzige Anker, den er hatte.

17.35 Truro/Polizeirevier

Pantels Handy klingelte. Erfreut stellte er fest, dass der Chef der Forensik anrief.

»Brown, wie sieht es bei Ihnen aus? Haben Sie etwas Neues für mich?«

»So schlimm?« Browns tiefer Bass dröhnte durch die Muschel. »Wenn Sie jetzt noch sagen, dass ich Ihre letzte Rettung bin, dann mache ich gleich Feierabend und trinke im Pub ein Bier auf Sie.«

»Ach, Brown! Wir ertrinken hier in Informationen, aber nichts will zusammenpassen.«

»Na, dann ist die Chance ja groß, dass bald das alles erklärende Puzzleteil auftauchen wird«, erwiderte Brown munter. »Nun gut, wir hätten da den Computer und das Tablet von Petterson-Trump. Leider haben wir bis jetzt noch keine Hinweise auf Drohungen, Erpressung oder irgendetwas, das seinen Tod erklären könnte, gefunden. Aber Constable Jones ist weiter dran. Und wenn einer etwas findet, dann er. In den Unterlagen haben wir allerdings etwas Interessantes entdeckt; eine Mappe mit gesammelten Zeitungsausschnitten. Es ging dabei um einen Segelunfall im August vor zehn Jahren. Eine junge Frau, Alicia C., ging über Bord und verschwand. Das betreffende Schiff war die *Pretty Swallow* von Petterson.«

Pantel griff nach seinen Veilchenpastillen. »Hatte Petterson Schuld?«

»Also, der Vorfall wurde laut Zeitung von den Wasserbehörden untersucht, die Petterson und seine Crew entlasteten. Angeblich hätte Alicia bei einem Wendemanöver nicht aufgepasst. Der Großbaum traf sie am Kopf und beförderte sie ins Wasser. Die Rettungsmaßnahmen liefen ins Leere.«

»Danke, Brown. Morgen kommt der Commander des Yachtclubs. Er wird mir sicherlich etwas dazu erzählen können.«

»Da nicht für. Und einen schönen Abend noch, Chief.«

21. August 2020
8.10 Truro/Polizeirevier

»Guten Morgen, Edith! Wie schön, dass Sie Kaffee gekocht haben.« Der Chief Inspector hatte die Kaffeeküche betreten und sog den Duft des frisch aufgebrühten Getränks genüsslich ein.

»Ja, mein Abschlusskaffee. Habe tatsächlich schon Feierabend und kann mich endlich mal um mein Gärtchen kümmern.«

»Dann viel Spaß! Das Wetter soll sich ja halten.«

»Werde ich haben.« Edith Grove schaute Pantel über den Rand ihres Kaffeebechers zu, wie er an die Kaffeemaschine trat und eine Tasse füllte. »Und, kommen Sie mit dem Fall weiter. Die Ermittlungsboards sind ja gut gefüllt.«

»Zu gut«, erwiderte Pantel lächelnd und blies in seinen Becher, bevor er vorsichtig einen Schluck nahm. »Mit jeder neuen Information tut sich eine neue Spur auf, allerdings endet gleichzeitig eine andere. Es ist zum Verzweifeln. Aber gleich kommt der Commander des Segelclubs, in dem das Boot des letzten Opfers liegt. Vielleicht hat er für uns etwas Hilfreiches.«

Edith stand auf, stellte ihren leeren Becher in die Spülmaschine und griff nach ihrer Handtasche. »Dann drücke ich Ihnen die Daumen, Chief Inspector.«

Pünktlich um halb neun klopfte es an der Tür und ein älterer Mann betrat Pantels Büro, der sich als Ethan Fulton vorstellte. In seiner Begleitung befand sich sein Sohn, Alexander. Der Chief Inspector erhob sich, begrüßte die beiden Männer und bot ihnen Platz an.

»Danke, dass Sie gekommen sind, Mr Fulton, Alexander.«

»Kein Problem. Wenn ich …«, er blickte kurz zu seinem Sohn, »… wir der Polizei helfen können, machen wir das gern.«

»Wie Sie wissen, geht es um das spurlose Verschwinden von Mr Petterson-Trump. Können Sie mir etwas über diesen Mann erzählen?«

Fulton Senior lachte kurz auf. »Da gibt es so viele Geschichten, dass ich zwei Tage am Stück über ihn berichten könnte. Aber Sie meinen sicherlich Geschichten, die eventuell mit seinem Verschwinden zu tun haben.«

»Ganz genau.« Ethan Fulton war Pantel auf Anhieb sympathisch. Er war nicht einer der Gecken, die häufig in noblen Clubs anzutreffen waren und sich in teurer Designerkleidung präsentierten. Hemd und Hose waren gediegen, der leichte Blouson hatte schon bessere Zeiten gesehen, lediglich seine Schuhe waren feinste Handarbeit – Pantel tippte auf *John Lobb*. »Vielleicht fangen Sie bei dem Segelunfall von vor zehn Jahren an. Eine junge Frau kam dabei ums Leben.«

Verwundert registrierte der Chief Inspector, dass der junge Fulton regelrecht zusammenzuckte und den Blick senke. Ethan hingegen lehnte sich entspannt zurück und verschränkte die Hände über seinem Bauch.

»Also, das ist schon wirklich merkwürdig, fast makaber zu nennen. Ich habe gestern Abend noch mit meiner Frau darüber gesprochen. Die gesamte Crew von damals ist dieses Jahr, zehn Jahre nach dem schrecklichen Unfall, verstorben.«

Pantel spürte ein Kribbeln im Nacken. Was hätte er jetzt für ein Veilchenpastille gegeben, aber das war eine Unmöglichkeit, die er zutiefst bedauerte.

»Wer sind diese Personen und wie sind sie zu Tode gekommen?«

»Der Erste war Jimmy, James DeHavilland. Das muss im Juli gewesen sein. Er hatte Leberkrebs, der Arme. War ein netter Typ und ein verdammt guter Segler.«

Pantel lehnte sich enttäuscht zurück. Wäre auch zu einfach gewesen, wenn die Opfer seines Falls zu dieser Crew gehört hätten.

»Dann hatte Boyo diesen tragischen Unfall auf dem Golfplatz. Wie hieß Boyo mit richtigem Namen?« Fulton stellte die Frage an seinen Sohn. Dieser schreckte erneut zusammen und benötigte einen Moment, sich zu sammeln.

»Harrogate, Luke Harrogate, Dad.«

»Ach ja. Aber der war kein offizielles Clubmitglied und nach dem Unfall habe ich ihn nicht mehr gesehen. Darum habe ich seinen Namen auch vergessen«, erläuterte der Ältere, ohne die Unsicherheit seines Sohnes zu bemerken.

»Luke Harrogate, der Finanzmakler?« Pantel hatte sich vorgelehnt, bemüht seine Aufregung zu verbergen.

»Genau der, wenn man ihn denn Finanzmakler nennen will.«

Ein leicht ironischer Ton hatte sich in Ethan Fultons Stimme geschlichen. »Und schließlich Campbell Junior, der kurz danach den Reitunfall hatte. Wie nannten die anderen ihn? Ach ja,Timid. Er war unbeschreiblich schüchtern. Und jetzt trifft es Spicy. Das ist schon sehr ungewöhnlich, finden Sie nicht auch, Chief Inspector?«

»Sie meinen Benjamin Campbell?«

»In der Tat. Ist jedoch nach dem Vorfall mit Alicia sofort aus dem Club ausgetreten.«

Da war sie endlich, die Verbindung zwischen den Opfern, nach der sie so intensiv gesucht hatten.

»Entschuldigen Sie, aber ich würde gern noch einen Officer dazu holen, der Ihre Aussage gleich protokolliert. Ich bin sofort wieder bei Ihnen.« Rasch erhob sich Pantel und verließ das Zimmer. Er konnte kaum glauben, dass sich der Fall endlich in die richtige Richtung bewegte. Einen Moment blieb er vor dem Büro von Bloombottem und Malmac stehen und atmete tief durch. Dann betrat er den Raum.

Nachdem Pantel den beiden Männern Henry Bloombottem vorgestellt hatte, befragte er die beiden Fultons zu dem Opfer des Segelunfalls.

»Alicia war die Tochter unseres damaligen Kastellans, George Creek. Wie alt war sie, Alex?«

»Fünfundzwanzig«, antwortete der junge Mann einsilbig. Pantel stutzte. Er hatte Alexander Fulton von seiner ersten Begegnung mit ihm ganz anders in Erinnerung; selbstbewusst, wortgewandt und aufgeschlossen. Nun schien er bedrückt und unsicher.

»Stimmt«, bestätigte Ethan. »Du warst ja auf ihrer großen Geburtstagsparty im Juli.« Dann zwinkerte er den beiden Beamten zu. »Alex war damals verknallt in Alicia – pubertäre Schwärmerei, wenn Sie wissen, was ich meine.«

Pantel lächelte verstehend, obwohl ihm überhaupt nicht danach war.

»Und dieser George arbeitet nicht mehr für den Club?«

»Nein. Er ist kurz danach gestorben. Die Leute sagen, dass ihm der Tod seiner Tochter das Herz gebrochen hatte.«

»Und gibt es auch eine Mrs Creek?« Bloombottem hatte die Frage gestellt und Pantel bemerkte mit Verwunderung, dass Henry aschfahl im Gesicht war.

»Ja, allerdings mussten wir uns nach dem Tod ihres Mannes trennen, da sie die Aufgaben nicht allein bewältigen konnte.«

»Wissen Sie, was aus ihr geworden ist?«, forschte der Sergeant weiter. Ein leichtes Zittern hatte sich in seine Stimme geschlichen.

»Nicht genau. Sie hat verschiedene Jobs angenommen. Ich habe lange nichts mehr von ihr gehört.«

Bloombottem räusperte sich, bevor er sie nächste Frage stellte. »Wie heißt sie?«

»Edith Creek. Moment, ich glaube, dass sie ihren Mädchennamen wieder angenommen hat. Den kenne ich allerdings nicht. Du Alex?«

Sein Sohn schüttelte lediglich den Kopf.

»Alexander, ich darf Sie doch so nennen?« Pantel wandte sich an den jungen Mann, der wie ein Häufchen Elend auf seinem Stuhl zusammengesunken war. »Was wissen Sie über Alicias Tod?«

»Was soll er denn darüber wissen?« Fulton Seniors Stimme klang alarmiert.

»Ist schon gut Dad.« Alexander richtete sich auf und lehnte sich ein wenig vor. »Spicy ist tot. Er kann also keinen Schaden mehr anrichten.« Stockend begann er von dem Gespräch, das er am Tag nach Alicias Unfall zwischen James DeHavilland und Petterson-Trump belauscht hatte, zu berichten.

»Ich hatte noch einige Zeit gewartet, bis ich glaubte, dass die Luft rein war. Dann kroch ich aus meinem Versteck, um die Polizei zu informieren. Doch Spicy hatte wohl einen siebten Sinn. Plötzlich stand er am Tor der Bootshalle und versperrte mir den Weg. Er hatte mir gedroht, dass wenn ich auch nur ein Wort weitersagen würde, er erzählen würde, dass du, Dad, Clubgelder veruntreut hättest. Und dann wäre es aus mit dem schönen Posten des Commanders. Ich war fünfzehn, Dad. Ich habe das alles geglaubt und meinen Mund gehalten.«

Im Raum war es so still, dass man eine Stecknadel hätte fallen hören können.

»Mr Fulton, …« Ein Klopfen unterbrach Pantel und der Kopf von Patricia Jenkins erschien an der Tür. »Jetzt nicht, Jenkins«, herrschte er die Polizistin an.

»Sir, tut mir leid, aber es ist sehr wichtig!«, entschuldigte sie sich. »Ich muss Sie sprechen.«

Mit einem Seufzer erhob sich der Chief Inspector und nur widerstrebend folgte er ihr hinaus in den Flur. Irgendetwas stimmte mit Henry Bloombottem nicht. Er wollte ihn auf gar keinen Fall mit den beiden Fultons allein lassen.

»Was gibt es?«, fragte er die Beamtin ungeduldig.

»Ich habe in den Kameraaufzeichnungen von Falmouth zur fraglichen Zeit einen uns bekannten Wagen in der Woodlane Richtung Norden entdeckt. Es ist der Wagen unserer Reinigungskraft, Sir. Edith Grove ist deutlich erkennbar.«

Pantel benötigte einen Moment, um das Gehörte in seinen Kopf zu lassen. Er starrte Jenkins an und dann fügte sich plötzlich diese ungeheuerliche Information in das Gesamtbild ein. Im selben Moment öffnete sich die Tür seines Büros und Henry Bloombottem stürmte an ihnen vorbei.

»Ach du Scheiße!«, entfuhr es Pantel. »Wo ist Ivy? Sie soll sofort zu mir kommen und schicken Sie zwei Beamte zu Edith' Haus. Sie sagte mir vorhin, dass sie in ihrem Garten arbeiten wollte.« Rasch ging er zurück in sein Büro. Während er die beiden Fultons verabschiedete, erschien Ivy mit Ajith im Schlepptau.

»Charles, Ajith hat etwas Beunruhigendes herausgefunden«, platze es aus ihr heraus, nachdem sich die Tür hinter den beiden Männern geschlossen hatte.

»Das habe ich auch«, erwiderte der Chief Inspector matt. »Was ist es denn, Gupta?«

»Also, Jane Roberts war als Pflegekind bei der Familie Grove.

Edith ist die leibliche Tochter der Groves, also sind Edith und Jane so etwas wie Pflegeschwestern.«

»Dann passt alles zusammen«, stellte Pantel fest. »Edith Grove ist unsere Täterin.«

»Was redest du da!«, rief Ivy entrüstet aus.

»Wir fahren zu Edith. Henry ist vor ein paar Minuten einfach losgestürmt. Ich denke, dass wir ihn bei ihr finden werden. Wir müssen ihn von ihr fernhalten.« Pantel schnappte seine Wagenschlüssel.

Eine halbe Meile vor Shortlanesend meldeten die beiden Beamten, die zum Hause von Edith Grove gefahren waren, über Funk, dass der *Vogel ausgeflogen sei.* Außerdem hätten sie DS Bloombottem vollkommen aufgelöst aufgefunden.

»Was sollen wir mit ihm machen, Sir?«, rauschte es durch den Lautsprecher.

»Bringen Sie ihn zurück nach Truro und passen Sie auf, dass er das Revier nicht verlässt. Zur Not nehmen Sie ihn in Schutzhaft. Haben Sie mich verstanden?«

»Ja, Sir.«

»Was glaubst du, wo sie ist?« Ivys Frage kam zögernd. Ihre Gedanken rasten. Charles hatte ihr zwar mit knappen Worten berichtet, was er von dem Commander des Yachtclubs und dessen Sohn erfahren hatte, aber ihr Gehirn weigerte sich beharrlich, diese Informationen zu verarbeiten.

»Sie kann nur bei Glinda Twinrose sein. Wir beide fahren nach Killivose, ohne Kavallerie. Und du ruf bitte Hector Brown an, dass er sich Edith' Haus vornimmt.«

10.40 Killivose/Little-Witch-Forest

Charles Pantel parkte seinen Spider in einer der Haltebuchten unterhalb des Hügels, der zum Little Witch Forest hinaufführte.

»Mit Taylor bin ich quer über die Wiese gelaufen und an der Stelle, wo du die drei Rotbuchen sehen kannst, sind wir in den Wald gegangen. Glindas Haus befindet sich genau auf dieser Höhe.«

»Dann machen wir das ebenfalls«, entschied Pantel. »Vielleicht bekommen wir ja die Chance, das Haus eine Zeit lang ungesehen zu beobachten.«

Sie gingen durch das kniehohe Gras bis zum Waldrand und tauchten in den stillen Buchenhain ein. Nach wenigen Metern sahen sie das helle Fachwerk durch die Bäume blitzen. Vorsichtig schlichen sie bis zu einer Stelle, von der sie einen guten Blick auf die Vorderfront hatten. Nichts rührte sich auf der Lichtung oder vor dem Haus. Die Tür stand weit offen, doch in der dahinterliegenden Dunkelheit des Flurs ließ sich keine Bewegung ausmachen. Lediglich die schwarze Katze lag zusammengerollt auf der obersten Stufe der kleinen Treppe, die in das mittelalterliche Gebäude führte. Plötzlich zuckte der Kopf des Tiers hoch und mit seinen gelben Augen fixierte es den Baum, hinter dem Pantel und Ivy sich versteckt hatten.

»Joris, was hast du denn?« Ein roter Schopf erschien hinter den hohen Weidekörben, die mit frischem Obst gefüllt auf dem grob gezimmerten Holztisch standen. Glinda Twinrose erhob sich und folgte dem Blick der Katze.

»Leider erwischt. Dieses Mistvieh«, flüsterte Pantel Ivy zu.

Er trat hinter dem Baum hervor, dicht gefolgt von seiner jungen Kollegin.

»Ah, Chief Inspector. Und Ivy, das freut mich.« Sie hob leicht den Arm, der in einem Trompetenärmel ihres malvenfarbenen Kleides steckte und winkte die Neuankömmlinge zu sich. »Kommen Sie! Setzen Sie sich. Als hätte ich es geahnt, habe ich gerade eine Kanne Tee frisch aufgebrüht.« Sie verschwand im Haus.

»Los, geh ihr nach. Biete ihr deine Hilfe an«, wisperte Pantel. »Ich sehe mich mal hinter dem Haus um, also verwickle sie in ein Gespräch.«

Ivy betrat den Flur und verschwand nach links. Pantel warf einen raschen Blick hinauf zu den Gaubenfenstern. Doch nichts wies darauf hin, dass jemand ihn von oben beobachtete. Er entschied sich, rechts am Haus entlangzugehen. An dieser Seite gab es nur zwei kleine Sprossenfenster. Vorsichtig warf er einen Blick ins Innere. Es schien sich um das Wohnzimmer zu handeln. Auch hier konnte er nichts feststellen, was auf die Anwesenheit einer weiteren Person hingedeutet hätte. Hinter dem Haus befanden sich ein Kräuter- und Gemüsegarten sowie ein Obsthof mit knorrigen, alten Bäumen. Obwohl die Weidenkörbe vor dem Haus üppig gefüllt waren, trugen die Obstbäume immer noch schwer an ihrer Last aus Birnen, Äpfeln und Pflaumen. Es juckte den Chief Inspector in den Fingern, eine besonders schöne, rotwangige Birne von einem tiefhängenden Zweig zu pflücken, doch er widerstand der Versuchung. Verborgen von dem Laub des Birnenbaums ließ er seine Augen über die Hinterfront des Hauses schweifen. Alles war ruhig. Nichts ließ darauf schließen, dass Edith Grove sich im Haus befand. Rasch ging er zurück zur vorderen Front des Gebäudes und setzte sich auf eine hölzerne Bank.

Kurz danach erschien Ivy. Ein leichtes Schütteln ihres Kopfes sagte ihm, dass auch sie nichts Verdächtiges bemerkt hatte. Glinda folgte dicht hinter der jungen Frau. Sie trug ein hölzernes Tablett auf dem eine große Teekanne mit Streublümchenmuster, drei weiße Teebecher, ein Topf mit Honig und eine Zuckerdose zu erkennen waren. Geschickt deckte sie auf dem wenigen Platz, den die Obstkörbe ließen, den Tisch.

»Ich hoffe, dass es Sie nicht stört, dass ich Ihnen keinen Schwarztee anbiete. Es ist eine eigene Mischung aus heimischen Kräutern, allerdings mit derselben anregenden Wirkung wie Teein«, erklärte Glinda und goss das goldgelbe Gebräu in die Becher. Schließlich stellte sie noch einen Teller mit duftenden Ingwerkeksen dazu. »Sie kommen gerade erst aus dem Ofen. Also Vorsicht beim Hineinbeißen«, warnte sie lächelnd. Dann setzte sie sich, gab einen Löffel Honig zu ihrem Tee und rührte sorgfältig um.

»Wie kann ich Ihnen helfen, Chief Inspector?«

»Wenn Sie mich so direkt fragen: Wo ist Edith Grove?«

Glinda betrachtete Pantel mit einem leisen Lächeln. »Einen Moment bitte.« Glinda erhob sich, wobei das feine Leinen ihres langen Kleides leicht raschelte, und ging ins Haus.

Pantel und Ivy warfen sich einen überraschten Blick zu. Sollte Edith sich tatsächlich hier versteckt haben.

Nach wenigen Augenblicken kam Glinda zurück, drei Briefumschläge in der Hand. Sie setzte sich, legte die Umschläge vor sich auf den Tisch und bedeckte sie mit ihren flach ausgestreckten Händen, als wolle sie sie vor dem Zugriff durch Pantel schützen.

»Edith kam vor einer Stunde zu mir. Sie gab mir diese Briefe, die ich Ihnen übergeben soll. Der erste Brief ist an Henry. Es ist ein sehr privates Schreiben und der Sergeant soll entscheiden, ob der Inhalt für den Fall relevant ist und Ihnen, Chief Inspector, zur Kenntnis übergeben werden soll.« Sie schob den obersten Umschlag über den Tisch. »Der zweite Brief ist Ediths Geständnis. Der dritte Brief ist die Erklärung, warum Edith dies alles gemacht hat.« Auch diesen Brief schob sie Richtung Charles Pantel.

Dieser starrte auf die Umschläge vor sich. Er schob die Schriftstücke zusammen und legte nun ebenfalls seine Hände darauf.

»Wo ist Edith jetzt?«

»Das kann ich Ihnen nicht sagen, weil ich es nicht weiß. Edith hat es mir nicht verraten. Sie sagte nur, dass wir uns eine lange Zeit nicht wiedersehen würden.«

»Ivy, gib bitte eine Fahndung nach Edith Grove aus. Die Flughäfen und Fährlinien bis hoch nach Schottland müssen überwacht werden. Außerdem soll Truro die Kollegen schicken, um Glinda Twinrose zum Verhör abzuholen.« Die junge Frau nahm ihr Handy, erhob sich und entfernte sich einige Meter.

»Glinda, Sie wissen, dass Sie sich strafbar gemacht haben.«

Die Frau nahm ihren Becher in beide Hände und sah Pantel stumm über den Tassenrand hinweg an.

»Da Sie mit Edith Grove nicht verwandt sind, haben Sie kein

Zeugnisverweigerungsrecht, außer, Sie würden sich mit Ihrer Aussage selbst belasten. Weiter ist davon auszugehen, dass Sie über das Tun von Edith Grove unterrichtet waren, was den Tatbestand der Strafvereitelung erfüllen würde. Darüber entscheidet allerdings der Haftrichter. Ich rate Ihnen, einen Anwalt hinzuzuziehen. Falls Sie keinen kennen, besorgen wir Ihnen einen Pflichtverteidiger.«

Glinda nippte an ihrem Tee und nickte.

»Die Kollegen sind informiert«, unterbrach Ivy leise und setzte sich wieder neben ihren Chef.

»Verdammt, Glinda, warum haben Sie das gemacht?« Pantel sah die Frau eindringlich an. Diese stellte vorsichtig ihren Teebecher zurück auf den Tisch, bevor sie eine Antwort gab.

»Edith Grove ist nicht meine leibliche Schwester, wie Sie wissen. Aber unser Verhältnis ist das von Schwestern. Als diese schlimme Sache mit Alicia passierte und dann auch noch George, ihr Mann starb, hat sie so lange bei mir gelebt, bis sie wieder Boden unter den Füßen hatte. Sie hat sich danach das Häuschen in Shortlanesend gekauft und sich als Haushaltshilfe selbstständig gemacht. So etwas verbindet, stärker, als Blut das je könnte. Darum habe ich sie geschützt.«

»Und warum hat Edith sich erst so viel später an den Männern gerächt?«

»Es war keine Rache. Erinnern Sie sich, was ich Ihnen gestern erzählt habe? Es war eine Sühnetat.«

»Glauben Sie nicht, dass es den toten Männern egal ist, ob Sie aus Sühne oder Rache getötet wurden? SIE SIND TOT!« So schrecklich Pantel auch der Gedanke war, dass sich ausgerechnet Edith als die gesuchte Täterin entpuppt hatte, konnte er dieser Theorie von Sühne weder folgen noch sie akzeptieren. Einen kurzen Moment erschien vor seinem inneren Auge das fröhliche Gesicht von Henry Bloombottem. Mein Gott, wie musste er sich im Augenblick fühlen? »Aber warum jetzt? Warum nach so vielen Jahren?«

»Das erklärt Ihnen Edith in ihrem Brief«, antwortete Glinda mit bewundernswerter Fassung.

»Glinda, Edith hat sich aus dem Staub gemacht. Sie hingegen werden wahrscheinlich für einige Jahre ins Gefängnis gehen. Ist es das wert?«

»Ja, das ist es mir wert, Chief Inspector.«

12:15 Truro/Polizeirevier

Auf der Rückfahrt zum Polizeirevier war es sehr still im Wagen. Charles und Ivy hingen ihren eigenen Gedanken nach. Kurz vor Truro rührte sich Ivy und flüsterte: »Warum muss es ausgerechnet Edith sein?«

Charles hatte darauf keine Antwort, wie sollte er auch. Man konnte niemandem hinter die Stirn schauen.

»Ivy, ich hätte auch lieber Beaugarth oder der Französin Handschellen angelegt, aber die Unsympathischen sind nicht automatisch die Täter. Ich denke, dass Edith in ihrem Brief eine Erklärung abgegeben hat, damit wir ihr Handeln besser verstehen können. Die Tatsache, dass sie für drei Todesopfer verantwortlich ist, hat trotz allem Bestand.«

»Und was ist mit Henry?« Ivys Stimme wurde lauter und ein ärgerlicher Ton hatte sich eingeschlichen. »Wie konnte sie ihm so etwas antun?«

»Ivy, hier geht es nicht um Henry.« Charles fuhr in den Trafalgar Roundabout und musst sich kurz auf die Fahrt durch den unübersichtlichen Kreisverkehr konzentrieren. »Hier geht es um Edith und ihre Bedürfnisse. Und bevor wir ihr Geständnis nicht gelesen haben, ist alles andere reine Spekulation.«

An der Pforte saß wieder einmal PC Sutton als diensthabender Beamter.

»Haben Sie schon etwas von der Fahndung gehört, Constable?«

»Nein, Sir. Ist es denn tatsächlich Edith?«

»Leider müssen wir davon ausgehen.« Pantel zog die Briefumschläge aus seiner Jacketttasche. »Wo ist Bloombottem?«

»Den hat PS Peafiled nach Hause gefahren. Ist noch nicht wieder zurück, Sir. Wird wohl noch etwas bei ihm bleiben. Henry war total von der Rolle, Sir.«

Pantel nickte verstehend. »Gut. Ivy, könntest du Bloombottem wohl den Brief bringen?« Die junge Beamtin nickte stumm und griff nach dem Umschlag. »Er soll sich ein paar Tage freinehmen, wenn er möchte. Und Sie, Sutton, sagen den Kollegen Bescheid, dass wir uns um zwei im Besprechungsraum treffen.«

In seinem Büro angekommen empfing ihn Cosmo überschwänglich. Pantel streichelte ihn ausgiebig und steckte ihm einen Kauknochen zu. »Braver Junge«, lobte er. »Ich muss nur noch das hier lesen und dann machen wir einen großen Spaziergang.« Er setzte sich und legte die Umschläge vor sich auf den Schreibtisch. Einer war in akkurater Handschrift an *Polizei Truro/Chief Inspektor Charles Pantel* adressiert. Der Zweite war unbeschriftet. Er griff nach dem Umschlag mit der Aufschrift, nahm den Brieföffner in Form des Schwertes Excalibur, ein Geschenk von Sophie, und schob die scharfe Kante unter die Lasche. Zwei Briefbögen vielen heraus. Sorgfältig faltete er die Schreiben auseinander. Auf dem ersten Blatt war in Großbuchstaben Geständnis notiert. Der zweite Brief war an Pantel persönlich gerichtet.

GESTÄNDNIS

20. August, Shortlanesend

Ich, Edith Grove, verw. Creek, gestehe umfänglich, dass ich den Tod von Henry Petterson-Trump, Luke Harrogate und Benjamin Campbell-Jones vorsätzlich verschuldet habe.

Ich habe die Mordanschläge ohne die Beteiligung Dritter geplant und durchgeführt.

Meine Planung sah vor, die Opfer Harrogate und Campbell-Jones zunächst wehrlos zu machen, um ihnen dann zu erklären, warum sie sterben müssen. Danach hätte ich sie mit einem Küchenmesser, das ich bei mir trug, getötet. Leider hatte das Schicksal es anders vorgesehen. Beide Opfer verstarben ohne mein Zutun und ohne, dass ich die Möglichkeit hatte, ihnen zu sagen warum. Für Petterson-Trump hatte ich die Tötung mit einem Gift vorgesehen. Ich wollte, dass er allein und unter Qualen seinem Tod entgegensehen muss.

Mein Motiv war der Tod von Alicia, meiner Tochter, vor zehn Jahren. Alle Opfer waren an ihrem Schicksal beteiligt, auch wenn die amtlichen Untersuchungen einen Unfall ergaben. Erst vor einigen Wochen habe ich von der tatsächlichen Schuld der Männer in einem Brief von James DeHaviland erfahren. Für mich gab dieses Schreiben den Ausschlag dafür, die Tat an meiner geliebten Tochter zu sühnen.

Ich trage die alleinige Schuld und bereue mein Vorgehen nicht.

Hochachtungsvoll
  Edith Grove

Charles Pantel legte das Schreiben langsam zurück auf den Tisch. Nie hätte er vermutet, dass Edith von einer solch zerstörerischen Trauer erfüllt gewesen war. Er griff nach dem Brief, der für ihn bestimmt war.

Sehr geehrter Chief Inspector,
es tut mir unendlich leid, dass ich Ihnen in den letzten Tagen so viel Mühe bereitet habe. Die tiefe Trauer um mein geliebtes Kind und

der innige Wunsch, die Männer, die für ihren Tod verantwortlich waren, sühnen zu lassen, ließen mir jedoch keine andere Wahl.

An dem Abend, als Alicia Bescheid gab, mit Petterson-Trump und den anderen eine Bootstour zu machen, habe ich versucht, sie davon abzubringen. Diesen Männern war nicht zu trauen. Ich wusste sofort, dass Alicia in Gefahr schwebte. Sie jedoch hatte lachend abgewunken und verschwand für immer in der Dunkelheit.

Einige Wochen später, nachdem die Untersuchungen des Unglücks abgeschlossen waren und von einem tragischen Unfall gesprochen wurde, habe ich mich damit abgefunden, obwohl ich tief in meinem Herzen immer noch den Verdacht hegte, dass Petterson schuldig war.

Vor ungefähr zehn Wochen sollte sich mein Verdacht schließlich bestätigen. Ich erhielt einen Brief von James DeHavilland. Er schrieb, dass er im Sterben läge und endlich sein Gewissen erleichtern wollte. Das Originalschreiben befindet sich in dem nicht beschrifteten Umschlag.

Für mich war mit einem Mal klar, dass ich nur Frieden finden würde, wenn ich die Sache selbst in die Hand nähme.

Harrogate kannte ich vom Golfclub, und es bereitete mir keine Schwierigkeiten, an die für meinen Plan nötigen Informationen über ihn und seine Gewohnheiten zu kommen.

Von Campbell und seinen morgendlichen Ausritten wusste ich noch aus der Zeit, als ich nach dem Tod meines Mannes bei Glinda gelebt hatte. Durch geschicktes Fragen konnte ich von ihr das eine oder andere Wichtige erfahren, ohne ihren Argwohn zu wecken.

Bei Petterson-Trump kam mir zwei Tage nachdem ich DeHavillands Geständnis erhalten hatte, ein Zufall zu Hilfe. Petterson benötigte eine zuverlässige Person, die sein Schiff reinigte und Proviant besorgte. Ohne zu wissen, mit wem er tatsächlich telefonierte, gab er mir den Auftrag. Ich sagte ihm, dass eine vertrauenswürdige

Mitarbeiterin von mir (die natürlich nicht existierte) diese Tätigkeiten übernehmen würde. Als ich dann als Muslima verkleidet auf sein Schiff kam, zeigte er mir alles und ich machte mich an die Arbeit. Er erkannte mich immer noch nicht. Lediglich als er in meine grünblauen Augen sah, die gleichen, die auch Alicia besessen hatte, stutzte er für einen kurzen Moment. So war es für mich ein Leichtes, mich ohne Verdacht zu erregen, auf dem Clubgelände zu bewegen und Informationen über Petterson zu sammeln; genauso wie ihm die vergifteten Limetten unterzuschieben.

Die muslimische Kleidung habe ich dann auch für die anderen beiden Anschläge gewählt; zum einen, damit ich nicht erkannt wurde, eventuell sogar eine falsche Spur legen konnte, und zum anderen, dass keine Haare oder andere verräterischen Spuren von mir am Tatort zurückblieben.

Entschuldigen möchte ich mich bei Ihnen auch dafür, dass ich Ihr Vertrauen missbraucht habe, indem ich während meiner Arbeit im Revier die herumliegenden Akten eingesehen hatte. Eine willkommene Möglichkeit, die Fortschritte der Ermittlungsarbeiten an dem Fall im Auge zu behalten.

Nun bleibt mir nur noch, mich von Ihnen zu verabschieden. Ich wünsche Ihnen ein zufriedenes, erfülltes Leben. Grüßen Sie Ivy ganz lieb von mir und haben Sie bitte auf Henry ein Auge. Um ihn tut es mir herzlich leid.

Ihre Edith Grove

Für Pantel fügten sich nun alle Puzzleteile zusammen. Alle noch offenen Fragen hatte Edith mit ihrem Brief beantwortet. Sie hatte aufgezeigt, dass sie über das notwendige Täterwissen verfügte. Nein, es gab keinen Zweifel – Edith war die gesuchte Mörderin. Mit einem Seufzer nahm Charles den unbeschrifteten Umschlag zur Hand, öffnete ihn und zog zwei Bögen feinstes Büttenpapier heraus. Die Handschrift, ein zittriges Gekrakel, war sehr schlecht lesbar. Pantel gewann den Eindruck, dass der Schreiber entweder in großer Eile gewesen war oder nicht mehr genug Kraft besaß, den Stift sicher zu führen.

Sehr geehrte Mrs Grove,
fast zehn Jahre habe ich gezögert, Ihnen oder sonst jemandem die Wahrheit über den Tod Ihrer Tochter Alicia zu erzählen. Nun liege ich mit quälendem Gewissen im Sterben und weiß, dass es meine Pflicht ist, mein Schweigen endlich zu brechen.

Als wir an dem bewussten Abend mit Alicia hinausgefahren sind, war mir klar, was Petterson-Trump mit diesem späten Törn bezweckte. Er und Harrogate hatten schon lange ein Auge auf Alica geworfen. Campbell und mich nahmen sie nur mit, weil sie Zeugen benötigten, falls etwas aus dem Ruder laufen sollte.

Anfangs war alles ganz normal. Alicia genoss die Fahrt und die herrliche Aussicht, die wir vom Boot aus auf die Lichter an Land hatten. Doch dann übergab Petterson das Steuer an mich. Er wolle Alicia gern das Schiff von innen zeigen, sagte er und gab Harrogate ein Zeichen, ihnen nach unten zu folgen.
Nach einigen Minuten brach unter Deck ein Tumult aus. Wir hörten Alicias Schreie und die Flüche der beiden Männer. Campbell sprang alarmiert auf, doch ich packte ihn am Arm und zog ihn neben mich auf die Bank.
Plötzlich tauchte Alicia aus dem Niedergang auf. Ihre Bluse war zerrissen, der enge Rock hochgeschoben und ihr Slip fehlte. Sie schrie und weinte zugleich und versuchte an uns vorbei auf das Vordeck zu flüchten.
Petterson, der ebenfalls die Treppe zum Deck hochgehetzt war, wütete, dass diese kleine Schlampe nicht wisse, was ihr guttäte. Als er sah, dass sie sich auf Höhe des Großbaums befand, riss er die Schot aus dem Block und stieß mit aller Kraft den nun frei-

schwingenden Baum gegen Alicia. Sie wurde am Kopf getroffen, strauchelte und fiel ins Wasser.

Für einen kurzen Moment war es absolut still an Bord. Campbell und ich waren wie versteinert ob der Brutalität, mit der Petterson Alicia angegriffen hatte. Harrogate, der nun ebenfalls an Deck erschienen war, schrie Petterson an, was er da um Himmelswillen gemacht hätte. Man müsse Alicia sofort aus dem Wasser holen.

Doch Petterson brüllte los, dass das Miststück es nicht besser verdient hätte, als zu ersaufen. Und dann setzte er uns unter Druck, dass, wenn er in den Knast ginge, wir ihn alle begleiten würden. Er würde aussagen, dass wir das alles geplant hätten und er nur unter Protest sein Boot zur Verfügung gestellt hätte. Also hielten wir den Mund, alarmierten die Coast Guard und sagten aus, dass Alicia genau in dem Moment aufgestanden wäre und zum Vordeck gehen wollte, als wir ein Wendemanöver gefahren sind. Außer der Ermahnung in Zukunft bei Gästen an Bord auf diese bei Manövern aufzupassen und sie Rettungswesten anlegen zu lassen, sind wir ungeschoren davongekommen.

Da ich nun nicht mehr lange zu leben habe, habe ich auch keine Angst mehr vor irdischer Strafe oder der Bösartigkeit von Petterson-Trump. Die Entscheidung, was Sie, Mrs Grove mit meinem Geständnis machen, liegt allein in Ihren Händen.

In der Hoffnung, dass Sie den richten Weg finden werden, um den Tod von Alicia zu sühnen, verbleibe ich in tiefster Reue

James DeHavilland

Charles lehnte sich erschüttert in seinem Stuhl zurück, den Blick gegen die Decke gerichtet. Was hatte sich DeHavilland eigentlich dabei gedacht, Edith so unvermittelt und detailreich von den letzten Minuten ihrer Tochter zu berichten? Wie musste dieser

Brief Edith aufgewühlt haben, das Leid der eigenen Tochter so plastisch vor Augen.

Pantel erinnerte sich an den Tag, als die Kollegen vor seiner Haustür standen, verlegen den Blick auf den Boden gesenkt, und von dem Unfalltod seiner geliebten Sophie berichteten. Danach hatte er sich sinnlos betrunken und die von Sophie so liebevoll eingerichtete Wohnung in ein einziges Chaos verwandelt. Er spürte heute noch die rasende Wut, die aus seiner unermesslichen Trauer entstanden war. Hätte es damals einen Schuldigen an dem Unfall gegeben, er hätte ihn, ohne zu zögern zusammengeschlagen, vielleicht in seinem Zorn sogar getötet. Aber in seinem Fall gab es niemanden, dem man die Schuld geben konnte. Außer vielleicht der eisglatten Straße, von der Sophies Wagen abkam und einen Hang hinabstürzte. Er wusste nur zu gut um die Gefühle desjenigen, dem ein geliebter Mensch plötzlich entrissen wurde. So konnte er Edith' Motiv, diese drei Männer auf grausame Weise zu töten, durchaus nachvollziehen. Es bedeutete allerdings nicht, dass er ihr Handeln auch gutheißen konnte.

Er scannte die drei Schreiben ein, um sie später dem Team zur Verfügung zu stellen. Dann machte er mit Cosmo die versprochene Runde. Eigentlich hatte er vorgehabt, noch eine Kleinigkeit zu essen, doch die Briefe hatten ihm den Appetit gründlich verdorben. Als er eine halbe Stunde später das Revier betrat, sah er die Beamten in kleinen Gruppen beieinanderstehen. Eine gedämpfte Stille lag in dem ansonsten so betriebsamen Großraumbüro. PS Peafield bemerkte den Chief Inspector zuerst und kam mit ernster Miene auf ihn zu.

»Sir, wir haben Edith gefunden.«

»Gut. Wo haben Sie sie hingebracht? Oben ins Verhörzimmer?«

»Ähm, nein Sir.« Pantel schien es, als müsse sich der Officer sammeln, bevor er weitersprechen konnte. »Edith hat sich auf den Weg zum Hartland Point gemacht. In der Nähe des Leuchtturmes ist sie querfeldein zu den Klippen gefahren und hat sich mit dem

Wagen hinuntergestürzt. Die Rettungskräfte bergen im Moment den Wagen und Edith' Leiche.«

»Was …«, Pantel musste sich räuspern. Seine Stimme glich einem Reibeisen. »Was ist mit Henry?«, setzte er erneut an.

»Der weiß es Gott sei Dank noch nicht, Sir. Aber Ivy kam gerade ins Revier als die Meldung durchkam. Sie ist sofort nach oben gelaufen.«

»Danke, Peafield. Jemand sollte Henry Bescheid geben, bevor die Presse davon berichtet.«

»Das übernehme ich, Sir.«

Charles fand Ivy in der Kaffeeküche. Sie saß an dem Resopaltisch, den Kopf auf ihre Arme gebettet.

»Ivy?«

Langsam hob die junge Frau den Kopf, unschöne Spuren verschmierter Wimperntusche auf den Wangen. Pantel hockte sich neben sie und strich ihr sanft über den Rücken.

»Warum hat sie das gemacht, Charles?« Ihre Stimme war brüchig und die Unterlippe zitterte leicht.

»Vielleicht, weil sie ihre letzte Aufgabe als Mutter erfüllt hatte. Oder sie hoffte, nach ihrem Tod ihren Mann und Alicia wiederzusehen. Ich weiß es nicht. Ich weiß nur, dass sie tiefe Trauer und Verzweiflung antrieb.«

»Aber musste sie sich gleich umbringen?«

»Wenn sie vom Leben nichts mehr zu erwarten hatte als eine lange Gefängnisstrafe?« Charles erhob sich, fasste Ivy bei den Schultern und zog sie hoch. Dann nahm er sie in die Arme. Ivy schmiegte ihr Gesicht in seine Halsbeuge. So eng beieinander in der Küche zu stehen, fühlte sich verdammt richtig an und beide wussten, dass nun alles gut werden würde.

Jeder Tag ist ein neuer Anfang.
George Eliot, 1819 – 1880, engl. Schriftstellerin

Epilog

28. August 2020
14:15 Truro/Polizeirevier

Heute trug die Frau ein enganliegendes, rotes Kleid und hohe, schwarze Lackpumps. Sie wirkte gelöst und lächelte ununterbrochen. Die Anwesenden wunderten sich über das für sie vollkommen unbekannte Auftreten Lorettas.

Der Vorschlag, für die PI eine Abschiedsfeier zu organisieren, war von Ivy gekommen und stieß anfänglich auf wenig Begeisterung bei den Kollegen. Doch davon ließ Ivy sich nicht aufhalten. Sie nahm ihren alten, schwarzen Polizeihut mit dem schwarz-weiß karierten Hutband und ging von Officer zu Officer, um für ein Abschiedsgeschenk zu sammeln; für einen Gutschein beim angesagtesten Kosmetikstudio in Cornwall. Sie achtete sorgfältig darauf, dass jeder mindestens eine Banknote hineinlegte. Bonny und Clyde zierten sich zunächst. Doch als Ivy klarstellte, dass sie über die merkwürdige Wette, die zwischen den beiden gelaufen war, Bescheid wüsste, steuerten sie seufzend je eine zehn Pfundnote bei.

»Außerdem – ihr wisst gar nicht, was ihr an der Dee hattet«, kommentierte Ivy schmunzelnd. »Wetten, dass ihr spätestens in einem halben Jahr Loretta wiederhaben wollt?«

Die beiden Männer schauten sich erst grinsend an und nickten dann begeistert. »Klar! Zehn Pfund Einsatz?«

»Abgemacht«, schlug Ivy lachend ein. Im Gegensatz zu den beiden kannte sie schließlich die Neue, PI Verena Pavitt.

Charles Pantel überreichte Loretta den Gutschein und einen riesigen Sommerblumenstrauß. Er wünschte ihr alles Gute für die Zukunft und entschuldigte sich für die Differenzen, die so lange zwischen ihnen geschwelt hatten. Loretta bedankte sich in einer kurzen Ansprache bei den Kollegen, nannte Charles einen lobenswerten Vorgesetzten und bedachte Ivy mit der Äußerung, dass sie eine freundliche, fähige Kollegin sei, die noch eine große berufliche Zukunft vor sich hätte. Dann bat sie die Anwesenden, sich an dem Buffet zu bedienen.

Ivy und Charles standen mit einem Sektglas in der Hand ein wenig abseits und beobachteten zufrieden den fröhlichen Trubel. Henry hatte sich entschuldigen lassen, da er im Moment für gesellige Stunden noch nicht den Kopf frei hatte. Mittwoch war er zum ersten Mal seit der Sache mit Edith wieder zum Dienst erschienen. Er war etwas blass um die Nase gewesen und machte einen zurückhaltenden, ernsten Eindruck. Aber Ivy vertraute darauf, dass seine angeborene Frohnatur irgendwann wieder zum Vorschein käme.

»Wer ist das denn?« Charles Flüstern an ihrem Ohr riss sie aus ihren Gedanken.

Ivy sah zur Tür. Eine kleine, pummelige Frau in einer schlechtsitzenden Uniform stand dort und betrachtete das vergnügliche Treiben mit heruntergezogenen Mundwinkeln und zusammengekniffenen Augen.

»Verena Pavitt wie sie leibt und lebt«, antwortete Ivy. »Verena!«, rief sie dann in Richtung Tür. Die Angesprochene blickte herüber, nickte kurz und kam mit energisch ausholenden Schritten auf sie zu. Charles musterte den Neuzugang interessiert; die stämmigen kurzen Beine, die ausladenden Hüften, den verbissenen Gesichtsausdruck.

»Na, da habe ich dann ja gleich die Richtigen getroffen. Hallo Ivy.« Verenas Stimme klang abgehackt, als würde sie Befehle von sich geben. Sie streckte Charles ihre Hand entgegen. »Sie sind sicherlich DCI Pantel. Ich habe schon viel von Ihnen gehört.«

»Ich hoffe nur Gutes«, erwiderte er freundlich.

»Wie meinen?« Die kleinen, braunen Augen, verborgen hinter einer unvorteilhaften Hornbrille, blickten ihn irritiert an.

»Ach nichts, PI Pavitt«, winkte Charles ab. »Ich dachte, dass Sie erst am Montag Ihren Dienst antreten.«

»Wollte mich heute nur schon mal ein wenig umsehen.«

»Kein Problem«, winkte er ab. »Allerdings müssen Sie mich und Ivy jetzt entschuldigen, da wir noch die Abschlussberichte der letzten Mordfälle beenden müssen.« Dann sah er sich nach Peafield um. »Peafield!«, rief er durch den Raum. »PI Pavitt ist gerade eingetroffen. Könnten Sie sich ihrer bitte annehmen?«

Alle Blicke wandten sich neugierig der neuen Vorgesetzten zu. Ivy stellte mit Belustigung fest, dass ein Großteil der Kollegen beim Anblick der stämmigen Frau das Kauen vergaß. Besonders Bonny und Clyde wirkten betroffen. Ivy zwinkerte ihnen zu und grinste, was ihr zwei böse Blick einbrachte.

»Darf ich vorstellen. PI Verena Pavitt, PS Oswald Peafiled. Sergant, würden sie die PI unter Ihre Fittiche nehmen und sie den Kollegen vorstellen? Clarks und ich müssen noch die Berichte kontrollieren«, beschied Charles dem Officer munter.

»Ja, Sir«, antworte dieser mit einem Hauch Frustration in der Stimme. »Darf ich bitten, Inspector.«

Charles drücke Ivy unauffällig die Hand. »Komm, es wird Zeit, dass wir von hier verschwinden«, raunte er ihr zu.

»Wie konntest du nur dem armen Oswald die Pavitt aufs Auge drücken«, tadelte sie ihn lächelnd, als sie in den Flur traten.

»Der schafft das schon. Außerdem habe ich eine Überraschung für dich.« Als er Ivys fragenden Gesichtsausdruck sah ergänzte er grinsend: »Wir fahren jetzt nach Killivose zu deiner ersten Reitstunde.«

»Sag mal, spinnst du!« Ivy trat einen Schritt zurück und musterte ihn aus gefährlich blitzenden Augen.

»Das war ein Scherz!«, antwortete er lachend und griff erneut nach ihrer Hand. »Wir machen jetzt einen Ausflug ans Meer. Das war Cosmos Idee. Er möchte zu gern mit dir am Strand spazieren gehen.«

Danksagung

Das Schreiben eines Buches ist eine Sache. Die Veröffentlichung und alles was es zu Bedenken und Tun gibt, eine ganz andere. Schön, wenn Menschen da sind, die einen dabei unterstützen.

Gleich zu Anfang ein herzliches Dankeschön an das BoD-Team. Stellvertretend für die umfangreiche Hilfe und die Beantwortung all meiner Fragen möchte ich an dieser Stelle Frau Annika Bauer nennen, die mich während des Veröffentlichungsprozesses tatkräftig unterstützt hat.

Mein zweiter Dank geht an meine beiden Erstleserinnen, Tanja Horn und Corinna Aust. Ihr Feedback, dass auch dieses Buch wieder spannend und kurzweilig sei, war sehr wichtig für mich und meine Motivation. Auch haben sie mir bei dem nicht enden wollenden Kampf gegen den Fehlerteufel geholfen. Eine Leistung, die ich kaum gutmachen kann.

Auch bedanke ich mich bei meinem Mann Rolf, der mein häufig stundenlanges Verschwinden im Büro klaglos hingenommen hat. Und wenn ich in der Endphase den Kopf so voll hatte, dass ich ihm manchmal überhaupt nicht zugehört habe, hat er sich nicht ärgerlich abgewandt, sondern mir den Raum gegeben, den ich für meine Arbeit benötigte.

Danke auch an Svend Krumnacker, der dieses großartige Foto von mir gemacht hat.

Und schließlich ein riesiger Dank an meinen vierbeinigen Freund ›Cosmo‹. Geduldig schlief er unter meinem Schreibtisch, während ich vor dem Computer saß. Und hätte er nicht so ein Näschen für das Suchen von Personen, wäre ich nie auf die Idee gekommen, einen Hund als Nebendarsteller in diese Geschichte mit aufzunehmen. Da ich aber weiß, dass er ein schriftliches Dankeschön als nicht besonders attraktiv ansieht, bekommt er den größten Dankeschön-Knochen, den ich auftreiben kann.

Und was Sie, liebe Leserinnen und Leser, betrifft, bedanke ich mich, dass Sie sich für dieses Buch entschieden haben. Ich wünsche Ihnen spannende Lesestunden, munteres Rätseln und zum Schluss ein »Habe ich es doch gewusst!« – Erlebnis.

Ihre
Kirsten Weinhold

Charles Pantels erster Fall

Ein Brief, in dem der anonyme Verfasser sechs Morde ankündigt, landet auf dem Schreibtisch von Chief Inspektor Charles Pantel, dem neuen Leiter der Abteilung für Kapitalverbrechen in Truro. Kurz darauf erschüttert eine Serie brutaler Morde den idyllischen Süden Cornwalls. Für Pantel und sein Team beginnt ein Wettlauf gegen die Zeit. Die umfangreichen Ermittlungen führen die Polizisten auf die Spur zweier Hauptverdächtiger. Doch beide Männer scheinen wie vom Erdboden verschluck zu sein. Erst das Auffinden der Leiche eines der mutmaßlichen Täter, lässt auf den entscheidenden Durchbruch hoffen. Als Pantel nachts zu dem Tatort des letzten angekündigten Mordes gerufen wird, trifft er auf den wahren Täter und gerät in tödliche Gefahr.

ISBN: 978-3-7534-3149-9

Ebenfalls als E-Book erhältlich

Vreda und die Königin

Eigentlich hatten Vreda und Luke einen entspannten Bootsur-
laub auf der malerischen Themse geplant. Doch der Besuch von
Windsor Castle ändert alles. Merkwürdige Dinge gehen dort vor.
Alarmanlagen heulen grundlos auf. Schillernde Nebel tauchen auf
und verschwinden wieder. Als Vreda allein vor einem der mittelalterlichen Gebäude steht, erscheint ihr der Geist von Elizabeth
der Ersten. Dieser bittet Vreda um einen außergewöhnlichen Gefallen. Für Vreda und Luke beginnt nun eine Reise voller Aben-
teuer – eine Bootsfahrt in die legendäre Spuk-Welt Englands.

ISBN 979-8-5305-6484-0

Ebenfalls als E-Book erhältlich